# EL FARAÓN PERDIDO

SERIE ÁNGELES LIBRO 2

Vicente Raga

addvanza books

## Vicente Raga

Nacido en Valencia, España, en 1966. Actualmente residiendo en Irlanda, pero mañana ¿quién sabe? Jurista por formación, ávido lector, escritor por pasión, aprendiz de guionista, viajante impenitente y amante de su familia. Viviendo la vida intensamente. *Carpe diem.*

Autor de la saga de éxito mundial de «*Las doce puertas*», traducida a varios idiomas. Número 1 en Estados Unidos, México y España. TOP 25 en Europa, Australia y Canadá.

*«Escribir con sencillez es tan difícil como escribir bien»*
W. Somerset Maugham

# SERIE ÁNGELES

**Este no es un libro independiente**
**Es la continuación de** *«El misterio de nadie»*

## MISTERIO EN EGIPTO

**LIBRO 1** EL MISTERIO DE NADIE
**LIBRO 2** EL FARAÓN PERDIDO
**LIBRO 3** LAS PUERTAS DEL CIELO

## MISTERIO EN FLORENCIA

**LIBRO 4** PARA VIVIR HAY QUE MORIR

CONTINUARÁ...

Es recomendable leer todos los libros en su orden, aunque cada misterio suponga en sí mismo una historia independiente, con sus propios personajes y trama.

Primera edición, diciembre 2022
Segunda edición, marzo de 2023

© 2022 Vicente Raga
www.vicenteraga.com

© 2022 Addvanza Ltd.
www.addvanzabooks.com

Fotocomposición y maquetación: Addvanza Ltd.
Ilustraciones: Leyre Raga y Cristina Mosteiro

ISBN: 978-1-915336-35-4

Queda prohibidos, dentro de los límites establecidos en la Ley, y bajo los apercibimientos legalmente previstos, la reproducción total o parcial de esta obra por cualquier medio o procedimiento, ya sea electrónico o mecánico, el tratamiento informático, el alquiler o cualquier otra forma de cesión de la obra sin la autorización previa y por escrito de los titulares de los derechos de autor.

Esta es mi decimotercera novela publicada en español. Dicen que el número trece da mala suerte, pero yo nací un día trece, como mi padre, y la vida nos ha sonreído.

Como no sé si eso ocurrirá con las demás personas, para evitar el «mal fario» que otros pudieran sentir, en esta ocasión me dedico la novela a mí mismo.

A mi imaginación.
A mis noches sin dormir, leyendo y escribiendo.
También a mis malos momentos, como todo el mundo.
Pero, sobre todo, al placer de poder dedicarme de manera profesional al fascinante mundo de la escritura.

# ÍNDICE

1. EN LA ACTUALIDAD, DUBLÍN, IRLANDA, 15 DE OCTUBRE ......... 11
2. EL CAIRO, EGIPTO, 18 DE ENERO DE 1837 ......... 20
3. ANTIGUO EGIPTO, PALACIO REAL, MENFIS ......... 28
4. EL CAIRO, EGIPTO, 22 DE ENERO DE 1837 ......... 33
5. ANTIGUO EGIPTO, PALACIO REAL, MENFIS ......... 40
6. EN LA ACTUALIDAD, DUBLÍN, IRLANDA, 15 DE OCTUBRE ......... 45
7. GUIZA, EGIPTO, 22 DE ENERO DE 1837 ......... 49
8. ANTIGUO EGIPTO, RIBERA DEL NILO, MENFIS ......... 52
9. GUIZA, EGIPTO, 23 DE ENERO DE 1837 ......... 58
10. EN LA ACTUALIDAD, DUBLÍN, IRLANDA, 15 DE OCTUBRE ......... 65
11. GUIZA, EGIPTO, 23 DE ENERO DE 1837 ......... 72
12. ANTIGUO EGIPTO, GUIZA ......... 79
13. GUIZA, EGIPTO, 24 DE ENERO DE 1837 ......... 87
14. ANTIGUO EGIPTO, GUIZA ......... 91
15. GUIZA, EGIPTO, 24 DE ENERO DE 1837 ......... 97
16. ANTIGUO EGIPTO, GUIZA ......... 104
17. GUIZA, EGIPTO, 24 DE ENERO DE 1837 ......... 111
18. ANTIGUO EGIPTO, GUIZA ......... 117
19. GUIZA, EGIPTO, 24 DE ENERO DE 1837 ......... 122
20. EN LA ACTUALIDAD, DUBLÍN, IRLANDA, 15 DE OCTUBRE ......... 127
21. GUIZA, EGIPTO, 24 DE ENERO DE 1837 ......... 131
22. ANTIGUO EGIPTO, GUIZA ......... 137
23. GUIZA, EGIPTO, 25 DE ENERO DE 1837 ......... 144
24. EN LA ACTUALIDAD, MADRID, ESPAÑA, 17 DE OCTUBRE ......... 147

| 25 | GUIZA, EGIPTO, 4 DE ABRIL DE 1837 | 153 |
| --- | --- | --- |
| 26 | ANTIGUO EGIPTO, MENFIS | 158 |
| 27 | GUIZA, EGIPTO, 4 DE ABRIL DE 1837 | 166 |
| 28 | ANTIGUO EGIPTO, MENFIS | 173 |
| 29 | GUIZA, EGIPTO, 4 DE ABRIL DE 1837 | 180 |
| 30 | ANTIGUO EGIPTO, MENFIS | 185 |
| 31 | EN LA ACTUALIDAD, DUBLÍN, IRLANDA, 21 DE OCTUBRE | 194 |
| 32 | GUIZA, EGIPTO, 4 DE ABRIL DE 1837 | 198 |
| 33 | ANTIGUO EGIPTO, MENFIS | 204 |
| 34 | GUIZA, EGIPTO, 1 DE AGOSTO DE 1837 | 208 |
| 35 | EXPEDICIÓN HEBREA A GUIZA, IMPERIO ROMANO | 215 |
| 36 | ANTIGUO EGIPTO, TEMPLO FUNERARIO DEL VALLE, GUIZA | 219 |
| 37 | GUIZA, EGIPTO, 1 DE AGOSTO DE 1837 | 226 |
| 38 | ANTIGUO EGIPTO, MENFIS | 236 |
| 39 | GUIZA, EGIPTO, 1 DE AGOSTO DE 1837 | 242 |
| 40 | ANTIGUO EGIPTO, MENFIS | 248 |
| 41 | GUIZA, EGIPTO, 5 DE AGOSTO DE 1837 | 255 |
| 42 | PUERTO DE ALEJANDRÍA, EGIPTO, 27 DE AGOSTO DE 1837 | 263 |
| 43 | PUERTO DE ALEJANDRÍA, EGIPTO, 20 DE SEPTIEMBRE DE 1838 | 269 |
| 44 | PUERTO DE LIVORNO, ITALIA, 3 DE OCTUBRE DE 1838 | 276 |
| 45 | EN LA ACTUALIDAD, AEROPUERTO DE DUBLÍN, IRLANDA, 21 DE OCTUBRE | 279 |
| 46 | ANTIGUO EGIPTO, MENFIS | 284 |
| 47 | EN ALGÚN LUGAR DEL MEDITERRÁNEO, 13 DE OCTUBRE DE 1838 | 289 |
| 48 | EN LA ACTUALIDAD, VUELO ENTRE ESPAÑA E IRLANDA, 21 DE OCTUBRE | 297 |
| 49 | EN LA ACTUALIDAD, MADRID, ESPAÑA, 21 DE OCTUBRE | 304 |

| 50 | EN LA ACTUALIDAD, VALENCIA, ESPAÑA, 21 DE OCTUBRE ............ 308 |
| 51 | EN LA ACTUALIDAD, VALENCIA Y CARTAGENA, ESPAÑA, 22 DE OCTUBRE ............................................................................................................. 317 |
| 52 | EN LA ACTUALIDAD, MADRID, ESPAÑA, 23 DE OCTUBRE ................ 321 |
| 53 | LONDRES, REINO UNIDO, 12 DE DICIEMBRE DE 1838 ..................... 326 |
| 54 | JERUSALÉN, ISRAEL, 20 DE MARZO DE 1980 ...................................... 331 |
| 55 | EN LA ACTUALIDAD, CARTAGENA, ESPAÑA, 23 DE OCTUBRE ...... 334 |

# NOTA DEL AUTOR

La parte histórica que hace referencia a Egipto se centra en la IV Dinastía del Imperio Antiguo, que reinó el país entre los años 2663 y 2160 A. C. Para mejor comprensión de mis lectores, utilizo las expresiones actuales conocidas por todos y no las que se usaban en su época. Por ejemplo, hasta la XVIII Dinastía no se empleó el término «faraón» sino «rey». Igualmente, el país era llamado «Kmt», que significa tierra negra y no por su nombre actual de Egipto, que proviene de una derivación del griego «Aegyptos». El río Nilo era llamado «Itrw», que significa simplemente «el río» sin más, ya que no conocían otro. Su capital durante la IV Dinastía del Imperio Antiguo tampoco era conocida como ahora, Menfis, sino por «Hwt-ka-Ptah» o la morada del alma del Dios Ptah. También uso las expresiones de días, horas y minutos y me he tomado alguna licencia histórica, siempre con el objeto de que la novela sea más fácil de leer y comprensible para todos. Tan solo hago una excepción y es con los nombres de los personajes. A pesar de su complejidad, todos existieron tal y como aparecen escritos y en sus verdaderos cometidos.

# 1 EN LA ACTUALIDAD, DUBLÍN, IRLANDA, 15 DE OCTUBRE

—Disculpa, Ryan. Con todo el lío que se ha montado en unos segundos, ni siquiera te he preguntado si estás bien. Tienes la cara magullada, la nariz sangrando y cojeas un poco. Creo que debería verte un médico.

Ryan no salía de su asombro.

—¿De verdad me estás preguntando eso? ¡Es increíble! Tu comportamiento no tiene explicación.

Carlota, Rebeca y Ryan acababan de salir de *pub «The Cat & the Horse»* cuando cuatro desconocidos con pasamontañas los habían atacado. Dublín era una ciudad segura, pero no estaba exenta de ocasionales actos violentos, como cualquier capital europea.

—¿No entiendes que me preocupe por ti? Debería llevarte a un hospital —dijo Rebeca.

—Y yo a ti a un centro psiquiátrico. ¡Por Dios, Rebeca! ¡Acaban de secuestrar a tu hermana y tú haciéndome preguntas estúpidas! La que parece no encontrase bien eres tú, a pesar de que, en apariencia, no has sufrido ningún daño físico.

Nada más escuchar las palabras de Ryan, Rebeca supo que la situación se iba a complicar, pero apenas disponía de unos pocos segundos para prepararse. «Capearé el temporal como pueda», pensó.

—Soy perfectamente consciente de los hechos —se limitó a responder Rebeca de forma aséptica, intentando ganar tiempo.

—Ahora que caigo en el tema del daño físico. ¿Cómo es posible que seas la única de los tres que parece no haber sufrido ninguna herida ni golpe? Las cuatro personas que nos han asaltado, por su manera de combatir, eran militares profesionales bien entrenados. Lo sé porque yo también fui uno de ellos, en los cuerpos especiales del ejército irlandés. Menos mal que, por las mañanas, me entreno y me mantengo en forma. A pesar de ello, mírame. He podido con la *bestia parda* de mi asaltante, pero me ha costado. Como acabas de observar, durante el breve combate, he recibido golpes en la cara y en la pierna izquierda. Al final le he hecho huir, pero me ha zurrado lo suyo.

Rebeca navegaba en aguas tormentosas y lo sabía.

—Si los cuatro asaltantes eran tan profesionales como tú dices, sin duda me habrán identificado como el objetivo más débil, al contrario que contigo. Habrán notado tu fortaleza física, por eso has sido con el que más se han cebado, propinándote una pequeña paliza. A mi hermana, simplemente le han pillado desprevenida mirando el interior de su bolso, buscando un cigarro. Estaba de espaldas y no le ha dado tiempo a reaccionar para poder escaparse.

—Pero tú no te has escapado y no se te han llevado. Sigues aquí, ilesa y reaccionado de una manera muy sospechosa.

—¿Sospechosa? —repitió Rebeca, que sabía de sobra que quería decir, pero seguía ganando tiempo.

Ryan se aproximó. Ahora, sus caras se encontraban a menos de un metro el uno del otro.

—Eran cuatro —le dijo Ryan, con un gesto indescifrable en su rostro y mostrándole cuatro dedos en su mano derecha, aún sangrante.

—De eso ya me había dado cuenta —le respondió Rebeca, intentando quitar algo de tensión, empleando un tono sarcástico.

—Y nosotros tres —continuó Ryan, que seguía serio.

—¿Por qué estás diciendo estas obviedades? Yo también estaba aquí, por si no lo recuerdas —le dijo Rebeca, aparentemente enfadada, aunque conocía perfectamente adónde quería llevarle Ryan y no le gustaba nada.

—Si tú eras el objetivo más débil, como tú misma acabas de admitir, ¿por qué han ido a por ti dos de los asaltantes? Si yo era el objetivo más fuerte, ¿por qué tan solo me ha atacado uno de ellos? Aquí hay algo que no parece encajar, ¿verdad?

—Bueno, cuatro dividido entre tres no da un número exacto. A alguien le tenía que tocar el cuarto y ha sido a mí. Después de mi hermana, yo era la persona que me encontraba más próxima a la furgoneta de dónde han salido los asaltantes. Supongo que eso le da sentido.

—No, no se lo da —respondió Ryan, secamente.

—¿Qué quieres decir?

—Que tenías razón. En este tipo de operaciones militares de acción rápida, siempre se planean de acuerdo con los objetivos y se emplean los recursos de una manera racional. Es cierto que habían identificado el objetivo más fuerte, pero no era yo. Eras tú. Por eso te han destinado a dos efectivos y a mí tan solo uno. Es la única explicación que tiene sentido.

—¿A eso le llamas racional? ¡Es una solemne majadería! Llevo en Dublín poco más de tres meses y no me conoce nadie.

—Pues parece que alguien sí, además muy bien. Los temores que Rebeca intuía al principio de la conversación parecían que se iban a confirmando. Ryan no era estúpido, además tenía entrenamiento militar. «La tormenta va a arreciar», pensó.

—En esta ciudad no me he relacionado con nadie salvo contigo. ¡Ya me contarás quién puede saber de mí! —exclamó Rebeca a la defensiva.

—¿No has pensado ni por un momento en tu hermana? La acaban de secuestrar cuatro personas con formación militar en Dublín, ciudad a la que llegó apenas hace unos días. ¿No te parece extraño? Alguien no solo te conocía a ti, sino también a ella. Una podría colar como casualidad, pero dos de ninguna manera. Es imposible que sea una coincidencia.

Rebeca fingió quedarse pensativa, aunque, en realidad, estaba buscando una manera de zafarse de aquello. Cada vez le parecía más difícil.

—Ryan, ni mi hermana ni yo somos nadie.

Para sorpresa de Rebeca, ahora Ryan se rio.

—Tú hermana no tengo ni idea de quién puede ser, pero desde luego tú sí que eres «alguien». Eso lo tengo muy claro.

—¿Por qué dices eso?

—Deja de fingir de una vez. No hace falta que me mientas.

Rebeca levantó los hombros en señal de no comprender nada y permaneció en silencio. Ryan continuó.

—No olvides que he sido militar de élite, como tú.

—¿Qué? —preguntó Rebeca, que ahora sí que estaba sorprendida de verdad.

—Tengo el ojo entrenado y sé distinguir determinadas técnicas de combate demasiado sofisticadas para una occidental. Has utilizado el *Sambo* con prodigiosa naturalidad y has neutralizado a tus dos oponentes en apenas unos segundos, sin ni siquiera despeinarte. Al primero de ellos lo he visto de refilón, porque estaba ocupado desembarazándome del mío, pero te he observado perfectamente con el segundo. Lo has despachado con una técnica del *Muay Thai*. Has ejecutado un *Te Tat* con una precisión que nunca había visto antes.

Rebeca continuaba sorprendida. Suponía que la borrasca se le venía encima poco a poco, pero este chaparrón de golpe no se lo esperaba.

—¿Cómo puedes saber qué es el *Sambo* y el *Muay Thai?* —le preguntó asombrada.

—Ya sabes que fui militar de élite del ejército irlandés.

Rebeca decidió pasar al contrataque.

—¡No me tomes el pelo! Esas técnicas de combate no se aprenden en ningún ejército europeo, salvo el francés, donde les enseñan algo de *Savate,* que tiene sus semejanzas. Así que lo del ejército de Irlanda, lo siento pero no cuela.

—Estás eludiendo mi pregunta y, además, te estás poniendo tú misma una soga en el cuello con un lacito de regalo. ¿Llegamos a un pacto entre amigos? Yo responderé a tus dudas si tú lo haces a las mías.

Rebeca era consciente de que se había metido en un callejón de difícil salida. Necesitaba más tiempo. Decidió aceptar el trato de Ryan, con un movimiento en la cabeza. Mientras él hablaba, ella debía de pensar muy rápido.

Ryan comenzó su explicación.

—Bueno, aunque no practique ninguna de esas artes marciales, porque no las enseñan en nuestro ejército, cosa que de forma sorprendente conoces, eso no quiere decir que sepa de ellas. Ya sabes que estoy licenciado del ejército y sin muchas cosas que hacer más que venir a este *pub* a ahogar las penas de mi vida en cerveza. Pero beber no es mi única distracción. También me gusta ver la televisión por satélite. No soporto los programas convencionales ni me puedo permitir pagar suscripciones a plataformas de *streaming.* Así que, cuando salí de la cárcel, me aficioné a ver combates de artes marciales asiáticas. Todas las mañanas, después de salir a correr un poco, me pongo los canales de aquella parte del mundo. Supongo que es una manera de desahogar mis frustraciones enfrente de la tele y no con mis propios puños. Lo creas o no, ver esa violencia me relaja.

«¡Ya es mala suerte coincidir en Europa con un *friki* de esas cosas!», pensó Rebeca.

Ryan continuó.

—Esa patada circular del *Muay Thai* que has utilizado contra tu segundo oponente ha sido formidable. He visto muchos luchadores profesionales que no tienen tu técnica. No se trata de una simple patada a la cabeza. Tú has utilizado la fuerza de tu pierna combinada con la rotación de tu cadera para lanzar tu empeine contra la nuca de aquel pobre pelele, que aún se estará preguntando cómo lo han podido noquear en menos de un segundo. Y mientras él volaba por los aires, tú ni te has movido de la baldosa. Con tu empeine, has empleado la presión adecuada contra su arteria carótida, para conseguir marearlo pero sin que perdiera el conocimiento, que era exactamente lo que pretendías, ¿verdad? ¡Menuda precisión! ¡Dominas la técnica del *Te Tat* como una auténtica maestra!

El *Muay Thai* es un arte marcial procedente de Tailandia. Se le conoce también como «el arte de los ocho miembros», ya que se utiliza la fuerza combinada de puños, rodillas, codos y espinillas o empeines. Tuvo sus orígenes en el siglo XIII, aunque su conocimiento por el mundo occidental no llegó hasta el siglo XVII, cuando Luis XIV de Francia envió un diplomático al Reino de Siam. Curiosamente, en sus orígenes, no se trataba de una forma de combate militar, sino que era un deporte que se practicaba en tiempos de paz. Sin embargo, el *Sambo* era otra cosa. Era un sistema de defensa personal que se creó en la extinta Unión Soviética. Un equipo de expertos de ese país viajó por todo el mundo intentando aunar en un solo arte marcial lo mejor del *Judo*, *Jiu-Jitsu*, *Boxeo*, *Kurash uzbeko*, *Savate*, *Kárate* y otras muchas disciplinas de lucha. Se podría decir que fue «un invento de laboratorio», pero muy efectivo.

Rebeca debía de responder a Ryan, así que decidió no ser directa del todo, aunque sin mentirle.

—Soy rusa.

Ryan se la quedó mirando, sin reaccionar por un momento. Luego no pudo evitar que se le escapara una sonora carcajada.

—¿Rusa? ¡Pero si hablas un inglés con marcado acento español!

—¿Ahora te parece que también lo hago o quizá estoy bebida y me entiendes peor?

Para sorpresa de Ryan, Rebeca estaba hablando ahora un inglés con un acento escocés que tiraba para atrás. Hasta había empleado la expresión *«guttered»*, que significaba «bebida» o «borracha», típica de Escocia, en lugar de la habitual *«drunken»* inglesa o irlandesa.

—¿Cómo has hecho eso?

—Si quiero, también puedo hablar un inglés con acento irlandés casi mejor que el tuyo.

«¡Es cierto, lo acaba de hacer!», pensó Ryan, sorprendido y también asustado.

Rebeca se lo vio en los ojos y decidió explicarse.

—No te sorprendas —continuó Rebeca—. Hablo muchos idiomas y dialectos de todo el mundo, pero, aunque te pueda parecer extraño, en vida de mis padres, siempre hablábamos ruso entre nosotros. Se puede decir que es mi lengua materna.

—¿Por qué? —Ryan estaba alucinando con Rebeca. Eso nunca se lo habría esperado de ella.

—Ya te he dicho que tengo la nacionalidad rusa desde mi mismo nacimiento. Todo comenzó con mi bisabuelo, Ramón Mercader. Asesinó a León Trotsky por instrucciones directas de Stalin en La Habana, Cuba, en el año 1940. Le otorgaron la nacionalidad rusa y le condecoraron como «Héroe de la Unión Soviética». Desde entonces, todos sus descendientes disponemos de esa nacionalidad. Incluso mis padres, por otros motivos, también fueron «Héroes de la Unión Soviética». En el caso de mi madre, «Heroína de la Federación Rusa». La medalla se la impuso el propio Mijail Gorbachov en una ceremonia privada en el Kremlin.

Ryan estaba impresionado.

—A pesar de que tu hermana ya me había dicho que no te dedicabas a cocinar tartas de fresa, esto jamás me lo hubiera imaginado de ti. De todas maneras, aún creyéndote, que lo hago, ¿qué tiene que ver que seas rusa con que domines con semejante maestría esas artes marciales?

—De pequeña era mona y mi padre consideró que debía enseñarme algo de *Sambo*, por si intentaban agredirme.

«¿Mona simplemente? ¿De pequeña?», se preguntó Ryan. «¿Acaso no tienes espejos en tu casa?». De todas maneras, no quería despistarse y soltar su presa. Aquella explicación tampoco lo había convencido.

—¿Quién eres en realidad? ¿Una guerrera oriental, estilo *samurai* pero con melenita rubia?

Rebeca no pudo evitar sonreír al evocar semejante imagen.

—Espera, espera —continuó Ryan—. Ahora que lo pienso mejor, igual te pega más «La mamba negra», que interpretó Uma Thurman en las películas de *Kill Bill* de Quentin Tarantino. Perdí la cuenta de la gente que se mató. Como tú, parecía que no había roto un plato en su vida y después mira la que lio. Se cargó hasta al apuntador.

«En eso consiste, en no parecerlo», pensó Rebeca, que era maestra *«Deang-Khao»*, el undécimo nivel de los quince rangos de que dispone el *Muay Thai*. Se podría decir que era el equivalente al cinturón negro quinto DAN de artes marciales, pero aún tenía una pericia superior en el *Sambo ruso*, que era su medio de combate favorito. De todas maneras, debía de reconocer que había cometido un grave error. No debía hacer alarde de esos conocimientos delante de extraños. Hasta ahora siempre se había reprimido. No le servía el pretexto de que todo había sido muy repentino. Media vida se la había pasado siendo una persona disciplinada y la otra media intentando disimularlo. Decidió que debía parar aquello, aunque no fuera una cuestión para tomársela a broma.

—No me hagas reír. Nunca me habían comparado con Uma Thurman, y eso que lo han hecho con muchas actrices.

—¿Acaso pretendes que me crea que tu padre enseñó «a una simple niña mona» a combatir así? Eso no es saber defenderse. ¡No me fastidies! ¡Si eres una jodida ninja tailandesa!

—Las ninjas son japonesas, no tailandesas. En todo caso, me podrías comparar con Yao Mao.

—No conozco a esa actriz.

—Porque no lo es —sonrió Rebeca, que intentaba despistar a Ryan—. Yao Mao fue una gran guerrera de la ciudad tailandesa de Khorat, en los principios del siglo XIX. Por sus extraordinarios méritos en el campo de batalla, el rey Rama III le otorgó el título de *Thao Suranee,* que significa «Dama Guerrera» en tailandés. Su historia aún pervive en la actualidad y es toda una celebridad. Cada mes de marzo, se organiza un festival muy conocido en su honor.

—¡Haz el favor de no marearme con historietas! Lo siento, pero aunque intentes distraerme, no me vas a convencer de que lo tuyo es normal, leyendas tailandesas aparte.

—No, no lo es —reconoció Rebeca—, pero no te puedo explicar más y créeme que lo siento. Si lo hiciera, te tendría que matar.

Ryan dio dos pasos hacia atrás, atemorizado.

—¡Tonto! —rio Rebeca—. ¡Qué es broma! Siempre he querido decir esa típica frase de películas de espías. No tienes nada que temer de mí.

Ryan pareció relajarse con las risas de Rebeca.

—Después de haber visto tu sorprendente demostración, por mí como si quieres ser camboyana. Pero nos hemos desviado del tema importante, que es el secuestro de Carlota. No comprendo tu indiferencia y tu tranquilidad. Si hubiera sido mi hermana la secuestrada, ahora estaría todo loco. ¿Hay algo que deba saber? Si me lo cuentas, igual me tranquilizo yo también.

Rebeca se quedó observándolo. «Es normal que me mire como un bicho raro. Quizá le deba alguna explicación», pensó.

—Está bien, tú ganas —comenzó Rebeca—. Hay dos cuestiones en todo este asunto que me tienen desconcertada. La primera es que mi hermana conociera el nombre de Menkaure. Como bien sabes, es un faraón egipcio que reinó su país durante la IV Dinastía del Imperio Antiguo. Pero tiene truco, ¿verdad? Nadie lo conoce por ese nombre salvo los entendidos en la materia, ya que ha prevalecido su nombre derivado del griego. El trabajo de Carlota es lo más alejado de la historia que te puedes imaginar. ¿Cómo puede conocer una cuestión tan específica como esta?

—Bueno, igual ha leído algo al respecto. Menkaure es famoso.

—Te aseguro que ella no ha leído un libro de historia en su puñetera vida. No le gustan nada e incluso alardea de ello.

—Quizá debas de replantearte lo que se supone que sabes de tu hermana. Te aseguro que conoce a Menkaure, porque comenzó a comportarse de un modo extraño cuando lo nombré. Estoy seguro de que tú también te diste cuenta.

—Sí, claro. Aunque, ahora que lo pienso, me asalta otra duda. ¿Cómo un expresidiario, antiguo militar de la armada irlandesa, aficionado a la cerveza y ver combates de artes marciales asiáticas por satélite, puede conocer la vida de Menkaure?

Ryan se quedó mirando a Rebeca.

—Me temo que, si respondo a tu pregunta, debería matarte.

Ambos se rieron, pero Rebeca no pudo evitar darse cuenta de cómo había esquivado su pregunta. «Muy ocurrente», pensó.

—Por cierto —continuó Ryan—. Me habías dicho que había dos cuestiones que te tenían desconcertada en este asunto. ¿Cuál es la segunda?

Rebeca se le quedó mirando.

—Anda, entremos en el *pub* y pidamos otra pinta de cerveza. Me temo que la vas a necesitar.

## 2  EL CAIRO, EGIPTO, 18 DE ENERO DE 1837

—¿Dónde estoy? —preguntó asustado.

Nadie parecía responderle.

—¡Por favor! ¡Qué alguien me diga algo!

De nuevo, silencio.

Howard Vyse miró a su alrededor. Aunque se encontraba muy débil, fue consciente de que se estaba postrado en una cama de lo que parecía ser un hospital. Lo extraño para él es que estaba solo. Aquello no era normal. Estaba acostumbrado a los hospitales militares, donde el espacio era compartido por multitud de pacientes y siempre había bullicio y mucha gente alrededor.

Pero él estaba solo.

Ya que nadie parecía hacerle el más mínimo caso, intentó pensar. Su mente aún estaba confusa, pero sí que recordó que fue picado por un enorme escorpión que se había colado en su cama, en Guiza. También se acordaba que había llegado a la explanada de las pirámides tres días antes de la picadura y, entre esos tres días, había vuelto a El Cairo para hablar con el coronel Campbell, cónsul general británico en Egipto, acerca de las diferencias entre sus prioridades a la hora de excavar con el arqueólogo Giovanni Caviglia. Él prefería desenterrar la zona descubierta de la Esfinge y descubrir allí momias y tumbas, mientras que Vyse era partidario de centrarse en las tres grandes pirámides, donde estaba convencido de que faltaba mucho por descubrir. Volvió a mirar a su alrededor.

«Esto no es Guiza, está claro», pensó. «Un hospital como este no existe allí».

Sin embargo, aunque recordara el episodio de la picadura del escorpión y todo lo anterior a ella, su mente estaba en blanco desde ese momento. Por más que se estaba esforzando, no le venía a la cabeza ningún suceso posterior a eso. Supuso que, de alguna manera, tras el incidente, le habían trasladado al hospital donde se encontraba ahora.

En ese momento, entró una enfermera en la habitación.

—¡Caramba, coronel! —exclamó en cuanto lo vio, con una evidente mueca de alegría—. No sabe lo que me alegro verlo despierto, además, su piel ha recuperado su tono normal.

—¿Qué quiere decir?

La enfermera pensó su respuesta por un instante.

—Coronel, cuando llegó estaba pálido. Parecía un cadáver y le tengo que confesar que pensábamos que no iba a salir de esta. Su rostro reflejaba la muerte, sin embargo, ahora tiene un tono de piel rosado. Por eso le he hecho el comentario anterior. Parece vivo y bien vivo.

—¿Dónde me encuentro?

—Voy a avisar de inmediato al doctor. Me dio instrucciones de hacerlo en el caso de que despertara —dijo, mientras se dirigía a toda prisa hacia la puerta de la habitación

—¡Espere un momento! —le grito, con las pocas fuerzas que tenía.

—¿Qué le ocurre? ¿Se encuentra peor? —le preguntó la enfermera.

—Eso dependerá de su respuesta. Al menos, dígame qué día es hoy.

—Claro, estamos a 18 de enero.

—¿Enero? ¿De qué año?

La enfermera no pudo evitar preocuparse. Quizá el coronel hubiera recuperado el conocimiento, pero parecía muy desorientado.

—De 1837, por supuesto —le respondió, mientras salía corriendo en busca del doctor.

«¡Mediados de enero!», pensó alarmado Vyse. «Si no recuerdo mal, la picadura del escorpión sucedió la noche del 14 de noviembre. Han trascurrido dos meses y cuatro días exactamente». Aunque el conocer cuánto tiempo llevaba inconsciente le alarmó, cada vez se encontraba mejor y estaba recuperando sus sentidos. Continuaba mirando a su alrededor, intentando encontrar respuestas a sus muchos interrogantes. Estaba claro que el hospital era moderno y no tenía nada que ver con los egipcios. Ese pensamiento le alarmó. «¿Y si estoy en Londres? Por el tiempo trascurrido desde el incidente hasta ahora, podría ser», pensó, aturdido pero también asustado. «La enfermera que acaba de hablarme no era egipcia, sino británica».

—Hola, coronel —escuchó Vyse, que se sobresaltó, ya que estaba sumido en sus pensamientos.

Durante un segundo miró a aquella persona. Por su atuendo, le pareció que era el doctor. «¡Tampoco es egipcio!», pensó, cada vez más alarmado.

—¿De dónde es usted?

Aquel médico no pudo evitar reírse.

—¡Jamás esperaba que, después de tanto tiempo inconsciente, estas fueran sus primeras palabras! —exclamó, aún risueño—. Soy el doctor John William Noble y nací en Leicester.

—¡Eso está en Inglaterra!

—Por supuesto. ¿A qué viene ese extraño interés por mi procedencia? Lo importante para usted debería ser que me dedico a la medicina, no mi lugar de nacimiento, ¿no?

—Sí, disculpe, doctor Noble. Lo que realmente quería saber es dónde me encuentro. Este parece ser un hospital británico.

—No parece, lo es.

Vyse se sobresaltó tanto que se incorporó de la cama. El doctor, por temor a que se cayera de ella, acudió de inmediato a su lado y lo sujetó.

—No debería hacer esos esfuerzos en el primer día que recupera el conocimiento —le dijo, en un tono severo—. Este tiempo que ha pasado con nosotros ha estado más muerto que vivo. De hecho, parece una recuperación milagrosa. Le confieso que creíamos que no pasaría de la primera noche.

Vyse seguía sentado en la cama. Su mente era un torbellino de ideas. Tenía tantas preguntas que no sabía por dónde empezar. El médico se dio cuenta de su turbación.

—La confusión que siente es completamente normal —continuó, mientras se apartaba de la cama, al observar que el coronel era capaz de mantenerse erguido por sí mismo.

—¿Confusión? —acertó a preguntar Vyse—. Esa palabra se queda corta.

—No se preocupe por ello. Como le decía, es normal que después de lo que le sucedió tenga lagunas mentales. Es muy probable que, con el tiempo, vaya recuperando la memoria. ¿De qué se acuerda exactamente?

—De todo hasta el momento de la picadura del escorpión. A partir de ahí tengo la mente en blanco.

—¡Eso son magníficas noticias! El veneno de ciertas especies de escorpión del desierto es una toxina muy potente que suele causar la muerte en pocos minutos. En los extraordinarios casos en que el organismo de una persona es lo suficientemente fuerte para combatirla y vencerla, suelen quedar secuelas muy graves. Usted parece lúcido y recuerda lo sucedido. Y no solo eso. Conserva la fuerza suficiente como para incorporarse de la cama y mantenerse por sí mismo. Después de más de dos meses, le confieso que estoy sorprendido. Además, en su caso, no se observa ninguna secuela aparente.

Vyse ya se estaba impacientando por las palabras de aquel médico que no le aportaban ninguna información que no supiera.

—¿Dónde estoy? ¿En Inglaterra?

El doctor Noble volvió a reírse.

—¿Qué le hace pensar eso? ¿Qué la enfermera es de Londres y que yo nací en Leicester?

Vyse permaneció en silencio, esperando que el médico continuara con su explicación.

—En el estado de salud que lo trajeron, como comprenderá, jamás hubiera resistido un viaje hasta Inglaterra. Nos encontramos en el *Hospital Británico de El Cairo.*

—¿Eso existe? —preguntó Vyse, sorprendido.

—Comprendo su desconcierto. Fue inaugurado hace apenas nueve meses, fruto de los acuerdos de muestro gobierno con el pachá de Egipto para la progresiva modernización de su país.

Vyse se tranquilizó. Por un momento había creído que se encontraba en Inglaterra.

—¿Es cierto que llevo inconsciente poco más de dos meses?

—Sí.

—¿Tanto tiempo?

—Piense que sufrió una picadura por un gran escorpión el 14 de noviembre. Ya me parece hasta sorprendente que recuerde todo lo sucedido hasta ese momento. Lo que ocurrió a continuación fue un auténtico milagro, y perdone que repita esa palabra, pero no se me ocurre ninguna otra que lo defina mejor. Todos los años mueren bastantes personas de los núcleos rurales de Egipto por picaduras de determinadas serpientes y escorpiones y su caso no debió ser diferente a los demás. Sin embargo, lo fue. Esa noche, su *janissary* le escuchó gritar. Se personó en su tienda y vio lo que le había pasado. Sin perder ni un solo segundo, lo subió a un caballo en plena noche y a las pocas horas estaba en el hospital. Llegó en muy mal estado, pero vivo. No disponemos de ningún antídoto específico para combatir la potente toxina de ese tipo de escorpión, así que nos limitamos a limpiar la zona de la picadura y a suministrarle medicación para paliar la hipertensión, la taquicardia y su elevada fiebre, y, sobre todo, confiar en Dios.

Vyse se tomó un tiempo para contestar. Tenía demasiada información que procesar, pero una cosa sí que tenía muy clara.

—Escuche, doctor. Aunque, de forma oficial, toda mi familia pertenezca a la iglesia de nuestro país, yo soy militar y poco creyente, lo confieso. Me cuesta mucho aceptar que puedan existir los milagros. ¿Qué explicación, descartada la mística, le encuentra a mi recuperación?

—Yo soy una persona de ciencia y no religiosa —comenzó a responderle el doctor—, pero le confieso que es el primer caso que veo de una recuperación tan asombrosa de una picadura de un escorpión del desierto. Hasta ahora tan solo había visto cadáveres. Llámelo milagro o como quiera, pero su caso ha sido extraordinario. Hace quince días que le remitió la fiebre y los demás síntomas. Parecía mejorar, sin embargo, no recuperaba el conocimiento. Pensábamos que quizá no despertaría jamás. El hecho de que estemos manteniendo esta conversación no sé cómo definirlo. Discúlpeme, pero la mejor palabra que se me ocurre es milagro.

«Lo siento, no creo en ellos», pensó Vyse, aunque pensó que no servía de nada discutir ese tipo de cuestiones. El hecho es que estaba vivo y ya se encontraba mucho mejor.

—Me gustaría visitar al coronel Patrick Campbell.

—¿Visitarlo dice? —sonrió el doctor—. De eso nada. A pesar de su evidente recuperación, lleva demasiado tiempo postrado en la cama. Quizá su cuerpo haya eliminado la toxina del escorpión, pero sus músculos necesitan ejercitarse. Un enfermero se ocupará de usted todas las mañanas. Si su evolución es favorable, es posible que le demos el alta en un par de semanas.

—¿Tanto? ¡No dispongo de ese tiempo! Soy coronel de la *Armada Británica*. Todos los días hago ejercicio físico y, hasta el momento de la picadura, me encontraba fuerte y en plena forma. Ya ha visto que me he incorporado de la cama por mí mismo.

—Sí, parece otro milagro, pero la musculación de sus piernas se ha visto muy afectada por la prolongada inactividad. No intente bajar de la cama porque se caería de bruces contra el suelo.

Vyse, de forma instintiva, miró el suelo de la habitación. También sus piernas. El doctor parecía tener razón. Su masa muscular se había visto muy mermada. Lo creyó.

—Quizá su fortaleza física haya sido uno de los motivos de su increíble recuperación, pero eso no quita que haya recorrido su organismo una potente toxina mortal —siguió el doctor—. Comprenda que debe permanecer en observación. De todas maneras, el cónsul lo ha visitado casi a diario. Tengo instrucciones de notificarle cualquier cambio en su estado de salud. Ahora mismo le enviaré una nota y supongo que no tardará en acudir.

—Por el momento me vale —respondió Vyse. Quería hablar con Campbell, esa era su primera prioridad, pero no se podía olvidar de la segunda. No pensaba pasar ni un día más en aquel hospital de lo estrictamente necesario.

—Si me disculpa —dijo el doctor, abandonando la habitación.

Vyse se volvió a tumbar en la cama. Su mente seguía descontrolada. Después de tanta inactividad, parecía que quería recuperar el tiempo perdido. Miraba el techo de aquella habitación del hospital mientras rememoraba sus últimos recuerdos en Guiza. Su última conversación con Mr. Hill le había parecido muy extraña. Sabía que él sí que creería en milagros, pero no era eso lo que le hacía estar preocupado. El hallazgo de la talla del cartucho del faraón Menkaure en aquella supuesta puerta de la tercera pirámide era un hecho insólito. Más que eso, increíble. No había encontrado ningún precedente de ello en todas las pirámides exploradas de Egipto. Antes de tomar ninguna decisión respecto a sus futuras acciones, debía descifrar ese enigma.

—¡Howard!

—¿Qué pasa? —preguntó asustado.

—Me habían dicho que te habías despertado pero me he preocupado cuando he entrado en la habitación y te he visto inmóvil y con los ojos cerrados. Disculpa si te he asustado.

Era el coronel Patrick Campbell.

—Debo de haberme quedado dormido —le respondió, mientras se incorporaba de la cama y apoyaba su espalda sobre la almohada.

Campbell, de un modo reflejo, hizo ademán de acudir en su ayuda, pero Vyse levantó la mano, deteniéndolo.

—¡Caramba! Ya veo que sí que estás recuperado. En confianza, pensaba que te encontraría consciente pero en mucho peor estado físico. Has estado demasiado tiempo postrado en esta cama. Desde luego, se te ha aparecido Dios. Es la primera vez que veo una recuperación tan increíble. La toxina del escorpión del desierto es...

—Por favor, Patrick, ya he escuchado esa historia demasiadas veces —le interrumpió—. Además, no creo que Dios tenga nada que ver con esto.

—¿Qué quieres decir?

—No lo sé. En estos momentos todavía estoy algo confundido. Mi mente intenta comprender muchas cosas a la vez.

—¡Claro que estarás confundido! Después de tanto tiempo y lo que te ha pasado, ¿cómo pretendes sentirte?

—No me refiero solo a eso. ¿Estás informado de lo que sucedió en Guiza momentos antes de la picadura?

—Recibo noticias de la excavación todas las semanas. Estoy informado de sus avances, aunque no he ido por allí. Mis obligaciones me lo han impedido.

—Entonces, ¿no has hablado con Mr. Hill?

—No. Los informes me los envía el *signore* Caviglia.

—Debes de saber que Mr. Hill y yo hallamos la supuesta entrada a la tercera pirámide, en el lugar exacto que me habías dicho.

—¿Supuesta? —Campbell parecía sorprendido—. ¿Por qué empleas esa palabra?

Vyse le explicó el hallazgo en la piedra tallada del dintel de la puerta y sus dudas acerca de ella.

—¡Extraordinario! —exclamó Campbell, emocionado— ¡Es increíble al igual que tu recuperación!

—No se me ocurriría otra palabra mejor para definir ambos hechos. Increíble.

—¿Qué quieres decir?

—Que ningún faraón esculpiría su nombre en la puerta de entrada de su pirámide y que ninguna persona sobrevive a la picadura de un escorpión del desierto de semejante tamaño.

—¿Te encuentras bien? —preguntó Campbell, que no comprendía a su amigo—. La puerta está ahí y tú la viste. Eso es un hecho. Y yo estoy manteniendo una conversación contigo ahora mismo. Eso es otro hecho. ¿Qué demonios me estás contando de imposibles?

—Reconozco que ahora no encuentro respuestas para tus preguntas, pero una cosa sí que tengo muy clara. Ni creo en puertas fantasma, ni creo en coincidencias, ni creo en recuperaciones milagrosas. Aquí hay algo que se nos está escapando y debe ser muy importante. Mi instinto me grita que nos quieren hacer creer algo que no es. Me temo que nada es lo que parece.

—¿Nada es lo que parece? —Campbell repitió en forma de pregunta, como un loro, intentando buscarle algún sentido—. ¿No será que el veneno ha podido nublar tu mente?

—Hablando de nublar, creo que nos tenemos que preparar para una buena tormenta. Lo que me preocupa es no saber de dónde viene.

Campbell no comprendía las divagaciones de Vyse y decidió que era mejor dejarlo descansar. Se acababa de despertar y parecía confuso. Se despidió de él y le prometió que acudiría a visitarle de nuevo mañana por la mañana.

Lo que Campbell desconocía era lo que iba a suceder a continuación y, sobre todo, que su amigo jamás había estado tan lúcido como ahora.

## 3 ANTIGUO EGIPTO, PALACIO REAL, MENFIS

—¿Dónde estamos?

—En las antiguas mazmorras del palacio.

—¿El Palacio Real tiene mazmorras? Creía que se encontraban junto al palacio del visir, en esa construcción que se parece a una fortaleza militar.

—Eso es lo que es exactamente. Y tienes razón. Ahí están las mazmorras de la ciudad de Menfis, también en una cueva muy similar a esta, aunque de menor tamaño, vigiladas por el ejército.

Egipto disponía de dos ejércitos independientes. El faraón tenía su propia guardia personal, que estaba instalada en el interior de su palacio y se encargaba de protegerlo. Pero esa no era la fuerza principal, también existía el ejército regular cuya función primordial era la preservación de la integridad territorial del país. Estaban instalados en fortalezas distribuidas por todo Egipto y al mando de los visires, auxiliados por los gobernadores en las zonas más remotas del país. Los conflictos armados eran escasos, ya que el desierto que rodeaba el fértil Valle del Nilo constituía una formidable barrera defensiva natural. En ocasiones, los nómadas intentaban atacar a alguna población del valle, pero eran pocos y mal organizados. Las guarniciones del ejército de esas zonas repelían los ataques con facilidad. Por otra parte, de vez en cuando, algún faraón promovía campañas militares, sobre todo en el sur del país, en la zona nubia, con quién mantenían algunos enfrentamientos. Las victorias del ejército egipcio eran constantes debido a su superioridad y mejor organización. A pesar los conflictos en el sur, se podía considerar que estaban atravesando una época de relativa paz y tranquilidad.

—Entonces, ¿para qué son necesarias unas mazmorras en el Palacio Real? Parecen vacías.

—Es cierto que, en la sala en la que nos encontramos, tan solo estamos nosotros, pero esta gruta ocupa casi todo el espacio subterráneo del Palacio Real. Es enorme y te aseguro que no está vacía. Aunque ahora quizá no te lo parezca, tiene su utilidad.

La conversación la estaban manteniendo Nefer con Sobek, en presencia de su hija, de la reina Hetepheres II, madre del recién fallecido faraón Baka y la reina Khamerernebty.

Durante unos segundos se hizo el silencio en aquella gruta.

—¿Debo seguir llamándote Sobek o con Menkaure será suficiente? —preguntó Nefer, que estaba molesto. Siempre había confiado en la palabra de su amigo. Pensaba que era sacerdote del *Templo de Neith* y resulta que era el hijo de la reina Khamerernebty y el faraón Khafre. O sea, un príncipe de Egipto.

—No. Una vez descubierta la confabulación del *Sacerdocio Secreto de Anubis*, ya no tiene sentido mantener esa ficción. De todas maneras, si quieres seguir llamándome Sobek, tampoco me importa. Aunque no me creas, le había tomado cariño a ese nombre.

—¿Lo sabíais desde el principio? ¿Por qué no me dijisteis nada? Estaba preocupado.

—No, no lo sabíamos desde el principio —ahora intervino la reina Khamerernebty—. Cuando falleció mi esposo, el faraón Khafre, su sucesor fue Baka en lugar de Menkaure, como bien sabes. Nos pilló completamente desprevenidos. Entonces comprendimos que debía de existir algún tipo de organización secreta para apartar a mi hijo Menkaure del trono de Egipto. Para conseguir semejante objetivo, esta organización debía de estar formada por gente muy poderosa de Egipto. Durante este último año nos hemos preparado para que no sucediera lo mismo a la muerte de Baka, porque conocíamos perfectamente que su salud no era muy buena y podía fallecer en cualquier momento. Cometer dos veces el mismo error hubiera sido de necios. Por ello investigamos y descubrimos la existencia del *Sacerdocio Secreto de Anubis*. No solo eso, sino que conseguimos infiltrarnos, lo que nos permitió anticiparnos a sus planes. Cuando llegó el momento oportuno, escondimos a mi hijo en este lugar del Palacio Real hasta estar seguros de que el peligro había pasado y que estaba a salvo. Al mismo tiempo, arrestamos a todos los miembros del *Sacerdocio Secreto de Anubis*.

—¿A cuántos exactamente?

—No temas por eso. Ya te he dicho que conseguimos infiltrarnos y hemos estado al tanto de sus últimos movimientos. Su cabecilla, la reina Hetepheres II, la tienes delante de ti, apresada. Al mismo tiempo que la arrestábamos a ella, irrumpíamos en el palacio de visir, capturando al príncipe Setka, en la fortaleza de Menfis apresando al jefe del ejército, en el *Templo de Ptah* arrestando a su sumo sacerdote Debehem y en el *Templo de Hathor* en Dendera, haciendo prisionera a su suma sacerdotisa, Neferhetepes, por cierto, hija de Hetepheres II, aquí presente. En el propio Palacio Real también hemos actuado. Entre otras, ha sido arrestada la esposa favorita del fallecido faraón Baka, la reina Khentetka. Todo ello ha sucedido durante la pasada noche de forma coordinada por la guardia real del faraón, que estaba de nuestra parte. Nos hemos anticipado a su golpe, asestándoles uno mortal, mientras se disponían a dormir pensando en sus ínfulas de grandeza y poder. Ahora están entre ratas, que es lo que son.

Nefer parecía impresionado.

—¡Vaya! El poder civil, con el visir, el militar, con el jefe del ejército y el religioso con un sacerdote y una sacerdotisa de muy alto rango.

—¿Por qué dices eso? —le preguntó Khamerernebty. Le había extrañado una referencia tan explícita a los tres poderes.

—Ya os he contado que ayer me colé en la *Casa Jeneret* y asistí a la última reunión del *Sacerdocio Secreto de Anubis*.

—Sí, ya te había escuchado, pero no te creo. Tú no estás autorizado para entrar en ese lugar.

—Dice la verdad —intervino ahora la hija del antes conocido como Sobek—. Me lo ha dicho hace un momento en la escuela y no me estaba mintiendo.

Nefer pareció caer en la cuenta de la presencia de aquella chiquilla, que había sido quién lo había golpeado y dejado inconsciente.

—Por cierto, ¿cómo debo dirigirme a ti? Está claro que también me engañaste —le preguntó, con un tono claramente molesto.

—Soy la princesa Khentkaus, pero puedes llámame cómo te dé la gana —le respondió de un modo divertido, para enfado de Nefer.

—Supongamos que te creo —les interrumpió la reina Khamerernebty—. ¿Cómo conseguiste entrar? ¿Cómo pudiste burlar al vigilante Sennefer?

—Disponía de una invitación para asistir, así que me franqueó el acceso.

Khamerernebty pareció alarmarse.

—¡No te puedo creer! —exclamó—. A esas reuniones tan solo se accede con una invitación personal, pero también con una señal en un brazo.

Nefer no disponía del papiro que contenía la invitación, ya que lo había entregado al acceder a la reunión, pero se arremangó su túnica y le mostró su antebrazo izquierdo a la reina.

—¿Qué quiere decir eso? —preguntó Khamerernebty, espantada, mientras lo miraba—. ¿Acaso eres miembro del *Sacerdocio Secreto de Anubis*?

—Lo único que sé es que el vigilante de la *Casa Jeneret* me pidió que se lo mostrara. Es una herida que me causé pescando. No sé nada más.

—¡Es increíble!

—Tengo una prueba que bastará para que me creas. Según has contado, os habéis infiltrado en el *Sacerdocio Secreto de Anubis* por lo que conocerás que ayer se celebró una reunión a las once de la mañana, como la propia reina Hetepheres II, aquí presente, ha reconocido. En ella, uno de los miembros que llevaba su cabeza cubierta por esa espantosa máscara de chacal, dijo que controlaban el poder civil, militar y religioso. Hace apenas un momento lo he comentado y te has extrañado que lo dijera. Como supongo que algún miembro de vuestra organización también estaría presente en la misma reunión, no tienes más que preguntarle. ¿Te parece suficiente prueba?

Khamerernebty seguía asustada, pero debía de reconocer que todo lo que había contado Nefer era coherente y parecía creíble.

—¿Eres consciente del riesgo que corriste?

—Si en vez de engañarme, me hubierais hecho partícipe de vuestros planes, igual os hubiese sido de ayuda.

—Eso no era posible —intentó zanjar el tema la reina.

—¿No se os ha ocurrido pensar una cosa? Si yo fui capaz de asistir a esa reunión del *Sacerdocio Secreto de Anubis* y ni siquiera os enterasteis, ¿cómo podéis estar seguros de que habéis desmantelado esa sociedad secreta por completo? Incluso hace un momento has jugado con la idea de que yo pudiera ser uno de sus miembros. Eso demuestra inseguridad —dijo Nefer, dirigiéndose a la reina.

—Todos los líderes han caído —le respondió—. Supongo que nos habrán quedado por capturar colaboradores de segundo nivel, pero sabiendo que la dirección ha sido descabezada, se disolverán. Los diez están arrestados.

—Insisto, ¿estás segura? ¿Los diez? Yo accedí a la reunión con una invitación que no era mía. Eso quiere decir que, al menos, uno de los diez miembros verdaderos no asistió a la reunión de ayer porque yo estaba ocupando su lugar. ¿Acaso sabéis quién es?

La reina se quedó pensativa. No había caído en la cuenta de esa posibilidad.

—No importa si ha escapado una sola persona. Los grandes líderes están arrestados. Sea quien sea ese décimo miembro, ahora estará solo. Nada podrá hacer.

«Yo no estaría tan seguro», pensó Nefer, sonriendo.

La cabecilla de aquel siniestro sacerdocio, la reina Hetepheres II, también sonreía. «Preocuparte por aquellos que te odian es de necios, mejor preocúpate por aquellos que fingen ser tus amigos», se dijo.

La única que pareció darse cuenta de lo que sucedía fue la pequeña princesa Khentkaus. «¿Y si nada es lo que parece?», pensó, preocupada.

## 4   EL CAIRO, EGIPTO, 22 DE ENERO DE 1837

—¿Qué quiere decir?

—Ya se lo he dicho. El coronel Vyse ha desaparecido.

—¿Me puede explicar cómo demonios desaparece un paciente que apenas puede andar de un hospital, todo ello sin que su médico sepa nada?

El coronel Campbell se estaba reprimiendo, pero estaba a un segundo de estallar y perder la paciencia.

—Yo me acabo de enterar ahora, como usted. Voy a llamar a la enfermera y a su recuperador. Aunque no es la hora de sus ejercicios diarios, quizá hayan decidido trasladarle a la sala de musculación.

—¿Eso había sucedido con anterioridad?

—No, pero...

—¡Ni una palabra más! —exclamó el coronel Campbell, que parecía a punto de cruzar esa línea roja de su cólera extrema. Tenía claro que Howard Vyse se había fugado.

El doctor Noble también se dio cuenta del rostro colorado del coronel. Consideró acertadamente que cualquier comentario que pudiera añadir empeoraría las cosas.

—Si me disculpa, voy a preguntar y enterarme de lo sucedido. Vuelvo en un momento —dijo el doctor, mientras abandonaba la habitación a toda prisa.

Campbell se sentó en una silla. «Tenía que haberlo supuesto», pensó. «La culpa es mía. Conozco de sobra a Howard y, en mi interior, sabía que no aguantaría dos semanas de rehabilitación. ¡Pero tan solo cuatro días es demasiado!». Intentó tranquilizarse. No deseaba empezar a dar gritos por el hospital.

En ese momento, entró el doctor acompañado por dos personas más.

—La enfermera Miller y el recuperador Harrison son los que estaban al cargo del coronel Vyse.

—¿Dónde está? —preguntó Campbell, sin preámbulos.

—Recibimos su nota, señor —contestó Harrison.

—¿Qué nota?

—Su propio *janissary* nos la entregó. Lo conocemos, ya que su esposa estuvo ingresada en este hospital hace medio año. Sabemos que trabaja para usted. ¿Por qué debíamos de dudar? —preguntó el enfermero. Por la respuesta del coronel, Harrison ya había comprendido que la nota no procedía de él.

—¿Selim?

—Sí. Vino a primera hora de la mañana. Él se hizo cargo del coronel Vyse, de acuerdo con las instrucciones de la nota que portaba. Si no fue usted el que la escribió, comprenda que no teníamos ningún motivo para dudar de su autenticidad. Es su *janissary*.

—¡No, no lo es! —exclamó Campbell, colérico—. ¡Desde hace casi tres meses es el *janissary* del coronel Vyse!

Los tres miembros del hospital se quedaron mirando entre ellos, sin atreverse a responder al cónsul. Al final, Harrison decidió continuar con su explicación. Al fin y al cabo, había sido él el que le permitiera abandonar el hospital.

—Comprenda que nosotros no disponíamos de esa información.

—¡Tenían instrucciones muy precisas de avisarme de cualquier cuestión relacionada con el coronel Vyse! ¿Por qué no lo hicieron?

—Coronel, pensábamos que la nota era suya. En ella nos daba instrucciones muy concretas. ¿Para qué íbamos a contactar con usted si ya lo había hecho usted con nosotros?

Campbell comprendió que no servía de nada discutir en bucle con el personal del hospital. Con los que tenía que estar enfadado era con Selim y Vyse, no con aquellos desgraciados.

—¿En qué estado físico se encontraba el coronel? —preguntó Campbell.

—Desde luego necesitaba más sesiones de rehabilitación para recuperar su masa muscular, pero había experimentado notables progresos en los cuatro días que trabajé con él. Es un hombre de notable fortaleza física. Ayer ya era capaz de andar, aunque debía ayudarse de un bastón. El *janissary* se ha hecho cargo de él esta misma mañana. Los he acompañado a la puerta del hospital, insistiéndole al coronel en lo precipitado de su abandono. Selim me ha confirmado que continuaría él mismo con la rehabilitación, ya que disponía de los conocimientos adecuados. Ya sabe que su mirada es temible. Yo soy un simple enfermero, no un soldado. Además, portaban una nota suya. Comprenda nuestra situación.

Campbell seguía pensando que debían de haber dudado de su supuesta nota, pero eso ya no importaba. La ventaja que tenía el cónsul era que sabía exactamente dónde se encontraban Vyse y Selim. Se despidió del médico y los dos enfermeros con un gesto con su mano, sin pronunciar ni una sola palabra. No deseaba enredarse más con reprimendas inútiles por su irresponsable comportamiento.

—Quiero a Hughes y Cooper en mi despacho en un minuto —dijo Campbell a la recepcionista del consulado, sin más explicación, al tiempo que subía las escaleras a toda velocidad.

Mientras tanto, Howard Vyse y su *janissary* Selim ya podían ver, en la distancia, las pirámides de Guiza.

—Hemos corrido un grave riesgo. Además, ahora el coronel Campbell estará enfadado conmigo.

—Por eso no te preocupes. Yo fui el que contactó contigo y también el que organizó este viaje. Conozco perfectamente la letra de Patrick y no me costó nada imitarla. Tú desconocías la falsedad de esa nota.

—Sabe que eso no es cierto.

—Pero el coronel Campbell no, y eso es lo importante. Por otra parte, nos conocemos mutuamente demasiado bien. Nuestras familias han pasado temporadas juntas.

—¿Qué me quiere decir?

—Que me temo que pronto recibiremos una visita.

Selim comprendió lo que quería decir y permaneció en silencio. Había trabajado para el cónsul durante muchos años, pero los *janissaries*, por tradición y educación durante muchas generaciones, eran personas de un solo jefe y ahora ese era el coronel Vyse, además por expreso deseo del cónsul.

—No te preocupes —le dijo Vyse, que entendió sus pensamientos—. La visita será cordial. Sí, es cierto que nos reprochará lo del hospital, pero ese no será el motivo principal de su desplazamiento hasta Guiza. Hay otras cuestiones que le preocupan más que mi estado de salud.

Salim no lo comprendió, pero confió en que así fuera.

—Además, nadie en el campamento debe saber que he regresado. Y cuando digo nadie, incluyo expresamente a Caviglia, Hill, Perring y los demás —continuó Vyse.

Ahora, Selim sí que se sorprendió de una manera evidente.

—Le preguntaría el motivo, pero supongo que no me lo diría. Recuerde que me comprometí con su seguridad y fracasé. Ahora me he comprometido con su rehabilitación y no pienso volver a fallar. Eso está por encima de sus propios deseos.

—Ahora que hablas de mi seguridad, ¿es normal que se cuele un escorpión en el interior de una cama, dentro de una tienda de campaña completamente cerrada?

—Esa pregunta ya me la había formulado yo. No, no es normal. Es cierto que, en esta zona, abundan los escorpiones y no resulta extraño encontrarse con alguno, pero hay dos cuestiones que me tienen intrigado y muy preocupado, porque no las entiendo. La primera la acaba de exponer usted mismo y la segunda es el tamaño del escorpión.

—¿Qué sucede con su tamaño?

—Era pequeño.

—¿Qué dices? Nada más notar su picadura, levanté la sábana y lo pude ver. Era enorme.

—No, no lo era. En cuanto escuché su grito, acudí de inmediato a su tienda. Estaba inconsciente en el suelo. También pude ver al escorpión. Mis ojos no me engañaron. Supongo que se asustaría por la picadura. Las sábanas de su cama son blancas y el color del escorpión era muy oscuro, lo que quizá lo confundiera.

—No te comprendo.

—¿Sabe que en Egipto hay decenas de especies diferentes de escorpiones? El más grande puede superar los veinte centímetros, sin embargo, el suyo apenas mediría siete u ocho.

—¿Estás intentando decirme que la causa de mi grave afección no fue la picadura de ese escorpión?

—La gente suele creer que, cuando más grande es un escorpión, más agresivo y venenoso es. También piensan eso con las serpientes. En realidad, en la mayoría de los casos, es justo al contrario. Los escorpiones no suelen atacar a los humanos a no ser que se vean amenazados. En su mayoría, no son agresivos con nosotros; se limitan a picar a sus presas para paralizarlas con su veneno y alimentarse. Se suelen esconder en el suelo, sobre todo bajo las piedras del desierto. A veces, también construyen pequeñas oquedades en la arena. Contrariamente a las creencias populares, la mayoría de especies de escorpiones no son mortales para los humanos adultos y en buen estado de salud, ni siquiera los más grandes del desierto. Es cierto que producen reacciones graves y fiebres elevadas que pueden llevar a la muerte a niños, jóvenes o ancianos, pero raramente a adultos. El escorpión que vi en su cama, en Egipto lo llamamos «cola negra». Es la especie más temida porque es muy agresivo con los humanos y su picadura es mortal. Nadie sobrevive a ella.

—¿Y qué hago yo aquí? Y no me vengas con cuestiones de la voluntad de los dioses y cosas así. Eso ya lo he escuchado en el hospital y no lo creo.

—Es una buena pregunta para la que no tengo respuesta, aunque yo me hago otra. ¿Qué hacía en Guiza? Aunque abundan en Egipto, jamás había visto uno de esos en esta zona. Aquí predominan las especies de mayor tamaño. Créame, los *janissaries* tenemos amplios conocimientos acerca de las criaturas del desierto. Compartimos el mismo territorio y, aunque le suene extraño, nos respetamos.

Vyse intentaba poner algo de orden en todo lo que había escuchado.

—O sea, básicamente me acabas de decir que no debería estar vivo y que el escorpión que me picó tampoco debería haber estado en mi cama.

—Veo que me ha comprendido —le respondió Selim, con un gesto serio—. El motivo por el que accedí a su petición de ayudarle a escapar del hospital fue ese.

—¿Cuál exactamente? —preguntó Vyse, que no había comprendido la última frase de su *janissary*.

—Cuando llegamos al hospital de El Cairo, viajando toda la noche desde Guiza, habían trascurrido muchas horas desde la picadura. Era imposible que estuviera vivo, pero no solo lo estaba, sino que, en mi posterior visita, una semana después, aunque inconsciente, seguía vivo. Ya sabe que nuestro pueblo tiene profundas raíces religiosas, pero hasta a mí me costaba creer lo que veía. Cuando recibí su nota, supe que debía sacarlo de aquel lugar. Necesito conocer la respuesta a las dos preguntas y no soy capaz de encontrarlas. Tengo la sensación de que, si no lo hago pronto, su vida puede correr peligro.

—De tus palabras, deduzco que crees que alguien puso el escorpión a propósito en mi cama. Si alguna persona me quiere muerto, supongo que pensaste que, una vez confirmada mi recuperación, ese «alguien» querría culminar su trabajo acabando con mi vida en el propio hospital.

—Así es —respondió el *janissary*—. Pero resulta que ambas preguntas no tienen respuesta posible. Usted es la primera persona que conozco que sobrevive a la picadura de esa clase de escorpión. ¿Qué respuesta racional le encuentra? Además, ya sabe que, en su zona del campamento, tan solo hay cuatro tiendas de campaña. Aquel día, usted estaba solo, ya que ni Mr. Caviglia ni Mr. Sloane habían llegado a Guiza y el coronel Campbell estaba en El Cairo. Si no había nadie a su alrededor, ¿quién le pudo poner ese escorpión en su cama? Además, recuerde que el acceso a su zona está vigilado las veinticuatro horas del día. Nadie tiene permiso para entrar salvo los tres ausentes y usted mismo. Parece que ha sucedido lo imposible.

—Nada es imposible, tan solo teóricamente improbable —le respondió Vyse, que ahora parecía estar reflexionando. Tenía la mirada perdida.

«¿Teóricamente improbable? ¡Qué tontería es esa!», pensó Selim que era consciente de que el coronel le ocultaba algo, pero no parecía querer compartir sus pensamientos.

—Algo le preocupa, ¿verdad? —preguntó el *janissary*. Si quería proteger al coronel debía de conocer hasta sus pensamientos. El próximo intento podría ser el definitivo y ni siquiera era capaz de imaginarse como habían podido llevar a cabo el primero.

Vyse se permitió una ligera sonrisa.

—Volvamos al principio de nuestra conversación. ¿Por qué cree que no quiero que mi llegada a Guiza sea conocida por nadie del campamento?

Selim se sorprendió.

—¿No me diga que ya había pensado en todo lo que le acabo de explicar?

—No tenía ni idea de las diferentes especies de escorpiones ni de todo eso, pero no soy imbécil. Desde que me desperté hace cuatro días en el hospital, ya me di cuenta de que algo extraño estaba sucediendo a mi alrededor. Por eso te envié la nota para que me sacaras del hospital de El Cairo y poder volver a Guiza. Mi instinto siempre ha sido mi mejor aliado y ahora me está gritando al oído.

—¿Y qué le dice?

—Que abra bien los ojos y hallaré las respuestas.

## 5  ANTIGUO EGIPTO, PALACIO REAL, MENFIS

—No me contaste que disponías de una invitación para asistir a una reunión del *Sacerdocio Secreto de Anubis*.

—¿Por qué lo iba a hacer? Habíamos hecho una apuesta y la has perdido. Conseguí colarme en la *Casa Jeneret*, según tú, impenetrable para mí.

—Con trampas.

—¡Con tan solo ocho años ya eres una mala perdedora!

La princesa Khentkaus, la hija de su amigo Menkaure, antes conocido por Sobek, le dio un pequeño empujón a Nefer.

—No soy eso porque no me dijiste toda la verdad.

—Hablando de sinceridad, ¡mira quién fue a hablar! Me habéis tenido engañado casi dos años.

—Ya escuchaste a mi padre. Era necesario, entre otras cuestiones, por tu propia seguridad.

—¿Y a quién le importa la seguridad de un campesino y pescador? ¿A una princesa de Egipto?

—Desde luego a mí me importaba, pero sobre todo a mi padre. Siempre nos decía que jamás tenías que enterarte de la verdad hasta que llegara el momento oportuno.

—Tú, que eres una chiquilla muy curiosa como yo, ¿no te preguntaste el motivo de semejante sinsentido? ¡Pero si yo no soy nadie!

—Pues mi padre siempre me ha hablado de ti con mucho respeto.

—Dentro de tres días se celebrará su coronación como el próximo faraón de Egipto, aunque ya lo sea de hecho. ¿Crees que el faraón continuará asistiendo a la escuela, como hasta ahora? ¿Piensas que tendrá tiempo para dedicarle a una persona como yo? Es cierto que estoy en su escuela, pero te repito, si antes ya no era nadie, ahora, al lado del faraón, todavía menos. Supongo que me olvidará y no se lo reprocho. Es la voluntad de los dioses.

—Parece mentira que, después de casi dos años, no conozcas a mi padre. Aunque fuera el mismísimo Dios Ra, jamás olvidaría a sus amigos.

—¿Amigos? ¿Un faraón se puede permitir eso? Tendrá cientos de asuntos de los que ocuparse y muy poco tiempo libre. Creo que la amistad es un capricho que no se va a poder permitir. Y no pienses que lo digo como un reproche. Estoy seguro de que Menkaure será un gran faraón al que los dioses bendecirán y traerá gran prosperidad a Egipto, pero una figura casi divina no se puede relacionar con humanos como yo.

—No quiero seguir discutiendo contigo por esto. El tiempo nos dirá quién tiene razón, si tú o yo. ¿Apuestas algo?

—Te gusta apostar, ¿verdad? Pero antes de eso, deberías pagar las apuestas que debes.

Khentkaus se quedó mirando a Nefer con cara de fastidio.

—Está bien —dijo—. Reconozco que, a pesar de todo, te colaste en la *Casa Jeneret* y eso no me lo esperaba. Haré honor a mi palabra, como dicen los mayores.

—Si yo hubiera perdido, ya estarías en la rama más alta del árbol ese que tanto te gusta —dijo Nefer, señalándolo—, pero como he ganado yo, ahora te toca a ti responder a una pregunta mía con absoluta sinceridad.

—Ya conozco los términos, no hace falta que me los recuerdes. En todo este tiempo, de más de veinte apuestas que hemos hecho, tan solo me acuerdo de haber perdido dos y respondí a tus preguntas. No te puedes quejar.

—Las dos anteriores eran preguntas triviales, pero esta vez estoy seguro de que te voy a poner en un apuro.

—Lo dudo mucho —le respondió Khentkaus.

—Ahora lo verás. Ni por un instante te imaginas cuál puede ser mi pregunta. Allá va. Como sabrás, logré entrar en la *Casa Jeneret* con una invitación para la reunión del *Sacerdocio Secreto de Anubis*. Pero encontré ese pergamino debajo de mi mesa y yo no era su destinatario. En consecuencia, si había rodado hasta allí debía de pertenecer a alguna de las personas que se sentaban a mi alrededor. Resulta que tan solo hay tres candidatas. La primera es Nikanebti, la que se sienta a mi izquierda, que acaba de ser nombrada por tu padre nueva suma sacerdotisa del Templo de la Diosa Hathor, en sustitución de la traidora Neferhetepes. Es difícil pensar en ella como traidora. La segunda candidata es la princesa Rekhetre, media hermana de tu padre y tu propia tía. Tu padre la ha promocionado en la corte real, por lo que tampoco parece encajar en ese papel. Y la tercera, ¡eres tú!

Khentkaus no pudo evitar reírse.

—¿Crees que, con tan solo ocho años, puedo ser el décimo miembro desaparecido y que no ha sido apresado del *Sacerdocio Secreto de Anubis*? ¡Es todo un honor que pienses eso de mí!

—¿Por qué no? En aquella reunión hubo dos personas de tu misma estatura que no abrieron la boca. Ni siquiera les pude escuchar su voz distorsionada por aquella espantosa máscara.

Khentkaus seguía divertida.

—En realidad, hay una cuarta persona que no has nombrado y que también encaja como candidato.

—¿Quién? —preguntó Nefer—. A mi alrededor no se sienta nadie más.

—¡Exacto! ¿Cuál es la respuesta más lógica de todas las posibles? Tú afirmas que el papiro no te pertenecía, pero ¿por qué tengo que creerte? Estaba debajo de tu mesa, en consecuencia, el candidato más probable eres tú. ¿Por qué se tuvo que resbalar? Eso también lo dices tú. Además, ¿por qué me da la impresión de que intentas despistarme?

—¿Te doy esa impresión? ¿En serio?

—Debo confesarte una cosa. Ayer, cuando estábamos en la gruta y te enteraste de toda la verdad, hubo un momento final que me pareció muy sospechoso. ¿Qué clase de complicidad podía haber entre la traidora reina Hetheperes II y tú? Cuando salió el tema del décimo miembro del sacerdocio desaparecido, me di perfecta cuenta que se te escapó una pequeña sonrisa. Curiosamente, al mismo tiempo que Hetheperes. ¿Casualidad?

—No tengo ni idea a qué te refieres, pero la simple posibilidad de que yo sea uno de los diez cabecillas de los confabuladores me produce auténtica risa. Resulta cómico o ridículo, lo que prefieras. ¿En serio crees que yo podría ser uno de ellos? ¿Un campesino sin ningún poder en la corte real? ¿Un pescador que se arriesgaba a adentrarse en las riberas del Nilo para poder llevar comida a su familia y que no pasaran hambre? ¡Pero si yo no soy nadie!

Khentkaus no había perdido la sonrisa.

—No lo afirmo, pero admitirás que, como mera posibilidad, tampoco es descartable. Tan solo porque tú digas que ese papiro no era para ti, eso no te hace menos sospechoso. Así que no son tres los posibles candidatos, sino cuatro.

Nefer estaba sorprendido. Pensaba que iba a poner en un aprieto a Khentkaus y resulta que estaba sucediendo todo lo contrario. «Nunca la debo subestimar», pensó. «Tiene ocho años, pero no es una niña cualquiera. Debe ser una diosa que ha tomado esa caprichosa forma humana».

—Intentas confundirme, pero como he ganado la apuesta, tengo derecho a hacerte una pregunta y debes responderme con la verdad. Allá va. ¿Eras tú la destinataria de ese papiro?

—No, pero tiene su gracia que tú parezcas creerlo.

—¿Por qué?

—Porque yo también me hago la misma pregunta, pero mi lista de candidatos es tan solo de dos. De entrada, descarto a mi tía, la princesa Rekhetre, porque es joven, guapa, pero también es algo tonta. No me la imagino enredada en esos asuntos. También me descarto a mí misma, porque si la invitación hubiese sido para mí, me imagino que lo hubiera sabido. En consecuencia, me quedáis Nikanebti y tú. Hasta hace un momento pensaba que ella era la candidata más probable. No hay que olvidar que la traición se fraguó en el *Templo de Hathor* en Dendera y ella es sacerdotisa de allí. De hecho, ahora es su suma sacerdotisa. Además, la traidora Neferhetepes y ella siempre han sido muy buenas amigas. Pero, después de esta conversación, ya no tengo tan claras las cosas.

—¡Pero si yo no soy nadie! —insistía Nefer una y otra vez—. ¿Qué pinto yo rodeado de un visir, una suma sacerdotisa, príncipes, jefes militares y demás? ¿Crees que osarían sentarse en la misma mesa con un campesino?

Khentkaus se puso seria.

—Ya no eres un campesino, aunque ahora eso no importe. La cuestión que me preocupa es que no has formulado la gran pregunta.

—¿Qué gran pregunta? —Nefer parecía desconcertado.

—¿De verdad no la sabes?

—No tengo ni idea de qué me estás hablando.

—Supongo que recordarás lo que sucedió ayer.

—¡Claro! ¿Y qué?

—En concreto, me refiero cuando tú le echaste en cara a mi padre que Sobek jamás había existido y que te sentías engañado.

—Sí, y me acuerdo también que te reproché a ti que me hubieras engañado con tu verdadera identidad de igual forma.

—No me has contestado. Exactamente, mi padre te respondió que tú no eras Nefer y que jamás habías existido.

—Sí, lo recuerdo, pero eso fue una manera de humillarme completamente innecesaria y fuera de lugar. No hacía falta recalcarme que yo nunca había sido nadie. Eso ya lo sabía.

—No intentaba humillarte, simplemente te dijo la verdad. Tú no eres Nefer porque jamás has existido con ese nombre.

—Qué quieres decir? —preguntó, sin comprender nada.

Khentkaus le dijo su verdadero nombre.

De inmediato, se hizo el silencio. Los dos se estaban mirando a los ojos.

—¿Es otra de tus estúpidas bromas? —se atrevió a preguntar Nefer, al cabo de unos segundos.

—Por supuesto que no lo es. Mi padre ya te lo dijo ayer y ahora te lo confirmo yo. Tu teoría de que no eres nadie se acaba de derrumbar de forma estrepitosa, ¿verdad?

—¡Pero eso es imposible!

—Ahora, escúchame y no me interrumpas en los próximos cinco minutos. No quiero oír tu voz hasta que termine mi explicación. ¿Te queda claro?

Nefer asintió con la cabeza.

Khentkaus comenzó su explicación. Así estuvo, no cinco minutos, sino más de diez. No omitió ningún detalle. Cuando concluyó, se dirigió a su amigo.

—Ya está. En este momento ya puedes hablar y preguntarme lo que quieras.

La cuestión era que, ahora, Nefer no podía. Parecía que le hubiesen arrancado la lengua.

«Definitivamente, Khentkaus es una diosa», pensó.

## 6  EN LA ACTUALIDAD, DUBLÍN, IRLANDA, 15 DE OCTUBRE

—¡Espera, espera! —exclamó Ryan, que, después de asearse un poco en el baño, se sentó junto con Rebeca en la misma mesa que habían estado hacía unos veinte minutos con Carlota.

—No me pienso ir a ninguna parte. Acabamos de sentarnos —le respondió Rebeca, que utilizaba la ironía para ver si conseguía despistar a Ryan.

—No seas tonta. Antes de que me cuentes la segunda cuestión que te extraña de todo este asunto, permíteme que te haga una pregunta.

—Adelante —le respondió, mientras le hacía un gesto a «*Bubba*», que era el mote del camarero habitual de la zona de los malos. Le pidió dos pintas de cerveza.

—Está claro que eres una caja de sorpresas, pero hay una cuestión muy clara en todo este asunto. Es innegable que acaban de secuestrar a tu hermana. ¿Por qué no quieres avisar a la policía? Que fuera yo el que no quisiera llamarla podría tener su lógica. Aún me quedan dos meses de la condicional y verme envuelto en un secuestro no es lo mejor para mí, aunque en este caso haya sido la víctima. Además, como comprenderás, no le tengo demasiada simpatía a la policía. Pero ¿tú? La única explicación que se me ocurre es que no quieras que la policía intervenga porque, como yo, tengas cuentas pendientes con ellos. Aún así, ¿no estás preocupada por Carlota ni siquiera un poco?

—Eso no es una pregunta, sino varias. Voy a empezar por el tema de la policía. ¿De verdad crees que he escapado de España huyendo de la Ley y he elegido como escondite la capital de Irlanda, un país de la Unión Europea cuya policía colabora activamente con la española? ¿En serio? ¿Sabes lo que es la *Orden Europea de Detención y Entrega*, más conocida como *«Euroorden»*? Supone la extradición inmediata. Si estuviera huyendo de la policía española me hubiera refugiado en cualquier país sin tratado de extradición, no a la vista de todos en Dublín.

—No soy experto en leyes, pero te creo.

—En cuanto a tu última pregunta, ¡por supuesto que estoy preocupada por lo que acaba de suceder! Te confieso que no me lo esperaba.

—¿Cómo te vas a esperar que secuestren a tu hermana en la puerta de un *pub*? Una cosa así nadie la puede prever.

«Casi nadie», pensó Rebeca, que debió darse cuenta de lo que iba a suceder cuando salieron del *pub*. Se lo reprochaba a sí misma.

—Es cierto que estoy preocupada, pero no creo que te imagines el motivo —continuó Rebeca.

—¿El motivo? —preguntó Ryan, que no salía de su asombro por la actitud de aparente indiferencia de Rebeca—. ¡Joder! ¡Acaban de secuestrar a tu hermana gemela!

—¿Estás seguro?

—¡Por Dios, Rebeca! ¿Te encuentras bien? Te confieso que no me parece normal tu extravagante actitud.

—Me encuentro perfectamente lúcida y me preocupa mi hermana, que queden ambas cosas muy claras. No tienes ningún motivo para preocuparte por mí. Lo que sucede es que quizá no te estés haciendo las preguntas adecuadas.

Ryan cada vez entendía menos la situación.

—¿Qué preguntas?

—¿No se te ha pasado por la cabeza que nada sea lo que parece ser? A veces, nuestros sentidos nos confunden.

—¿No pretenderás convencerme de que no he visto lo que he visto?

—Más o menos.

—¡Rebeca! —exclamó Ryan, que estaba empezando a perder la paciencia.

—¿Sabes que Carlota, aunque no tiene mi nivel, también domina dos o tres artes marciales? Si hubiese querido, se hubiera zafado de su atacante en menos de dos segundos, como hice yo.

—La pillaron desprevenida, de espaldas y con la vista en su bolso, buscando un cigarro. Simplemente no los vio venir. Ya sabes que sucedió todo muy rápido.

Rebeca sonrió.

—Eres adorablemente ingenuo. La única verdad de tu frase es que todo sucedió muy rápido. El resto es falso. Para empezar, mi hermana no ha fumado en su vida y te aseguro que tiene ojos hasta en la espalda. Si hubiera querido, ella sola hubiera podido con esos cuatro supuestos matones. Además, juntar en la misma frase a mi hermana con la palabra «desprevenida» es una osadía que ni yo misma me atrevería a pronunciar. Si Carlota te escuchara, te arrancaría la cabeza.

—¿Qué pretendes decirme? —Ryan estaba confuso.

—Que no la pillaron desprevenida y que no opuso ninguna resistencia porque no le dio la gana. Se dejó introducir en esa furgoneta negra como una corderita, por su propia voluntad. En consecuencia, yo no calificaría como un secuestro lo que acabamos de ver.

—¡No te puedo creer! ¿Y cómo lo calificarías?

—¿Has visto la película *Take Me*? Es de 2017.

—Ni la había oído nombrar.

—No te voy a aburrir con el argumento, pero el *prota* decide comenzar una prometedora carrera como empresario emprendedor con visión de futuro. Se centra en un negocio muy lucrativo, la simulación de secuestros. ¿Me comprendes ahora? ¡Hemos visto la promoción de una mediocre película de ficción de «serie B»! Lo único que se salva es el decorado, los *Docklands* de Dublín, pero el resto... ¡por favor! La típica furgoneta negra sin matrícula, por si no te habías percatado de ese detalle, de la que descienden cuatro actores de reparto vestidos de negro, con apariencia de muy *malotes*. Además, ocultando su rostro con pasamontañas recién estrenados. Solo les faltaba no haber quitado la etiqueta de la tienda donde los compraron. Todo ello con la intención de sorprendernos y asustarnos. No te niego que lo primero lo han conseguido, pero lo segundo... ¡por Dios! ¡Payasos! A pesar de todo, a ti te ha resultado creíble la función. Pues si te ha gustado el *tráiler* no te pierdas la película completa.

Ryan parecía abrumado.

—¿Y todo eso lo deduces tan solo porque tu hermana no se ha defendido? ¿No crees que la que ha visto una película has sido tú? Es de locos.

—No solo por eso —le respondió en un tono misterioso, mientras aprovechaba para darle un trago a su cerveza.

—¿No me digas que aún me ocultas más cosas?

Rebeca parecía divertida, pero Ryan estaba molesto.

—¿Sabes? Llevas media hora diciéndome que por qué no quería llamar a la policía.

—Es que no te comprendo. Aún admitiendo que tu hermana no se defendiera y que permitiera que se la llevaran, cosa que me cuesta comprender, ¿no crees que eso debería decidirlo la policía? Se supone que están para estas cosas.

—Veo que sigues sin entenderlo.

—¿Qué es lo que no entiendo? —Ryan estaba a un segundo de perder la paciencia—. ¿Qué la policía se debe de ocupar de estos temas?

—No. Lo que yo no entiendo es para qué demonios debíamos llamar a la policía si ya estaba allí desde el principio.

—¿Qué? —preguntó Ryan, pasmado, que le había pillado la extraña frase de Rebeca tomando con su mano el vaso de cerveza.

—¡Que Carlota es la policía! ¡Pareces idiota!

Ryan se atragantó y no pudo evitar que su vaso cayera al suelo, rompiéndose en varios trozos. Levantó su mirada hacia Rebeca y comprendió que le decía la verdad.

—Y, para terminar con esta absurda conversación, esa era la segunda cuestión que me extrañaba de todo este asunto —le dijo Rebeca, que no había perdido esa ligera sonrisa irónica.

«*What the fuck!*», pensó Ryan, que ahora sí que no comprendía nada.

# 7 GUIZA, EGIPTO, 22 DE ENERO DE 1837

—Supongo que sabes que Howard Vyse se ha despertado y, aparentemente, se encuentra en buen estado de salud.

—¿Cómo sabes eso?

—Di las oportunas instrucciones para estar informado de su evolución.

—Bueno, tampoco es una noticia extraordinaria o inesperada. Lo extraño es que se pasara más de dos meses inconsciente, teniendo en cuenta que me preocupé de quitarle el veneno al escorpión antes de dejarlo entre sus sábanas.

—¡Pues menos mal! Casi lo matas y eso hubiera sido una auténtica tragedia para nosotros. Se hubiera abierto una investigación formal y a ver cómo explicábamos ciertas cuestiones. Ya sabes a qué me refiero.

—Decenas de trabajadores mueren cada año por picaduras de escorpión. Conoces que no era mi intención matarlo, tan solo advertirlo y asustarlo de los peligros que conlleva el desierto, a ver si un ricachón turista como él, con una respetable familia en Inglaterra, se replanteaba su presencia en Guiza.

—Pues tu supuesto susto casi acaba en muerte.

—Tampoco hubiera pasado nada. La muerte de Vyse hubiese pasado como una más.

—¿De un «cola negra»? Sabes de sobra que en Guiza no hay de esos.

—¿Cómo pueden saber que fue un «cola negra»? Vyse se desmayó cuando recibió la picadura y no creo que le diera tiempo ni a verlo. Y aunque lo hubiera hecho, ¿qué entenderá de escorpiones? Para él serán todos iguales.

—¡Idiota! Fue Selim el que lo recogió y lo llevó al hospital de El Cairo. El *janissary* conoce todas las especies de escorpiones del desierto. Él sí que lo pudo ver. Si lo hizo, se daría cuenta de que aquello era muy extraño. Podría sospechar.

—¿Sospechar por un escorpión en el desierto?

—Veo que no lo entiendes. Su sospecha será doble. La picadura de un «cola negra» es mortal. ¿Cuánto tiempo trascurrió desde que le quitaste el veneno hasta que picó a Vyse?

—Como no podía saber cuándo decidiría acostarse, me quedé agazapado cerca de su tienda. Cuando vi que se desvestía, supuse que se iría a dormir. En ese momento hice que el «cola negra» picara a un escarabajo y, aprovechando la apertura que había hecho, con un disimulado rasgado de la tela de su tienda, junto a su cama, en apenas un segundo se lo introduje entre sus sábanas. Vyse ni se enteró porque estaba aseándose de espaldas a mí. Por cierto, no te preocupes por ese rasgado, cambié la tela y Vyse ni lo notará cuando regrese.

—O sea, que pudieron pasar unos cinco minutos entre que le quitaste el veneno al escorpión y la picadura a Vyse, ¿no?

—Algo así.

—¡Idiota! Los «cola negra» son capaces de reponer el 100 % de su veneno en unos diez minutos. Por eso Vyse casi se muere y ha estado dos meses inconsciente. Tan solo la mitad de su veneno casi le mata. Ahora, quizá el *janissary* sea un mar de dudas. La primera cuestión que se podría hacer es qué demonios hacía un «cola negra» en Guiza. Además, esa especie rehúye el contacto con los humanos y vive en pequeñas oquedades en el suelo, no en las camas de un campamento. Eso es lo primero en lo que podría haber reparado, pero la gran pregunta que se puede estar haciendo es porqué sigue vivo Vyse. No le encontraría explicación posible.

—Dudo mucho que Selim se fijara en la especie del escorpión. Si se llevó a Vyse a toda prisa a El Cairo, supongo que no vería el «cola negra». Además, como acabas de comentar, el *janissary* sabe que es una especie mortal. ¿Para qué tomarse la molestia de hacer un viaje nocturno hasta El Cairo sabiendo que no llegaría vivo? La única explicación es que no lo viera y tan solo observara a Vyse desmayado y la picadura, sin saber de qué escorpión se trataba. Vyse es un hombre robusto y puede resistir la picadura de muchos escorpiones del desierto. Por eso el *janissary* se tomó tantas molestias. La verdad, no veo dónde está nuestra preocupación. En estos dos meses que han trascurrido, nadie nos ha preguntado por el incidente. Está claro que, si hubiesen tenido la más mínima sospecha, nos hubieran formulado muchas preguntas. Pero eso no ha sucedido, ¿verdad?

—No.

—Pues entonces, todos tranquilos. Nos estamos preocupando por nada. Vyse sigue en el hospital de El Cairo y, mientras tanto, nosotros continuamos con nuestra labor sin sus incómodas intromisiones.

—Su doctor informó a mi enviado de que, si su evolución continuaba siendo favorable, le darían el alta en dos semanas. Ese es el tiempo del que disponemos.

Ambos se quedaron pensativos.

—¿El libro registro de la excavación está en orden y actualizado con sus fechas precisas?

—Sí, claro. También el de inventarios y la contabilidad. Tan solo aparecen registrados los hallazgos oficiales. Además, todas las semanas me preocupo de dejarlo en la tienda de Vyse. Aunque puedan faltar quince días para su regreso, nunca se sabe. Así no nos pillará desprevenidos, venga cuándo venga, y nada sospechará de nosotros. Encontrará todo en regla.

—Bien, entonces no desconfiará.

—No lo creo.

—¿Qué es lo que no crees?

—No me refiero a eso —le respondió de inmediato—. Lo que no me creo es que Vyse no sospeche nada. No debiste meter un escorpión en su cama. Se lo puede tomar como una amenaza de muerte.

—Pero ya te he explicado que...

—Vyse es militar y no es idiota. Ha servido en las colonias británicas de ultramar y, aunque allí no hay escorpiones, sí otras alimañas semejantes. Puede atar cabos. De todas maneras, ya está hecho. Ahora solo falta esperar a que tus acciones no tengan consecuencias.

En realidad, ya las habían tenido. Y eso no era lo peor para ellos. Vyse podía ser cualquier cosa menos estúpido.

# 8 ANTIGUO EGIPTO, RIBERA DEL NILO, MENFIS

—Parece que fue ayer.

—Quizá a ti te lo pueda parecer, pero te aseguro que a mí no. Creo que sería capaz de recordar cada uno de los seis años que han pasado desde entonces. Cada uno de los 2191 días.

—Me tuviste engañado desde el principio. No eras ni Sobek ni sacerdote del *Templo de Neith*.

—Tú me sigues llamando Sobek y yo a ti Nefer, a pesar de que esos no sean nuestros verdaderos nombres. Además, eres al único que permito que me llame así y me tutee. Ese privilegio ni siquiera se lo concedo a mi esposa, la reina Khamerernebty II. Así que, de alguna manera, Sobek y Nefer siguen vivos.

—Lo que tú quieras, pero comprende mi turbación. Nada fue casual, ni siquiera nuestro primer encuentro en este mismo lugar.

Sobek, nombre ficticio del faraón Menkaure, y Nefer, se hallaban sentados encima de una piedra, observando los juncos y el agua en retirada del rio Nilo, después de su crecida anual. Justo hoy hacía seis años que se habían encontrado por primera vez. Por eso habían acudido a aquel lugar.

—Ya te conté el motivo de todo y creo que quedó muy claro.

— Claro para vosotros, yo sigo sin entenderlo. Además, fue la traviesa de tu hija Khentkaus quién me lo contó todo. Cuando corrí a preguntarte acerca de toda la historia que acababa de escuchar, tú te limitaste a confirmarla.

—Ya conoces a mi hija lo suficiente. Es imprevisible. Tenía que haber sido yo el que te lo contara, pero las cosas sucedieron así, no hay que darle más vueltas.

—Tú lo ves todo muy sencillo, pero no lo es. Sí, ya sé que fui adoptado por la persona que creía que era mi padre. A cambio, tu padre, el faraón Khafre, le liberó de su trabajo en el Palacio Real y le dio un campo para poder cultivarlo y mantener a la familia, pero después de eso se olvidó de nosotros. No te lo tomes como un reproche, pero mi familia soportó una carga, yo, a cambio de casi nada. Mi infancia fue dura, pero, a pesar de todo, tengo que reconocer que fui feliz en mi vida anterior, pero hay cosas que aún echo de menos.

—Mi padre no se olvidó de vosotros, lo que pasa es que no podía intervenir para favoreceros. La inmensa mayoría de los campos de Menfis pertenecen al faraón y los cede a los campesinos para que los cultiven, pero no son propietarios de ellos. Por eso, cada año, deben ceder una parte de su cosecha al faraón. En vuestro caso, mi padre os regaló las tierras. No estabais obligados a pagar ninguna clase de tributos ni ceder nada. A pesar de que ese trato era confidencial, vuestros vecinos acabaron enterándose. Supongo que les extrañaría no ver acudir por vuestra casa a los recaudadores del visir e hicieron suposiciones. Mi padre consideró que no se podía arriesgar más, pero siempre te tuvo vigilado. Imagínate si le preocupabas que me dio instrucciones precisas para que te localizara, cuando se produjera su fallecimiento.

—Sí, todo eso ya lo sé, pero compréndeme.

—No tendrás queja por mi parte. Acudí a buscarte al día siguiente de la muerte de mi padre. No me esperé ni un momento. Reconozco que tenía mucha curiosidad por conocerte.

—Con mentiras de por medio.

Ahora, el faraón Menkaure no pudo evitar reírse.

—Tenías que haberte visto aquel día —dijo—. Tu cara de susto cuando me viste era tremenda. Imagínate que me hubiera presentado, *«hola Nefer, soy el príncipe Menkaure y vengo a desvelarte tu verdadera identidad»*. Creo que hubieras echado a correr pensando que era alguna clase de dios que se te había aparecido.

—No habría ido muy desencaminado. Eres un dios.

—Los faraones no somos dioses, eso es algo que ya tenías que saber de tus años en la escuela. Somos mitad humanos, como reyes de Egipto, y la otra mitad somos representantes en la tierra del Dios Horus. No somos dioses, aunque la gente de clase humilde tienda a creerlo. Supongo que así pensarán que favoreceremos las crecidas del Nilo y su bienestar general.

—Era una manera de hablar —se defendió Nefer—. Si eres el representante de Horus en la tierra, casi eres un dios.

—Entre «casi» y «dios» hay un largo trecho.

—Bueno, dejemos el tema. Creo que no hemos venido hasta aquí para discutir por esos pequeños matices. Hace seis años yo era un humilde campesino y ahora soy todo un escriba real, y no uno cualquiera, sino el escriba personal del faraón. No sé si alguien de mi posición social ha logrado escalar tanto en Egipto.

—Nadie —le respondió Menkaure—. Esos puestos se reservan a miembros de la familia real. Tú, aunque eres el hijo secreto del sacerdote personal de mi padre, eso no te otorga el título de cortesano real.

En la época del Imperio Antiguo de Egipto, la división entre clases sociales era muy férrea y estanca. La pirámide social la encabezaba el faraón, seguida por sus visires, que eran sus representantes en el Alto y Bajo Egipto. Por debajo de ellos se situaban los consejeros y la corte real. Dentro de la corte existían diferentes clases, dependiendo de su cercanía al faraón, pero había una característica común a todos ellos: eran familia del faraón, aunque fuera en un grado lejano. Por debajo de la pirámide, aún con gran poder, se situaban los gobernadores de los *nomos* o provincias de Egipto, oficiales locales y cargos menores en diversas instituciones. Y en el fondo de todo, separados de todos los anteriores, se situaban los campesinos, artesanos, pescadores, ganaderos, obreros y demás gente de clase humilde.

—Pero lo soy. Estoy en tu corte.

Nefer, con su cargo de escriba real, se le consideraba un oficial de alto rango que formaba parte de la corte del faraón, un hecho insólito, ya que era el único ajeno a la familia real. El propio Nefer notaba recelo a su alrededor, pero las instrucciones del faraón jamás se discutían, así que se limitaban a aceptarlo aunque, en su interior, no lo consideraran uno de los suyos.

—Porque he querido tenerte a mi lado.

—¿Por qué? Nunca me lo has contado. El hecho de que tu padre me tuviera cierto cariño por ser el hijo de su sacerdote de confianza no te obligaba a ti a nada.

—Es cierto, pero tengo que confesarte una cosa. El primer día que nos encontramos me limitaba a seguir las instrucciones de mi recién fallecido padre y tenía curiosidad por saber quién eras. Sin embargo, cuando te conocí, todo cambió. Vi algo diferente en ti. Desde ese momento, comprendí a mi padre.

—¿Y qué tengo de diferente a los demás para que quisieras tenerme a tu lado?

—Vives el presente como si no hubiera mañana. Disfrutas cada instante de la vida sin ambiciones personales. Te preocupas por los demás por encima de tus propios intereses personales. ¿Serías capaz de nombrarme a un solo miembro de mi corte que cumpla con esas condiciones?

Nefer se quedó mirando a su amigo. No sabía qué responderle.

—Tu hija Khentkaus.

Menkaure se echó a reír.

—Mi hija ya no es aquella chiquilla de ocho años que conociste en la escuela. Sé que os continuáis llevando muy bien, pero que no te engañe. También tiene ambiciones. Supongo que no se te habrá pasado por alto que se ha convertido en un *bellezón*, además princesa de Egipto. ¿Te crees que, con catorce años, ya tiene pretendientes haciendo cola?

—¿No me digas? —preguntó Nefer, asombrado—. No me ha contado nada de eso.

—¿Te das cuenta? No es como tú y no quiero que me malinterpretes. Adoro a mi hija y te reconozco que ese carácter que tiene, aunque, en ocasiones, me saque de quicio, la convierte en algo especial.

Nefer pensaba lo mismo, pero desconocía que tuviera ambiciones. Jamás le había contado nada. «Claro, nunca hablamos de esos temas», se dijo, intentando disculparla.

—De todas maneras, no estábamos hablando de mi hija, sino de ti —continuó Menkaure—. Cuando te nombré escriba real sé que levanté muchas ampollas, pero me dio igual. Como te decía, te quería a mi lado.

—Ya me tienes a tu lado.

—Esto no ha acabado.

—¿Qué no ha acabado? —preguntó Nefer, extrañado por la expresión de Menkaure.

—Espero otras cosas de ti.

—¡Pero si soy tu escriba personal! —exclamó—. ¿Qué más puedes esperar de mí? He sido el primer campesino que ha alcanzado semejante rango. Ni siquiera ningún hijo de un sacerdote lo ha conseguido. Estoy muy satisfecho con el trabajo que tengo y disfruto cada minuto de mi nueva vida y de las oportunidades que me brinda. Además, mi familia de adopción ha prosperado también. Mi antiguo padre ya no tiene necesidad de trabajar en el campo para vivir y mi hermano mayor ha tenido acceso a los mejores médicos de Menfis. Soy feliz. No ambiciono nada más.

—La ambición, en sí misma, no es mala. Lo que puede llegar a ser enfermizo es la ambición sin fin, es decir, aquellos que siempre creen que su posición es inferior a la que se merecen. Entran en bucle y nunca están satisfechos, sea cual sea su posición. Ahí entran en juego la envidia, la codicia y demás sentimientos impuros. Por otra parte, es normal que los más capacitados quieran llegar a los puestos que se merecen. Eso no es malo. Ya sé que eso no sucede en la actual sociedad egipcia, ya que, si no eres «familia de», no puedes acceder a determinados empleos. Pero esa regla ya la he roto una vez, ¿verdad?

—¿Adónde quieres llegar?

—Que no serás toda la vida mi escriba personal.

Nefer se asustó.

—¿Qué significa eso?

—Tranquilo. No es algo que vaya a suceder de inmediato, pero, como te decía, espero cosas diferentes de ti. Ser mi escriba está bien porque podemos hablar, pero no será así para siempre. Aún eres muy joven y tienes toda la vida por delante. ¿No pretenderás morirte siendo mi escriba? Además, por ley natural, yo debería fallecer antes que tú.

—¡No me gusta esta conversación! —exclamó Nefer—. Se suponía que habíamos venido a este lugar a conmemorar los seis años desde que nos conocimos.

—Es cierto, pero también estamos aquí por algo más.

Menkaure le contó sus planes con total naturalidad.

Nefer se levantó de la piedra donde estaban sentados y se quedó mirando a su amigo, con el pánico reflejado en su rostro.

—¡Eso no es lo que quiero que pase! —exclamó, aterrorizado—. ¡No puedes obligarme!

—¿Recuerdas que soy el faraón?

Nefer siempre se olvidaba de «ese pequeño detalle».

—¿Cuándo? —le preguntó, una vez se había tranquilizado un tanto.

Menkaure se lo dijo.

—¿Tan poco tiempo? —preguntó Nefer, que había vuelto a asustarse.

—Antes debo ocuparme de otro asunto.

—¿Qué asunto? No me has contado nada.

Menkaure bajó la cabeza.

—Hay cosas que aún desconoces, pero si no me ocupo de ese asunto y lo resuelvo de una vez, me temo que ningún plan de futuro que haga tendrá ningún valor.

—¿Tan grave es?

—Tan solo te puedo decir una cosa. Tenías razón.

—¿En qué?

—El *Sacerdocio Secreto de Anubis* ha renacido bajo un nuevo liderazgo.

—¿De quién?

—Ese es el problema. No lo sé, pero debe tratarse de alguien muy cercano a mí. Los posibles candidatos se reducen a apenas cuatro o cinco personas de mi entorno. Mi madre está trabajando en ello, pero no ha conseguido infiltrarse, como hizo en la anterior ocasión. Supongo que han aprendido de sus errores y ahora son más peligrosos.

—¿Tiene eso algo que ver con que vaya a dejar de ser tu escriba?

—Según la lista que maneja mi madre, tú eres uno de esos candidatos a pertenecer al *Sacerdocio Secreto de Anubis*.

Un escalofrío recorrió todo el cuerpo de Nefer.

«¿Cómo es posible?», se preguntó.

## 9 GUIZA, EGIPTO, 23 DE ENERO DE 1837

«Y ahora, ¿qué hago?», se preguntó Vyse. Había logrado su objetivo de entrar en Guiza sin ser reconocido por nadie. Pero no se le había ocurrido pensar en una cosa muy importante. Él era un hombre de acción y ahora se encontraba encerrado entre cuatro toldos. Si salía de su tienda, sería visto de inmediato.

Selim se preocupó de introducirle en la zona del campamento donde se alojaba sin que ni siquiera el guardia apostado en el acceso lo viera. El *janissary* se iba a ocupar personalmente de su alimentación para evitar que Vyse se viera obligado a abandonar la tienda de campaña ni por un momento.

Allí estaba Vyse, en pie en el centro de su tienda, ocioso. No sabía aburrirse, así que debía de buscarse alguna ocupación mientras su mente pensaba cuál iba a ser su siguiente paso.

No debía de precipitarse.

Howard Vyse era coronel del primer regimiento de las *West India*, que actualmente se ocupaban de la defensa de las colonias británicas de ultramar en la zona del mar Caribe. En esos territorios también abundan las criaturas mortales, sobre todo serpientes y arañas. Recordaba que el jefe de su regimiento, el general Sir Henry King, hijo del conde de Kingston, fue picado por una de esas arañas peligrosas. Estuvo un par de días con fiebres elevadas, pero se repuso por completo. En su caso, su ayudante de campo sí que fue capaz de atrapar a la araña con vida. Después de que los médicos del regimiento la analizaran, llegaron a la conclusión de que no le había inoculado ningún veneno. Las fiebres provenían de las bacterias infecciosas que le trasmitió la araña con su picadura. La enorme suerte de Sir Henry King se debió a que la araña había picado a un pequeño ratoncillo que encontraron muerto a su lado. Lo analizaron y descubrieron la toxina de la araña en su interior. El supuesto milagro resultó no ser tal.

Desde que Vyse había recuperado el conocimiento y le habían informado de lo «afortunado» que había sido y de que los dioses le habían protegido, de inmediato le vino a la cabeza el incidente de Sir Henry King, aunque se abstuvo de hacer ningún comentario a nadie acerca de su suposición, que más que una sospecha era una certeza. No cabía otra explicación posible. Por ello estaba tomando todas las precauciones a su alcance en Guiza. Tenía la sensación de que era el centro de una conspiración para acabar con su vida, pero no sabía por quién o quiénes. Lo que le preocupaba de verdad era que debían de ser personas de su círculo íntimo. Hasta no aclarar su mente, no podía confiar en nadie, salvo en su *janissary* Selim.

Miró a su alrededor, como pretendiendo que el espíritu de Guiza le mandara alguna señal. Dudaba de que su paciencia no se desbordara y le impidiera ocultarse muchos días más, sobre todo sin saber qué es lo que estaba sucediendo en el exterior. Era consciente de que llegaría un momento en que su curiosidad se impusiera a su precaución.

—¡Claro! —exclamó en voz alta Vyse, cuando cayó en la cuenta—. ¡Gracias, espíritu!

Se dirigió de inmediato a su pequeño escritorio. Estaba tal y como lo había dejado, salvo por un pequeño e importante detalle.

La documentación de la excavación.

Allí estaban el libro registro, el inventario y la contabilidad. Se supone que Mr. Caviglia lo debía de llevar actualizado de forma semanal en su ausencia, ya que era una de las condiciones del contrato con el pachá para permitirles la excavación arqueológica.

—En estos momentos, esta documentación es un regalo para mí —dijo, en voz alta—. A ver si consigue mantener mi curiosidad a raya.

Abrió primero el libro registro de la excavación y fue a su última página anotada. Se correspondía con el día 20 de enero. «Lo mantiene actualizado», pensó, para su satisfacción. También se tranquilizó por la fecha. Al haber trascurrido tan solo tres días de su última anotación, Caviglia no volvería a por ellos hasta dentro de cuatro, cuando se cumpliera la semana. Esperaba haber salido ya de su escondite para esa fecha.

Se entretuvo echándole un vistazo muy superficial a todas las anotaciones del libro.

«¡Será imbécil!», pensó. Poco le faltó para que le saliera un grito. Caviglia había revocado sus órdenes y los trabajadores se habían vuelto a centrar en las excavaciones alrededor de la Esfinge. Habían descubierto dos tumbas. En una de ellas encontraron una momia junto con diversas piezas de oro y otros objetos ornamentales menores. Ninguna estatua de importancia. «¿Y para qué queremos la momia? A saber de quién es. Desde luego no será de un faraón en ese lugar», se dijo. Sin embargo, en el segundo enterramiento no había ninguna momia dentro del sarcófago, tan solo basura y alguna inscripción en sus paredes con caracteres árabes. Estaba claro que había sido saqueada siglos atrás. También hallaron objetos menores pero nada de especial relevancia.

Para su sorpresa, Vyse observó que Caviglia había ordenado a Mr. Perring, con un pequeño contingente de hombres, que continuaran explorando las tres principales pirámides. Para no entorpecer con su objetivo, su enfermiza obsesión por los enterramientos en la zona de la Esfinge, Mr. Perring y su equipo trabajaban por las noches. «Parece que Caviglia no es tan imbécil», pensó Vyse. «Se imaginaría que, cuando regresara, me enfadaría con su cambio de instrucciones al personal, por eso ha asignado una pequeña parte de los trabajadores a las pirámides. Así pensará que no podré reprocharle nada».

Se centró en los avances que había hecho Mr. Perring en su ausencia. Comenzó por la Gran Pirámide. Aquello sí que era sorprendente. Mr. Perring había efectuado precisas mediciones en la *Davidson's Chamber*, que era la primera cámara de sustentación que sostenía el peso superior sobre la propia cámara del faraón. Parecía que, de sus cálculos, había deducido que debían de existir dos conductos de ventilación inexplorados. Aún no había encontrado restos del conducto sur, sin embargo, había descubierto el conducto norte y lo había excavado seis metros. También habían limpiado por completo la entrada a la cámara. Sus enormes piedras extremadamente pulidas y encajadas a la perfección en el suelo, ahora ya no lo parecían tanto. Eso podría indicar la existencia de un posible pasaje secreto inferior, aunque no habían comenzado los trabajos para su localización.

En cuanto a la segunda pirámide, los hallazgos eran aún más sorprendentes. Mr. Perring había ordenado despejar el pasillo horizontal para poder efectuar más mediciones. Su sorpresa fue cuando, una vez retirada toda la arena, comprobó la posible existencia de un pasaje inexplorado que parecía descender. Retiró las piedras que lo ocultaban y lo descubrió. Bajaba hasta encontrarse con el pasaje inferior ya descubierto por Giovanni Belzoni. En sus anotaciones, indicaba que podía tratarse de un conducto para facilitar la ventilación en los tiempos de construcción de la pirámide. También había anotado que los próximos trabajos se centrarían en la localización de una entrada inferior a la pirámide, que por sus mediciones, debía existir.

Aquello era fascinante.

Buscó los avances que se habían realizado en la tercera pirámide. En este caso, Mr. Hill era el responsable de ellos. «Veo que no ha perdido el tiempo en mi ausencia», pensó de forma malvada. Comprobó que se había conseguido abrir la puerta que él había inspeccionado el mismo día de la picadura del escorpión. Tenía curiosidad por saber qué habían descubierto, ya que, pese a todo, seguía sin estar convencido de que esa fuera la verdadera entrada a la pirámide. La inscripción del nombre del faraón en su propio dintel la hacía muy sospechosa a sus ojos. Para su sorpresa, pudo leer que habían avanzado bastantes metros hacia su interior. Desde luego se trataba de una puerta, pero no sabían adónde se dirigía porque la cantidad de arena y piedras acumuladas hacían muy lento cualquier progreso. No habían observado ningún tipo de inscripción en sus paredes.

«Apenas llevo una noche encerrado en mi tienda en Guiza y ya estoy deseando salir a ver los avances con mis propios ojos», pensó Vyse, que había recuperado la ilusión, después de la decepción inicial del cambio de órdenes de Caviglia.

«Sigo pensando que es un idiota. Dedicándole tan solo una fracción de nuestros recursos ha hecho prometedores avances. Lo que no entiendo es, visto lo descubierto, por qué no ha empleado más hombres en las pirámides», se decía, sin comprender al arqueólogo.

Dejó el libro registro de la excavación y tomó el inventario de los hallazgos. Ahí no había ninguna emoción, como en el anterior. Ni una sola estatua o busto que mereciera la pena. Tan solo figuraban anotados pequeños objetos. Era cierto que algunos parecían interesantes, sobre todo una pequeña máscara de oro. Quizá correspondiera a alguna princesa de Egipto, pero era imposible saber su propietaria original. En aquella época, los faraones tenían multitud de hijos y no era extraño que la corte real estuviera formada por más de cien miembros, entre hijos, hermanos, primos y esposas de todos ellos.

Dejó el libro inventario y se dispuso a ojear el más aburrido de todos, la contabilidad. Lo abrió por la primera página. Aparecían anotados todos los pagos a los trabajadores. Los primeros que aparecían eran los «*reis*». Eran una de las principales figuras en cualquier excavación. Se podría decir que cumplían funciones parecidas a los «capataces» occidentales, pero con la ventaja de ser egipcios, conocer el terreno y ser más hábiles dirigiendo a los trabajadores, que les tenían más respeto que a sus homólogos occidentales. Para ser distinguidos, solían portar una larga túnica y un bastón, cuya función no era apoyarse en él, sino que hacía las veces de báculo, como un símbolo de poder. No era fácil conseguirlos, ya que los más cotizados eran los *janissaries* locales, pero eran pocos para tantas excavaciones. En numerosas ocasiones también se hacían cargo de seleccionar y organizar a los trabajadores, pero eso no sucedía en Guiza. Esa labor le correspondía a Caviglia. El mejor postor se los llevaba. En el caso de la excavación de Guiza, existían dos «*reis*» que cobraban el doble del salario diario de cualquier trabajador. Vyse pudo comprobar que se les abonaban dos piastras. Los trabajadores varones que más cobraban eran los destinados a las pirámides, que cobraban una piastra. De ahí hasta llegar a las mujeres y los niños, que, dependiendo de la fuerza que pudieran tener, cobraban la mitad que los adultos, unas veinte *paras*. La moneda oficial de Egipto era la piastra. Una piastra equivalía a cuarenta *paras*. Al cambio a la moneda británica, con un chelín, o doce peniques, comparabas cinco piastras. Así que los trabajadores más cualificados y mejor pagados de las pirámides cobraban, al cambio, menos de cinco peniques diarios. Una cantidad que resultaba totalmente ridícula para trabajar en el Reino Unido, pero que constituía un gran salario en Egipto.

Dejó vagar su vista por el interminable listado de pagos, hasta que se encontró con lo que no debía.

Aquello no podía ser.

De repente, empezó a sentirse mareado. «Quizá me he pasado de optimista. Ayer mismo estaba ingresado en un hospital y hace cinco días inconsciente», pensó, mientras se echaba en la cama, pero la rabia que sentía le hizo reaccionar.

—¡Giachino! —exclamó casi a gritos—. ¿Cómo se atreve Caviglia a volver a contratarlo si sabía que no lo quería en esta excavación? —. ¡Esto es una afrenta personal!

De repente, otra luz de alarma pareció encenderse en su cabeza. La adrenalina que corría por sus venas le hizo sobreponerse por completo al mareo y volver a su pequeño escritorio. Miró de nuevo el libro y palideció de inmediato, pero esta vez era por otro motivo mucho más grave e inexplicable que el anterior.

«¿Qué está sucediendo aquí?», no pudo evitar pensar. Esta vez ya no estaba sorprendido, sino asustado.

Necesitaba salir de su tienda de campaña cuanto antes. No se lo pensó dos veces y ni siquiera se preocupó si era visto por otras personas. Se dirigió directamente al guardia que vigilaba el acceso a su zona del campamento. El soldado se sorprendió cuando lo vio, ya que desconocía que estuviera en Guiza, pero se cuadró ante su superior e hizo el saludo militar.

—Baja la mano, joven. Escucha, te voy a hacer una pregunta y quiero que pienses bien tu respuesta, porque es muy importante para mí.

El soldado estaba tan desconcertado por la situación que le respondió con un gesto afirmativo con la cabeza, sin atreverse a hablar.

Vyse le hizo la pregunta.

El soldado se quedó mirando al coronel, cómo si no entendiera nada. Aquella le pareció la pregunta más absurda que le habían hecho en años.

—¿Hace falta que te la repita? —le preguntó Vyse, esta vez en un tono marcial.

El soldado pareció reaccionar. Se quedó un momento pensativo. No era una pregunta muy normal y debía de pensar bien qué le contestaba al coronel.

Al final, pasado algo menos de un minuto, le respondió.

—Muy bien, veo que tienes buena memoria. Ahora, ¿me podrías decir quién lo hizo?

Esta vez, el soldado le contestó de inmediato.

Vyse, al escuchar la respuesta, se llevó tal sorpresa que casi pierde el conocimiento. El guardia tuvo que sujetarlo entre sus manos. Aquello se complicaba de una manera completamente inesperada.

—Lléveme a mi cama y avise de inmediato a su jefe, el *janissary* Selim. Es muy importante que no hable con nadie más. Yo no estoy aquí ni le he hecho ninguna pregunta. ¿Le queda claro? —le dijo al soldado, que, a pesar de contestar afirmativamente, no comprendía nada.

## 10 EN LA ACTUALIDAD, DUBLÍN, IRLANDA, 15 DE OCTUBRE

—¿Tu hermana es una policía española?

—Algo así.

—¿Y quién se atreve a secuestrar a una policía española? Están locos.

—Esa no es la pregunta adecuada. Debería ser, ¿quién se atreve a secuestrar a Carlota? En el caso de que eso hubiera sucedido, desde luego que estarían locos.

Ryan aún no se había recuperado de la sorpresa que le había causado Rebeca con su revelación. Pidió otra pinta, al mismo tiempo que el camarero *«Bubba»* estaba limpiando la que había roto contra el suelo hacía un momento.

—Insisto en que no entiendo tu actitud. ¿No te parece irresponsable? Toda esa historia que me has contado de que no ha sido secuestrada por el simple motivo de que no ha opuesto resistencia no se sostiene. La furgoneta ha parado justo al lado suyo. Estaba a menos de un metro de ella, que, en ese momento, estaba despistada, de espaldas y mirando hacia abajo. Meterla en esa furgoneta les ha costado uno o dos segundos. No la compares contigo. Tú estabas de frente y los has visto venir. Ella no.

Rebeca se quedó mirando a Ryan con la misma sonrisa irónica que no había perdido desde hacía diez minutos.

—No te has enterado de nada, ¿verdad? —le dijo.

—No te entiendo.

—Me refiero a lo que ha sucedido en el interior de este *pub* desde que llegaste, cuando Carlota y yo te estábamos esperando.

—Sigo sin entenderte. ¿Qué quieres decir?

—Resumiendo mucho, que mi hermana y yo no éramos las únicas que te estábamos esperando.

Ryan miró a Rebeca como si hubiera perdido el juicio de forma definitiva.

—¿Te has propuesto darme la noche? —le preguntó Ryan, desconcertado.

—Las dos nos dimos cuenta que nos estaban vigilando. Tengo que reconocer que fue Carlota la primera que lo advirtió. La vi tecleando algo en su móvil y me pareció extraño. Levanté la vista de la mesa y me di cuenta de inmediato.

—Cada vez estás más paranoica. ¿Quién iba a querer vigilarnos? Y sobre todo, ¿para qué?

—Carlota te estuvo entreteniendo para que no te dieras cuenta tú también. Se trataba de los cuatro que teníamos sentados en la mesa de al lado.

—Sí, me acuerdo de ellos. Eran dos parejas de turistas que estaban hablando de forma animada. Me pareció que eran franceses.

—Ese era el idioma que hablaban, desde luego, pero con un pequeño matiz que lo cambia todo. No eran franceses. Su acento los delató. Me parece que ya te he hecho una demostración de mis habilidades con los idiomas y sus acentos, así que no te atrevas a dudar de mi palabra.

—No lo hago, pero si no eran franceses, ¿por qué hablaban en francés? No tiene sentido.

—Sí que lo tiene. Pretendían hacerse pasar por turistas franceses, pero su acento español, aunque ligero, los delató.

—¿Españoles hablando francés en Dublín, en lugar de su propio lenguaje? ¿Qué más tonterías voy a escuchar esta noche?

—Cuatro personas haciéndose pasar por algo que no eran. También cuatro personas fueron las que nos atacaron. ¿Atas cabos o necesitas que te haga un plano?

—¿Estás insinuando que fueron los mismos que nos asaltaron en la calle?

—No insinúo nada, te lo confirmo. Aunque llevaban pasamontañas, por sus ojos pude distinguir claramente que eran dos hombres y dos mujeres. La persona que metió a mi hermana en la furgoneta era la mujer que estaba de espaldas a ti. A mí me atacó primero la otra mujer, la que estaba sentada más alejada en la mesa. Me la quité de encima de la forma más delicada posible, con una *Thip trongy* a su estómago, ya sabes, una técnica de patada frontal, pero le apliqué poca fuerza. Tan solo quería apartarla para ver qué sucedía con Carlota. Sin embargo, el segundo atacante me pilló con la vista en la furgoneta, por eso, de forma instintiva, lo lancé por los aires con esa técnica tan agresiva que has reconocido. Creo que me pasé un poco con él y lo siento de verdad. Debí de haber sido más delicada, como con la mujer. Tuve que hacerle bastante daño, ya que no se levantó del suelo por sí mismo, sino que fue ayudado por la mujer que había metido a Carlota en la furgoneta y que no participó en el asalto. A ti te atacó el hombre restante de los cuatro, el que parecía más gordito y corpulento. Mientras despachaba a mi segundo asaltante, pude ver por un instante el estilo de combate de tu atacante. Eran militares pero no de los que tú te crees.

Ryan miraba a Rebeca como si fuera alguna clase de «superhéroe» en femenino.

—¡Pero si todo sucedió en segundos! ¿Cómo te dio tiempo a desembarazarte de tus dos asaltantes y, al mismo tiempo, fijarte en todo lo que me acabas de contar? Yo me limité a repeler la agresión de aquel bestia y no le quité la vista de encima ni por un momento porque me hubiera machacado. ¿Pretendes convencerme de que te deshiciste de tus dos asaltantes y, al mismo tiempo, estabas observando todo lo que ocurría a tu alrededor? ¿Quién es capaz de hacer eso? ¡Y no me contestes que yo! Tan solo levanté la vista hacia a ti y observé cómo lanzabas por los aires a aquel desgraciado, una vez conseguí desembarazarme de mi asaltante.

—No es tan complicado. Tan solo se requiere el entrenamiento adecuado. Y no me preguntes otra vez el motivo por el que me entrenaron así. Ya te he contestado antes.

—No, no te lo pensaba preguntar. Ese tema ya lo has dado por zanjado y te creo —mintió Ryan—. Lo que me intriga es por qué tu hermana no quería que me diera cuenta de que nos vigilaban. Me acabas de decir que me intentó distraer.

—Desde luego. La conozco lo suficientemente bien para saber cómo actúa y debo de reconocer que es muy buena en su trabajo. Eso también se entrena. Toda esa conversación acerca de que no tenías aspecto de asesino, la programación neurolingüística y demás preguntas que te hizo tenían por objeto que no te fijaras en los cuatro de al lado. Supongo que pensó que, dado que habías sido militar en una unidad de élite, también podrías darte cuenta de la vigilancia y, por algún motivo, no quería que lo advirtieras.

—Fui buzo militar profesional, no James Bond. En nuestro entrenamiento no figuran ese tipo de cosas. Debajo del agua no nos fijamos si somos vigilados por extraños sentados en la mesa de al lado. Nos limitamos a cumplir nuestra misión y ya está. De todas maneras, aún hay muchas lagunas en toda tu explicación. Para empezar, ¿por qué, de repente, Carlota nos dijo que salía a la calle a fumarse un cigarro si no fuma?

—Empiezas a centrarte —le respondió Rebeca, que ahora ya no sonreía—. Esa es la cuestión que me despertó de mi letargo y precipitó los acontecimientos. ¿Recuerdas lo que sucedió poco antes de eso?

—Sí, claro. Me estaba intentando convencer de que no era un asesino.

—Exacto. Pero algo que Carlota no se esperaba sucedió. De repente, le nombraste una palabra que la dejó descolocada y que no se esperaba.

—¿Te refieres a que dije que toda la culpa era de Menkaure?

—Exacto. La estaba observando y vi su reacción. A continuación, ¿qué te preguntó?

—En qué sección del ejército irlandés había servido.

—¿Y qué hizo a continuación de que le respondieras?

—Fue cuando pidió permiso para salir a fumar.

De repente, Rebeca se levantó de la silla, como si hubiera recordado algo que se le había pasado por alto.

—¡No! Antes de eso tomó de encima de la mesa la cuenta de las consumiciones para pagarla y la ocultó entre sus manos, pero no recuerdo que fuera a la barra. Yo me levanté de inmediato y salí detrás de ella. Se dirigió directamente a la puerta. No pagó nada. ¡Qué imbécil he sido! —exclamó Rebeca, muy enfadada.

—¿Y qué tiene eso de importancia? —preguntó Ryan, que no seguía los razonamientos de Rebeca, para variar—. Igual pensaba pagarla al volver a entrar.

—No tenía ninguna intención de regresar al interior del *pub*.

—¿Cómo puedes saber eso?

—Ya te dije que me extrañó ver a mi hermana, en medio de una conversación, con el móvil en sus manos y escribiendo algo. Estaba avisando a sus compañeros para que la sacaran de allí.

—¿Qué compañeros? —preguntó Ryan, que observaba a Rebeca en un estado de nerviosismo irreconocible en ella.

—¡Los cuatro que nos vigilaban! Un momento antes de que mi hermana saliera supuestamente a fumar, me di cuenta de que ya no estaban sentados en su mesa.

—¿Para qué necesitaban que la sacaran del *pub*? ¿No podría haberlo hecho por ella misma?

—No necesitaba salir, necesitaba que se la llevaran, ¿captas el matiz? Con lo que no contaba era con que la siguiéramos tan rápido. Lo que iba a ser una sencilla operación de extracción se convirtió en un combate que nadie se esperaba, ni siquiera ella.

—¿Operación de extracción? ¿De qué demonios me hablas?

Rebeca estaba mirando por todos los lados, al mismo tiempo que mantenía la conversación con Ryan.

—Eres buzo y nombraste a Menkaure. Yo lo comprendí de inmediato, pero mi hermana no debía de haberlo hecho. Ya te dije que no tiene ni idea de historia. La gran duda es, ¿por qué sí que conoce esta exactamente? Me tiene muy intrigada.

—Sigo sin comprenderte, pero ¿qué estás buscando con esa desesperación? —preguntó Ryan, al ver a Rebeca en ese estado de nervios.

—Lo último que hizo Carlota antes de salir del *pub*. La cuenta de las consumiciones.

Ryan señaló algo en el suelo.

—¡Mira qué gracioso!

Rebeca se agachó de inmediato y lo tomó entre sus manos. Se volvió a sentar en la mesa, observándolo en silencio.

—¿Qué es eso? —le preguntó Ryan.

—La cuenta de nuestras consumiciones. La misma que había tomado mi hermana entre sus manos, antes de salir del *pub*.

—¿En forma de cerdito de papiroflexia en el suelo? ¡Venga ya!

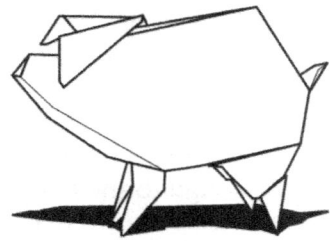

—El cerdito es un mensaje para mí. No me preguntes cómo lo sé, se trata de una historia del pasado relacionada con «Los tres cerditos» de Walt Disney. Carlota sabía que llamaría mi atención de inmediato.

—Disculpa, Rebeca. Tu hermana estaba sentada en la mesa hablando con nosotros. Si te hubiera querido decir algo lo podría haber hecho sin necesidad de esta tontería. ¿Para qué dejarte la cuenta en forma de cerdito?

—Enseguida lo sabremos —le respondió, mientras desplegaba el cerdito de papel.

Efectivamente, era la cuenta del *pub*, como habían supuesto. No parecía tener nada de especial.

—¿Y ahora qué? —preguntó Ryan.

—¡Mira! —señaló Rebeca.

En un extremo de la cuenta había algo marcado con las uñas. No se distinguía demasiado bien. Rebeca se fijó todo lo que pudo. Parecían letras, pero no las identificaba. Sacó su móvil y le hizo una foto. La amplió y, ahora sí, pudieron ver lo que había escrito.

—«SC» —leyó Ryan—. ¿Qué quiere decir?

Rebeca estaba pensativa y en silencio.

—Voy a mirar en internet —siguió Ryan, mientras manipulaba su teléfono—. Lo primero que me aparece es el logotipo de una empresa que se llama *Standard Chartered*. Por su nombre quizá sea una compañía que se dedique a los vuelos chárteres. También me aparece otro resultado. «SC» son las iniciales del estado de *South Carolina*, en Estados Unidos. Siguiendo con tus alocadas teorías, ¿qué debería significar? ¿Qué se la han llevado en un vuelo privado a los Estados Unidos?

Rebeca se levantó de golpe de la mesa, como si la verdad le hubiera sido revelada.

—¡Exacto! —exclamó.

—¡Venga ya! —le respondió Ryan—. Si lo decía en broma. Definitivamente, tú no estás bien de la cabeza. No me puedo creer que tenga razón.

Rebeca, impulsivamente, le dio un beso en la mejilla. Parecía eufórica.

—Y no la tienes, pero sin advertirlo, me has dado la respuesta. Se la han llevado en avión, pero más cerca.

—Y ahora me dirás que sabes exactamente dónde.

—Me hago una idea —le respondió Rebeca, que ahora parecía fastidiada—. ¡La muy borde! Ahora tendré que ir a por ella.

Ryan seguía aturdido por todo lo que estaba escuchando. Cada vez comprendía menos a Rebeca.

—No sé de qué va todo esto, pero parece emocionante. ¿Te puedo acompañar? Ya sabes que aquí no tengo nada que hacer más que beber cerveza y ver la televisión por satélite.

Rebeca levantó la vista y se quedó mirando a Ryan. Estaba claro que no se esperaba ese ofrecimiento. A pesar de su aspecto sucio y desaliñado, tenía que reconocer que le gustaba aquella persona.

—Con dos condiciones —le respondió.

Ryan le hizo un gesto con la cabeza para que siguiera hablando.

—La primera, que te des una buena ducha y te cambies de ropa. La segunda, que me cuentes toda la verdad acerca de la muerte de tu mujer y de vuestra búsqueda del tesoro.

Ahora fue Ryan el que se levantó de su silla, como si tuviera un muelle en el culo.

—¿Quién ha hablado de ningún tesoro? —acertó a preguntar, con una expresión de auténtica sorpresa.

—Me temo que tú lo vas a tener que hacer. No olvides que soy historiadora y además sé sumar uno más uno.

Dos.

## 11 GUIZA, EGIPTO, 23 DE ENERO DE 1837

—¡Estás completamente loco!

—Ya me conoces de sobra. No pensaba permanecer en ese hospital más que lo estrictamente necesario. Aquello era una pérdida de tiempo.

Ya había anochecido en Guiza y el coronel Patrick Campbell, acompañado de dos soldados, acababa de llegar a la explanada de las pirámides, donde tenían instalado el campamento. Sin perder ni un solo segundo se había trasladado a la tienda de campaña del coronel Howard Vyse, sin ni siquiera anunciarse ni pedir permiso.

—¿Has visto tu aspecto? ¡Pareces una momia! He venido a llevarte de vuelta a El Cairo. Tu médico está muy preocupado.

—Los médicos siempre se preocupan, pero mi lugar está aquí.

—¡Y lo estará cuando estés completamente recuperado! Pero si mueres por precipitar tu abandono del hospital, tu lugar estará allí arriba, no en Guiza —exclamó Campbell, señalando el cielo. Estaba entre preocupado y enfadado con su amigo. No podía olvidar que había falsificado una nota suya y se había valido de la confianza del *janissary* Selim para escaparse de El Cairo, todo a sus espaldas.

—¿Te informan de lo que sucede en Guiza? —preguntó Vyse de forma enigmática.

—Ya te dije que lo hacen de forma semanal. Estoy al tanto de lo que ocurre aquí.

—¿Estás seguro? —Vyse continuaba preguntando en el mismo tono.

—¿Por qué me parece esto un interrogatorio? Debería de ser yo el que estuviera preguntándote a ti.

—No me has respondido —dijo Vyse, ahora con el semblante muy serio.

—¿A qué te refieres?

—¿Sabes que nuestro común «amigo» Caviglia ha cambiado todas las órdenes? ¿Sabes que apenas dedican recursos a las pirámides? Eso incumple nuestro trato. Es completamente inadmisible.

Campbell pareció sorprenderse y a Vyse le pareció sincero.

—No lo sabía —le respondió—. En sus informes tan solo me cuenta los avances y los hallazgos. No me detalla la manera en la que dedica los recursos. Por otra parte, ¿cómo puedes saber eso? El soldado que vigila el acceso a esta zona del campamento me acaba de decir que nadie sabe que estás aquí y que no has abandonado la tienda.

Vyse se limitó a señalar hacia su escritorio, permaneciendo en silencio. Campbell se acercó y pudo ver los tres libros.

—¿No me digas que te has pasado encerrado todo el día en tu tienda leyendo el registro, el inventario y la contabilidad de la excavación? ¿Para qué?

—Son verdaderamente interesantes —afirmó Vyse, que ahora parecía estar más tranquilo.

—En los informes que he ido recibiendo de Caviglia me hablaba de notables progresos. Incluso habían encontrado una momia y piezas de oro en una tumba sin expoliar en la zona de la Esfinge, pero también me hablaba de progresos en las pirámides.

—No te lo voy a negar. Caviglia es muy listo. Aunque no se imagina que esté ahora mismo en Guiza, sabía que, tarde o temprano, llegaría. Así que ha destinado un pequeño contingente de trabajadores a las pirámides, en turno nocturno, a cargo de Mr. Perring. Pero todos los trabajadores, durante las horas de luz, se están centrando en la zona de la Esfinge, en contra de mis órdenes expresas. Caviglia, como egiptólogo, tiene las mismas inquietudes que yo con respecto a las pirámides. Ya lo hablamos en el pasado. Por ello no le encuentro ninguna explicación a su actitud. ¿La tienes tú?

El coronel Campbell advirtió el extraño tono en la pregunta de Vyse.

—¿A qué te refieres?

—¿Qué esconde Caviglia?

—¿Qué esconde? —repitió la pregunta Campbell—. ¡Pues un ego más grande que la Gran Pirámide! Está claro que cree que puede hallar más tumbas no saqueadas en la zona de la Esfinge. Al fin y al cabo, las cámaras donde descansaban los faraones de las dos grandes pirámides ya fueron profanadas y vaciadas hace muchos siglos.

—No sé por qué, pero mi intuición me dice que hay algo más. Caviglia es un gran egiptólogo y tiene a su disposición tres enormes misterios en forma de pirámide que harían las delicias de cualquier otro arqueólogo. Sin embargo, él se centra en minucias. Con todos los respetos, ¿a quién le interesan las momias de la Esfinge si no tenemos ni idea de quiénes son? A su alrededor, tan solo encuentra pequeños objetos ornamentales sin demasiada importancia. ¿Y pretendes convencerme de que ese es su propósito en Guiza? Lo siento, pero no me lo creo.

Campbell parecía pensativo.

—¿Qué hay de la tercera? —preguntó, al fin.

—Mr. Hill se está ocupando de ella, con unos pocos trabajadores. Parece que han quitado los escombros y la arena que tapaban la puerta. Han avanzado hacia su interior unos pocos metros.

—¡Eso son fantásticas noticias! Caviglia tenía razón y tú estabas equivocado. Se trata de la puerta del cielo.

—Hablas como Mr. Hill, igual de místico. Ya sabes lo que pienso de esa supuesta puerta. Supongo que el tiempo dará o quitará razones. De todas maneras, ¿no te parece extraño que Caviglia tampoco dedique recursos a avanzar en la tercera pirámide? Mr. Hill se ha centrado en esa puerta, pero ni siquiera han sido capaces de limpiar la arena que cubre toda su base. ¿Y si hubiera otra puerta allí? No lo sabemos, porque está cubierta de arena y no hay trabajadores intentando quitarla.

—Ya tenemos una puerta. ¿Para qué buscar otra? Por otra parte, ¿por qué no has informado de tu llegada a nadie del campamento? Puedo entender que se la ocultaras a Caviglia, porque querrías leer los libros de la excavación antes de reunirte con él, pero, ¿a los demás? Sobre todo, no comprendo que no te hayas puesto en contacto con Mr. Hill para que te informe de palabra acerca de sus progresos en la tercera pirámide.

—Porque te estaba esperando a ti.

—¿A mí? ¿Cómo podías saber que iba a venir a buscarte?

—He estado pensando y sabía que vendrías.

—¿Por qué has estado pensando? —preguntó un desconcertado Campbell.

—Supongo que sabes que la picadura que recibí de ese escorpión era mortal. No se conoce a nadie que se haya salvado.

—Ya habíamos hablado de eso en El Cairo. Es un milagro.

—No, lo siento, no lo es. Selim, que, como sabes, es un ferviente musulmán, tampoco lo cree. Él ha visto morir a compañeros suyos en cuestión de minutos por una picadura de esa clase de escorpión.

—¿Qué pretendes insinuar? No te comprendo.

«Allá va la primera bomba», pensó Vyse.

—¿Sabías que Caviglia y Sloane llegaron unas horas antes que yo a Guiza, el mismo día de la picadura del escorpión? Se supone que, en esta zona del campamento, estaba yo solo, pero resulta que no era así.

—¡Eso no puede ser! —exclamó de inmediato Campbell—. Recibí una nota de Caviglia informándome de su traslado desde Alejandría a El Cairo. Sabes que ese viaje cuesta cuatro días en faluca, tres si soplan vientos favorables. Tenía que comprar unas cosas en la ciudad y luego trasladarse aquí. Durante todo ese tiempo, tú ya estabas en Guiza.

—¿Te visitaron Caviglia y Sloane cuando supuestamente llegaron a El Cairo?

—La verdad es que no, pero tampoco los esperaba.

—El verdadero motivo es que nunca pisaron El Cairo. Se trasladaron en faluca a Guiza de forma directa desde Alejandría. Además, te mintieron en las fechas.

—¿Cómo lo puedes saber si no has salido de esta tienda de campaña y no has hablado con nadie?

—Abre el libro registro de la excavación y mira la primera anotación.

El coronel Campbell lo tenía entre sus manos. Hizo lo que le dijo su amigo y lo comprendió enseguida.

—¡La primera anotación tiene fecha del 14 de noviembre de 1836 y está firmada por Caviglia! —exclamó, asombrado.

—Supongo que, de forma involuntaria, dejó testimonio de su gran mentira —dijo Vyse, ahora luciendo una pequeña sonrisa—. Ni se daría cuenta de ese pequeño detalle.

—Perdona, Howard, pero no entiendo nada. ¿Qué necesidad tenía de mentir? Si Sloane y él habían decidido llegar con unos días de antelación a Guiza, ¿a quién le importaba? —preguntó Campbell, que no comprendía adónde quería llegar su amigo.

—Es cierto que Caviglia y Sloane podían haber llegado el día que hubiesen querido, pero hay un pequeño problema con eso. Entonces, si no importaba, ¿por qué lo ocultaron? Quién miente es porque algo debe temerle a la verdad.

—¿A qué verdad? —preguntó Campbell, que ya estaba empezando a sentirse confundido.

—¡A qué estaban aquí el día de mi picadura! De no haberlo averiguado de forma casual, disponían de la coartada perfecta, ya que «oficialmente» no estaban en Guiza.

—¿Coartada? ¿Para qué?

—Antes te he dicho que la picadura de un escorpión de cola negra es mortal, salvo que tengas la fortuna de que, momentos antes, haya picado a otra presa. Tiene que regenerar su veneno para volver a ser mortal y eso le lleva un tiempo.

—No te comprendo.

—Lo que intento decirte es que alguien metió ese escorpión entre mis sábanas de forma deliberada. Supongo que, si le quitó el veneno con anterioridad, no desearía mi muerte, pero como amenaza no está mal. Un aviso para un ricachón inglés de turismo por Egipto que viene a entrometerse en no sé qué asuntos desconocidos. Hay que reconocer que no está mal pensado. El desierto tiene sus peligros, ¿verdad?

—¿Crees que eso fue lo que sucedió? ¿Qué Caviglia o Sloane te metieron ese escorpión en tu cama?

—Alguien tuvo que hacerlo. Esos escorpiones no viven en Guiza ni tienen por costumbre meterse solos en las camas de la gente. Viven más cómodos en sus agujeros en la arena.

—¿Y cómo se supone que lo hicieron? Si tu teoría es cierta, debieron quitarle el veneno un instante antes de introducirlo en tu cama. Tú estabas dentro de la tienda. ¿Viste a alguien?

—No. Cuando entre en la tienda aquella noche estaba solo.

—¿Cerraste la puerta?

—Sí.

Campbell no comprendía nada.

—Entonces, tu hipótesis se desmorona.

—La tienda está completamente sellada por todas sus partes, incluido el suelo. Nada más llegar a Guiza lo comprobé, junto con la fuerza de los anclajes. Costumbres de militares, como sabrás. En consecuencia, un escorpión, por sí solo, tampoco puede entrar. Tan solo nos queda una posibilidad.

—¿Cuál?

—Comprobé la tienda cuando llegué por la mañana, pero no lo hice cuándo volví para acostarme. Alguien debió rasgar la tela de detrás de mi cama, sabiendo que no la volvería a revisar porque ya lo había hecho por la mañana. Cuando entré por la noche, me desvestí, me aseé y me puse el pijama. Durante todo ese tiempo estuve de espaldas a mi cama. En ese momento, alguien debió entrar de forma furtiva a mi tienda y meter el escorpión. No existe otra explicación posible que concuerde con todos los hechos.

Campbell se levantó del escritorio y se encaminó hacia la parte posterior de la tienda de campaña. Buscó el lugar donde se encontraba la tela rasgada.

—¡Pero si aquí no hay ningún agujero! ¡Esta tela no está rasgada!

—Ahí está el problema de mi teoría, ¿verdad? —le preguntó Vyse, que continuaba divertido.

—Eso no es tan solo un problema. Desmonta tus ensoñaciones —dijo Campbell, que no compartía la diversión de su amigo.

—Me parece que no —le respondió Vyse—. Hace un momento, antes de que llegaras le he preguntado al soldado que vigila esta zona del campamento si alguien había ordenado cambiar la lona posterior de mi tienda de campaña. Se mostró sorprendido por la pregunta, ya que era algo insólita, pero me respondió que sí.

—¿No me digas? —preguntó Campbell, que ahora volvía a su estado de preocupación inicial.

—Me dijo que la cambió él mismo. Por lo visto, a pesar de que no es temporada de vientos, alguna ráfaga despistada había rasgado una pequeña parte de la tela de mi tienda. El soldado no le dio mayor importancia, por eso no me había dicho nada hasta que le pregunté por ello.

—¡Ahora te entiendo con lo de la coartada! Si estabas solo en esta zona del campamento, era imposible que nadie te hubiera podido meter el escorpión en la cama. En esta zona, tan solo podemos acceder los tres firmantes del contrato con el pachá más Caviglia. Pero ahora resulta que ellos sí que estaban aquí. ¿Cómo pretendes averiguar quién fue de los dos si no vistes nada?

—El que me metió el escorpión debió ser la misma persona que ordenó reparar mi tienda de campaña, para que, a mi regreso, no notara nada extraño. Pues esa fue la última pregunta que le hice al soldado de la entrada.

—¿Y quién de los dos fue?

—Ninguno de ellos.

—¿Qué? —preguntó el coronel, sorprendido.

—Fuiste tú, Patrick.

## 12 ANTIGUO EGIPTO, GUIZA

—Supongo que ha llegado el momento.

—¿Por qué crees eso?

—Mira a tu alrededor.

El faraón Menkaure y su escriba personal y amigo Nefer, se encontraban en la necrópolis de Guiza, sentados en lo alto de un montículo de arena.

—Sí, tienes razón. Es el momento —le confirmó Menkaure.

—Por tus palabras, en la anterior ocasión que hablamos de este tema, deduje que se produciría de inmediato. No parecías confiar demasiado en mí, pero ha pasado un año de aquello.

—Te dije que me tenía que ocupar de un asunto antes de que llegara el momento en el que dejaras de ser mi escriba personal.

—Sí, lo recuerdo. Del *Sacerdocio Secreto de Anubis.* En este último año nadie de importancia ha sido arrestado. De haber ocurrido, lo sabría. No ha pasado nada.

—Te equivocas, sí que ha pasado algo muy importante.

—¿Qué?

—El tiempo.

Nefer no comprendió ni a Menkaure ni la expresión tan extraña que tenía en su rostro, así que permaneció en silencio.

—¿Qué te parece? —le preguntó Menkaure, señalando a las pirámides.

—Grandioso. Es algo mágico. De eso se trata, ¿no?

—Es más que eso. Djoser, junto con su arquitecto Imhotep, fueron los primeros que se atrevieron a construir una pirámide para albergar los restos del faraón. Su forma triangular no es casual. Nos acerca al cielo, a los dioses y al sol. Nuestro cuerpo, que alberga el *ka*, se queda en el interior del sarcófago en la cámara mortuoria, pero nuestro espíritu se eleva para reunirse con los dioses.

—Las dos pirámides, la de tu abuelo Khufu y la de tu padre Khafre, guardan cierta similitud, tanto en tamaño como en orientación.

—Eres buen observador. Sabes que, cuando se produce la muerte de un faraón, debemos hacer el tránsito de la vida humana a la vida divina. Los arquitectos de las pirámides tienen muy en cuenta la orientación con las estrellas, pero no solo de lo que ves, la parte exterior, sino también de lo oculto. Las galerías interiores también guardan simetría con este concepto. Por ejemplo, en todas las cámaras funerarias hay dos conductos que se alinean con diferentes estrellas de nuestro cielo. No es algo casual. Por ejemplo, el conducto norte en la pirámide de mi abuelo Khufu está orientado a la estrella *Thuban* y el del sur a la estrella *Alnitak*. La cámara de la reina también dispone de dos pasajes con orientaciones a otras dos estrellas. Como curiosidad, el conducto sur está alineado con la estrella *Sotis*, que representa a la Diosa Isis, esposa de Osiris. Además, las propias pirámides también están alineadas con estrellas del mismo cinturón. La pirámide de mi abuelo representa a la estrella *Alnitak* y la de mi padre está alineada con la estrella *Alnilam*. Mi pirámide, que estoy empezando a construir, estará alineada con la estrella *Mintaca*. Ese es el motivo por el que no guarda simetría con las otras dos pirámides, porque en el cielo tampoco existe esa simetría.

—Por lo que veo, aunque tan solo está construida su base y poco más, parece que tu pirámide será más pequeña que las otras dos. ¿Por qué?

—Bueno, eso no tiene nada que ver ni con estrellas ni con dioses. Para los obreros que deben construir estos colosos, su esfuerzo es casi sobrehumano. Tienen que soportar temperaturas muy altas y mover grandes piedras para acoplarlas de forma perfecta en la estructura. A pesar de que los arquitectos han mejorado mucho la técnica de construcción, valiéndose de rampas húmedas para el trasporte de los bloques desde el Nilo hasta aquí y usan grandes estructuras de madera para su izado y fijación, no deja de ser un trabajo muy duro, donde mueren cientos de obreros cada año. Ese ya sería un buen motivo, pero existe otro más importante. Mi abuelo y mi padre quisieron así sus pirámides, pero su construcción les llevó veinticinco años a cada uno. Ellos tuvieron reinados largos, pero me temo que el mío será más breve. No puedo esperar tanto tiempo para verla terminada.

—¿Por qué dices eso? —le preguntó extrañado Nefer—. No eres un anciano.

—No me apetece hablar ahora de ese tema, ya te lo contaré en otra ocasión. No estropeemos este momento.

Nefer no comprendió a Menkaure. Deseaba preguntarle por esa extraña afirmación, porque aún era joven, pero no se debe contravenir la voluntad de un faraón, por muy amigos que fuesen. En consecuencia, permaneció en silencio hasta que Menkaure consideró hablar.

—¿Qué es lo que más te llama la atención del conjunto?

—¿Aparte de tu pirámide?

—Sí.

—¿Por qué tu padre ordenó construir esa especie de esfinge? Asusta un poco.

—Es un tributo al Dios Horus, que, entre otras cosas, es la divinidad celestial. Ya te he contado la importancia de las estrellas en la construcción de las pirámides. Mi padre, cuando yo era muy pequeño, me contó una bonita historia. Tuvo un sueño en el que se veía caminando por el cielo, al lado del Dios Horus, rodeado de las estrellas que forman el cinturón de *Alnitak, Alnilam* y *Mintaca*. Al día siguiente, ordenó al arquitecto de su pirámide, Hemiunu, que construyera, en honor a Horus, esta esfinge. Hemiunu, que había sido el arquitecto de la pirámide de mi abuelo Khufu, falleció sin ver terminada ni la pirámide de mi padre ni la esfinge, pero su hijo continuó la labor. Le añadió un cierto toque mágico, con cabeza humana pero con cuerpo de león. Así, además de ser un tributo a Horus, también hace de guardián sagrado de las pirámides de Guiza. Por eso es normal que te asuste un poco, porque esa era la intención cuando fue tallada.

Ambos permanecieron un momento en silencio, admirando la grandiosidad que tenían frente a ellos. Parecía un gigantesco camino hacia la eternidad.

—Así que piensas prescindir de mis servicios como tu escriba —dijo Nefer, rompiendo el hielo—. Supongo que aún albergas dudas acerca de mi fidelidad hacia ti.

—Tengo que pedirte disculpas —le respondió Menkaure—. Mi madre y yo supimos que el décimo miembro que se nos escapó del *Sacerdocio Secreto de Anubis* lo había reconstruido. Había cuatro candidatos posibles, dado el papiro con la convocatoria que encontraste junto a tu mesa, en la escuela.

—¡Pero de eso hace ya cinco años! —exclamó Nefer—. Pueden haber sucedido muchas cosas desde entonces.

—Y lo han hecho, pero conocer la identidad de esa persona era el hilo que nos iba a llevar hasta la madeja.

—¿Y ya sabéis quién es?

—Ha resultado muy difícil, porque ninguno de los cuatro parecíais sospechosos, pero, al final, mi madre ha dado con él.

—¿Él? El único varón soy yo. ¿No pensarás que conspiro contra ti?

Menkaure se rio.

—Nunca fuiste sospechoso a mis ojos, pero era una posibilidad que mi madre Khamerernebty debía de descartar. Tranquilo, fuiste el primero en salir de la lista.

—¿Nikanebti? —preguntó Nefer—. Siempre pensé que ella era la receptora de la convocatoria.

—Fue la segunda que descartamos. Además, ¿crees que la hubiera nombrado suma sacerdotisa de Hathor si desconfiara de ella?

—¡Rheketre! —exclamó Nefer—. ¡Es tu propia hermana! Jamás me lo hubiera imaginado. Parece tan dulce e inocente que no la veo jugar ese papel de malvada. Es verdad que, en la reunión que asistí, había una voz femenina muy joven que parecía la más reacia a matarte, pero, al final, fue la primera que dio su consentimiento.

—Me parece que te olvidas de una candidata —le respondió Menkaure, ahora con un sonrisa incierta en su rostro.

—¡Venga ya! —exclamó Nefer, levantando una mano en un claro gesto de incredulidad.

—¿Por qué descartas a mi hija? Ya no tiene ocho años, como cuando la conociste. Ya lo era entonces, pero ahora, con quince, Khentkaus es la más lista de las tres con diferencia. Me parece que estarás de acuerdo en eso, porque sé que os lleváis muy bien. ¿Y si la voz femenina joven que escuchaste fue la de ella?

—No era su voz —afirmó Nefer—. Es cierto que la máscara de chacal distorsionaba su voz, pero conozco perfectamente la entonación de Khentkaus de sobra. No era la suya.

—No, no lo era —le respondió Menkaure, con la misma sonrisa incierta en su rostro.

—¿Me quieres volver loco? —preguntó Nefer, que cada vez comprendía menos a Menkaure.

—No, lo que quiero decirte es que ninguno de vosotros cuatro era el destinatario de esa nota.

—¡Pero si solo estábamos nosotros lo suficientemente cerca! No hay más candidatos.

—Hay una posibilidad que a nadie se nos ocurrió. Que el papiro debiera recogerlo uno de vosotros para entregárselo a otra persona, ya que no tenían medios para contactar con él. Piensa que esa reunión fue convocada con extrema urgencia.

De repente, Nefer lo comprendió todo.

—¡Nikanebti! Ella es la única posible, en ese caso. Su esposo, Nikaure, es el visir del Alto Egipto y no vive en Menfis.

—Veo que aún conservas tu capacidad de análisis. Efectivamente, la persona que sustituiste en aquella reunión fue a Nikaure.

—¿Desde cuándo lo sabes? —preguntó asombrado Nefer.

Menkaure se quedó pensativo por un instante.

—Creo que desde hace unos dos años, más o menos.

—¡Pero eso fue antes de nuestra conversación sobre el tema! —exclamó Nefer, pasmado—. ¿Lo sabías y me dejaste que pensara que era sospechoso a tus ojos?

—Era necesario.

—Ascendiste a Nikanebti a suma sacerdotisa y su esposo Nikaure es tu visir en el Alto Egipto. Sabiendo lo que me acabas de contar, ¿por qué siguen en sus puestos?

—Nikanebti no estaba al tanto de las actividades de su esposo. Tan solo era un correo. En cuanto a Nikaure, bueno, eso es otra historia.

—¿Qué historia?

—Tu curiosidad te puede. En ese sentido eres muy parecido a mi hija. ¿Sabes que fue Khentkaus la que lo descubrió todo?

—No me extraña. Siempre parece ir un paso por delante de los demás. Ya daba miedo con ocho años. Ahora, con quince, da auténtico pavor.

Menkaure tomó por un hombro a Nefer, que no pudo evitar estremecerse. Era la segunda vez que existía contacto físico entre ambos, pero la primera vez se trataba de Sobek. Ahora ya no era aquel supuesto sacerdote de Neith, sino el mismísimo faraón de Egipto. No podía existir contacto entre el faraón y el resto de los humanos, exceptuando a sus esposas, concubinas e hijos. Nadie más podía tocar al faraón, ni siquiera sus objetos sagrados. Para ello se requería una preparación especial que dispensaban los sumos sacerdotes. En el hipotético caso de que existiera un contacto accidental entre el faraón y otro humano, había que llevar a cabo un ritual purificador muy complejo. Nefer había leído acerca de ello.

—Tranquilo —dijo Menkaure, que había notado la turbación de su amigo—. He sido yo el que te he tocado, no tú. Nada debes de temer. Además, tengo mis motivos.

La mano de Menkaure seguía sobre el hombro de Nefer, que permanecía paralizado, sin poder hablar.

—A partir de hoy ya no serás mi escriba personal, porque te voy a nombrar visir.

Nefer no reaccionó hasta que Menkaure le retiró la mano, pero seguía sin ser capaz de hablar.

—Eres la persona en la que más confío en este mundo —siguió Menkaure—. Ya has sido mi escriba varios años y has demostrado sobradamente tu capacidad. Recuerda que una vez te dije que esperaba grandes cosas de ti. No me refería a ser mi escriba. El futuro será para los valientes y tú eres uno de ellos.

Ahora, Nefer pareció volver en sí.

—¡Visir! ¡Pero si yo no puedo ocupar ese cargo!

—¿Por qué?

—Porque está reservado a hermanos o hijos del faraón. A familia muy cercana. Siempre ha sido así.

—No siempre. Por ejemplo, antes te he nombrado al arquitecto de la pirámide de mi abuelo Khufu, llamado Hemiunu. En agradecimiento a los servicios prestados, le nombro visir de Egipto y no era miembro de la familia real.

—¡Pero eso sucedió hace mucho tiempo! Ponme un ejemplo de los últimos sesenta o setenta años.

—Tú.

Nefer se llevó las manos a la cabeza.

—Tengo veintiún años. Si ya me miraban mal en la corte por ser escriba real, ¿qué sucederá ahora si sustituyo al príncipe Nikaure?

—No lo harás.

—¿Qué?

—Sustituirás a Duaenre, actual visir del Bajo Egipto.

—¡Pero si lo nombraste tú cuando apresaste a Setka por traidor! Además, es uno de tus hermanos mayores, hijo del faraón Khafre y de su primera esposa, la reina Meresankh III.

—¿Y de quién era hermana Meresankh III?

—¡De Hetepheres II, la fundadora del *Sacerdocio Secreto de Anubis*, que mandaste ejecutar hace siete años! —exclamó Nefer, cayendo en la cuenta—. ¿No me digas que tu hermano Duaenre pertenece a...?

—Sí —le interrumpió Menkaure—. Esta mañana, mis soldados le habrán apresado y, a medianoche, será ejecutado.

Menkaure no pudo evitar que una lágrima resbalara por su mejilla. A pesar de sus esfuerzos por disimularlo, consiguió empeorarlo, ya que el maquillaje de los ojos manchó su cara. Nefer, en un acto instintivo, a punto estuvo de limpiarlos con su túnica, pero recordó que no era Sobek, sino Menkaure.

—Lo siento de verdad —acertó a decir Nefer.

—No lo hagas. Confié en él y le nombré el segundo cargo civil más importante de todo Egipto. Pero no se conformaba con eso. Conspiró contra mi vida para ser faraón. Quiso elevarse por encima de mí, pero el Dios Ra, con la fuerza del sol, fundió sus alas. No es digno de compasión.

Nefer volvió a la realidad.

—¿Y ahora quieres que ocupe su lugar? ¿Yo? ¿El segundo cargo civil más importante de Egipto, como acabas de decir? ¡Pero si ni siquiera pertenezco a la familia real!

—El motivo de que estemos en este lugar mágico, como tú lo has definido, no era tu nombramiento como visir. Para eso no hacía falta salir de Menfis. Estamos aquí por otra cuestión más importante.

Nefer había pasado de los nervios al terror. No era para menos. Lo que se disponía a escuchar ni se lo podía imaginar.

—Algunos dicen que tenemos miedo porque tenemos imaginación. Deja de imaginar, afronta la realidad y serás tan valiente como el león de la esfinge —concluyó Menkaure.

## 13 GUIZA, EGIPTO, 24 DE ENERO DE 1837

—¿Estás acusándome de introducir ese escorpión de cola negra, del que no había oído hablar nunca, en tu cama?

—Yo no te acuso de nada, pero las pruebas parecen que sí lo hacen. Si nada sabías de esta confabulación contra mi vida, ¿cómo ordenaste reemplazar la tela de la parte trasera de mi tienda de campaña? Es más, ¿cómo podías saber qué necesitaba ser cambiada a causa de estar rajada? ¿Sentado en tu despacho de El Cairo? ¿Acaso tienes poderes mágicos que te permiten ver en la distancia? Me has dicho que, en estos dos meses, no habías pisado Guiza y que estabas informado de los progresos de la excavación por los reportes de Caviglia. ¿Deseas cambiar tu versión de los hechos?

—¡Por Dios, Howard! No tengo ninguna versión que cambiar. No he pisado Guiza desde hace bastante tiempo. Te juro que no sé qué está pasando, pero yo no tengo ni la más remota idea.

—No has respondido ni una sola de mis preguntas.

—¡Yo no ordené cambiar nada! —exclamó el coronel Campbell, desesperado—. Además, piensa un poco. Si yo fui el responsable de introducir ese escorpión en tu cama, debería haber llegado a Guiza aquel fatídico 14 de noviembre. No sé si recuerdas que nos vimos en el consulado antes de tu partida.

—Sí, lo recuerdo. ¿Y qué?

—Que tú saliste con el *janissary* Selim a primera hora de la mañana. Yo permanecí en El Cairo. ¿Me quieres explicar cómo podía haber llegado a Guiza antes que tú? Cuando tú estarías muy cerca de aquí, aquel 14 de noviembre, yo estaba en mi despacho en El Cairo. Además, si no me crees, puedes preguntarle a cualquier miembro del consulado, que corroborarán mi versión.

—Una coartada muy conveniente —le respondió Vyse—. ¿Cómo pretendes que se lo pregunte? Estamos en Guiza, no en El Cairo. No la puedo comprobar.

—¡Esto es de locos! —gritó Campbell, echándose las manos a la cabeza.

—Mira, Patrick, por una parte tengo la declaración del soldado que vigila esta zona. Es uno de tus hombres y ha reconocido que las instrucciones partieron de ti. Eso es una prueba. Por otra parte, tan solo tengo vaguedades. ¿A quién creerías tú si estuvieras en mi lugar?

—¡Espera! —exclamó Campbell, levantándose de la silla—. ¡Sí que tengo manera de probar mi inocencia!

—¿Cómo?

—No he venido solo desde El Cairo. Me ha acompañado el oficial del ejército Hugues y el soldado Cooper. Quizá ellos se acuerden de haberme visto aquel día en El Cairo.

En ese momento, para sorpresa del coronel Campbell, Vyse silbó. En apenas unos segundos entró Selim acompañado de dos de sus hombres armados.

—¿Qué significa esto? —preguntó Campbell.

—¿Creías que iba a permitir que tus soldados entraran en mi tienda? —le replicó Vyse—. Ya me han intentado matar en una ocasión en este mismo lugar. Comprende que, en las actuales circunstancias, tenga que tomar medidas de seguridad.

—¿Contra mí?

—Contra el principal sospechoso.

Patrick Campbell se giró hacia el que había sido su *janissary* hasta hacía unos meses.

—Selim, tú me conoces muy bien. Hemos trabajado juntos muchos años. ¿De verdad crees que soy yo el responsable de introducir ese escorpión en la cama del coronel Vyse?

—Si me lo pregunta como *janissary*, como antiguo soldado de élite otomano, mi respuesta sería negativa. Pero ahora mi jefe es el coronel Vyse y tiene pruebas sólidas. Creo que eso no lo puede negar ni siquiera usted mismo.

—¡Pero yo tengo una coartada, pero no me permitís utilizarla!

—¿Llamar a dos soldados a tus órdenes al interior de mi tienda de campaña? No, gracias —respondió Vyse—. No te lo tomes como un tema personal, pero no deseo conflictos innecesarios.

—¿Y si solo llamamos a uno? Seríais mayoría.

—Lo siento, Patrick, pero la respuesta es la misma. Tú lo has dicho, son soldados a tus órdenes. ¿Me podría fiar de su testimonio si te son completamente fieles?

Campbell no sabía cómo salir del atolladero. Su mente estaba en plena ebullición.

—¿Y si llamamos a un soldado a las órdenes de Selim?

—¿Qué? —respondió sorprendido Vyse.

Campbell se dirigió al *janissary*.

—Selim, ¿el soldado que vigila ahora mismo esta zona del campamento es el mismo que afirmó que yo di la orden de cambiar la lona?

El *janissary* se quedó mirando al coronel Vyse, esperando alguna indicación.

—Llámalo y que acuda —dijo Vyse.

Selim abandonó la tienda y regresó en compañía del soldado.

—¿Me conoces? —le preguntó Campbell de inmediato.

—Claro, coronel. Es usted el cónsul británico en Egipto.

—A pesar de que eres un soldado de mi consulado, ahora estás a las órdenes directas del *janissary* Selim, jefe de seguridad de esta excavación, y no de las mías. ¿No es así?

—Exacto, coronel —le respondió el joven soldado, que no sabía de qué iba todo aquello y estaba nervioso.

—Selim, tú que eres su jefe, ¿te importaría preguntarle acerca de este desagradable incidente?

El *janissary* de nuevo miró a Vyse, y este le hizo un gesto afirmativo con la cabeza,

—¿Te ordenó el coronel Campbell cambiar la lona rasgada de la tienda de campaña? —le preguntó Selim.

—Sí, señor.

Campbell estaba colorado, Ya tenía cierta edad y no tenía el cuerpo atlético de su etapa militar. Ahora lucía una buena tripa y estaba claro que no estaba en forma. Vyse, por un momento, temió por su salud.

—¿Cómo recibiste esa orden? —acertó a preguntar Campbell.

—Por el conducto reglamentario, como siempre. Todas las mañanas, al dar novedades a mi superior, recibo mis instrucciones para ese día. El coronel Vyse ya me preguntó por ello ayer mismo. Al principio tuve que pensar un poco, ya que hacemos bastantes reparaciones y mejoras en las tiendas casi a diario, pero me acordé de aquel día porque estaba lloviendo y no es muy habitual por estas tierras. Para cambiar la lona me ensucié todas las botas y me costó un día entero sacar todo el barro de ellas.

—Gracias por su explicación. ¿Ahora nos podría decir cuál es ese «conducto reglamentario» en esta excavación?

Campbell se había apropiado del interrogatorio, pero ni Vyse ni Selim se lo habían impedido.

—Por escrito, señor. Igual que ocurre en el consulado —respondió el soldado, sorprendido ante aquella extraña pregunta.

—Entonces, ¿estás afirmando que no fui yo en persona el que te dio esa instrucción? ¿Qué simplemente recibiste una nota escrita?

—Sí, claro. Ese es el procedimiento ordinario cuando hay que efectuar cualquier reparación o cuestión que se sale de lo habitual. En temas de seguridad, las novedades se dan de viva voz. Pero, ¿por qué me preguntan todo esto? Ustedes ya lo saben.

—Yo no lo sabía —ahora intervino Vyse—. ¿Quién le entregó esa nota del coronel Campbell?

El soldado respondió.

Las caras de todos los presentes palidecieron, excepto la de Campbell, que aún se puso más roja. Parecía al borde de un infarto.

Ahora, las cosas ya estaban claras.

¿Realmente lo estaban?

# 14 ANTIGUO EGIPTO, GUIZA

—Anda, movámonos de este lugar, que te quiero enseñar una cosa —le dijo Menkaure, mientras se levantaba del montículo donde estaban observando las pirámides.

Nefer hizo lo propio y le siguió con curiosidad. Para su sorpresa, se dirigieron hacia la pirámide de su amigo, que estaba en construcción. Daba la impresión de que faltaba por terminar más de la mitad, porque aún trabajaban a un nivel cercano al suelo. Sus enormes piedras de granito rosa, a la luz del sol, le daban una tonalidad naranja. «Como el color de los dioses», recordó Nefer, cuando su padre le contó el proceso de momificación de los faraones y el pigmento que utilizaban en su piel, para prepararlos al tránsito a la vida eterna.

Cuando ya estaban llegando, Nefer pudo observar como unos soldados les daban el alto. En cuanto reconocieron a Menkaure, su sorpresa fue monumental. De inmediato, se arrojaron al suelo y se arrodillaron ante ellos. A Nefer le hizo gracia. Jamás nadie se había arrodillado ante él. «Supongo que no será normal que el faraón visite su propia pirámide sin su séquito real y sin avisar. Los pobres soldados se habrán llevado el susto de su vida», pensó.

Nefer pudo observar como una persona, apoyada en una especie de bastón, profería alaridos. Todos los trabajadores dejaron lo que estaban haciendo y también se arrodillaron. El espectáculo era muy curioso a los ojos de Nefer.

—No es necesario todo esto. Se trata de una visita privada a mi cámara mortuoria por cuestiones meramente religiosas. No deseo que sea conocida por nadie, ¿queda claro? —le dijo Menkaure al que parecía ser el jefe de las obras.

—Por supuesto, Su Alteza. Así se hará.

Menkaure se giró hacia Nefer y le hizo un gesto con la mano para que le siguiera. Cuando estuvieron fuera del alcance de los soldados, la curiosidad de Nefer le pudo.

—¿Tu cámara mortuoria? ¡Pero si la pirámide le falta más de la mitad por construir!

—Mi cámara mortuoria ya está casi terminada. No se encuentra en el interior de la pirámide, sino en su subsuelo.

—¿Ordenas construir una pirámide de esas dimensiones para que tus restos descansen bajo la tierra? ¿Qué sentido tiene eso?

Menkaure sonrió.

—Hay cosas que deberías saber y otras que no. Entre las que no sabes es que la única pirámide que ves cuya cámara mortuoria se encuentra entre sus enormes piedras de caliza y granito es la de mi abuelo Khufu. Incluso construyó una cámara para su esposa favorita, la reina Meritites. Curiosamente, jamás fue utilizada y permanece vacía. El sarcófago de la reina está depositado en una de las pequeñas pirámides alrededor de la suya. Él lo quiso así. Pero mi padre también descansa bajo su enorme pirámide, no dentro de ella. Ya te he contado el sentido piramidal de este tipo de construcciones. Se trata de acercarnos a los dioses para facilitar nuestro tránsito a la otra vida eterna.

—¿Y no estaríais más cerca de los dioses en el centro de la pirámide que en su subsuelo?

—Esa era la idea de mi abuelo, por eso su cámara mortuoria está situada justo en el centro de su pirámide, pero ni mi padre ni yo pensamos así. Cuando muera, tendré que pasar el Juicio de Osiris. Ya sabes que es el dios del inframundo, una especie de cielo situado debajo de la tierra.

—¿Por eso has construido tu cámara mortuoria debajo de la pirámide?

—Es algo simbólico pero también mágico. Ten en cuenta que, una vez fallezca, seré guiado por el Dios Anubis ante la presencia de Osiris. En ese momento, Anubis extraerá mi *Ib*, mi corazón, y lo depositará en uno de los dos platillos de una balanza. En el otro estará la pluma del *Maat*, que representa la Armonía, la Justicia y la Verdad Universal. Después debo responder 42 preguntas de otros tantos jueces. Si mis respuestas se corresponden con la verdad, mi corazón no aumentará de peso, pero si miento sí que lo hará. Cuando concluyan todas las preguntas, Osiris observará la báscula. Si la pluma de *Maat* pesa más que mi corazón, habré pasado la prueba con éxito y viviré eternamente en los *Campos de Aaru*, el lugar donde moran los dioses más importantes. En caso contrario, seré arrojado a *Ammyt*, una criatura que devorará mi corazón y perderé la condición de inmortal. Por eso es tan importante para mí la pirámide y la cámara mortuoria.

Mientras estaban manteniendo esta conversación, llegaron a la base de la pirámide.

—¿Hemos de escalar hasta allí arriba? —preguntó Nefer, viendo una puerta con el nombre de Menkaure situada sobre ella.

—Claro que no. Se trata de una puerta falsa que no conduce a ningún lugar.

—¿Para qué haces eso?

—Piensa que, en el interior de nuestras cámaras funerarias o en otras accesorias a ellas, depositamos objetos sagrados que nos permitan viajar hacia el inframundo. Por ejemplo, mi abuelo Khufu ordenó construir, junto a su pirámide, un gran foso para albergar su *Barca Solar*. Antes de que me preguntes qué es, te diré que es la misma que utilizaron para trasladarle de Menfis hasta aquí a través del Nilo. También tiene un simbolismo místico acerca del ciclo de la vida y la muerte, de ahí que se llame «solar», pero no te lo contaba por eso. Todos esos objetos tienen gran valor. Muchos están confeccionados de oro. Hay gente malvada que puede intentar acceder a las pirámides para llevarse esos objetos.

—¿Quién se atrevería a hacer una cosa así? —preguntó Nefer, sorprendido—. Profanar la tumba de un faraón supone el castigo de los dioses.

—Sí, pero si los desvistes de su carga mística, siguen siendo objetos de gran valor material. Estas pirámides están construidas para que pervivan hasta la eternidad, y eso es mucho tiempo. Y mucho tiempo también supone muchas tentaciones. No podemos saber qué pensarán de nosotros dentro de miles de años, ni siquiera si seguirán creyendo en nuestros dioses.

Nefer no había pensado nunca en esas cuestiones. «Claro, yo no soy faraón y esas preocupaciones no las tengo», se dijo.

Entraron en la pirámide y de inmediato el pasaje se inclinó de forma notable, hasta que, por un pequeño instante, se allanó. Pasaron por varias pequeñas cámaras, pero Menkaure no se detuvo en ellas hasta que llegó a una de mayores proporciones.

—¿Es esta?

—No. Todas las cámaras funerarias disponen de una antecámara. Ahora viene la parte difícil.

—¿Por qué?

—Ya te lo he contado antes. Habrás observado otros pasillos que no hemos tomado y otras cámaras en las que no hemos parado. Una vez fallezca y mi sarcófago con mi momia sea depositado en mi cámara mortuoria, cada uno de los pasillos y cámaras serán sellados, para confundir a posibles profanadores. Es un pequeño laberinto con puertas y espacios vacíos, salvo uno. Es al que vamos a acceder ahora, pero tendrás que hacer un esfuerzo.

—¿Un esfuerzo? ¿No pretenderás que mueva alguna de estas gigantescas piedras?

—No, mira —dijo Menkaure, mientras señalaba un lugar concreto de la antecámara.

—¿No me digas que...?

—Sí —le interrumpió—. Ahí es.

—Con mucho cuidado, accedieron a un nuevo espacio.

—¿Cómo se te ha ocurrido esto? —Nefer estaba sorprendido.

—Es cosa del arquitecto. En esta zona solo trabajan diez obreros, todos ellos familiares del propio arquitecto. Nadie más debe conocer su ubicación ni su manera de acceder. Ya te he contado el motivo. Tú eres la única persona, aparte de mí y los constructores, que conoce el lugar exacto donde haré el tránsito a la vida eterna.

—Desde luego ha sido ingenioso. A mí no se me hubiera ocurrido buscar en este lugar.

Se encontraban en una sala rectangular, cuyos muros estaban formados por piedras de granito, sin ninguna ornamentación. El suelo también era liso y sin adornos. Nefer no se imaginaba una cámara mortuoria tan austera. Supuso que se encontraba en fase de construcción y que todavía no estaba concluida. Sin embargo, hay algo que sí llamó la atención a Nefer, el techo. No era liso, como el resto de paredes, sino que estaba construido en forma de ojiva, abovedado.

—Sí, ya sé lo que piensas —le dijo Menkaure—. La forma del techo no tiene ningún significado mágico. Según me contó el arquitecto, se trata de una técnica de construcción para que esta cámara sea capaz de soportar todo el peso que habrá encima de ella, una vez la pirámide esté concluida.

Nefer miró a su alrededor. Las paredes eran lisas, sin ningún tipo de nicho ni oquedad, y la cámara estaba completamente vacía. «¿Vamos a estar aquí de pie? Impresiona un poco», pensó Nefer. Menkaure resolvió sus dudas sentándose directamente en el suelo. Nefer lo hizo a su lado.

—Ya conoces mi natural curiosidad —rompió el hielo Nefer—, pero me has dicho que nuestra visita a Guiza no tenía como objeto comunicarme mi nombramiento como visir. Entonces, ¿qué hacemos aquí sentados?

Menkaure se permitió una ligera sonrisa.

—Hace tres noches intentaron matarme —dijo.

—¿Qué? —preguntó Nefer, entre sorprendido y asustado—. Nada ha trascendido de eso.

—Además, no es la primera vez que sucede.

Nefer parecía que se ahogaba entre aquellas paredes de granito.

—¿Por qué no me has contado nada de todo esto?

—Ya te he dicho que necesitaba tiempo para resolver ciertas cuestiones. Anteayer consulté al oráculo de Ra.

—¿Acerca de qué? ¿Del *Sacerdocio Secreto de Anubis*?

—No. Ese tema, a pesar de sus intentos por matarme, lo tenemos controlado.

—¿Entonces?

—Tanta gente ambicionando la corona de Egipto me hizo pensar en mi propia vida. Soy el faraón y me debo a mi pueblo, pero eso supone un sacrificio tan grande que me cuesta mucho sobrellevarlo. Mi vida personal no existe. Mi esposa y hermana, la reina Khamerernebty II, me rehúye. Ya sé que son cargas que implica ser faraón, pero, al final, ni tengo familia ni tengo amigos. Tú eres lo más parecido a eso.

Nefer pudo sentir que la soledad de Menkaure golpeaba su corazón.

—Eres casi un dios. Es difícil tener amigos siendo faraón, eso ya lo debías de saber. Lo que es más triste es que tu propia familia te dé la espalda, bien ignorándote o bien intentando matarte. La verdad es que no sé qué es peor. La vida se te hará muy larga.

—Ahí está la cuestión. Mi vida no será larga.

—¿No estarás pensando en quitártela? —preguntó Nefer, absolutamente espantado.

—¡Claro que no! A pesar de todo, quiero vivir, pero no será por mucho tiempo.

—¿Por qué dices estas cosas tan raras?

—El oráculo de Ra predijo que me quedan tan solo ocho años de vida. Es la voluntad de los dioses.

—¿Y lo crees? —preguntó Nefer, aún espantado.

Menkaure pareció indignarse.

—¡Cómo no lo voy a hacer! ¡Es el Dios Ra el que ha hablado!

Nefer consideró que por ese camino no iba a consolar o convencer a su amigo. Permaneció en silencio, mirándolo.

—He tomado una decisión —dijo al fin Menkaure—. No puedo ignorar la voluntad del Dios Ra, pero sí actuar en consecuencia.

—¿Qué pretendes hacer?

—Mi primera decisión ya la conoces. Hoy he ordenado que maten a mi hermano y tú lo sustituirás como visir del Bajo Egipto, pero hay más. Mi segunda decisión será...

Menkaure se la dijo.

Nefer se levantó de golpe del suelo y se le quedó mirando fijamente. No podía estar hablando en serio.

Pero lo estaba.

## 15  GUIZA, EGIPTO, 24 DE ENERO DE 1837

—¿Y no te extrañó que el arqueólogo director de esta excavación, Mr. Caviglia, te diera esa nota en persona para reparar la lona de mi tienda de campaña? —continuó preguntando Vyse al soldado.

—¿Por qué me iba a extrañar? Además de dirigir la excavación, también se ocupa del campamento y de los trabajadores, incluidos los de mantenimiento. Lo extraño hubiese sido que me entregara la nota otra persona.

—¿Siempre lo hace él, en todos los casos?

—Sí, Mr. Vyse. Las notas las entrega él, con la autorización del coronel Campbell, aquí presente.

—¿Autorización? ¿Qué autorización? —Vyse continuaba con el interrogatorio a aquel pobre diablo.

—Señor, exceptuando el pago a los trabajadores, que ya estaba estipulado de antemano, cualquier cuestión que requiera un gasto extraordinario necesita la autorización del cónsul. Así está establecido en el protocolo de la excavación. Aunque sea competencia de Mr. Caviglia mantener estas instalaciones en perfecto estado, para acometer ese tipo de gastos se requiere el visto bueno del coronel Campbell.

Ahora, Howard Vyse se giró hacia el cónsul.

—¿Tú lo sabías?

—¡Y yo qué sé! Firmo notas autorizando gastos de Caviglia casi a diario. No presto ninguna atención a los gastos menores. ¡Solo me faltaría eso!

—¿Y no te llamó la atención que mi tienda de campaña precisara una reparación, después del incidente de la picadura del escorpión?

—¡Ni me fijé ni caí en la cuenta! —exclamó el coronel, que parecía enfadado.

—Señor —intervino el soldado, dirigiéndose a Vyse—. Cada tienda está numerada. Por ejemplo, la suya se corresponde con la sección D y es la número 1. En la nota no ponía su nombre, tan solo la nomenclatura de su tienda.

—¡Yo no tengo ni idea de todas esas cosas! —continuó protestando Campbell—. Es la primera vez que vengo a Guiza desde que se montó este campamento. Ni siquiera lo he visto en plano. No sé nada de numeraciones ni nada parecido.

—¿Conocía que Mr. Caviglia y Mr. Sloane habían llegado al campamento antes que yo? —Vyse le preguntó al soldado.

—Por supuesto, señor. Ya sabe que las zonas C y D disponen de vigilancia. Es imposible colarse sin que la guardia se dé cuenta.

Vyse hizo un gesto con la cabeza al *janissary*.

—Eso es todo, soldado. Vuelva a su puesto de vigilancia —le ordenó Selim, al mismo tiempo que daba la misma instrucción a los dos soldados que habían entrado con él. Ahora, en la tienda se encontraban Vyse, Selim y Campbell a solas.

Vyse se dirigió de inmediato a su *janissary*.

—¿Tus hombres conocían que ambos habían llegado antes que nosotros y tú, que eres su jefe, lo desconocías?

—Fue usted mismo el que me informó de que llegarían en unos días, ¿no lo recuerda? No pregunté a nadie, porque di por buenas sus palabras. ¿También tengo que desconfiar de usted? —Selim también parecía molesto con Vyse por sus insinuaciones.

Vyse advirtió que sus palabras habían enojado a sus dos acompañantes.

—Bueno, parece que todos estáis enfadados conmigo. Os pido disculpas de corazón, pero el asunto sigue sin estar resuelto y me preocupa mucho. Si el soldado dice la verdad, cosa que no dudo, tan solo había dos personas en esta zona del campamento, Caviglia y Sloane. Caviglia, aunque me caiga mal, es un reputado arqueólogo que no creo que se atreva a cometer un acto de semejantes características, pero apenas conozco a Sloane —dijo, dirigiendo su mirada al coronel Campbell—. Cuando firmamos el contrato me dijiste que no era lo que aparentaba ser, detrás de esa barriga y su apariencia de anodino funcionario del gobierno. ¿A qué te referías? En aquella ocasión no te lo pregunté porque no me importaba, pero ahora me parece que es relevante saberlo.

—Por favor, Selim, ¿puedes dejarnos solos? —preguntó Campbell.

El *janissary* miró a Vyse, que asintió con la cabeza. Salió de la tienda de campaña. Cuando se quedaron solos, Campbell comenzó a explicarse, en un tono de voz apenas audible.

—¿Conoces a Sir James Stephen?

—Por supuesto que sé quién es, aunque nunca he tenido el placer de encontrarme con él. Es el subsecretario de estado para todas las colonias británicas. Su fama le precede. Fue el autor de la llamada *Slavery Abolition Act*, es decir, la ley que ilegalizó la esclavitud en todos los territorios gobernados por el Reino Unido. Dicen que es una persona muy popular y un tanto reservada. Conozco a su hermano menor y tenemos bastantes amigos en común.

—Lo has descrito perfectamente, pero has cometido un pequeño error —le dijo Campbell, que ya no parecía enojado con Vyse.

—¿Cuál?

—Que sí que lo conoces personalmente.

—Ya me gustaría, pero te aseguro que no.

—Y yo te aseguro que sí. Sir James Stephen utiliza el seudónimo de Mr. Sloane cuando viaja por los territorios que supervisa. Por eso te dije que su participación en el contrato con el pachá era una orden directa del gobierno de nuestro país. ¿Acaso te crees que un simple vicecónsul en Alejandría podría participar en una cosa así?

Vyse se quedó sin palabras.

—Sorprendido, ¿verdad? —continuó Campbell—. Como comprenderás, tu teoría de que alguien te metió el escorpión en la cama, aunque plausible, se desmonta por falta de candidatos. Caviglia no necesitaba hacer una cosa así y Sir James Stephen, aunque tenemos que mantener la ficción de que es Sloane, ya que su presencia en Egipto es confidencial, jamás se mezclaría en un tema tan sucio. De un plumazo, te has quedado sin sospechosos.

Vyse estaba abochornado. Había tratado a Sloane de muy malas maneras, como si fuera un funcionario gris al servicio de Campbell, y, en realidad, era su máximo jefe. «Desde luego es un magnífico actor. Jamás le he pillado en un renuncio y asume su papel más allá de lo necesario», se dijo Vyse.

—Ya sé lo que piensas, pero no te preocupes por eso. En Egipto, tan solo yo conozco su verdadera identidad, ni siquiera Caviglia, y eso que son buenos amigos. Creo que Sir James Stephen está disfrutando interpretando su papel. Antes de ser nombrado para su actual cargo, ocupaba el número dos en la *Oficina de Guerra y Colonias*. Por entonces, antes de que yo asumiera mi empleo como cónsul aquí, ya le gustaba pasar temporadas en Egipto. Estoy seguro de que no te guarda ningún rencor, pero debes de seguir tratándolo como si fuera Sloane. No debe notar ningún cambio. Si se entera que te he contado su secreto, rodarán cabezas.

—Me va a costar —admitió Vyse.

—Me parece que te debes olvidar del incidente del escorpión y centrarte en tu trabajo aquí, en Guiza. Si es cierta tu teoría, no intentaron matarte, sino simplemente asustarte. Creo que, quienquiera que fuese, logró su objetivo con creces. Aunque no sepas quién haya podido ser el autor, está claro que no te quería muerto, porque si así fuera, ya lo estarías. Así que pasa página y concéntrate en tu misión.

Vyse, en su interior, tuvo que reconocer que las palabras del coronel parecían sensatas, pero había un problema. Su instinto no le había dejado de gritar que aún estaba en peligro. «¿De quién?», se preguntaba.

—Está bien —terminó diciendo Vyse—, pero en Guiza debe de haber cambios profundos. No puedo seguir discutiendo eternamente con Caviglia acerca de las prioridades de esta expedición arqueológica. Creía que todo estaba claro, pero no es así, como has podido comprobar. Necesito tu ayuda con este tema y que lo zanjes de una vez.

—¿Para qué necesitas un mensajero si lo puedes hablar cara a cara con él? Ahora estará en su tienda de campaña. ¿Por qué no vamos a visitarlo y le dices todo lo que te parezca? Creo que será lo más efectivo.

—¿No crees que la cosa puede terminar muy mal?

—Que termine cómo sea, pero que lo haga de una vez —sentenció el coronel, mientras se dirigía a la puerta de la tienda de Vyse, con intención de salir.

Vyse lo siguió. Pasaron por la tienda D-2, que correspondía al coronel Campbell. Estaba cerrada. La siguiente, la D-3, era la asignada a Sloane. Parecía que no había nadie en su interior. Al final, llegaron a la D-4, que era la de Caviglia, que sí tenía luz.

El coronel Campbell, antes de entrar, levantó la voz y se presentó. De inmediato, abriendo la puerta. apareció Caviglia, con un gesto de auténtica sorpresa, como si estuviera viendo a dos fantasmas.

—Pero ¿qué hacen aquí? —acertó a exclamar Mr. Caviglia, con un semblante de incredulidad—. Nadie me ha avisado de su presencia en Guiza.

—Yo me he escapado del hospital y el coronel me ha perseguido hasta aquí —le dijo Vyse, con total naturalidad.

Caviglia no salía de su asombro.

—¿Podemos pasar? —preguntó Campbell.

—Claro, claro —se apresuró a responder.

La tienda de campaña de Caviglia era exactamente igual a la de Vyse, hasta con los mismos muebles dispuestos de idéntica manera.

Para sorpresa de ambos, Caviglia no se encontraba solo en su tienda. Le acompañaba Mr. Hill, que estaba sentado en una de las sillas de la mesa lateral.

—Me alegro de verlos, sobre todo al coronel Vyse. Veo que se ha recuperado de una manera milagrosa. Es fantástico que vuelva a estar con nosotros.

Vyse le agradeció las palabras. A diferencia de Caviglia, siempre se había llevado bien con Hill. Al margen de sus pensamientos religiosos, siempre había sido sincero con él y le había ayudado en todo lo posible. Justo al contrario que Caviglia.

—Llegan en el momento más oportuno —dijo Caviglia—. Acabo de invitar a Mr. Hill a mi tienda para que me ponga al día de sus avances en la tercera pirámide. Hace dos horas he mantenido otra reunión con Mr. Perring y también me ha informado de las novedades en las dos grandes pirámides. Es apasionante.

«¡Claro que es apasionante, idiota!», pensó Vyse. «Pero a mí no me engañas. No tienes interés en sus avances». Decidió ir directo al grano y no perder el tiempo.

—Escuche, Caviglia. No pretendía tener esta conversación delante de Mr. Hill, que, al fin y al cabo, sigue sus instrucciones y no tiene culpa alguna.

—Culpa, ¿de qué? —Caviglia parecía sorprendido.

—¡De qué va a ser! —exclamó Vyse, levantando su tono de voz—. Ha revocado todas mis órdenes y sigue empleando la mayoría de nuestros recursos y trabajadores en la zona de la Esfinge, en lugar de en las pirámides, como se había establecido.

—¿Sabe? El faraón Khafre ordenó tallar en la roca viva de Guiza la Gran Esfinge, el guardián de la necrópolis y tributo al dios del sol. La estela situada entre sus garras fue obra de Tutmosis IV. Según los textos hallados y descifrados por otros egiptólogos, Tutmosis, por entonces príncipe, quedó dormido junto al monumento después de una jornada de caza y soñó que la Esfinge le prometía la corona si limpiaba la estatua de arena. Nada más despertarse, ordenó a sus guardias que no siguieran sus antiguas órdenes de proveerle de piezas de caza y se limitaran a quitar la arena. Así lo hicieron y a su regreso al palacio, Tutmosis se convirtió en faraón, tras la inesperada muerte de su hermano mayor.

—¿Qué me quiere decir? ¿Qué pretende ser faraón de Egipto limpiando de arena la Esfinge? —preguntó Vyse, que no daba crédito a la estupidez que acababa de escuchar, por muy histórica que fuera la anécdota.

—No, lo que pretendo decirle es que yo no he revocado ninguna orden suya —respondió Caviglia, ahora muy serio—. Me he limitado a seguir las nuevas instrucciones.

—¿Qué nuevas instrucciones? —Vyse estaba a punto de perder la paciencia.

—Las que me ordenó el coronel Campbell. En su ausencia, él asumió sus funciones de supervisión de las excavaciones —respondió Caviglia, que observó la cara de sorpresa de su interlocutor—. Por la expresión de su rostro, parece que no lo sabía, pero ya que el coronel está aquí mismo, se lo podrá confirmar. Ha estado perfectamente informado en todo momento de los progresos y cada semana me ha ido dando su visto bueno a nuestras actividades en Guiza.

Vyse se giró de inmediato hacia su amigo, que bajó la mirada hacia el suelo.

«Caviglia no miente», pensó Vyse. «¿Qué está sucediendo aquí?».

—¡A mi tienda de inmediato! —le gritó a Campbell—. En cuanto a vosotros dos —dijo, mirando a Caviglia y Hill—, no os mováis de aquí, que pienso volver.

Se había despertado el dragón que llevaba dentro, desde que sirviera en el primer regimiento de los *Royal Dragoons*. Vyse acababa de comprender en toda su plenitud que había sido una simple marioneta. Pero ¿en manos de quién?

Ni se lo imaginaba.

## 16  ANTIGUO EGIPTO, GUIZA

—¿Lo sabe ella?

—No, aún no le he dicho nada.

—¿Y Rekhetre?

—Tampoco.

Nefer y Menkaure seguían en la cámara mortuoria de su pirámide en construcción. El faraón permanecía sentado, pero Nefer no había podido evitar levantarse, ante la sorprendente revelación de su amigo.

—Yo soy un simple mortal y no soy nadie para opinar sobre la vida de un faraón, pero ¿estás seguro de lo que vas a hacer?

—Por supuesto que no, pero me quedan tan solo ocho años de vida y no quiero desperdiciarlos siendo un desgraciado.

—Eso es lo que te ha dicho el oráculo. Es cierto que se supone que habla en nombre de los dioses, pero no deja de ser un simple humano que interpreta lo que los dioses le dicen. Puede haber comprendido mal el mensaje del Dios Ra.

—Eso no es posible. Los dioses han hablado a través de los oráculos desde hace miles de años.

—¡Pero no dejan de ser humanos! ¿Y si perteneciera al *Sacerdocio Secreto de Anubis* y pretendiera volverte loco? Porque eso es lo que me pareces ahora mismo, y perdona el atrevimiento.

—Sé lo que pretendes hacer y te lo agradezco, pero es inútil. El oráculo es un sacerdote al que conozco desde hace muchos años. No es la primera vez que acudo a él y siempre me ha hablado con sabiduría.

Nefer se volvió a sentar al lado de Menkaure.

—Ni siquiera se lo has dicho a tu esposa, la reina Khamerernebty II, ni a la propia Rekhetre. Deduzco que tampoco lo has hecho con tu madre. Sé que eres el faraón y no necesitas el permiso de nadie, ya que los dioses están contigo, pero casarte por segunda vez con tu media hermana Rekhetre, ¿crees que arreglará algo?

—No es lo único que pretendo hacer. Cuando volvamos a Menfis, ordenaré encender las luces del palacio las veinticuatro horas del día. Quizá así consiga burlar al Dios Ra y vivir el doble, dieciséis años.

Nefer no daba crédito a lo que estaba escuchando.

—Esto es demasiado para mí —dijo—. ¿Tiene algo que ver todo esto con mi próximo nombramiento como visir?

—Claro, es una pieza más de mi plan. Llevo soportando una tremenda carga toda mi vida. Estos ocho últimos años que me quedan no quiero que sean igual que los anteriores. Ya sé que quizá te suene algo frívolo todo lo que estás escuchando, pero he reflexionado mucho acerca de ello. A partir de ahora voy a tener menos tiempo para dedicarle a mis funciones como faraón, por eso quiero que seas mi visir. Tendrás que asumir muchos de mis trabajos y gobernar el país con sabiduría y justicia.

—¡Pero yo no estoy preparado para eso! —exclamó Nefer, que cada vez estaba más excitado—. He aprendido mucho en la escuela, pero nadie me ha preparado para ser visir.

—Ni a mí para ser faraón y aquí estoy.

—Pero tu abuelo fue faraón y tu padre también, sin embargo, mi abuelo fue un humilde carpintero y mi padre un campesino.

—Sabes que esa no es tu auténtica familia. Ni siquiera Nefer es tu verdadero nombre, aunque lo sigas utilizando.

—¡Me da igual! Ser el hijo del sacerdote personal de tu padre tampoco me supone ninguna ventaja a la hora de ser visir. Además, el otro visir del Alto Egipto, el príncipe Nikaure, pertenece al *Sacerdocio Secreto de Anubis*, como tú mismo me has confesado. Supongo que ordenarás su ejecución tarde o temprano. En ese momento, me quedaré como el único visir para todo Egipto. ¿No comprendes que me pides demasiado?

—¿Sabes una cosa? Durante la Primera y Segunda Dinastía tan solo existía un visir. Hasta el reinado del faraón Djoser, segundo faraón de la Tercera Dinastía, no se creó la figura del segundo visir. El motivo para ello fue su decisión de comenzar a colonizar la península del Sinaí y su expansión hacia el territorio nubio. Necesitaba un representante suyo en el Alto

Egipto con el poder suficiente para supervisar esa ingente tarea y decidió que la forma más apropiada fuera dotarle de los mismos poderes que tenía su visir. Así dividió Egipto en dos áreas diferenciadas, tan solo desde el punto de vista administrativo, porque geográfica e históricamente ya lo eran. Además, también existían los *nomos* o provincias. Ahora esa labor ya se ha completado y la organización de Egipto ya no causa ninguna tensión, más allá de algunos rebeldes nubios y nómadas del desierto occidental.

—¿Qué quieres decirme con todo eso?

—Que vivimos una época de relativa paz, tranquilidad y prosperidad. Igual que, en su momento, el faraón Djoser decidió, por las circunstancias concretas de su reinado, dividir la figura del visir en dos, yo puedo decidir de igual manera volverla a unificar.

—No se te ocurrirá hacerlo, ¿verdad? Estás jugando conmigo.

—Sí, tienes razón —sonrió Menkaure, por primera vez en un buen rato—. No pienso ejecutar a Nikaure. Seguirá siendo mi visir en el Alto Egipto. Es una persona muy formada y está haciendo una buena labor.

—Cada vez que avanza la conversación te entiendo menos. ¿Vas a conservar a tu lado a una persona que conspira contra tu vida?

—Creo que ya está bien de muertes por ahora. He ordenado ejecutar a tres hermanos y a una hermana, príncipes y princesas de Egipto, a dos reinas, a un visir, a una suma sacerdotisa y a otros familiares cercanos. Creo que ya he derramado suficiente sangre. En realidad, demasiada. He llegado a la conclusión de que, en este instante, la inacción es más poderosa que la acción. Cada una tiene su momento y ahora toca cicatrizar las heridas familiares, que son muy profundas. Además, prefiero tener a los enemigos cerca de mí. Si me deshago de todos ellos, serán reemplazados por otros que quizá no conozca.

Nefer intentó empatizar con Menkaure, pero no lo consiguió.

—Supongo que estos años habrán sido muy duros para ti, pero no me terminas de convencer. Tengo la sensación de que me falta alguna pieza en todo este paisaje. ¿Hay algo más que deba saber?

—Por supuesto. Aún no te he contado el verdadero motivo por el que estamos aquí.

Nefer se volvió a sobresaltar. ¿Qué más sorpresas le podía deparar su amigo hoy? Ya llevaba unas cuantas.

—Como bien me has dicho antes, ya tienes veintiún años. Cuando mañana te nombre visir, deberás pensar en formar una familia. A tu edad, lo normal es que ya estuvieras casado. Además, en tu nueva posición social, será casi una necesidad, si quieres ganarte el respeto de la gente.

—Lo sé, pero todavía no he encontrado a la persona adecuada.

—Sí lo has hecho, pero no la has reconocido.

—¿Qué quieres decir? No te comprendo.

—No seas idiota. ¿Quién es la mujer con la que mejor te llevas desde hace años? No es simplemente amistad, es complicidad. De ahí al amor hay un paso muy pequeñito.

—¿No te estarás refiriendo a tu hija Khentkaus? —preguntó un pasmado Nefer.

Menkaure volvió a sonreír.

—¿Te crees que verla feliz a tu lado es de las pocas cosas que han alegrado mi vida estos últimos años?

—¡Pero ella es la hija de un faraón y yo no soy nadie! Ni en mis sueños más disparatados e insensatos se me hubiera podido ocurrir semejante locura. Un humilde hijo de un sacerdote, criado por una familia más humilde todavía de campesinos, pescador de las riberas del Nilo, no puede ni siquiera soñar con esa posibilidad. Además, eso no sucede ni en las poesías de amor egipcias, y eso que en alguna de ellas sus autores se dejan llevar por una pasión e imaginación desmedidas. Créeme, que soy escriba y de eso entiendo algo.

—Te gusta repetir mucho esa frase de que «yo no soy nadie», pero ya te dije hace tiempo que eso no es cierto.

—¿Y qué misterio tiene? ¿Ser el hijo de un sacerdote? Aun así, sigo sin ser nadie al lado de Khentkaus. Además, ¿quién te ha dicho que ella estaría dispuesta a consentir esta absurda unión? Ya sé que te debe obediencia, pero ya conoces de sobra el carácter de tu hija. Dudo que ni siquiera el faraón de Egipto pueda con ella.

—En eso tienes razón —le respondió Menkaure, que seguía sonriendo—. Me temo que me costaría mucho imponerle un esposo.

—Además, ya ha alcanzado la edad para casarse. Se ha convertido en una auténtica belleza que llama la atención de todo el país. Tiene llamando a su puerta a infinidad de pretendientes, incluidos algunos de sus primos, príncipes de Egipto. Quizá yo le resulte simpático como blanco de sus continuas bromas y todo eso, pero de ahí a considerarme como su esposo va un gran trecho. No pertenecemos a los mismos mundos.

Menkaure, para la exasperación de Nefer, seguía con esa sonrisa irritante en su rostro.

—¿Quién define quién pertenece a un mundo u otro?

—¿En serio me preguntas tú eso? ¿El faraón de Egipto?

—Precisamente.

Nefer se empezaba a exasperar.

—Tu padre tuvo once hijos varones, de los cuales sobreviven siete. Todos ellos son pretendientes de Khentkaus. Ese es su mundo y no el mío.

—Tuvo doce.

—Sí, eso me dijo mi padre hace años, pero no recordaba el nombre del duodécimo. De todas maneras, todavía más a mi favor. Si existe un príncipe más, seguro que también será pretendiente de tu hija.

Menkaure hizo una pequeña pausa, antes de lanzar el equivalente a una de las piedras de granito sobre la cabeza de Nefer.

—Es posible que no haya hablado con Rekhetre para decirle que pienso convertirla en mi segunda esposa, pero sí que lo he hecho con Khentkaus. Como tú bien has apuntado, conozco de sobra el indomable carácter de mi hija.

—¿No te habrás atrevido a insinuarle nada de todo esto? —preguntó Nefer, escandalizado.

—No, no lo he hecho —respondió Menkaure—, pero es cierto que hemos hablado de ti.

—¿De mí? ¿Acerca de qué?

—Del verdadero motivo por el que, ahora mismo, estamos en mi cámara mortuoria. Quería darle a esta ocasión el entorno mágico que se merece, cargado de simbolismo.

—No entiendo una sola palabra de lo que me dices.

—A partir de ahora, ya no te llamaré Nefer nunca más. Ya es hora de que empieces a utilizar tu verdadero nombre que conoces desde hace años.

—Sabes que no me gusta nada. Además, siempre me he criado como Nefer. ¿Qué importancia puede tener el nombre?

—En tu caso, toda. Siendo escriba y teniendo acceso a *«La casa de la vida»*, la escuela del Palacio Real de Menfis donde se conservan todos los papiros para preservar el conocimiento, ¿jamás has tenido curiosidad por saber la procedencia de tu verdadero nombre?

—Por supuesto. Ya conoces mi natural curiosidad. Cuando lo supe, accedí a *«La casa de la vida»* y busqué entre los miles de papiros hasta encontrar uno de ellos. Se confirmaba que yo era hijo de un sacerdote llamado Suphis.

—¿Y qué más leíste?

—En ese papiro estaba anotada mi fecha de nacimiento, mi nombre verdadero y también el de mi padre y el de mi madre.

—Me has dicho el nombre de tu padre, pero, ¿cuál era el de tu madre?

—Según ese papiro, se llamaba Bunefer. A su lado figuraban escritas las letras «PJ». No me fue difícil deducir su significado. El carácter *«per»* significa «casa» y la «J» siguiente es de fácil significado. *«Per Jeneret»* o *«Casa Jeneret»*. O sea, que mi madre debía de ser una concubina. Supongo que ese fue el motivo de que, para evitar escándalos en el Palacio Real, se me diera en adopción a una familia de campesinos.

Menkaure ahora ya no disimulaba la sonrisa. Lo hacía abiertamente.

—Eso no es un escándalo, aunque a ti te lo pueda parecer. En la corte real son normales las relaciones con concubinas, incluso por parte de los faraones. Muchas de ellas han alcanzado notoriedad y poder y sus hijos han formado parte de la familia real. Entre otras, esa es una de las funciones de la *«Casa Jeneret»*. Como ya sabes, se encuentra en el interior del Palacio Real de Menfis, aunque hay otras en otros palacios reales de Egipto. Si fuera motivo de vergüenza, ¿no crees que no estarían tan a la vista y en un lugar preferente?

—Como comprenderás, en mi formación como escriba, no venía esa lección.

—Pues ya lo sabes. Eso no es ningún motivo de vergüenza y menos de escándalo. Has deducido correctamente que tu madre era concubina de la «Casa Jeneret» de Menfis, pero eso no tiene importancia.

—Entonces, ¿es porqué mi padre era sacerdote? Supongo que no es lo mismo que un faraón o un príncipe tengan relaciones con concubinas que las tenga un miembro del clero.

—El empleo de tu padre, Suphis, no era sacerdote. Además, te falta un pequeño detalle. En realidad, se llamaba Suphis II.

—¿Cómo puedes saber eso si no aparecía escrito en el papiro? —preguntó sorprendido Nefer.

Aquella era una noticia nueva para él.

Menkaure, esta vez, no le lanzó una simple piedra de granito de más de dos toneladas sobre la cabeza de Nefer. Ahora, le lanzó la pirámide completa.

—Porque Suphis II era el nombre verdadero de mi padre, el que le pusieron nada más nacer. Suphis I fue el faraón Khufu.

## 17 GUIZA, EGIPTO, 24 DE ENERO DE 1837

—Me marcho.

—¿Qué? ¡No puedes hacer eso!

—Llegamos a un acuerdo en términos muy claros. Supervisaría la excavación que dirigiría Caviglia, pero yo tenía plenos poderes sobre cómo destinar nuestros recursos y cuáles eran nuestras prioridades. Caviglia se limitaría a hacer el trabajo técnico de campo que yo le ordenara.

—¡Pero has estado más de dos meses inconsciente en un hospital! ¿Cómo querías supervisar la excavación?

—¡Estupendo! —gritó Howard Vyse—. Como había sido objeto de un ataque contra mi persona, entonces mi supuesto amigo, el coronel Patrick Campbell, revoca todas las órdenes que dejé bien claras en noviembre.

—Yo no he revocado ninguna orden tuya.

—¡Caviglia lo acaba de decir en tu presencia y te has limitado a bajar la mirada! Podías haberlo negado y no lo has hecho. ¿Qué quieres que piense?

—No podía negarlo.

—Ahora, por fin, pareces reconocerlo.

—No he reconocido nada, tan solo he dicho que no podía hablar más en presencia de Caviglia y, en consecuencia, no podía negarlo.

—No te entiendo.

—Ya sabes que hay cuestiones que él desconoce.

—¡No me cambies de tema! El hecho fundamental es que no se están destinando los recursos que yo ordené a las pirámides. Caviglia sigue a lo suyo, desenterrando momias en los alrededores de la Esfinge. Tú estabas al día de todo y no se lo has impedido, sabiendo que ese no era mi deseo. Si no quieres llamarlo «revocación de mis órdenes» puedes emplear la expresión que te dé la gana, como «reorientación de objetivos» u «optimización de recursos», pero el resultado es el mismo. Además, hay otra cuestión que me preocupa aún más. Nos dimos la palabra de caballeros de que, entre nosotros, no existirían secretos. La has incumplido y has abusado de mi confianza. Sabes que quería regresar a Inglaterra con mi familia.

—Pero Howard, hay cuestiones que...

—¡Ni una palabra más! —le cortó Vyse—. No confío en Caviglia y lo sabes. Ahora tampoco puedo confiar en ti. ¿Quién me queda en Egipto? ¿Mr. Hill? Aunque me llevo bien con él, ni siquiera sé quién es realmente. ¿Sir James Stephen, antes conocido por Sloane? Tampoco sé cuál es su papel en esta excavación y qué hace aquí. ¿Mr. Perring? Aunque parece un ingeniero competente, apenas lo conozco. Al final, el único que me ha demostrado verdadera lealtad es el *janissary* Selim. ¡Ya me contarás cómo puedo supervisar la excavación con semejante tropa!

—¿Qué puedo hacer para convencerte de que continúes en Guiza?

—Me temo que nada. Lo único que me retenía era la exploración de los secretos por descubrir de las tres pirámides, y más en concreto, entrar en la tercera y descubrir su misterio. Pero Caviglia, con tu consentimiento, ha boicoteado todo eso. Además, Mr. Hill se ha empeñado en centrar sus esfuerzos en una puerta falsa que estoy seguro no conduce a ningún lugar, aunque haya avanzado varios metros.

—Eso no es cierto.

—¿Qué de todo?

—Que Mr. Hill haya centrado sus esfuerzos en esa puerta de la tercera pirámide. Sabe perfectamente que es falsa.

—¡Pero he leído el diario de la excavación! Ahí está todo explicado con mucha claridad.

—¿De verdad crees que Mr. Hill iba a anotar sus descubrimientos en el libro registro oficial de la excavación? Sus informes eran confidenciales y tan solo me los enviaba a mí. Ni siquiera Caviglia sabe lo que está haciendo.

—¿Qué? —preguntó Vyse. Ahora el coronel había conseguido captar su atención de verdad.

—¿Por qué te crees que mandé a Caviglia a desenterrar momias a la Esfinge? Lo quería lo más alejado posible de las pirámides y entretenido con lo que le gusta.

—¿Acaso vuelves a intentar engañarme? —le preguntó Vyse, que había perdido la confianza en el coronel.

—Has estado dos meses inconsciente. Debía de tomar las riendas de todo nuestro asunto si no quería que se descontrolara, pero estaba en El Cairo y desde allí es difícil supervisar la excavación. Tomé dos decisiones. La primera ya la sabes, apartar a Caviglia de las pirámides y la segunda, bueno, esa es más difícil de explicar.

—Te escucho.

—Caviglia cree que dirige la excavación. El se encarga de la organización de los trabajadores, de pagarles, de llevar el inventario de los objetos hallados y de todo el papeleo burocrático y oficial.

—Pues a mí me parece que en eso consiste dirigir una excavación.

—Eso cree él y parece que tú también, pero, en realidad, el que está llevando la dirección de la excavación que nos interesa es Mr. Perring, con la ayuda de Mr. Hill. ¡Las momias de la Esfinge no me importan nada! ¡Son las pirámides!

—No te creo. Si fuera así, ¿para qué necesitas desperdiciar tantos recursos con Caviglia? He tenido tiempo de echarle un vistazo al libro de cuentas de la excavación y la mayoría de los gastos corresponden a Caviglia y a sus trabajadores. Apenas una fracción del dinero se destina a las pirámides. Lo siento, Patrick, pero quizá debiste informarme antes de todas tus decisiones. Cuando recuperé la conciencia, me visitaste durante tres días en el *Hospital de El Cairo* y no me informaste de nada de todo lo que me estás contando ahora. Me temo que llegas tarde y mal.

—¿Puedo hacer algo para que reconsideres tu decisión y permanezcas en Egipto?

Vyse se quedó en silencio por un instante. Decidió que le iba a pedir lo imposible, así, como no le podría satisfacer, ya no le molestaría más y podría abandonar Egipto.

—Dices que Mr. Perring es el que está dirigiendo la excavación en secreto y no Caviglia. Pues entonces, ¡despide a Caviglia! ¿Para qué lo necesitamos? ¡Fuera de Guiza ya!

—¡Howard! Sabes que no puedo hacer eso. Tenemos un contrato firmado con él.

—También lo tienes conmigo. Nos dimos la palabra de caballeros y para mí eso está por encima de todo. En tu mano está la decisión.

Vyse intentaba reprimir la sonrisa que amagaba con escaparse de su boca. Había puesto a Campbell en una situación de imposible solución. Caviglia iba de la mano de Sloane, que, en realidad, era el subsecretario de estado para todas las colonias británicas. No era un mero representante del gobierno británico. Era el propio gobierno. Patrick era un simple diplomático a las órdenes de Sir James Stephen. No podía ir contra sus deseos.

Campbell parecía no reaccionar, hasta que se levantó de la silla y se dirigió a la puerta de la tienda de campaña.

—Veo que no comprendes nada. Al menos, hazme el favor de esperar un poco en la tienda. Te mando a Mr. Hill. Luego, haz lo que te dé la gana —dijo, mientras salía de malas maneras.

Vyse ahora sí que pudo sonreír abiertamente. Por otra parte, no le disgustaba mantener una última conversación con Mr. Hill y que le pusiera al día de los supuestos avances en la tercera pirámide, que desconocía por no estar anotados en el libro registro de la excavación. Luego, prepararía su equipaje para partir mañana mismo hacia el puerto de Alejandría y abandonar Egipto.

—¿Me permite entrar? —preguntó Mr. Hill, interrumpiendo los pensamientos de Vyse.

—Claro, adelante —le respondió, mientras su visitante entraba en la tienda. Le invitó a sentarse en una de las cuatro sillas. Él hizo lo propio—. Me ha dicho el coronel Campbell que ha hecho progresos en la tercera pirámide.

Mr. Hill miró a su alrededor, como asegurándose de que no fuera escuchado por otra persona.

—Tranquilo —continuó Vyse—. La tienda de al lado corresponde al coronel Campbell y no hay luz. La siguiente es la de Sloane, que, por lo visto, está ausente. Así que no tenemos a nadie alrededor que nos pueda escuchar.

Mr. Hill pareció tranquilizarse.

—La he encontrado —dijo, al fin.

—¿Qué es lo que ha encontrado?

—Usted tenía razón desde el principio. Llevo dos meses simulando que excavo en la puerta falsa, pero, en realidad, estoy haciendo otras labores.

—¿A qué se refiere?

—A la verdadera puerta del cielo. Estoy dentro.

—¿Qué quiere decir exactamente con esas palabras?

Mr. Hill se lo explicó con todo detalle. La cara de Vyse era antológica. Aquello sí que no se lo podía esperar jamás.

—Aparte de usted, ¿quién más lo sabe? —le preguntó, cuando Mr. Hill terminó su descripción detallada de lo que había hecho en sus dos meses de ausencia.

—El coronel Campbell y, ahora que se lo acabo de contar, usted mismo. Nadie más. Ni siquiera Mr. Caviglia o Mr. Perring saben nada de todo esto.

—Me alegro mucho por usted. Ha sido el primer occidental en conseguirlo y pasará a la historia por ello.

—No lo haré tan solo por entrar, sino por lo que hay en su interior.

—No lo comprendo.

—Ni pretendo que lo haga, pero es algo grandioso que podría alterar el curso de la historia.

Vyse empezaba a arrepentirse del órdago que le había lanzado a Campbell, pero ahora ya no había marcha atrás posible.

—Espero que encuentre lo que busca, sea lo que sea.

—¿Por qué me dice eso? —preguntó extrañado Mr. Hill—. Suena a despedida. ¿Acaso debe de volver al *Hospital de El Cairo* y no puede permanecer en Guiza?

—No. Me dispongo a regresar a Inglaterra.

—¿Qué? —preguntó escandalizado Mr. Hill. Ya era raro verle perder su compostura de esa manera—. ¡No puede hacer eso precisamente ahora!

—¡Y tanto que puedo! —le respondió, aunque, en su interior, debía de reconocer que su curiosidad le empujaba en la dirección contraria—. El coronel Campbell ha roto los términos de nuestro acuerdo. Lo siento, pero no es cosa mía.

—¿Cómo puede haber hecho eso? —preguntó Mr. Hill, que seguía como trastornado—. Le he tenido informado de todos los avances de manera confidencial y he contado con su ayuda en todo momento. No veo cómo puede haber roto el acuerdo con usted. No tiene ningún sentido.

—Algún sentido tendrá, aunque nosotros no seamos capaces de verlo. Usted siempre se ha portado conmigo como un auténtico caballero británico, por ello me veo en la obligación de advertirle contra el coronel Campbell. Una persona que no respeta su palabra no es digna de confianza. Ni de la suya ni de la mía. Vaya con cuidado.

Mr. Hill no entendía nada.

—¿Qué es lo que ha sucedido entre ustedes? ¿No eran amigos?

—Usted lo ha dicho, «éramos amigos». Sé que es una persona espiritual. ¿Sabe lo que dijo en una ocasión el Dalai Lama? *«Viejos amigos se van, nuevos llegan. Es igual que los días. Pasa un día viejo, llega un día nuevo. Lo importante es hacerlo significativo: un amigo significativo, o un día significativo».* Ese quiero que sea mi recuerdo en mi última noche en Guiza. El coronel Campbell ya es el pasado para mí, pero me alegro mucho de haberle conocido. Si alguna vez viaja a Londres, no dude en acudir a mi residencia. Siempre será bienvenido como un amigo significativo.

Mr. Hill tenía sentimientos encontrados. Le habían emocionado las bonitas palabras del coronel Vyse, pero no deseaba que esta fuera su última noche en Guiza. Ahora no.

Justo en ese momento, entró de estampida en la tienda el coronel Campbell, sin ni siquiera pedir permiso.

—Acabo de hablar con Caviglia y con Sloane. Hemos llegado a un acuerdo —dijo de sopetón.

Mr. Hill se levantó de la silla donde estaba sentado, del susto que se había llevado, a pesar de no tener ni idea de lo que decía el coronel Campbell. Sin embargo, Vyse no lo hizo. Permaneció en su silla y no parecía alterado, como lo estaban sus dos compañeros.

—¿Qué demonios me importa a mí el acuerdo al que hayas llegado con ellos? —preguntó Vyse.

—Caviglia abandonará Guiza en unos días, justo los que necesite para recoger todas sus herramientas y hacer el equipaje. Se marcha de Egipto. Ya tiene 67 años, así que se jubilará y pasará lo que le reste de vida retirado en París.

## 18  ANTIGUO EGIPTO, GUIZA

—¡Shepseskaf! —exclamó el antes conocido como Nefer—. ¿Te has vuelto loco? Yo no puedo ser eso.

—Ya sabes que nuestro primer encuentro en la ribera del Nilo no fue casual. Lo que desconoces es que mi padre, en su lecho de muerte, me lo confesó todo y me dijo dónde encontrarte. Me pidió que fuera en tu búsqueda y que me ocupara personalmente de ti, sin revelarte tu verdadera identidad, ni a ti ni a nadie. No me preguntes el porqué, ya que mi padre no me contó el motivo. A pesar de no haberte criado en el Palacio Real, mi padre me contó que siempre estuvo pendiente de ti. Conocía a tu padre de adopción, ya que era cocinero en el palacio, así que le ofreció un trato. Él te cuidaría hasta el momento de su fallecimiento y después debería desprenderse de ti sin poner ninguna oposición, como así sucedió, aunque sé que fue un momento muy doloroso para la familia. Para conseguir sacarte de allí tuve que pedirle un favor a mi hermano, el entonces faraón Baka, y que te seleccionara de forma directa para atender a las clases en su escuela del palacio, sin tener que pasar por ningún sorteo. Es cierto que tuve que esquivar sus incómodas preguntas, pero al final lo logré. Recibiste una buena educación sin que nadie supiera tu identidad real. Hasta ahora.

Nefer o Shepseskaf estaba hecho un lío.

—Suponiendo que me crea todas esas divagaciones tuyas, ¿por qué «hasta ahora»?

—Porque te necesito en tus dos papeles. Nefer siempre será mi mejor amigo, pero Shepseskaf es el duodécimo hijo «perdido» de mi padre, es decir, mi hermano, y será visir del Bajo Egipto. Además, está el otro asunto que no puedo dilatar más. Me trae de cabeza.

—¿Otro asunto? — Shepseskaf parecía espantado—. Me parece que, como sigas así, esta cámara mortuoria tendrá otro ocupante muy en breve.

Menkaure se rio.

—Tengo que pedirte un favor.

—¿Desde cuándo los faraones piden favores?

—Desde que eres mi hermano y lo sabes. ¿Comprendes el motivo de mi enojo cada vez que decías que «no eras nadie»? Eres un príncipe de Egipto. Aunque quizá no lo advirtieras, tu formación siempre fue más exigente que la de los demás alumnos de la escuela. Pasaste allí cuatro años y no solo te formaste para ser escriba, como parece que crees, sino que te estaban preparando para este momento.

—Me di cuenta de que me mandaban más tareas que a los demás, eso sí que lo advertí, pero pensé que era porque los preceptores trataban de estimular mi natural curiosidad. La verdad es que no le di ninguna importancia ni sospeché nada.

—De eso se trataba. Hicieron bien su labor y tú les correspondiste. Por otra parte, tu tiempo como escriba real simplemente fue un entrenamiento, aunque, en este momento de sinceridad, también te debo confesar una cosa. Tenía otro motivo para tenerte cerca. Debía de asegurarme.

—¿De qué? — Shepseskaf estaba confundido.

Menkaure volvió a sonreír.

—¿Te había dicho que necesito un favor de ti?

—¡Sobek, por favor! —exclamó Shepseskaf, haciendo referencia al nombre por al que había conocido al faraón.

Ambos se rieron, pero mientras Menkaure lo hacía abiertamente, la risa de Nefer era de nerviosismo. «Me acabo de enterar de que, a partir de mañana, seré visir. Unos minutos después, de que soy hermano de Menkaure y un príncipe de Egipto. Uno siempre se guarda lo más explosivo para el final, pero, en este caso, ¿qué puede quedar más? ¿Qué soy un dios?», pensaba Shepseskaf con preocupación.

Desde luego, tenía motivos sobrados.

—Debes saber una cosa —comenzó a explicarse Menkaure—. Tu secreto no es cosa tan solo de dos personas. Hay una tercera que lo conoce, mi hija Khentkaus. Ya te he dicho antes que estuvimos hablando acerca de ti.

—¿Por qué se lo has contado? ¿No se supone que tu padre no deseaba que lo conociera nadie?

—Acostúmbrate, el faraón Khafre también fue tu padre, no solo el mío. Por otra parte, era inevitable. Casi conoces a Khentkaus mejor que yo. Cuando pensaba que le iba a contar un secreto y le iba a sorprender mucho, ni siquiera se inmutó. Tampoco me hizo ninguna pregunta. Para mí que, aunque no me explique cómo, ya lo sabía.

—Escucha, Menkaure. Sabes que, a pesar de que eres el faraón de Egipto, que, por definición, no tiene amigos sino súbditos, siempre te he considerado mi amigo y creo que tú también. Está bien que por fin me entere de secretos de familia que desconocía, pero siempre me he sentido más a gusto en mi papel de Nefer que en el que me estás proponiendo de Shepseskaf, que es un territorio desconocido para mí. A pesar de todo, sé que ahora necesitas ayuda y por eso aceptaré el cargo de visir, sin tener muy claro si estoy capacitado o no. Pero hay que poner ciertos límites. Si tu padre, digo, nuestro padre, quiso mantener mi identidad como príncipe de Egipto en secreto, sería por algo. ¿Qué necesidad hay de hacerlo público?

—Por el favor que estoy a punto de pedirte. Ya te he dicho que no lo puedo demorar más. Quiero que te cases con mi hija Khentkaus y que forméis una familia, como príncipe y princesa de Egipto que sois. ¡Ale! ¡Ya lo he dicho! —dijo Menkaure, que parecía que se había quitado un gran peso de encima.

Shepseskaf se volvió a levantar, mirando a su amigo con una cara de auténtico pavor.

—¿Con Khentkaus? ¿Te has vuelto loco?

—¡Venga! ¡No me dirás que es una auténtica belleza que llama la atención allá por donde va! Tú eres su mejor amigo y confidente. En casa, no para de hablar de que si Nefer por aquí, que si Nefer por allá, en fin, ya sabes.

—No, no sé.

—¡Qué creo que le gustas! ¡A veces pareces tonto! Ha rechazado a muchos pretendientes, algunos muy poderosos, también príncipes de Egipto. Eso me causa muchos trastornos, ya que después acuden a mí para que obligue a mi hija a aceptar su proposición matrimonial. Imagínate la que se lía en casa cuando hablo con Khentkaus del dichoso tema. Ya estoy más que harto. ¿Te acuerdas que te dije que necesitaba que pasara el tiempo para resolver ciertos problemas? Pues uno de ellos era este. Tenía que esperar a que Khentkaus tuviera la edad adecuada para poder entregarla en matrimonio. Eso ya ha sucedido y tú eres el elegido.

—¿No crees que eso habría que consultarlo primero con ella? Me acabas de decir que ya ha rechazado a muchos candidatos.

Menkaure sonrió.

—Anda, siéntate otra vez a mi lado.

Shepseskaf hizo caso a su amigo.

—No te hagas el remilgado —continuó Menkaure—. Sé que te gusta Khentkaus, lo que pasa es que siempre la has visto fuera de tu alcance, por esas cosas que me decías de los mundos diferentes. Ahora ya no tienes esa pretexto. Siempre habéis pertenecido al mismo mundo, aunque os hayáis enterado ahora. Sé sincero conmigo, como yo lo estoy siendo contigo. Reconoce que te gustaría que Khentkaus fuera tu esposa.

—¡Pues claro que sí! —exclamó Shepseskaf—. ¿Y a quién no le iba a gustar semejante diosa caída del cielo? Es la mujer más bella que he conocido en mi vida, pero no solo eso. Su espontaneidad, su curiosidad, su vibrante inteligencia, su amor por los demás, su valentía y su simple sonrisa, que consigue que te olvides de todas tus preocupaciones de un plumazo, es cierto que me vuelven completamente loco. Siento no ser capaz de explicar mi amor hacia Khentkaus con palabras más apropiadas, pero todo ello sale directamente de mi corazón.

—¡Eso es lo que quería escuchar! —exclamó Menkaure, divertido—. ¿Tanto te costaba confesarlo? No te iba a mandar ejecutar por decirlo. Por otra parte, tu explicación ha sido perfecta. Si crees que amas a alguien por su belleza exterior, eso no es amor, es deseo. Si lo que te atrae es su inteligencia, entonces es admiración. Si te gusta por su poder o sus riquezas, tampoco es amor, es interés. Pero si te resulta difícil explicar por qué te atrae otra persona, entonces sí es amor verdadero.

—Gracias por tus palabras, pero nada de todo esto tiene ningún valor. Khentkaus siempre me ha visto como su mejor amigo, pero de ahí a que le guste como su futuro esposo va un trecho muy largo, casi infinito. ¿No crees que te estás precipitando suponiendo cosas que no sabes?

Menkaure, para sorpresa de Nefer, dio un par de palmas con sus manos.

—¿Qué haces?

—¡Ya puedes entrar! —gritó.

Para el absoluto bochorno del antes conocido como Nefer, allí estaba la propia Khentkaus.

Nefer no sabía qué hacer. Se giró hacia Menkaure, con una mirada asesina en su rostro.

—Ha sido idea de ella, yo no he tenido nada que ver —le dijo, apartándose de su amigo de forma refleja, al observar sus ojos encendidos.

—Mi padre dice la verdad —intervino Khentkaus—. Quería escuchar esas palabras de tu boca, pero sabía que nunca las pronunciarías delante de mí.

—¿Por qué? —acertó a preguntar torpemente Shepseskaf, claramente superado por la situación.

—¿Por qué va a ser, idiota? ¿Siempre tienes que ser tan tonto? —le respondió la princesa, mientras se acercaba y le daba un beso en la boca.

—Y este es el momento mágico del que llevo hablando todo el día —dijo Menkaure, sin poder evitar que una lágrima resbalara por su mejilla.

Hoy había ganado a un visir, a un hermano, pero, sobre todo, a un buen hombre para su única hija, la persona a la que más quería en esta vida.

## 19 GUIZA, EGIPTO, 24 DE ENERO DE 1837

—¿Sloane ha accedido? —preguntó un sorprendido Vyse.

—No solo lo ha hecho, sino que lo ha recomendado. Es cierto que Caviglia es un gran arqueólogo, pero ya no tiene edad para ir explorando por el interior de los estrechos túneles de las pirámides. Por eso lleva centrándose en las excavaciones al aire libre, junto a la Esfinge, desde hace tiempo —respondió el coronel Campbell.

—¿Ese es el pretexto que ha puesto Caviglia? —volvió a preguntar Vyse, que no salía de su asombro—. ¿Y te lo crees? He mantenido con él varias conversaciones y jamás me ha dicho nada semejante. Más bien al contrario, siempre se mostró entusiasta de lo que faltaba por descubrir en el interior de las pirámides.

—¿Qué más da si su excusa para abandonar Guiza es cierta o no? ¿No lo querías fuera de esta excavación? ¡Pues lo has conseguido! Nunca pareces contento, ni cuando te sales con la tuya —le reprochó Campbell.

—No es eso —intentó justificarse Vyse—. Simplemente estoy sorprendido y también lo estoy porque Sloane esté de acuerdo. Creía que eran muy buenos amigos. Pensaba que, en un eventual conflicto entre ambos, se pondría de su parte.

—Es verdad que son amigos, pero a Sloane le interesa que esta excavación tenga éxito. Si ha comprendido que Caviglia suponía un problema, pues lo ha sacrificado y ya está. Por otra parte, gozará de un merecido retiro dorado en la ciudad de Europa que él mismo ha elegido, París, todo ello sufragado generosamente por el gobierno británico. Tampoco es que se pueda quejar.

—¿Y quién dirigirá la excavación ahora?

—También lo hemos comentado en la reunión. Caviglia ha propuesto a Mr. Perring. Dice que, en estos dos meses, ha demostrado una gran pericia en las dos grandes pirámides, haciendo grandes avances. Siempre que tú estés de acuerdo, claro.

—¿Por qué presupones que he cambiado de opinión y que no regreso a Inglaterra?

—¡Por favor, Howard! He conseguido que todas tus exigencias se vean cumplidas. Lo de Caviglia, aunque lo he contado de forma muy superficial, como comprenderás no ha sido nada sencillo. Lleva en Guiza muchos años y casi es como su casa. El acuerdo no ha sido nada fácil y ha tenido que intervenir Sloane, ya sabes lo que eso quiere decir. Toda la negociación partía de la base que tú permanecerías aquí. Supongo que, en mi ausencia, habrás tenido tiempo para hablar con Mr. Hill acerca de la tercera.

—Supones bien.

—¿Y aún piensas en marcharte? ¿Sabes lo que nos espera en su interior?

—No, no lo sé, pero tengo que reconocer que la curiosidad me puede. Pero Mr. Hill parece que ha demostrado también gran pericia en su trabajo. ¿Por qué no podría continuar solo la excavación de la tercera, como hasta ahora, y mantenerme informado en Londres?

—Si me lo permite —ahora intervino Mr. Hill—. Si no llega a ser por sus fundadas sospechas, aún seguiría intentando penetrar en la pirámide por la puerta falsa. Sin embargo, en su ausencia, estuve pensando y decidí hacerle caso. Abandoné esa puerta y dediqué todos mis esfuerzos a limpiar la base de la pirámide. Para nuestra sorpresa, a unos quince metros desde el nivel del suelo, aparecieron bloques de granito rosa y no la piedra caliza que se observaba en toda su estructura. Aunque en el pasado acompañara a Belzoni en su excavación de la primera y la segunda pirámide, yo no tengo ni una fracción de los conocimientos de arqueología de los que usted posee. Ni siquiera Mr. Perring, que es cierto que ha hecho un gran trabajo, pero es ingeniero, no egiptólogo. Sus avances se han basado en las mediciones que ha hecho y en suposiciones matemáticas acertadas, nada que ver con la egiptología. Sin Caviglia en Guiza, usted es más necesario que nunca.

Howard Vyse sabía que ambos tenían razón, pero ya se había hecho a la idea de regresar a Inglaterra. Sentía que, para cambiar su decisión, necesitaba algo más.

—¿Ha entrado? —le preguntó a Mr. Hill.

—Sí. Hallamos otra puerta camuflada, a unos diez metros de la base de la pirámide. Daba acceso a un pasaje de generosas dimensiones, comparado con las otras dos pirámides. Eso me llamó mucho la atención, pero también presentaba un problema. Más amplitud supone más tierra que retirar y más dificultades para su avance, pero creo que hay una cuestión que le va a interesar mucho.

—¿Cuál?

—Que su sentido es descendente. Consulté con Mr. Perring, que había hecho mediciones precisas de las dos grandes pirámides, y su grado de inclinación es casi exacto al que conduce a la cámara mortuoria de las otras dos.

Ese pequeño detalle hizo que la mente de Howard Vyse despejara todas sus dudas y se diera la vuelta.

—¿Cuánto ha avanzado?

—Apenas unos metros, ya que, como sabe, dispongo de pocos hombres, pero el pasaje parece dirigirse hacia las entrañas, como en la segunda pirámide. Tengo la sensación que lo hemos encontrado y si destinamos más recursos, seguro que nos esperan grandes sorpresas en su interior.

—¿Ha hallado algún signo de su posible profanación?

—No. El pasaje parece intacto y no he observado en sus paredes ningún tipo de escritura árabe ni hebrea, como en las otras dos pirámides. Es posible que nos encontremos ante una pirámide intacta, aunque es cierto que hemos avanzado muy poco para poder afirmarlo con seguridad. A pesar de ello, no me negará que parece muy prometedor.

—Desde luego —tuvo que admitir Vyse, cuya actitud había cambiado. Ya no parecía enfadado, como hacía un momento, sino vivamente interesado.

—¿De qué material son las paredes de ese pasaje que ha empezado a excavar?

—De granito rosa, señor. Ya sabe lo que eso quiere decir. Es el camino. La pauta es casi idéntica a la segunda pirámide. La cámara mortuoria parece situada debajo de la superficie del suelo, no en el centro, como en la primera.

—Eso tiene mucho sentido, desde el punto de vista histórico. El faraón Menkaure estaba muy unido a su padre, el faraón Khafre, constructor de la segunda pirámide. Sin embargo, no conoció a su abuelo, el también faraón Khufu, constructor de la primera. Es más lógico que, a la hora de diseñar la estructura interna de la tercera pirámide, se fijara más en la de su padre que en la de su abuelo. No olvidemos que pasaron muchos años entre la construcción de la primera hasta que el faraón Menkaure iniciara la suya. Ni siquiera sabemos si pudo conocer su estructura interna, pero seguro que sí lo hizo con la segunda, la de su padre.

—¿Te das cuenta? Toda esa información histórica nosotros la desconocemos —intervino el coronel Campbell—. Puede ser de gran ayuda, si en un momento determinado tenemos que tomar decisiones. Ya lo hiciste una vez con la puerta falsa de la tercera. Un hecho así seguro que vuelve a suceder. Sin ti, estaríamos perdidos. No nos podemos permitir el lujo de seguir pistas falsas. El contrato con el pachá tiene fecha de expiración y el tiempo va corriendo. Ya hemos perdido casi tres meses.

Vyse permanecía en silencio. Ya había tomado la decisión de quedarse en Guiza, pero no se lo quería poner fácil al coronel Campbell. Aún le guardaba cierto rencor por su comportamiento pasado.

—¡Por favor, Howard! —exclamó Campbell—. No te quedes ahí plantado, sin pronunciar palabra alguna. Creo que todos nos hemos plegado a tu voluntad y tenemos ante nosotros una oportunidad histórica.

Vyse seguía en silencio.

—¿Es por Mr. Perring? ¿No te parece una elección adecuada como director técnico de la excavación?

—No, en realidad pienso que es la persona adecuada. No tengo el placer de conocerlo a fondo, pero me parece muy competente en su trabajo.

—Entonces, ¿qué más quieres? ¿Qué más necesitas para continuar en Guiza?

—Todavía no hemos resuelto el misterio del escorpión.

—¿Qué misterio? —preguntó Mr. Hill, que no estaba al tanto de todas las sospechas de Vyse—. ¿Acaso piensa que no fue accidental?

—Es una simple posibilidad que he estado pensando estos días —le respondió Vyse, que no le apetecía compartir con Mr. Hill todo el tema—, aunque tengo que reconocer que la teoría de que se coló en mi cama de forma accidental ha ganado peso en mi mente —mintió.

—Entonces, ¿qué problema hay para que permanezcas en Guiza? Seguirías siendo el supervisor, pero ahora ya no lo harías con el tozudo de Caviglia, sino con Mr. Perring y Mr. Hill. Creo que hay una gran diferencia —insistió Campbell

—Desde luego —respondió Vyse—, pero tengo una última petición que hacer.

—¿Otra? ¿Qué quieres ahora? —le preguntó el coronel, que ya no sabía cómo satisfacer más a Howard.

Vyse se la explicó.

La expresión en el rostro del coronel era difícilmente descriptible. Era lo último que se podía esperar. Sin embargo, el rostro de Mr. Hill lucía una ligera sonrisa.

## 20 EN LA ACTUALIDAD, DUBLÍN, IRLANDA, 15 DE OCTUBRE

—¿Cómo sabes que mi esposa y yo estábamos buscando un tesoro? —preguntó Ryan, completamente desconcertado.

—Hace un rato nos has dicho que su nombre era Emilia Clarke, lo que provocó el chistoso y desafortunado comentario de mi hermana, comparándola con la actriz que encarnaba a Daenerys Targaryen, más conocida por *Khaleesi,* en la antigua serie de televisión *Juego de tronos.*

—Sí, y eso ¿qué tiene que ver con un tesoro?

—¿Cuál era su apellido de soltera, antes de casaros?

Ryan seguía desconcertado, pero respondió a Rebeca.

—Villiers-Stuart.

Rebeca echó hacia atrás su cabeza y sonrió.

—Algo así suponía.

—¿Suponías el apellido de soltera de mi esposa? —preguntó Ryan, sin comprender nada.

—No, suponía a lo que se dedicaba.

—¿Cómo puedes saber eso tan solo con su apellido?

—Supongo que será descendiente de Henry Villiers-Stuart.

—¡Eres una bruja con poderes mágicos, como tu hermana! ¡No tiene ninguna explicación racional que sepas todo eso! Yo no te he contado nada.

—Sí, ambas nacimos en Salem en el siglo XVII. En realidad, yo soy Betty Parris y mi hermana es Abigail Williams. Llevamos muy bien nuestra edad, ¿no? —le respondió Rebeca con retranca—. Anda, no seas estúpido. Soy historiadora y tuve la suerte de tener a un profesor enamorado del Imperio Antiguo de Egipto. Nos leyó en clase su obra *Egypt after de War,* que escribió Villiers-Stuart después que el gobierno británico le enviara a Egipto para evaluar la situación del país, tras la guerra de conquista. Eso sucedió en 1882, pero unos años antes ya había estado en Egipto y se labró gran fama como egiptólogo, publicando varios libros más. Visitó amplias zonas de Egipto, entre ellas la necrópolis de Guiza con sus tres formidables pirámides.

—Emilia era la trastaranieta de Henry y, aunque no sé por qué lo has adivinado. Compartían la misma afición. También era egiptóloga.

—Yo no he adivinado nada, tan solo sé sumar, como te he dicho antes —le respondió Rebeca, que parecía enojada—. ¡No solo voy por detrás de mi hermana, sino que ya hablo como ella!

—De verdad, no te entiendo.

—Pareces idiota. Tú eres buzo y tu mujer egiptóloga. Has dicho que la culpa de su muerte fue de Menkaure. No hace falta ser una de las *Brujas de Salem* para deducir qué quiere decir todo eso. Andabais detrás de uno de los veinte grandes tesoros perdidos de la humanidad.

Ryan pareció rendirse.

—Bueno, supongo que, siendo historiadora, has atado los cabos de forma adecuada. Supongo que tu hermana también lo será y lo ha deducido más rápido que tú, por eso estás molesta.

—No entiendes nada. Mi hermana se graduó en *Derecho* y ya te he dicho antes que no debería tener ni la más remota idea de quién es Menkaure, y todavía menos de la misteriosa historia que le rodea. Ni siquiera todos los historiadores la conocen. Yo tuve la suerte de tener como profesor a Claude Restany, uno de los miembros fundadores del *Instituto Valenciano de Egiptología*. Hasta yo soy socia de ese instituto. Promueven actividades muy interesantes y me animaron a hacer un máster. Por eso dispongo de conocimientos avanzados en esa materia, pero ¿mi hermana? ¿En qué asignatura de *Derecho* se estudia la IV Dinastía del Imperio Antiguo de Egipto? Y el misterio no acaba aquí, también parece saber toda la historia que hay detrás de Menkaure, que no es poca. Las fuentes son escasas y la mayoría se basan en los estudios del griego Heródoto, pero eso ocurrió más de dos mil años después de que comenzara a reinar en Egipto esa dinastía. Comprenderás que casi toda la información proviene de fuentes indirectas que ni siquiera podemos verificar y, además, en ocasiones, son contradictorias. Las escasas fuentes directas provienen de la transliteración de los jeroglíficos hallados en distintos lugares de Egipto, sobre todo en las tumbas, que es lo que mejor se ha conservado, pero tampoco aclaran demasiado las cosas.

—Pues tú también te contradices a ti misma —le respondió Ryan, después de permanecer durante un instante en silencio—. Tienes razón en que, para conocer lo sucedido con Menkaure, hace falta haber estudiado esa materia en concreto y leído muchos libros, que, como bien comentas, en ocasiones afirman cosas opuestas entre sí o dan simples opiniones, más que verdadera información. Es un periodo histórico apasionante, pero también envuelto en una misteriosa bruma. Hay más cuestiones desconocidas que conocidas.

—Por eso el misterio de Carlota me tiene más intrigada que el de Menkaure.

—¿No decías que era policía?

—No te he dicho que sea policía, sino que es algo parecido.

—Y ese «algo parecido», ¿podría tener algo que ver con la historia?

—No, pero está claro que está informada del asunto y eso es muy preocupante porque no le encuentro ninguna explicación. No me gusta ir a ciegas en ningún tema.

—Pero has dicho que sabes dónde encontrarla.

—Sí, y eso me fastidia todavía más. En realidad, nos ha citado para que acudamos a su encuentro.

—¿Conoces la fecha, la hora y el lugar exacto?

—Sí.

—¡Y luego quieres que no te considere una bruja!

—Estaba todo muy claro en la nota que nos dejó. Ya te dije que era un mensaje para mí, con esa forma de cerdito de papiroflexia.

Ryan no entendía nada.

—¿La nota de nuestras consumiciones, plegada en forma de cerdito y con dos letras marcadas con sus propias uñas es la forma que tiene tu hermana de citarte? ¿No te lo podía haber dicho de palabra o por un mensaje de móvil, como hace la gente normal?

—Carlota es cualquier cosa menos normal. Ahora debemos apresurarnos. ¡La muy cabrita!

—¿Por qué pareces enfadada si sabes dónde encontrarla?

—Desde que llegó ayer a Dublín no ha parado de insistir en que debía de regresar a España. Le dejé muy claro que no lo pensaba hacer, al menos de momento. ¡Y ahora me obliga a volver, además de forma apresurada!

—¿Por qué?

—¿Qué día de la semana es hoy?

—Miércoles, pero ¿eso qué importa?

—¡Y tanto que importa! La cita será dentro de seis días, en Valencia, a las siete y media de la tarde. ¡Y no me preguntes otra vez cómo lo puedo saber!

## 21 GUIZA, EGIPTO, 24 DE ENERO DE 1837

—¿Te refieres al capataz de Caviglia?

—Sí, a Giachino. ¿Tan difícil resulta entenderme? —preguntó Vyse.

—¡Pues sí! —exclamó un sorprendido coronel Campbell—. Te confieso que esperaba cualquier petición extravagante viniendo de ti, pero tengo que admitir que esto ha superado todas mis expectativas. ¿Qué demonios puede tener que ver ese pobre diablo con tu permanencia en Guiza?

—¿Sabes que Giachino fue la persona que descubrió la puerta falsa de la tercera pirámide?

—Sí, claro que lo sé. ¿Y qué? En ese momento, era el capataz asignado a Mr. Hill. Podría haber sido cualquier otro.

—Pero fue él.

—¿Y por eso quieres hablar con Giachino?

—Yo no he dicho eso.

—¡Me vas a volver loco! —exclamó Campbell, echándose las manos a la cabeza.

—Tan solo he dicho que quiero hablar con él a solas, nada más. Hay un asunto que debo tratar con él con la máxima urgencia —recalcó Vyse.

—¿Y tiene que ser precisamente ahora? ¿No te puedes esperar a mañana por la mañana? Ya es tarde y creo que, con todos los acontecimientos que han sucedido hoy, nos merecemos un descanso.

—O me lo traes ahora mismo o empiezo a empaquetar mi equipaje —le respondió Vyse, que ahora estaba muy serio.

Campbell, que lo conocía muy bien, se dio cuenta de que hablaba en serio, aunque no alcanzara a comprender el motivo de aquella extraña petición, que se le antojaba chocante, por decirlo suave.

—Está bien, tú ganas, como siempre. Yo mismo iré a buscarlo, pero no te garantizo nada. A esta hora, los trabajadores suelen estar disfrutando del alcohol.

—Más te vale que, en menos de quince minutos, esté en mi tienda de campaña, aunque me lo traigas borracho —le respondió Vyse en un tono autoritario.

—¡No soporto cuándo te pones así! —exclamó Campbell, abandonando la tienda a toda prisa.

—Si me disculpa, me parece que yo también sobro aquí —dijo Mr. Hill, sin perder su habitual compostura.

—Si al final decido quedarme en Guiza, quiero que sepa que será por usted y sus avances en la tercera pirámide. Ni me lo hubiese planteado por Campbell y menos todavía por Sloane.

—Es usted muy amable —dijo Mr. Hill, mientras salía de la tienda de Vyse.

Cuando se quedó solo, Vyse pudo respirar tranquilo por primera vez en bastante tiempo. No se sentó en la silla. Prefirió echarse en la cama, aunque fuera por un momento. Intentaba aparentar fortaleza física, pero la realidad es que aún se encontraba débil.

—¡Howard, por Dios! ¿Quieres contestarme de una vez?

Vyse pareció reaccionar a los gritos que provenían del exterior de su tienda. Debía de haberse quedado dormido. De inmediato se incorporó de la cama y se dirigió hacia una de las sillas. Cuando se sentó en ella, respondió a Campbell.

—¡Adelante, Patrick!

El coronel entró en la tienda acompañado de un sorprendido Giachino.

—¿Por qué no me contestabas? He estado a punto de llamar a Selim, por si te ocurría algo.

—Estaba sumido en mis pensamientos y no había advertido tus voces. Gracias por tu rapidez, ya puedes retirarte.

—¡Odio cuándo utilizas esas expresiones de superioridad! ¡Parezco tu mayordomo! —exclamó Campbell, mientras salía de la tienda muy enojado.

«Supongo que mañana deberé disculparme con él, pero todo lo que estoy haciendo ahora es necesario», pensó Vyse.

—Anda, siéntate conmigo en una de las sillas —le dijo Vyse, cuando se quedó a solas con Giachino.

A pesar de que, en un principio, su confusión hacía que le costara moverse, al final hizo lo que le mandó Vyse.

—Supongo que te preguntarás por qué te he hecho llamar a estas horas —rompió el hielo Vyse.

—El coronel Campbell me ha contado que Caviglia ha decidido jubilarse y que abandonará Guiza en los próximos días.

—¿Y qué te parece su decisión?

—¿Puedo hablar con libertad?

—Para eso te he hecho venir.

—¡Es todo una farsa! Caviglia siempre decía que se moriría en una excavación. Esa historia que me acaba de contar el coronel de que ha decidido pasar los últimos años de su vida, retirado en París, no ha podido partir de él. Conociéndole, es una gran mentira. Si me permite mi opinión, creo que usted lo ha echado.

—Y si así fuera, ¿qué opina?

—He trabajado con varios arqueólogos desde que estoy en Egipto y le aseguro que, sobre el terreno, Caviglia es el mejor. Otros quizá tuvieran más conocimientos acerca de la historia del Antiguo Egipto y todo eso, pero, como director de una excavación, no he conocido ninguno que le supere. Su historial de hallazgos es impresionante.

—Estoy de acuerdo contigo.

—Entonces, ¿por qué le obliga a abandonar Guiza?

—Hay una cosa que se llama confianza. Es muy difícil ganársela pero muy fácil perderla.

—También le va a ser muy difícil reemplazarlo.

—Esa decisión ya está tomada. Será Mr. Perring el que asuma sus funciones.

Giachino no pudo evitar reírse.

—¿En serio? No dudo que pueda ser un gran ingeniero, pero no tiene ni la más remota idea de cómo organizar una excavación. Ustedes, con sus tiendas de campaña de lujo, con sus ropajes elegantes y desde la atalaya del poder, se creen que todo funciona a base de dinero. No es así. Es necesario bajarse a los pies de la realidad de una excavación, cuando llueve al barro, que le pringa hasta los párpados, y cuando sopla el viento a la arena, que le abrasa todos los recovecos de la cara. Eso es una excavación y no lo que usted o Mr. Perring creen que es. Los trabajadores son personas que se desloman día tras día para poder llevar a su casa algo de comida. Algunos incluso mueren de enfermedades o simplemente del esfuerzo que se les pide, que, en ocasiones, es inhumano. Caviglia comprendía todo eso y estaba con nosotros en todo momento. A pesar de ello, se enfrentaba a problemas casi a diario. Lo siento si me río, no tengo nada en contra de Mr. Perring, pero esto no va a funcionar. Apenas lleva unos meses en Egipto y no entiende nada de lo que le acabo de contar. De todas maneras, no sé por qué estamos manteniendo esta conversación. Con Caviglia fuera de Guiza, yo me marcharé también. Ya me despidió una vez y no lo hará una segunda.

Vyse permaneció un par de segundos observando a aquella persona tan peculiar.

—Sé que nuestra relación no comenzó bien, aquella mañana en Guiza, cuando me presenté con Mr. Hill y Selim y no pretendías dejarnos pasar. Me enojé mucho contigo, pero comprendo que cumplías con las órdenes que habías recibido. No era culpa tuya, sino de tu jefe Caviglia, que me dejó plantado. ¿Podemos empezar de nuevo?

—¿Qué es lo que pretende? —preguntó un desconfiado Giachino.

—No quiero despedirte. Me gustaría que te quedaras en Guiza trabajando para mí, cuando Caviglia se marche.

—Sé lo que pretende y no me gusta.

—¿Qué crees que pretendo?

—Quiere que trabaje con Mr. Hill en la tercera pirámide. Sabe que con él siempre me he llevado bien y formamos un buen equipo. Hallamos la puerta de entrada.

Vyse se permitió una tímida sonrisa.

—¿Quién no se lleva bien con Mr. Hill? Es casi imposible. Por otra parte, la puerta que hallaste resultó ser falsa. Además, no te quiero para eso.

—¿Falsa? —preguntó Giachino. Estaba claro que Mr. Hill no había comentado con nadie sus progresos recientes en la tercera pirámide, tal y como le había contado.

—No te voy a aburrir con detalles acerca de ello que ni siquiera te interesarán. Voy a ir al grano. Me da la impresión de que eres una persona competente, que controlas muy bien a los trabajadores y, sobre todo, que estás al tanto de todo lo que sucede en este campamento.

—Creo que me sobrevalora.

—No me hagas perder el tiempo con las cosas que sé de sobra. Quiero que me lo hagas perder con las cosas que no sé.

—¿A qué se refiere?

—La picadura del escorpión que me ha mantenido alejado de Guiza más de dos meses no fue accidental. Alguien lo introdujo en mi cama, lo que ocurre es que es imposible.

—No le comprendo.

—Quiero decir que sé que alguien lo hizo, pero al mismo tiempo, sé que nadie lo pudo hacer. Por eso estoy en una vía muerta.

—¿Y cree que yo le puedo ayudar en eso?

—Sí. Necesito otro punto de vista.

—¿Y por eso quiere que siga trabajando para usted en Guiza? Creo que aún no se ha recuperado del veneno del escorpión y dice estupideces, con perdón.

—No es por eso. Quiero que sigas en Guiza porque he leído el diario de la excavación. Has hecho un gran trabajo durante mi ausencia. Me he dado cuenta de que no te valoré de la manera que te merecías. No me importa reconocer mis errores y pedir perdón. Precisamente eso es lo que estoy haciendo ahora mismo. Si no me puedes ayudar con el tema del escorpión, no me importa. A pesar de ello, seguiré queriendo que te quedes y seas uno de mis capataces.

Giachino se quedó mirando a Vyse, valorando sus palabras.

—Siempre he confiado en Caviglia. Llevó trabajando para él en Egipto muchos años —dijo.

—Pero es un hecho que se marcha a París y, a pesar de ser cierto que yo no lo quería en Guiza, al final ha sido una decisión que el propio Caviglia ha aceptado. Tenía un contrato en vigor con el coronel. Podía haberse negado y no lo ha hecho. No entro a valorar las circunstancias de esa negociación, ya que yo no estaba presente. Fue cosa de Campbell y Sloane. Pero, lo desees o no, se marcha a París, por lo tanto, tendrás que buscarte trabajo en otra excavación. Yo te lo estoy ofreciendo en la más importante de Egipto, además, conservando tu empleo y tu remuneración, que sé perfectamente que cobras dos piastras al día, como los *«reis»*, los *janissaries* locales, aunque no seas uno de ellos. Como verás, también he tenido tiempo de revisar las cuentas de la excavación. No te tomes este último comentario como una crítica, todo lo contrario. Sé que tus servicios bien valen esas dos piastras. Te las ganas de sobra.

Giachino volvió a permanecer en silencio. Estaba claro que no se esperaba esas palabras del coronel Vyse.

—¿Por qué cree que alguien le introdujo el escorpión en su cama y, al mismo tiempo, afirma que nadie lo pudo hacer? —le preguntó, al fin—. Eso no puede ser.

Vyse le explicó de qué tipo de escorpión se trataba. Giachino comprendió de inmediato las dudas del coronel.

—Caviglia no fue, eso se lo puedo asegurar. Podrá sentir toda la antipatía que quiera contra él, pero jamás haría una cosa así —razonó Giachino—. Sloane tampoco es un candidato posible. ¿Qué podría ganar con eso? Y el tercero en discordia, el coronel Campbell, ni siquiera se encontraba en Guiza. Nadie más tiene acceso a esta zona del campamento, porque está vigilada. Bonito dilema, ¿verdad?

—Es algo de imposible solución. Veo que me comprendes —afirmó Vyse.

—No, no lo hago.

—¿Qué quieres decir?

—Que los que ha nombrado no son los únicos que tienen acceso a esta zona.

—¿Cómo qué no? Tan solo hay cuatro tiendas de campaña en la zona «D» de este campamento, vigiladas las veinticuatro horas del día.

—¿Y quién vigila al vigilante?

## 22 ANTIGUO EGIPTO, GUIZA

—Si eres sabio, guarda tu casa, ama a tu mujer sin restricción. Llena su estómago, viste su espalda, esos son los cuidados que hay que proporcionar a su cuerpo, acaríciala, satisface sus deseos durante todo el tiempo de su existencia, se trata de un bien que honra al señor de la casa —dijo Menkaure a su hermano Shepseskaf, antes conocido como Nefer.

Luego, volvió la mirada a su hija Khentkaus.

—Hija mía, honra a tu marido con un hogar feliz. Debes engendrar hijos mientras seas joven, el mundo debe ser poblado. Una pareja con una gran familia es feliz y se le admira por su descendencia. Trátale con amor y respeto como señor de la casa. Sé para él la más bella, luminosa y perfecta. Un lucero que cruza el horizonte del año nuevo, de un año bueno de espléndidos colores.

El faraón Menkaure, después de pronunciar estas palabras, tomó la mano de su hija Khentkaus y de su hermano y las unió. Estaba verdaderamente emocionado.

—Podéis pronunciar vuestras palabras —dijo, a duras penas.

Shepseskaf y Khentkaus se miraron por primera vez en la breve ceremonia. Estaban relucientes, tanto por sus delicados ropajes como por el brillo que desprendían sus ojos, que deslumbraban de puro amor. Los egipcios solían vestir para los enlaces matrimoniales de forma sencilla. La mujer portaba una túnica larga y el novio una corta, generalmente azul, color que simbolizaba la eternidad, pero eso no sucedía con las bodas de las clases altas, y menos todavía de entre miembros de la familia del faraón. En esos casos, se engalanaban de una manera especial. Ambos se vestían con túnicas blancas, larga ella y corta él. La novia también solía lucir sus mejores joyas. Si se trataba de una princesa de Egipto, como en el caso de

Khentkaus, no podía faltar su tiara real y el brazalete de Hathor, diosa de la fertilidad y el amor.

Emocionados, pronunciaron juntos las palabras que habían preparado para la ocasión.

—Deseamos pasar juntos el resto de nuestra vida. Nadie podrá separarnos. Tan cierto como vives, no te abandonaré. No queremos más que estar sentados, cada día, en paz, sin que ocurra nada malo. Juntos iremos al País de la Eternidad, para que nuestros nombres no sean olvidados. Cuan bello es el momento en el que se ve la luz del sol eternamente, reflejado en tus ojos.

Aunque no era habitual, no pudieron evitar darse un prolongado y cariñoso abrazo.

—Podéis intercambiar vuestras alianzas, que sellen el círculo de vuestro amor —dijo el sumo sacerdote de *Templo de Neith*.

En el Antiguo Egipto, las ceremonias de las bodas eran actos privados, desprovistos de cualquier connotación religiosa, jurídica o sagrada. Los hombres se solían casar entre los 17 y 20 años, sin embargo, las mujeres lo hacían a partir de la pubertad, generalmente entre los 14 y 15 años. Aunque existen documentados casos de mujeres casadas con mucha menor edad, simples niñas, no era lo habitual, aunque no estaba prohibido. En la mayoría de ocasiones ni siquiera se celebraba esta pequeña ceremonia que estaban viviendo. La novia se limitaba a trasladarse a casa de su pareja y, con la entrada en ella, ya se entendía que se había producido la unión. No era necesaria la intervención de ningún sacerdote ni siquiera firmar ningún tipo de documento. Simplemente bastaba el mutuo acuerdo de la pareja y el acto simbólico de convivir bajo un mismo techo, siendo normalmente la mujer la que se trasladaba a la casa del hombre, aunque, en las ocasiones en que la mujer poseyera una mayor fortuna, podía ser al contrario. Esta concepción se plasma clarísimamente en su lenguaje, donde el acto del matrimonio se puede traducir como «fundar una casa» o «entrar en casa de la pareja». Esto no significaba que se le diera poca importancia a la institución del matrimonio, todo lo contrario. Era de vital importancia en la sociedad egipcia, ya que su principal finalidad era aportar hijos a una comunidad siempre necesitada de mano de obra, desde simples campesinos o artesanos hasta empleos de mayor relevancia social.

Por otro lado, los antiguos egipcios, entendían el intercambio de anillos o alianzas matrimoniales como un acto simbólico. El círculo era para ellos una figura perfecta, sin principio ni final y por eso simbolizaba la unión y el amor eterno. No hacía falta que fuera de metal. Las clases pudientes empleaban el oro, pero el pueblo humilde utilizaba anillos de telas fabricadas con cáñamo. Lo importante no era el material empleado, sino su simbolismo.

Tampoco era habitual celebrar contratos prematrimoniales, excepto cuando se trataba de uniones entre gente de elevada clase social o entre familiares pertenecientes a la corte del faraón. En el caso de Khentkaus y Shepseskaf, lo habían firmado el día anterior. En él se detallaba todos los bienes que aportaba cada uno al matrimonio. Curiosamente, los egipcios siempre se casaban en régimen de «separación de bienes», es decir, ambos cónyuges conservaban la propiedad de lo aportado al matrimonio. La mujer podía disponer de sus bienes en cualquier momento, sin precisar del consentimiento de su esposo, al contrario de lo que sucedía en otras culturas con las que convivieron. También se solía estipular las condiciones en caso de divorcio y las cláusulas que consideraran convenientes, como por ejemplo la tutela de los hijos en caso de separación, que solía quedar en manos de la madre, pero podía pactarse en sentido contrario. En estas cuestiones, como en tantas otras, la civilización egipcia era muy avanzada, teniendo en cuenta que vivieron hace cinco mil años.

Por otra parte, el motivo por el que habían decidido celebrar esta ceremonia íntima en el Templo de la Diosa Neith en Menfis era más que evidente. Menkaure había residido allí durante una temporada, cuando descubrieron la existencia del *Sacerdocio Secreto de Anubis*, junto con su familia y su madre, la reina Khamerernebty I. No se encontraban seguros en el Palacio Real y decidieron abandonarlo. Además, Menkaure había forjado una gran amistad con el sumo sacerdote del templo. Tenían la misma edad y este había alcanzado el cargo de sumo sacerdote con tan solo veinte años, algo inaudito. Ambos sentían admiración mutua. Por ello, la lista de invitados a aquella pequeña ceremonia era muy reducida. Además de los novios, tan solo asistieron las dos esposas y hermanas del faraón, Khamerernebty II y Rekhetre I, con la que se había desposado el mes anterior. También su madre, Khamerernebty I y el sumo sacerdote del templo, Userkaf. El único hijo varón de Menkaure no pudo asistir, ya que se encontraba en Asuán acampado con la unidad del ejército que comandaba. Curiosamente, Menkaure había añadido a última hora al compañero visir de Shepseskaf, Nikaure, y a su esposa Nikanebti. Nefer no lo comprendió, pero en ese momento era lo que menos le importaba. Tan solo tenía ojos para la reluciente Khentkaus.

—Ahora, os acompañaremos a vuestra casa, que será vuestro hogar. Con ello quedará sellada vuestra unión.

En los casos que se celebraba el matrimonio con cualquier tipo de acto, era habitual que los asistentes acompañaran a los recién casados a su nueva morada. En el caso de las clases más humildes, ahí acababa todo, pero las clases pudientes se hacían acompañar de una comitiva, no solo con los invitados, sino también con bailarinas. La danza siempre estaba presente en las conmemoraciones egipcias, tanto matrimoniales como funerarias. Una vez llegados a la casa, se celebraba un pequeño ágape de agradecimiento a los dioses, que, en ocasiones, se alargaba hasta altas horas de la madrugada. No faltaba la cerveza y, en casos de uniones reales, el buen vino corría en abundancia. Una vez finalizado el festejo, se solían entonar cánticos dedicados a la fertilidad, algo fundamental en la cultura egipcia. Después, ya se dejaba a solas a los novios para que consumaran su unión.

Tras la celebración, que se alargó más de lo que Shepseskaf y Khentkaus hubiesen deseado, subieron a la habitación del palacio, que iba a ser su morada. Era la edificación que le correspondía a Shepseskaf y que antes había ocupado el traidor Setka, el palacio del visir del Bajo Egipto.

—¿Te imaginabas, cuando me conociste en la escuela por primera vez, que acabaría siendo tu esposa?

—¡Claro que no! Y eso que pensaba que eras la hija de un sacerdote y ni siquiera sabía que eras una princesa de Egipto.

—Pues yo sí —le contestó Khentkaus—. Desde el principio sabía que acabaríamos juntos. Nunca había encontrado una persona como tú, divertida, inteligente y sin importarle complacer los deseos de una mocosa de ocho años.

—Con esa edad ya dabas miedo.

—¿Te lo doy ahora? —dijo, mientras se quitaba su túnica.

—Casi más —le respondió Shepseskaf, ante la extraordinaria belleza de su ya esposa.

Khentkaus se echó a la cama y le dio un prolongado beso en la boca. Shepseskaf no pudo evitar rememorar el primero que le dio, aquel extraño día, en la cámara mortuoria de la pirámide de Menkaure. Se distrajo con esos pensamientos.

—¿Qué cavilas? Pareces distraído y, esta noche, te quiero concentrado tan solo en mí.

—Me acordaba de aquel día en la pirámide de tu padre. Me tiene preocupado. ¿No te importa ni a tu madre ni a ti que haya tomado como segunda esposa a Rekhetre?

—Al principio no nos hizo demasiada gracia, como comprenderás, pero lo aceptamos. En nuestra reciente historia, casi todos los faraones han tenido más de una esposa. Mi abuelo, el faraón Khafre, se le conocen cuatro oficiales, más todas las amantes que le dio la gana, que fueron muchas. Rekhetre, por ejemplo, no fue hija de ninguna de sus cuatro esposas, sino de una concubina de la *«Casa Jeneret»*. Supongo que es lo normal. Además, creo que Rekhetre, en estos momentos, puede ser una buena influencia para él.

A pesar de ello, la sociedad egipcia era mayoritariamente monógama, pero no estaba prohibida ni mal vista la poligamia. La única regla que se llevaba a rajatabla era que podías tomar a las esposas que quisieras, pero debías de ser capaz de mantenerlas con dignidad hasta el final de sus días. Por ello, la clase humilde tan solo se podía permitir un matrimonio, pero entre la clase elevada y, sobre todo, la familia real y el propio faraón, era habitual desposarse en varias ocasiones. Si los faraones disponían de más de una esposa, todas ellas vivían en el Palacio Real rodeadas de lujo, aunque siempre designaban a su favorita, que ostentaba el título de *«Gran Esposa del Rey»*.

—¿Por qué dices «en estos momentos»? ¿Le ocurre algo a Menkaure?

—Ya escuchaste a mi padre aquel día en su cámara mortuoria. Las luces del Palacio Real permanecen encendidas todo el día porque así cree que burlará al oráculo de Ra y vivirá más tiempo. ¡Vaya tontería! Pero eso no es lo peor. Siempre había llevado una vida sana, ordenada e incluso austera, para ser quién era. Ahora bebe mucha cerveza y vino. Parece que el hecho de sentir que le queda poca vida haya producido un efecto muy negativo en él. Por eso decía que su reciente boda con Rekhetre, que es una buena chica, quizá le haga bien. La relación entre mis padres ya llevaba una temporada rota.

—No sabía nada de eso.

—Desde que eres visir, por tus obligaciones, ya no os veis con la frecuencia de antes. Mi padre ha cambiado.

—Quizá debería hablar con él. Me parece que la situación se le ha ido de las manos.

—Lo que se te va a ir de las manos soy yo, como sigas hablando de mi padre en un momento así —dijo Khentkaus, mientras tomaba una de las manos de su esposo y la colocaba en uno de sus pechos—. Creo que hoy tienes otras cosas que hacer.

Shepseskaf no pronunció ni una sola palabra más. Abrazó a su esposa y dejó que la pasión se desbordara.

*«Es una muchacha singular, otra igual no hay.*
*Nadie en belleza la alcanza.*
*Veréis, es como una estrella divina*
*que al nacer un nuevo año asoma,*
*con última blancura, con refulgente tez;*
*unos ojos graciosos con los que mirar,*
*unos labios dulces con los que hablar;*
*nunca pronuncia una palabra de más.*

*El cuello largo, el pecho albo,*
*sus cabellos de lapislázuli puro;*
*sus brazos más que el oro brillan;*
*sus dedos, flores de loto;*
*las nalgas, generosas;*
*la cintura, estrecha.*
*Sus muslos al resto no desmerecen;*
*Con paso airoso camina.*
*Con su abrazo mi corazón ha capturado.*
*No hay quien la cabeza no vuelva para verla pasar».*

## 23 GUIZA, EGIPTO, 25 DE ENERO DE 1837

—¡Yo no pienso dejarlo!
—Escucha, amigo mío. Voy a abandonar Egipto en unos días para no regresar jamás. Tú solo no puedes continuar con nuestros negocios. Hemos ganado mucho dinero, incluso te podrías retirar y no trabajar nunca más.
—Eso no es lo que quiero.
—Te comprendo mejor de lo que tú mismo te crees. No lo hacíamos solo por el dinero, ¿verdad? El hecho de llevar años engañando a todo el mundo, incluido al pachá, resultaba muy excitante, pero todo debe tener un fin. Ahora, Mr. Perring se hará cargo de la excavación y ya no podrás escamotear más piezas.
—Es un pardillo.
—No lo subestimes. Puede que no tenga nuestra experiencia, pero es una persona muy organizada. Lo he observado estos meses. En cuanto se produzca un hallazgo y le sea comunicado, lo catalogará, lo incluirá en el libro de inventarios y lo enviará a la zona «C» del campamento, que está custodiada. Yo ya no estaré aquí para «desviar» los descubrimientos que nos interesen, como he hecho hasta ahora. Me despiden de la excavación por una cuestión de confianza con el coronel Vyse, sin saber que disponían de otros motivos mucho más importantes para echarme. Además, me mandan a París con todos los gastos pagados. ¡Cómo si necesitara su dinero, cuando me sobra! ¿No te parece irónico? Eso es lo que hace que mi expulsión de Egipto, porque eso es lo que ha ocurrido, me sea más llevadera. Jamás se enteraron de nada ni lo harán.
—Voy a intentar continuar. Como tú acabas de decir, llevamos años y nada sospechan.

—No te lo recomiendo. Sigue en la excavación, si lo deseas, pero disfruta con ella. Ya hemos amasado una pequeña fortuna. No seas avaricioso.

—No se trata de eso.

—Te entiendo, pero ese maldito coronel Vyse no es un estúpido. Puede que no haya descubierto lo que lleva sucediendo en Guiza durante varios años, pero el episodio del escorpión fue una torpeza. Seguro que se ha preguntado si fue un hecho fortuito o no.

—Lo ha hecho.

—¡Pues no juegues con fuego que puedes terminar abrasado! Eso son palabras mayores. Robar pequeñas piezas de la excavación es una cosa, pero intentar matar al coronel Vyse es otra. Sabes que, si lo descubren, acabarían con tu vida. ¿Te merece la pena correr ese riesgo?

—Es imposible que me descubran. No sospechan absolutamente nada de mí.

—Hasta ahora, pero las cosas pueden cambiar. Vyse es un militar de alta graduación, curtido en mil viajes y batallas. Aunque no tenga experiencia en excavaciones, es una persona con amplios conocimientos de egiptología, y lo que es peor para ti, con una brillante mente analítica.

—Sí, pero va a ciegas.

—Me acabas de decir que ya sospecha de que alguien le pudo colocar ese escorpión en su cama. Si huele la sangre, como buen militar, perseguirá a su presa hasta darle caza. Y, te repito, me da la impresión de que Vyse es bueno en eso. Por otra parte, piensa una cosa. Si ha llegado a la conclusión de que alguien de la excavación ha intentado matarlo, por su propia seguridad, tratará de descubrirlo. No se puede permitir que un asesino ande suelto en su propia casa.

—No soy un asesino y sabes que nunca tuve la intención de matarlo. Si realmente lo hubiese querido, hubiera encargado a cualquier otro ese trabajo y ya estaría muerto.

—Para sus ojos, ese detalle le dará igual. Pensará que puedes volver a actuar. No pondrá su vida en riesgo.

—Pero es que no pienso «volver a actuar», como tú dices. ¿Cómo me va a descubrir si ya no voy a volver a hacer nada parecido? Aquel susto que le di no se repetirá. Continuaré con mi labor en la excavación, sin levantar ninguna sospecha, como siempre.

—Nunca digas nunca jamás. ¿Has pensado qué ocurrirá si te descubre robando piezas o, lo que es peor, que le pusiste un escorpión en su cama? ¿Cuál sería tu reacción si te ves entre la espada y la pared? Ya te lo digo yo, antes matarías al coronel Vyse que dejar que te atraparan.

—¿Por qué me tiene que descubrir?

—Veo que has tomado tu decisión. Haz lo que te dé la gana, pero estás advertido. Yo ya no estaré en Guiza para poder ayudarte.

—En todos estos años, ambos hemos hecho nuestro trabajo y jamás he precisado de tu ayuda.

—Dejemos el tema. Anda, dame un abrazo. Será el último de nuestras vidas. Pasado mañana abandonaré la excavación y, aunque nos veamos en mi partida, no podré despedirme de ti.

Ambos amigos se fundieron en un prolongado abrazo.

—Te veré en París.

«Lo dudo mucho», pensó Caviglia.

## 24 EN LA ACTUALIDAD, MADRID, ESPAÑA, 17 DE OCTUBRE

—Os habéis pasado un montón.

—¡Pero si tardamos menos de un minuto desde tu señal! ¿Acaso te ha parecido lento? Hemos seguido el plan según lo habíamos previsto —dijo una mujer.

—¡De eso nada! El plan consistía en sacarme de allí sin que nadie se diera cuenta. Me parece que eso no fue lo que sucedió.

—¡Tenías que haber salido sola de aquel *pub* de mierda! ¡Ese era el jodido plan! —intervino uno de los presentes, el más regordete y fornido—. En lugar de eso, nos encontramos con dos personas más. Ya íbamos a toda velocidad con la furgoneta por ese callejón y habíamos llegado a tu altura. Fue en ese preciso momento cuando advertimos que no estabas sola. Teníamos dos opciones. O pasar de largo, cosa que hubiese llamado mucho la atención, o proceder de acuerdo con el plan. Decidí que ya era tarde para abortar.

—Nunca es tarde para abortar. Parece mentira que tenga que ser yo la que os lo diga —exclamó Carlota, que parecía muy enfadada—. Vosotros sois el equipo operativo. Se supone que no soy yo la tengo que tomar también ese tipo de decisiones. Es cosa vuestra y debisteis pasar de largo con la furgoneta. Lo sabéis muy bien.

—Fue una decisión instintiva. Creo que llevo muchas operaciones a mis espaldas para que dudes de mi capacidad.

—¡Me importa una mierda las operaciones del *abuelo cebolleta*! Estamos hablando de anteayer. Eres el comandante de una unidad de élite especializada y se supone que debes de saber tomar las decisiones adecuadas en menos de un segundo. Además, en este caso, se trataba de una simple operación de extracción y la convertisteis en una puta pelea barriobajera, en la misma puerta de ese *pub* de mierda, como tú mismo lo has llamado. Afortunadamente, parece que no fuimos observados por nadie, ya que no existen informes de la *Garda* relativo a ningún incidente, ese día a esa hora —dijo Carlota, que estaba reprendiendo a sus compañeros muy seriamente.

—¿Y tus acompañantes? ¿No te parece extraño que no avisaran a la policía? —preguntó la mujer, que era teniente.

—¡Sois idiotas! ¿Acaso no sabíais con quién estaba en el interior de ese jodido *pub*? Casi una hora sentados a nuestro lado para no enteraros de nada —dijo Carlota, cuyo enfado estaba subiendo en intensidad.

—Era tu hermanita acompañada de un pordiosero que había conocido hacía tres meses —insistió el comandante—. Os tuvimos vigilados en todo momento. Sabemos hacer nuestro trabajo.

—¿Mi hermanita? —repitió Carlota—. Pues resulta que esa a la que llamas «mi hermanita» se dio cuenta de que nos estabais vigilando. Lo pude ver en su mirada, instantes antes de que todo sucediera. Ya la conozco lo suficiente. Por eso no llamó a la *Garda*. Supo que era cosa vuestra y supongo que deduciría que yo también estaría implicada. Por eso no querría que interviniera la policía irlandesa. Y ese al que llamáis pordiosero es un antiguo sargento de una unidad militar de élite. ¡Menuda chapuza de vigilancia! ¡Parecéis agentes de la TIA, como Mortadelo y Filemón!

—¿Pero tu hermana Rebeca no es historiadora y sale en un programa de televisión? ¿Cómo pudo darse cuenta de un operativo de inteligencia en curso? —preguntó el comandante.

—¡Gilipollas! —exclamó Carlota—. Tan solo sois otros a los que ha engañado «mi hermanita». Detrás de esa fachada de niña mona que no ha roto un plato en su vida, se esconde la verdadera Rebeca. ¿Cómo se os ocurre atacarla de frente? ¡Sois unos suicidas!

—Nos parecieron dos objetivos fáciles de entretener, mientras te introducíamos en la furgoneta.

—¿Objetivo fácil mi hermana? —Carlota no salía de su asombro.

—Nos dimos cuenta de que no era así, pero cuando eso sucedió, ya era demasiado tarde —dijo otra mujer, joven también pero de mayor edad que la teniente, que no había intervenido hasta el momento en la conversación. Era civil.

—Si hubiese querido, podría haberos matado a los cuatro en cuestión de segundos. En realidad, no os quiso hacer daño.

—¡Pues menos mal! Alex aún está en el hospital y me han dicho que tiene para tres semanas por lo menos. ¿Quién es esa bestia de tu hermana? —preguntó el comandante.

—No lo sé, pero te aseguro que, si hubiera querido matarlo, lo hubiera hecho. Pude observar los escasos segundos que duró el combate desde el interior de la furgoneta. Mi «hermanita» te dio una patada en el esternón —dijo, dirigiéndose a la teniente—, pero aplicó muy poca fuerza. Tan solo quería apartarte para darse cuenta de qué estaba sucediendo a su alrededor.

—¡Pues menos mal que aplicó poca fuerza! —le respondió—. Tengo fisuras en dos costillas que no me dejan dormir.

—Te aseguro que te trató con cariño —le dijo Carlota, con una mirada indulgente—, pero, sin embargo, el sargento Alex le pilló desprevenida. En ese preciso momento me estaba mirando a mí, seguramente preguntándose por qué no estaba oponiendo resistencia. Sabe que también sé defenderme. Supongo que por eso, de forma instintiva, le aplicó su técnica favorita del *Muay Thai*. A pesar de que es un ataque que puede llegar a ser mortal, tampoco aplicó la máxima fuerza. Estaba claro que quería aturdirlo, no matarlo.

—¿Pero quién cojones es tu hermana? —preguntó el comandante—. No he visto nada igual en muchos años.

—Ese es el problema, que no lo sé. Lo único que dice cuando le pregunto es que es rusa.

—Rusa, ¿de Rusia? —preguntó asombrada la teniente.

—No, rusa de ensaladilla —le respondió Carlota—. ¿Y yo qué sé? Lo único cierto es que es una experta en diferentes artes marciales caucásicos y asiáticos. Ya os he dicho que no es lo que parece ser.

—Desde luego —dijo la otra mujer—, pero debiste informarnos previamente de todo eso. Era relevante para la operación.

—Se supone que no tenía que descubriros vigilándonos. Sois profesionales con gran experiencia y habéis trabajado en cientos de operaciones encubiertas. ¿Cómo os dejáis sorprender de esa manera tan pueril? Parece que la verdadera profesional sea mi hermana, no vosotros.

—Seguro que lo es —afirmó el comandante—. Tiene que ser del gremio. ¿No será una *Katsa* israelí, que pelean como ella? Una vez, en Berlín, tuve la desgracia de tropezarme con una de esas. En apenas cinco segundos había besado el suelo. Fue humillante.

Las *Katsas* eran agentes de campo del *Mossad*, el servicio de inteligencia israelí, que operan sobre todo en Oriente Medio, pero también en Europa y los Estados Unidos. Reciben un entrenamiento muy específico y suelen emplear el *«Krav Maga»*, que es su arte marcial propio. Son extremadamente peligrosas en la lucha cuerpo a cuerpo.

—Israelí seguro que no es —sentenció Carlota—, pero, en cierta ocasión, me dio información que revelaba la identidad de un agente del *Sluzhba Vnéshney Razvedki,* que ya sabéis que es el servicio de inteligencia exterior ruso, conocido por sus siglas SVR. El agente llevaba operando en España desde hacía muchos años y su cobertura era magnífica. De hecho, no solo pertenecía al SVR, sino también a su temible «Oficina S».

—¿De la «Oficina S»? Esos son los peores. Tan solo hemos sido capaces de destapar a dos en España, y eso que deben operar por lo menos una decena.

—Pues uno de esos dos se llamaba Alexei Golubev, aunque su nombre español era Richie Puig. En realidad, era coronel del ejército ruso. En España llegó a infiltrarse de tal manera que alcanzó el grado de inspector de la Policía Nacional, aunque después se lo dejó para trabajar como detective privado. Disponía de multitud de contactos en todos los cuerpos de seguridad españoles. Era muy peligroso.

—¡Golubev! —exclamó el comandante—. Lo recuerdo perfectamente. Aquel fue un gran triunfo. ¿Esa información provino de tu hermana?

—Sí.

—¿Para quién cojones trabaja? Está claro que no para la televisión. Ni siquiera nosotros mismos manejamos esa clase de información.

—Alexei Golubev se había criado desde los cinco años en España y os aseguro que hablaba un español mejor que el de todos nosotros. Sin embargo, mi hermana fue capaz de descubrir que había nacido en una pequeña zona de Alaska llamada Ninilchik, que, a pesar de pertenecer a los Estados Unidos, se habla ruso con un acento peculiar que tan solo saben distinguir los nativos. Ese minúsculo matiz también lo reproducía cuando hablaba español.

—¿Tu hermana es de Alaska? —preguntó sorprendida la teniente—. ¿No sois gemelas?

—Sí, lo somos. Mi hermana nació en Valencia, como yo. Nuestro padre era de un pueblo llamado Sueca y mi madre de la propia Valencia. El resto es un misterio, incluso para mí. Rebeca nunca me ha querido contar nada más, pero está claro que tiene una estrecha relación con Rusia. No me preguntéis cuánto de estrecha es, porque no tengo ni la más remota idea. Lo único cierto es que nos ayudó destapando a Golubev. Quedémonos con la parte positiva.

—De momento —dijo la mujer civil—, pero no podemos permitirnos dejar ese tema sin aclarar. Es un cabo suelto. ¿Y si ella también perteneciera a la «Oficina S» de los servicios de inteligencia exteriores rusos?

—¿Hablas en serio? Entonces, ¿por qué nos entregó a Golubev? Lo hizo porque quiso, yo no la presioné. De hecho, ahora que lo recuerdo, incluso me sorprendió su actitud de aquella noche. No parecía una agente de inteligencia, más bien una hermana con ganas de tomarle el pelo a su gemela. Además, ¿qué actividad clandestina podría realizar una historiadora cuyo rostro es conocido por media España por salir en televisión? La acción más peligrosa que se me ocurre que podría hacer Rebeca es entrar en un *reality* de esos, tipo *Gran Hermano*. Eso sí que sería intrépido por su parte.

—No te lo tomes a broma. Tampoco es que sepamos mucho de esa clase de agentes.

La desesperación de Carlota ya rozaba lo peligroso.

—¿Volvemos otra vez al tema importante y nos dejamos de chorradas absurdas? —preguntó Carlota, que seguía muy enfadada—. ¿No crees que tenemos otro problema mucho más grave del que ocuparnos? ¿Le has pasado mi informe a los de la quinta planta?

—Por supuesto. Están al tanto de todo lo referente a Menkaure y le han dado la máxima prioridad a esta operación. Sigues al mando y te será asignado otro equipo. Tendrás todo lo que necesites, pero no la cagues con tu hermana —le dijo la mujer civil.

—¡Y me lo dice la que casi se carga toda la operación antes incluso de que comenzara! —exclamó Carlota—. Supongo que ya estaréis escarmentados, pero ni se os ocurra acercaros a mi hermana. Si se os pasa por la cabeza investigarla, ya sabéis que me acabaré enterando y os aseguro que os montaré un *pollo* de los gordos.

—¿Y qué si lo haces? —preguntó el comandante, en tono chulesco.

—Sigues sin enterarte de nada, ¿verdad? Lo malo no es que yo me entere —le respondió Carlota, con una sonrisa incierta en sus labios—. Lo peor será que ella también lo hará.

## 25 GUIZA, EGIPTO, 4 DE ABRIL DE 1837

—Avanzamos de forma muy lenta. A este ritmo, regresaré a Inglaterra sin haber hallado nada de importancia en Guiza.

—En las dos grandes pirámides hemos descubierto todos los canales de ventilación de las cámaras funerarias. En todos ellos hemos alcanzado el exterior de las pirámides, excepto en el conducto de la cara norte de la Gran Pirámide. Está obstruido por dos enormes piedras y su acceso es casi imposible. Ya sabe lo que piensa Mr. Perring. Esas piedras no parecen estar colocadas de forma accidental debido a un posible derrumbe, ya que no se observa nada fuera de lo normal ni por la parte exterior ni por la interior. Así que, de forma intencionada, cuando construyeron la pirámide obstruyeron de forma deliberada ese conducto. No sabemos el motivo.

—Sí, ya lo sé —continuó Vyse—. Pero ya suponíamos la existencia de esos canales. De hecho, alguno lo descubrió el propio Caviglia, aunque no lo exploró. A eso me refiero, hacemos avances que confirman lo que ya sabemos, pero nada nuevo. Es desesperante.

—Me temo que así son las excavaciones. ¿Qué pretendía que sucediera? Hace más de dos meses que se marchó Caviglia y casi todos nuestros esfuerzos están centrados en las pirámides. Disponemos de dos *janissaries* más, Osman y Achmet, sin contar la inestimable ayuda del «reis» árabe Abd El Ardi, el más trabajador de todos. Además de ello, tenemos tres capataces occidentales, Jack y Giachino y Goodman. No nos falta mano de obra, pero mire a su alrededor. No resulta nada sencillo avanzar.

El coronel Vyse y Mr. Hill estaban en el interior de la tercera pirámide. Habían avanzado muchos metros por el pasaje de entrada descendente, pero aún no habían hallado ninguna cámara ni apartamento.

—Pensaba que el descubrimiento de la verdadera entrada a esta pirámide y su similitud con la segunda nos llevaría directamente a la cámara mortuoria.

—Esta pirámide está compuesta de piedras de granito rosa de extrema dureza. Parece que se construyó en dos etapas, pero los materiales empleados son de gran calidad. Piense que a Belzoni y a mí nos costó casi cinco meses hacer algún descubrimiento de relevancia, cuando conseguimos encontrar la entrada de la segunda pirámide. En arqueología, las prisas siempre son malas consejeras. Estas pirámides llevan aquí más de cuatro mil años. Ellas no se van a marchar de Guiza y usted tampoco —dijo Mr. Hill, intentando animar a Vyse.

—Ahora que nombra a Giachino, ¿qué piensa de él? Estos dos meses he tenido sensaciones encontradas. Al principio me pareció que ayudaba a Mr. Perring de una manera bastante efectiva, pero ahora ya no lo veo igual.

—No me gusta opinar de otras personas, pero si lo que busca es mi consejo, deshágase de él cuánto antes.

—¿Por qué? ¿Hay algo que deba saber?

—Sabe que hemos tenido algunos problemas con los trabajadores. Afortunadamente, tenemos a Abd El Ardi, que para ellos es una autoridad. Ya sabe que vive en Al-Badrashayn, la población con más habitantes cercana a Guiza. Gran parte de nuestros obreros proceden de allí. Él ha sido el que se ha encargado de mediar con ellos para evitar que los conflictos fueran a más.

—Creía que era Giachino el encargado de eso.

—Si me lo permite, creo que Giachino es el pirómano y Abd El Ardi el bombero.

—No tenía ni idea de eso. En los diarios de la excavación no se menciona nada de todo eso.

—¿Cree que Mr. Perring se entera de lo que sucede? Es un gran ingeniero y gracias a él hemos avanzado mucho en las pirámides, sobre todo gracias a sus acertadas mediciones, pero no se relaciona con los trabajadores. Como director de la excavación, él es la persona que escribe ese diario. Si no sabes algo, está claro que no lo vas a escribir.

Al oír esa opinión acerca de Giachino, el coronel Vyse decidió sincerarse con Mr. Hill.

—¿Sabe que la picadura que sufrí de aquel escorpión, hace casi cinco meses, no fue accidental? Alguien colocó ese bicho en mi cama.

Mr. Hill no pareció sorprenderse.

—¿No me diga que ya lo sabía? —le preguntó Vyse.

—No hace falta ser un gran detective para deducir eso. ¿Un escorpión entre sus sábanas, en una tienda de campaña sellada y en su primer día en Guiza? Eso es cualquier cosa menos accidental. Además, en la zona donde tiene la tienda, tan solo disponen de acceso tres personas, de las cuales una no estaba, el coronel Campbell. Los otros dos, Caviglia y Mr. Sloane no me parecen candidatos a hacer una cosa así. Caviglia es un ladrón, no un asesino, y Mr. Sloane no es el vicecónsul británico en Alejandría.

Vyse, en cambio, sí que se sorprendió por las palabras de Mr. Hill.

—¿Cómo puede conocer la identidad real de Mr. Sloane? ¿Y cómo sabe que Caviglia era un ladrón?

—Saber esas cosas forma parte de mi trabajo.

Vyse no quiso preguntar a qué «trabajo» se refería, porque estaba claro que no se lo iba a decir.

—Caviglia lleva sustrayendo piezas de las excavaciones en las que participa desde que está en Egipto —continuó Mr. Hill—. Era un traficante de poca monta. No se atrevía con los grandes hallazgos, pero todos los pequeños, sobre todo los manufacturados con oro, los desviaba al mercado negro de antigüedades.

—¿Lo ha sabido todo este tiempo y no ha dicho nada?

—Usted también lo sabía, lo que pasa es que no se ha dado cuenta. Recuerdo que no entendía la pasión de Caviglia por las pirámides y que, al mismo tiempo, dedicara sus esfuerzos a los enterramientos cerca de la Esfinge. ¿Por qué? En las dos primeras pirámides, en caso de descubrir algo, sería importante y no lo podría escamotear. En la tercera, lo está viendo con sus propios ojos. Llevamos casi tres meses y tampoco hemos encontrado nada Sin embargo, en la zona de la Esfinge tenía más posibilidades de encontrar piezas para vender al mejor postor. Ese era su negocio.

—Lo cuenta como si no le importara que robara piezas de hace miles de años.

—Eran minucias. Lo que tengo que reconocerle que sí me preocupa relativamente es su cómplice.

—¿Cómplice? —repitió Vyse, sorprendido—. ¿Cómo puede saber que tenía uno?

—Él era el que descubría las piezas, pero no se movía de Guiza. Por simple lógica, alguien debía de sacarlas de aquí y no podía ser el propio Caviglia.

Vyse se quedó pensativo.

—¿Por qué tengo la impresión de que me está contando todo esto ahora mismo con alguna intención? Llevamos juntos varios meses.

—Por dos cuestiones. Usted, por fin, se ha sincerado conmigo con respecto al tema del escorpión. Lo intentaron matar o asustar, como prefiera.

—¿Y la segunda?

—El cómplice de Caviglia aún sigue en Guiza y continúa con su actividad clandestina, aunque ahora a menor escala. Encuéntrelo y habrá resuelto el problema que le preocupa.

—¿Se refiere a que son la misma persona?

—Es más que evidente. ¿Quién era el único que tenía verdadero interés por alejarle de Guiza?

Vyse se quedó reflexionando acerca de las palabras de Mr. Hill. Podría estar en lo cierto.

—Y ya que parece saberlo todo, ¿no conoce su nombre?

— Aquí dentro no he notado nada extraño por parte de nadie. Mientras no se inmiscuya en las labores de la tercera pirámide, es un asunto que, aunque me preocupe, no es mi principal objeto de atención.

Vyse se dio cuenta de que no le había respondido a su pregunta. Simplemente le había dicho que, quienquiera que fuese, no le molestaba.

—¿Sabe que Giachino me dio una pista muy importante acerca del posible autor? —le preguntó Vyse.

—Ya sabe lo que pienso de esa persona. No lo crea; no es de fiar.

—Lo que me dijo tiene mucha lógica. Durante estos dos meses he estado pensando y haciendo averiguaciones por mi cuenta y, por fin, he llegado a una conclusión. He reducido la lista de sospechosos a tan solo dos personas —le dijo Vyse.

Mr. Hill parecía no estar interesado en ese tema, ya que giró la cabeza hacia el túnel descendente.

—Me parece que he escuchado algo —dijo.

—¿No le interesa conocer quiénes son? ¿No me dirá que también sabe eso? —preguntó Vyse, ante la sorprendente indiferencia de su interlocutor.

Justo en ese momento, Mr. Hill abandonó al coronel Vyse y se marchó hacia el interior de la pirámide, sin pronunciar palabra alguna.

—¿Qué hace? —gritó Vyse, ante la repentina e inesperada reacción de Mr. Hill.

Ahora lo escuchó también. Unos extraños gritos procedían de las mismas entrañas de la pirámide. Echó a andar todo lo rápido que pudo en busca de su compañero. Cuando lo encontró, la sorpresa fue absoluta.

—¡Por fin lo tenemos! —dijo Mr. Hill, señalándole al frente.

## 26  ANTIGUO EGIPTO, MENFIS

—¿Qué haces a estas horas en nuestra casa? —preguntó Khentkaus, alarmada al ver el rostro de pánico de Rekhetre

En ese momento salió a la puerta Shepseskaf.

—¿Le ha pasado algo a Menkaure? —le preguntó de inmediato.

—Ese es el problema, que no lo sé. Estaba con la nodriza ocupándome de Sekhemre, y cuando se ha hecho la hora de cenar hemos advertido que no estaba en el Palacio Real.

Sekhemre era el hijo en común que habían tenido Menkaure y Rekhetre hacía cuatro años.

—¿Habéis preguntado a la guardia real? —inquirió Shepseskaf.

—Claro, eso es lo primero que he hecho. He alertado a todos los soldados del palacio, que llevan más de tres horas buscándolo. No lo localizan por ninguna parte. Además, los guardias insisten en que no ha abandonado el palacio. Es todo un misterio.

Khentkaus comenzó a preocuparse de verdad.

—¿Cómo se encuentra últimamente? ¿Ha mejorado algo?

—Nada, cada vez va a peor. Consume grandes cantidades de vino y cerveza y organiza bacanales en la *«Casa Jeneret»* casi a diario. Está completamente descontrolado. Ya sabéis que el médico le había prohibido continuar con esos excesos, pero no le hace caso.

—¿Es la primera vez que desaparece? —preguntó Khentkaus.

—No, pero siempre acababa volviendo a sus aposentos, aunque fuera de madrugada. Hoy no lo ha hecho. Estoy muy preocupada.

—¿Has hablado con su madre Khamerernebty I y con mi madre Khamerernebty II?

—¡Por supuesto! Tanto la madre de Menkaure como su primera esposa están tan preocupadas como yo. Ellas se han quedado en el palacio, pero yo no he podido permanecer entre sus muros. Tengo un mal presentimiento y por eso estoy aquí. Hasta ahora, la búsqueda se ha limitado al interior del palacio, pero ya debería haber aparecido. Después de tantas horas, ya no es normal —dijo, dirigiéndose ahora a Shepseskaf—. Tú eres el visir del Bajo Egipto y tienes a tu disposición el ejército de Menfis. Creo que hay que extender la búsqueda de Menkaure fuera del Palacio Real.

Shepseskaf y Khentkaus se quedaron mirando. Por su mente pasó la misma idea, el *Sacerdocio Secreto de Anubis*. Se alarmaron de inmediato, pero no podían decir ni una sola palabra de aquello a Rekhetre.

—Vuelve al palacio —le dijo Shepseskaf—. Voy a ordenar al ejército que registre palmo a palmo todo Menfis. Tranquila, que lo encontraré. Nadie puede desaparecer de esa manera y todavía menos el faraón de Egipto.

Rekhetre hizo un gesto afirmativo con la cabeza y regreso al palacio.

—¡La culpa es nuestra! —exclamó Khentkaus, cuando se quedaron solos—. Conocíamos su vida de excesos y no le prestamos la atención que se merecía.

—¿Sabes que le puse vigilancia de forma discreta? Tenía las veinticuatro horas del día a un equipo médico en la sala contigua donde organizaba las bacanales. Y no solo eso. Tres soldados, haciéndose pasar por cortesanos, siempre estaban presentes en sus fiestas. Me informaban de cualquier incidente fuera de lo normal.

—¿Y por qué no me has dicho nada de todo eso? —Khentkaus parecía molesta— Y lo que es más grave, con tanta vigilancia, ¿por qué nos hemos tenido que enterar por Rekhetre? ¿Dónde están tus guardias?

—No te comenté nada de las medidas que había dispuesto para no preocuparte más. Ya he perdido la cuenta de las veces que he intentado convencerle para que dejara ese tipo de comportamientos disolutos. Conforme se acercaban los supuestos ochos años de vida que le había predicho el oráculo de Ra, las cosas se ponían más feas. Tienes que comprender una cosa. Tu padre es el faraón de Egipto. Aunque yo sea su visir, no le puedo obligar a nada. Siempre me contestaba que no se puede ir contra la voluntad de los dioses.

—Yo también hablé con él la semana pasada —afirmó Khentkaus—. Su apariencia era mala, pero me decía algo parecido a ti. Que si los dioses le daban la fortaleza física para cometer semejantes excesos, sería por algo.

Shepseskaf permaneció un momento en silencio.

—¿Te das cuenta? Esta semana se cumplían los ochos años que le predijo el oráculo.

—¿No estarás insinuando que mi padre puede estar muerto?

—No lo creo, ya que los muertos tampoco desaparecen. Ya hubieran encontrado su cuerpo. No se trata de un egipcio más que pueda ser confundido con un borracho cualquiera. Es el faraón y todos lo conocen. Ahora, discúlpame un momento. Voy a dar las oportunas instrucciones a los guardias y vuelvo en un momento. No te marches de aquí que aún no hemos terminado.

Shepseskaf salió del palacio del visir, su casa, y cruzó al otro lado del camino. Entró en la fortificación militar de Menfis.

Khentkaus se quedó sola, pensativa. Ya habían trascurrido casi ocho años desde su boda con Shepseskaf, que se había convertido en un gran visir, muy querido por el pueblo. La vida no les había bendecido con ningún hijo, pero aún tenían años por delante. En lugar de quedarse encerrados en su palacio, saliendo tan solo en las celebraciones oficiales, como venía siendo la norma hasta el visir Setka, ellos se dejaban ver caminando por la ciudad y saludando al pueblo. Era un gesto de complicidad que era muy apreciado por los egipcios, exceptuando a la casta sacerdotal, que veía esa cercanía con las clases más humildes como algo impuro. Además, Shepseskaf tuvo que asumir muchas de las funciones del faraón, ya que Menkaure nunca fue el mismo desde aquel fatídico día que visitó el oráculo de Ra.

—¡Esto puede ser grave! —escuchó Khentkaus a sus espaldas.

Era Shepseskaf. Su rostro estaba completamente desencajado.

—¿Qué ocurre?

—¿Sabes que ayer llegó a la ciudad Nikaure? Me lo acaba de confirmar el jefe de la fortificación. Pidió discreción, ya que le dijo que era una visita de carácter privado. Se limitó a pedir una pequeña escolta de cuatro soldados.

—¿Y por qué no nos informó de inmediato? El visir del Bajo Egipto debe conocer ese tipo de cuestiones.

—Piensa que el jefe de los soldados no sabe que Nikaure pertenece al *Sacerdocio Secreto de Anubis*. Si el visir del Alto Egipto le pidió discreción, se limitó a cumplir con sus instrucciones. Además, me temo que no es la primera vez que lo hace. Esta vez nos hemos enterado por casualidad, por la desaparición del faraón.

—¡Hay que buscar también a Nikaure y ordenar su arresto!

—¿Te has vuelto loca? No puedo mandar apresar a un visir y príncipe de Egipto sin ningún tipo de pruebas.

—¿Y qué pretendes hacer? ¿Esperar y ya está? —le preguntó Khentkaus, que odiaba la inacción.

—No, voy a salir.

—¿Dónde?

—Ya te dije que le había puesto una vigilancia discreta a Menkaure, pero hay determinados lugares donde los soldados no pueden entrar. Si está en uno de ellos, jamás lo encontraremos.

—¿Qué lugares son esos?

—Tú no te muevas de la casa. La guardia tiene órdenes de acudir aquí si descubren cualquier tipo de información. Volveré en unas horas —dijo, abrazando a Khentkaus y marchándose lo más rápido que pudo, para evitar más preguntas incómodas que no deseaba responder.

Shepseskaf comprendió que, en caso de que tuvieran retenido a Menkaure, el mejor lugar para ocultarlo sería un templo. Ahí no tenían acceso ni siquiera los soldados, sin la preceptiva autorización del sumo sacerdote. Había sucedido muy pocas veces, pero Shepseskaf recordaba que, hace un año, los soldados tenían evidencias de que un ladrón se había camuflado entre los sacerdotes del *Templo de Ptah*. Su sumo sacerdote no permitió su acceso, aunque es cierto que ordenó a los suyos que lo localizaran y lo entregó a los guardias al día siguiente.

Pensó en comenzar por el *Templo de la Diosa Neith*. Shepseskaf se llevaba muy bien con su sumo sacerdote, Userkaf. El templo estaba cerca de su palacio, así que, en apenas cinco minutos ya estaba en sus puertas. Llamó y de inmediato fue atendido. Preguntó por Userkaf. Le contestaron que estaba durmiendo y no se podía despertar a un sumo sacerdote en sus horas de descanso. Venían marcadas por los dioses y no podían romper sus reglas sagradas.

—Sabes quién soy, ¿verdad?

—Claro. Es el príncipe Shepseskaf, visir del Bajo Egipto.

—Bien. Resulta que el faraón Menkaure no se encuentra en su Palacio Real de Menfis —dijo Shepseskaf, evitando la palabra «desaparición»—. En su ausencia, yo soy su representante, tanto en sus funciones civiles como militares, pero también religiosas, no lo olvides.

El sacerdote que había abierto la puerta del templo se quedó en silencio, pensando en las palabras que acababa de escuchar, pero no le parecieron convincentes.

—Lo siento de verdad, pero... —comenzó a decir.

—¡Despierta a Userkaf ya! —exclamó muy enfadado Shepseskaf. Generalmente tenía buen carácter y era muy jovial, pero cuando se enfadaba era temible. Mejor estar lejos de él—. Si no lo haces, por los poderes que me ha delegado el faraón, ordenaré a mis soldados allanar el templo y arrestar a todos aquellos que no sigan con las directrices del faraón, al que ahora represento. ¿Te ha quedado claro? ¡Pues cumple con mis órdenes ya!

El sacerdote vio la furia en los ojos del visir y le creyó capaz de allanar el templo. Era cierto que, en teoría, en ausencia del faraón, podría hacerlo, pero Shepseskaf no tenía ninguna intención de llegar a ese extremo. Hubiera supuesto acentuar la tensión con el poder religioso, que se había convertido en una casta y se atrevían a rivalizar incluso con el propio faraón y su corte. «Algún día habrá que tomar medidas al respecto, pero eso es un problema del faraón, no mío», pensó. De todas maneras, estaba seguro de que Userkaf acudiría a su encuentro de forma voluntaria.

Así fue.

—¿Qué haces aquí? No te quedes en la puerta, pasa al interior del templo —le dijo un sorprendido Userkaf.

Se dirigieron a una de las salas de oraciones del templo.

—A estas horas, este es el lugar más tranquilo del templo —continuó el sumo sacerdote—. Supongo que, para que me hagas una visita de madrugada, algo extraordinario ha debido de suceder.

Shepseskaf se lo explicó todo.

—¿Está Menkaure o Nikaure aquí? —le preguntó

—No, ninguno de los dos. Por Menkaure entiendo que me preguntes, ya que somos amigos y de vez en cuando se pasa por aquí. Pero, ¿por qué me preguntas por Nikaure? Jamás ha visitado este templo.

—Está en Menfis y yo no he sido informado. Me parece curioso que coincida su presencia en la ciudad con la desaparición del faraón.

—¿No estarás insinuando que se han ido a alguna bacanal secreta en el exterior del palacio? —preguntó Userkaf.

Shepseskaf se dio cuenta de que el sumo sacerdote también desconocía que Nikaure perteneciera al *Sacerdocio Secreto de Anubis*, pero tampoco deseaba darle esa información.

—Quizá. La verdad es que me extraña que, con todo el ejército en las calles de la ciudad, aún no haya aparecido.

—Ahora que nombras a Nikaure, hay una cuestión que, hasta ahora, no me había llamado la atención. El visir no está en el templo, pero anteayer llegó Nikanebti, su esposa y suma sacerdotisa de Hathor. Como sabes, en unos días se celebra la fiesta de la cosecha, para agradecer a los dioses la gran crecida de este año y los abundantes frutos que nos han sido otorgados.

—¿Quieres decir que Nikanebti, cuando viene a Menfis, se aloja en tu templo?

—Sí, siempre lo hace, ya que es el templo que más sacerdotisas tiene de todo Menfis. Para ella resulta más cómodo alojarse entre compañeras. En el de Ptah, por ejemplo, no hay ni una sola. Todos sus sacerdotes son varones. Por eso no me había llamado la atención, pero al decirme que su esposo estaba en la ciudad, me ha extrañado que no le hiciera ninguna visita. De hecho, creo que Nikanebti ni siquiera lo ha nombrado. Debe desconocer que se encuentra en Menfis.

«O quizá no», pensó Shepseskaf. «La presencia de ambos en Menfis, unida a la desaparición de Menkaure, puede significar otra cosa muy distinta y grave».

—Me has dicho antes que Nikaure nunca había pisado tu templo. Cuando viene a Menfis tampoco se quiere quedar en mi palacio, pero nunca me ha dicho dónde lo hace. Tú, que conoces a Nikanebti, ¿sabes dónde se aloja Nikaure cuando viene a Menfis?

—Tiene dos o tres amigos en la ciudad, según me ha contado. Prefiere quedarse con ellos.

—¿No estará Sahu entre esos amigos?

Userkaf se quedó mirando a Shepseskaf, sin comprenderlo.

—¿Cómo lo sabes?

—Porque es el sumo sacerdote del *Templo del Dios Ptah*.

—¿Y qué tiene eso que ver?

—Heredó el cargo de su padre Debehem.

A pesar de que a los sumos sacerdotes los nombraba el faraón, la endogamia en su casta era muy parecida a la existente en la corte real. No era de extrañar que los faraones se plegaran a los deseos del hijo primogénito de los sumos sacerdotes para suceder a sus padres.

Userkaf pareció caer en la cuenta de lo que insinuaba su amigo.

—¿Acaso crees que es un conspirador contra el faraón como lo fue su padre?

—No lo sé, pero lo único que tengo claro es que hay que ir al *Templo de Ptah*.

—¿A esta hora? —preguntó Userkaf, con una cara de absoluta sorpresa—. Yo te he atendido porque somos amigos, pero el *Templo de Ptah* tiene mucho más poder que este. Ya sabes que, desde allí, se controla el poder sacerdotal de todo Egipto, por no nombrarte los ingentes recursos de los que disponen. Tú mejor que nadie deberías saber que administran una buena parte del Bajo Egipto. Sahu es el sumo sacerdote con más influencia del país. En caso de ausencia del faraón, él es el encargado de oficiar los actos religiosos por encima de todo el resto del clero. Como acumulan tantas riquezas, hasta disponen de sus propios sacerdotes que hacen las funciones de guardias. Es el único templo del país que tiene autorización del faraón para ello. Como comprenderás, no puedes llegar a sus puertas y hacer lo que has hecho conmigo. Por muy príncipe y visir que seas, son muy celosos de sus derechos como miembros del sacerdocio y una intromisión de estas características minaría su autoridad. Si quieres hablar con Sahu, no hay problema. Pídele una cita y te atenderá. A eso no se puede negar.

—No me vale. Necesito que sea ahora mismo.

Userkaf hizo un gesto con su cabeza, como de desesperación. Le parecía mentira que Shepseskaf, que llevaba ocho años como visir, aún no comprendiera los delicados equilibrios de poder entre la casta sacerdotal y la corte real.

Shepseskaf dedujo lo que se le pasaba por la cabeza a Userkaf.

—Soy perfectamente consciente de lo delicado de la situación, pero quiero que entiendas muy bien una cosa —continuó Shepseskaf—. Por mi amigo Menkaure estoy dispuesto a hacer lo que sea necesario.

—Y yo quiero que tú entiendas otra cosa— le respondió Userkaf de inmediato—. Te aseguro que Sahu no se plegará de esta manera al poder civil. Si tuvieras pruebas fehacientes de que el faraón se encuentra apresado contra su voluntad en el interior del templo, podrías recurrir hasta al ejército, pero no es el caso. Con toda probabilidad, Menkaure esté de juerga en uno de los muchos prostíbulos de Menfis y, en cualquier momento, será localizado por los soldados. Estoy seguro de que no es la primera vez que lo hace. La vida disoluta que lleva nuestro común amigo no pasa desapercibida en la ciudad.

—No te niego que eso es lo más probable, pero me inquieta la presencia secreta de Nikaure en Menfis, y todavía más si se encuentra en el *Templo de Ptah*. Justo hoy.

—Y por una simple inquietud, ¿pretendes montar este escándalo? No te hará ningún bien. Te repito que Sahu tiene mucho más poder del que puede aparentar. Además, ¿no comprendes que ni siquiera se molestarán en abrirte la puerta del templo?

—A mí quizá no, pero igual a ti sí.

## 27 GUIZA, EGIPTO, 4 DE ABRIL DE 1837

—¡Está sellada y parece intacta! —exclamó Mr. Hill, emocionado.

—¿Cómo sabemos que no se trata de una puerta falsa? —el coronel Vyse no las tenía todas consigo.

—Aunque el pasaje descendente es más corto que en la segunda pirámide, sus proporciones parecen coincidir. Ya sabe lo que hallamos Giovanni Belzoni y yo detrás de la primera puerta de la segunda pirámide, la cámara mortuoria del faraón Khafre, pero con una pequeña diferencia. En aquella había claros signos de manipulación y pudimos observar algunos trazos árabes. ¿Ve alguna de esas dos cosas enfrente de usted?

Vyse se quedó observando a su alrededor. La verdad es que no se apreciaba que, por allí, hubiera podido pasar alguien.

—Osman —dijo Vyse, dirigiéndose al *janissary*—. Acuda a la Gran Pirámide a avisar a Mr. Perring. Dígale que precisamos su presencia aquí con la máxima urgencia. No comente con nadie lo que acabamos de descubrir.

Osmán partió de inmediato para cumplir las instrucciones de Vyse.

—¿Para qué quiere a Mr. Perring? —preguntó Hill.

—Por dos cuestiones fundamentales. La primera es que, antes de proceder, quiero que efectúe mediciones exactas. Deseo tenerlo todo documentado con la máxima precisión. La segunda es más que obvia. Esa puerta que tenemos enfrente está bloqueada por sólidas piedras de granito. ¿Cuántos trabajadores y cuánto tiempo nos costaría abrirla por los medios tradicionales? Perring es ingeniero y experto en explosivos. Además, le acompañan dos maestros canteros.

—¿No pretenderá volar esta puerta? No sabemos lo que hay al otro lado. Podríamos causar daños al contenido de la cámara —dijo Mr. Hill, que parecía sorprendido.

—Yo no soy experto en explosivos, pero Perring es capaz de calcular el grosor de las piedras y dar las instrucciones precisas a sus canteros para que apliquen la carga explosiva precisa y adecuada para abrir la puerta. Esa técnica ya la hemos empleado en las dos primeras pirámides con éxito, Nuestros recientes avances en la *Davidson's Chamber,* que sabe que está situada justo encima de la cámara mortuoria de la Gran Pirámide, han sido gracias a estas técnicas y fue un trabajo mucho más delicado que este. Conseguimos acceder a la *Wellington's Chamber* por primera vez y darnos cuenta que aún hay secretos por descubrir hacia la parte superior.

Mr. Hill puso una cara de auténtico espanto. Esas cámaras servían para evitar que el techo se derrumbara sobre la cámara del faraón. Una cámara de sustentación o de descarga y el uso de la pólvora no le pareció una buena combinación.

—¡No ponga esa cara, hombre! —siguió Vyse—. Se lo he contado tan solo para que vea que hemos acometido trabajos más delicados que este. No piense que estamos volando todo lo que encontramos. Si algo está obstruido por arena, escombros o algún material que podamos retirar sin perder demasiado tiempo, lo hacemos. La pólvora es para casos como este.

—No sabía que estaban usando explosivos —Mr. Hill parecía preocupado—. Me parece una técnica demasiado destructiva. Con Belzoni jamás nos lo planteamos. ¿Le parece que es propia de arqueólogos?

—Me parece que es propia de arqueólogos que quieren obtener resultados sin pasarse años en el interior de una pirámide. No olvide que nuestro contrato con el pachá tiene fecha de caducidad. Ahora mismo, no podemos tener la certeza de que sea renovado. Ya sabe que hay una gran cola para hacerse con los derechos de esta excavación. ¿Acaso quiere que sean otras personas las que penetren en esta pirámide por primera vez?

—¡Por supuesto que no! —exclamó.

—Pues, entonces, olvídese de eso —le respondió—. Mr. Perring sabe lo que hace. Si queremos avanzar con rapidez, no podemos permitirnos pasar uno o dos meses retirando estos enormes bloques, sin ni siquiera saber adónde nos dirigen. ¿Y si se tratara de una puerta falsa o que no condujera a la cámara mortuoria? Ya hemos visto otras de esas. En ese caso, habríamos perdido un tiempo precioso para nada.

Mr. Hill no parecía demasiado convencido, pero tampoco disponía de otra opción que acatar las instrucciones del coronel Vyse. Además, tenía en alta estima a Mr. Perring como ingeniero. Comprendió que no le quedaba otra opción que confiar en él y de que fuera capaz de abrir aquella puerta, causando los menores daños posibles.

—Supongo que Mr. Perring no tardará demasiado en llegar. Hasta entonces, estaremos solos aquí abajo —dijo Vyse, en un tono que a Mr. Hill le pareció enigmático.

—¿Qué le preocupa? —le preguntó.

—Lo que estábamos hablando antes del descubrimiento de esta puerta. Le tengo que confesar una cosa. Me resulta extraño que sepa tanto de algunas cuestiones que suceden en Guiza y, al mismo tiempo, demuestre desinterés por ellas.

—No se trata de desinterés. Si así fuera, no me hubiera tomado la molestia en averiguar que Caviglia, junto con su cómplice, estaban sustrayendo pequeños objetos de la excavación. Pero eso son minucias sin importancia. Aquí, enfrente de nosotros, tenemos lo verdaderamente importante. Mientras no interfieran con la tercera pirámide, cosa que no han hecho, lo demás es secundario.

—¿Llama «secundario» a que intentaran asesinarme o asustarme para alejarme de Guiza? ¡Me costó más de dos meses reponerme!

—Antes que nada, no se tome a mal lo que voy a decirle. No me gusta dar consejos a nadie porque tampoco me gusta recibirlos, pero creo que lo necesita. Es usted tan buena persona que peca de ingenuidad. Ser buena persona es una gran cualidad cristina que le predispone a hacer el bien. Voy a ir un paso más allá. Incluso ser un poco ingenuo tampoco está mal, ya que demuestra que no actúa con malicia. Lo que ocurre es que, en ocasiones, la mezcla de dos elementos aparentemente positivos puede dar lugar a la aparición de un tercero, que en este caso es negativo: la estupidez. Si su bondad e ingenuidad le llevan a la torpeza de no comprender ciertas cuestiones que le rodean, entonces sí que tiene un problema.

—¿Acaso me está llamado estúpido y torpe?

—Busca respuestas a preguntas que ya debería conocer. Llámelo como quiera.

—Antes que nos interrumpiera el hallazgo de esta puerta, le estaba contando que había reducido a tan solo dos personas la lista de sospechosos. Parece que sí que me voy aproximando a las respuestas.

Mr. Hill lo miró con cierta indulgencia antes de responderle.

—Su analítica mente militar le hizo sospechar que el incidente del escorpión no fue accidental, sin embargo, no receló de Caviglia, que, en cualquier otra cabeza diferente a la suya, hubiera sido el principal sospechoso. Eso es bondad. Una vez de vuelta en Guiza, se produjo el inevitable choque de trenes entre usted y Caviglia, pero no a consecuencia del incidente del escorpión, sino por el cambio de prioridades en la excavación. Intervino el coronel Campbell y le informó de que había llegado a un acuerdo amistoso con Caviglia para su retiro dorado en París, y usted lo creyó. Eso es ingenuidad. Y ahora me habla de una lista de dos sospechosos que pudieron colocarle ese escorpión en su cama. Eso sí que es estupidez.

—No lo comprendo.

—Respecto a la bondad no tengo nada que decir. Ya conoce el motivo por el que Caviglia quería excavar en la zona de la Esfinge. Con respecto a la ingenuidad, ¿en serio se tragó esa patraña del coronel Campbell del supuesto acuerdo amistoso para que Caviglia se marchara de inmediato a París?

—¿Por qué no lo iba a hacer? Le puse entre la espada y la pared. Le dije a Campbell que o se marchaba Caviglia o me marchaba yo. Tuvo que tomar una decisión.

—¿Sabe que Caviglia no ha dejado Egipto y hasta se ha atrevido a presentar documentación para volver a Guiza?

—Eso no es posible. Caviglia abandonó Egipto hace dos meses.

—¿Cómo puede estar seguro de eso? Estoy en condiciones de confirmarle que no ha salido de Egipto en todo este tiempo.

—¿Y cómo puede conocer eso? Que yo sepa, tampoco usted ha salido de Guiza.

—Es cierto, pero hay una cuestión que usted desconoce. Me consta que, actualmente, Caviglia está alojado en el «Hotel El Cairo». Sabe que lo regenté hasta hace bien poco y estoy perfectamente informado de lo que sucede allí. Me parece que su amigo, el coronel Campbell, no fue completamente sincero con usted. Si no me cree, siempre puede acudir a El Cairo y comprobarlo por sí mismo —respondió con gran aplomo Mr. Hill, que ya veía en la expresión de Vyse que le creía—. ¿De verdad pensó que Caviglia abandonaría de manera voluntaria Egipto, que es su pasión, a cambio de un retiro dorado pagado por el gobierno británico, cuando dispone de una pequeña fortuna personal a consecuencia de sus actividades clandestinas? Disculpe mi crudeza, pero es usted un ingenuo de manual.

Vyse estaba pasando del enfado contra Mr. Hill al enojo consigo mismo. «¿Cómo puede estar enterado de tantas cuestiones si apenas sale de esta pirámide? Y lo que es peor, sabe cosas que no debería conocer y otras que ni yo mismo sabía», pensó.

No se pudo aguantar.

—¿Y en cuanto a la estupidez? —le preguntó.

—Ya puede romper esa supuesta lista de sus dos sospechosos. Giachino sigue siendo fiel a Caviglia. ¿Recuerda que le había recomendado que lo despidiera? Por eso jamás le daría una sola pista que le pudiera conducir al autor del incidente del escorpión, porque esa persona es la misma que su cómplice en su actividad clandestina.

—¿Cómo puede saber que Giachino sigue trabajando para Caviglia? Y sobre todo, ¿cómo sabe que me dio una pista? No recuerdo habérselo contado y ese detalle tan solo lo deberíamos conocer Giachino y yo —preguntó sorprendido Vyse, que aquello ya le parecía demasiado.

La mirada de Mr. Hill le dejó helado. Supo que lo sabía y aquello le desconcertó y le asustó al mismo tiempo.

—No tenga miedo a preguntar lo que desee. Creo que estoy siendo completamente sincero con usted —le respondió Mr. Hill.

Vyse decidió lanzarse y contarle sus sospechas.

—Le voy a explicar mi teoría, que creo que es razonable. Luego, usted, si tiene la amabilidad, me explica por qué cree que es una estupidez. Bien, yo pensaba que los únicos que tenían acceso a la zona vigilada donde acampo éramos sus cuatro moradores, pero Giachino me abrió los ojos y me dio a entender que había otras personas que también podían entrar con libertad. ¡Los propios vigilantes, naturalmente! Averigüé quién era el soldado que estaba de guardia aquella noche. Él pudo entrar en mi tienda sin ningún problema, pero tampoco me podía olvidar de su superior, el *janissary* Selim. Él también tiene libre acceso a esa zona, como responsable de seguridad de la excavación.

Mr. Hill sonrió. No era nada habitual en él.

—¿En serio cree eso?

—¿Acaso no es razonable?

—No, no lo es. Primero, porque ya le he contado que Giachino aún trabaja para Caviglia y jamás le daría ninguna pista que le pudiera ayudar. Pero lo más importante no es eso. ¿Acaso cree que un soldado raso acuartelado en Guiza puede ser el cómplice de Caviglia en sus actividades clandestinas? ¡Por no hablar del *janissary* Selim! ¡Casi me parece una herejía! ¿Sabe qué estrictos códigos éticos tenían todos los *janissaries* otomanos? Aún hoy en día, años después de su disolución como cuerpo militar de élite, siguen haciendo bandera de sus inquebrantables principios morales. Jamás acuse a un *janissary* de traición, porque será lo último que haga en su vida. Son fieles a su señor hasta más allá de la muerte, y resulta que el señor del *janissary* Selim es usted. Le recomiendo que no se entere jamás que ha dudado de su lealtad.

Vyse comprendió los argumentos de Mr. Hill, pero, de aceptarlos, eso le dejaría completamente a ciegas.

—Entonces, ¿qué es lo que está sucediendo en realidad en Guiza? —preguntó, preocupado.

—No se ha dado cuenta, ¿verdad?

—¿De qué?

—¿Cuáles son las dos únicas zonas del campamento que están vigiladas?

—¡Vaya pregunta más tonta! Conoce la respuesta igual que yo. La zona «C», que está custodiada para vigilar las antigüedades y la zona «D», donde me alojo yo solo, ahora mismo.

—Le ha faltado continuar con el razonamiento. Debería haber dicho «la zona D, que está custodiada para vigilarme a mí».

—¿Qué pretende decirme con eso?

—¿Para qué necesita usted protección en Guiza? ¿De qué le sirvió con el incidente del escorpión? ¿No le resulta curioso que la única persona que tiene protección haya sido atacada? En este campamento, ninguna otra persona tiene asignados soldados y nada nos ha sucedido. ¿Conoce el motivo? Porque estamos en una excavación auspiciada por el propio pachá de Egipto y ni el más idiota de los maleantes del desierto se atrevería a desafiarlo. En este campamento no sucede nada fuera de lo común en materia de seguridad, salvo ocasionales peleas entre trabajadores borrachos o cuando acude alguna caravana de mujeres. Esos incidentes los zanjan los *janissaries* sin mayor dificultad. Ni siquiera Mr. Perring, que es el actual director de la excavación, o yo mismo, tenemos ningún tipo de protección. ¿No le da qué pensar ese detalle?

—Sigo sin comprenderle —Vyse intentaba seguir el razonamiento de Mr. Hill, pero no lo conseguía.

—Que a usted no lo protegen. En realidad, lo vigilan.

—¿Para qué? ¿Quiénes? —preguntó sorprendido Vyse.

—El que ni siquiera lo haya advertido es la estupidez, ese resultado negativo del que le hablaba que se produce, en ocasiones, cuando se mezcla la bondad con la ingenuidad —dijo Mr. Hill, mientras extraía de su jubón un pequeño papel y se lo entregaba.

Vyse lo tomó entre sus manos, sin saber de qué se trataba. La expresión en su rostro, después de leerlo, fue una mezcla entre incredulidad, terror y, al mismo tiempo, un gran enfado. Permaneció en silencio sin reaccionar. Mr. Hill continuó.

—Y ahora, después de las explicaciones previas, viene el consejo que le había prometido al principio.

Mr. Hill se lo dijo.

Aquello ya era definitivo.

Howard Vyse no comprendía nada.

## 28 ANTIGUO EGIPTO, MENFIS

—¿Qué te hace pensar que a mí me van a permitir el acceso al Templo de Ptah? —le preguntó Userkaf, mientras recorrían los caminos solitarios de una ciudad que estaba durmiendo.

—Tú mismo lo has dicho. Sahu no se plegará al poder civil, pero tú no lo eres. En teoría, sois los dos sumos sacerdotes de los principales templos de Menfis. ¿Cómo no te va a atender?

—Te lo disculpo porque eres el visir y quizá no tengas ciertos conocimientos sacerdotales. Ni todos los templos son iguales, ni todos los sacerdotes somos iguales, ni siquiera todos los sumos sacerdotes somos iguales. Hay grandísimas diferencias dentro del clero. Por ejemplo, mi puesto en el *Templo de Neith* me coloca como una de las principales figuras religiosas de Egipto. Sin embargo, hay un auténtico abismo entre el poder que yo pueda atesorar y el que tiene Sahu. Tan solo se podría atrever a rivalizar con él Nikanebti, como suma sacerdotisa del *Templo de Hathor* en Dendera, pero ella no está interesada en ese tipo de cuestiones. Es una gran sacerdotisa que tan solo se preocupa por el culto a Hathor, y lo hace francamente bien. Con esta explicación, lo que intento que comprendas es que yo no soy nadie al lado de Sahu. No tiene ningún motivo para atenderme a estas horas de la madrugada.

—Te equivocas. Sí que tiene uno —le respondió Shepseskaf—. La curiosidad. ¿Alguna vez le has hecho una visita a estas horas?

—¡Pues claro que no! ¡Vaya pregunta que es esa!

—Ahí tienes la respuesta al porqué sí que te atenderá ahora. Un hecho inaudito como este no lo podrá dejar pasar por alto.

—Tú no conoces a Sahu.

—Y tú no conoces la condición humana. De todas maneras, saldremos de dudas en un instante —dijo Shepseskaf, cuando estaban llegando a las puertas de *Templo de Ptah*.

—Esto no va a acabar bien —profetizó Userkaf—. Espero que, cuando aparezca el faraón Menkaure, me eche una mano. No creo que Sahu se tome muy a bien esta intromisión.

Mientras mantenían esta conversación, habían llegado a las puertas del *Templo del Dios Ptah*, la deidad local de Menfis.

—Anda, golpea la puerta —le dijo Shepseskaf.

—Es tu última oportunidad. ¿Estás seguro de ello?

El visir no se pudo aguantar. Apartó a Userkaf y él mismo aporreó la puerta.

Silencio.

Shepseskaf no dejó de insistir. Golpeaba la puerta cada vez con gran saña, como si pretendiera derribar aquella mole de madera maciza. Se decía que la puerta del *Templo de Ptah* era la más grande jamás construida por el hombre. Ni Userkaf ni Shepseskaf podían estar seguros de esta afirmación, pero desde luego era la más imponente de todo Menfis. A su lado, la del propio Palacio Real parecía minúscula.

—¿Te crees que no te han escuchado en el interior? Es imposible no haberlo hecho, con los tremendos golpes que has dado. ¿Cuál ha sido el resultado? Lo que te he dicho hace un momento, indiferencia. Ni siquiera se molestarán en abrirte.

Shepseskaf se apartó de la puerta e hizo una inspección visual de la muralla que rodeaba al templo.

—Me resulta inconcebible. Si no abren, no saben ni siquiera quién está llamando. ¿Y si fuera el propio faraón?

—Claro que saben quién llama. No hace falta abrir la puerta para eso. Este templo fue una de las primeras construcciones del gran Imhotep en Menfis, en vida del faraón Djoser.

—Desconocía ese detalle.

—No olvides que Imhotep, aparte de un gran arquitecto, consejero real y visir durante el reinado de Djoser, también fue el sumo sacerdote del *Templo del Dios Ra* en Heliópolis. En la época en que vivió, durante el principio de la III Dinastía, era el sacerdote con más poder en Egipto. Por eso construyó este templo.

—Ahora me explico algunas cosas. Sus similitudes externas con el Palacio Real son asombrosas.

—Ya en aquella época, las riquezas que acumulaba el Templo de Ptah eran fabulosas. Supongo que, por ello, se parecen ambos edificios en su parte exterior. Me he fijado que te han llamado la atención sus altos muros. Imhotep era un genio. Con este templo, consiguió algo asombroso. Construir una auténtica fortaleza impenetrable, como el Palacio Real, pero sin parecerlo. Es un templo y eso es lo que ve la gente.

—¡Similitudes! —exclamó Shepseskaf.

—Sí, te lo acabo de decir —le respondió Userkaf, que no había comprendido la reacción del visir.

—Escucha atentamente lo que te voy a decir —dijo Shepseskaf, mientras tomaba al sacerdote por los hombros—. No nos podemos permitir que nos ignoren. Necesitamos entrar cuánto antes, así que tú te quedarás aquí, en la puerta, mientras yo me marcho a pedir ayuda.

Userkaf se asustó.

—¿No pretenderás volver a la fortaleza del ejército?

—Entre otras cosas. Lo siento, pero ya me he cansado de hacer el idiota. Tú quédate en la puerta e insiste con los golpes. Quizá si ven que me he marchado, te abrirán. Al fin y al cabo, con todas las diferencias que puede haber entre tu templo y este, no olvides que eres el sumo sacerdote de Neith. Creo que ellos también lo apreciarán.

—¡Vas a cometer una locura! ¡Tú eres más inteligente que eso! —exclamó Userkaf.

—¿Y qué? La inteligencia tiene ciertas limitaciones, sin embargo, la locura no. Un toque de imprudencia es saludable hasta para un príncipe de Egipto —le respondió, mientras se alejaba casi corriendo.

En apenas cinco minutos ya se encontraba en el interior de la fortaleza militar de Menfis. De inmediato, preguntó por el oficial de mayor rango. Le respondieron que el infante Quadesh, al mando de la fortaleza, estaba en las calles de Menfis dirigiendo a mil quinientos soldados en la búsqueda de Menkaure, tal y como había ordenado el propio Shepseskaf hacía un momento. En la fortificación apenas quedaban unos doscientos infantes y cien arqueros, lo imprescindible para su defensa.

—¿De esos trescientos, quién está al mando? —preguntó el visir.

—Yo, señor.

—Bien, quiero que me escuches con atención y, aunque te extrañe lo que vas a escuchar, limítate a seguir mis instrucciones y no me hagas ninguna pregunta. ¿Queda claro?

—Por supuesto, señor.

Shepseskaf se explicó. Cuando concluyó, el rostro de aquel infante estaba pálido por la sorpresa, pero no formuló ninguna pregunta y aseguró al visir que cumpliría con sus órdenes.

Menkaure cruzó la calle y entró en su palacio. Al verlo, Khentkaus acudió a su encuentro.

—¿Ha aparecido mi padre? —le preguntó de inmediato.

—Me temo que todavía no. Me dijiste que conocías todos los pasajes secretos de entrada y salida al Palacio Real, ¿verdad?

—Sí, jugaba por ellos cuando era pequeña. Lo sabes de sobra.

—También me dijiste que tu padre los conocía, ¿verdad?

—No todos, pero una gran mayoría sí. De hecho, cuando acudió a tu encuentro por primera vez, en la ribera del Nilo, utilizó uno de ellos. ¿Acaso estás insinuando que mi padre ha burlado la vigilancia del Palacio Real utilizando uno de esos pasajes? Eso significaría que su desaparición ha sido voluntaria y que no se encuentra retenido en ningún lugar contra su voluntad.

—Me parece que no queda otra explicación lógica. La guardia del faraón afirma que no ha salido del palacio, sin embargo, al mismo tiempo, también afirman que no se encuentra en su interior. ¿Qué otra opción nos queda?

Khentkaus permaneció pensativa durante un instante.

—Podría ser —dijo.

—Vengo de la fortaleza y me acaban de informar que hay mil quinientos soldados buscando a Menkaure por cada rincón de Menfis y que todavía no han encontrado ningún rastro de él.

—¿Y eso no te parece extraño? ¡Es el faraón de Egipto! Todos los habitantes de Menfis lo conocen perfectamente. ¿Cómo es posible que ni el ejército dé con su paradero?

—Quizá tenga una idea de dónde pueda estar, pero existe un pequeño inconveniente. Para resolverlo, me temo que voy a necesitar tu ayuda.

—¿Cómo? —preguntó Khentkaus, intrigada.

—Piensa un poco. Acabas de decirme que es muy extraño que ni mil quinientos soldados sean capaces de localizar al faraón de Egipto, que lo conoce toda la ciudad. Desde luego que es así, salvo que se oculte en algún lugar donde los soldados no puedan acceder.

—¿Existen esos lugares en Menfis?

—En realidad, en todo Egipto. ¡Los templos! Su jurisdicción es religiosa. He estado en el de Neith y Userkaf me ha dicho que no se encuentra allí. Hemos ido juntos al *Templo de Ptah*, pero ni siquiera se han dignado a abrirnos la puerta. Creo que puede estar en su interior. Le he insinuado a Userkaf que iba a ordenar al ejército que asaltara el templo, pero me ha llamado loco.

—No le falta razón. Eso jamás se ha hecho, pero también es cierto que la desaparición del faraón es una situación extraordinaria. Si tienes claras evidencias de que está allí y no te permiten acceder, quizá el asalto militar no sería tan mal visto, ni por el pueblo ni por los demás sacerdotes de otros templos.

—No tengo esa evidencia. Es tan solo una corazonada.

—Entonces, me temo que Userkaf tiene razón, aunque esté en juego la vida de mi padre.

—¿Sabías que el *Templo de Ptah* fue construido también por Imhotep, el mismo arquitecto del Palacio Real?

—¡Ahora entiendo por qué estás aquí! —exclamó Khentkaus—. ¡Por eso necesitas mi ayuda! Si Imhotep dotó al Palacio Real de pasajes secretos de entrada y salida, piensas que igual lo hizo también con el *Templo de Ptah*.

—¿Los conoces? ¿Sabes cómo entrar de forma clandestina?

—No, nunca he estado en el interior de ese templo. Ya sabes que es uno de los lugares más secretos de Menfis. Supongo que Userkaf ya te habrá contado el enorme poder que tienen sus sumos sacerdotes. Sahu es el hijo de Debehem.

—Sí, ya he oído toda esa historia, pero sacaré a Menkaure de allí dentro como sea. Si no puedo entrar por la puerta principal, tendré que localizar alguno de esos pasajes secretos.

—¡Pero si ni siquiera sabemos si existen!

—La dupla que formaron el faraón Djoser e Imhotep fue única en la historia de Egipto. Ambos eran innovadores y amantes de lo oculto. Ya sabes quién y para quién construyó la primera pirámide de todo Egipto, en Saqqara. En consecuencia, no me puedo creer que Imhotep no dotara al *Templo de Ptah* de alguna entrada y salida secreta.

—Sí, es posible, pero aunque así fuera, no sabemos cómo localizarla.

—¿Cómo descubriste tú los pasajes del Palacio Real?

—El primero casi por casualidad, aunque fue el que más satisfacción me produjo porque sentí que vencí a la astucia de Djoser e Imhotep. Entonces, era una niña de siete años, pero, por un instante, me sentí tan grande como ellos.

—¡Cuéntamelo todo! —exclamó Shepseskaf con una más que evidente impaciencia.

—Sabes que la ciudad de Menfis está amurallada y pensé que, si existía algún pasaje secreto, lo más lógico es que condujera al exterior de las murallas. Fuera de ellas, ¿qué lugar sería el más apropiado, en caso de querer escaparse? Pensé que el rio. Por ello, si existía ese pasaje, debía de partir desde el lugar más profundo del palacio. Bajé a la gran gruta que ya conoces y busqué por allí. Al principio no encontré nada, pero cuando estaba a punto de rendirme, recordé algo que nos había enseñado el preceptor Dyehuty en la escuela. Nos explicó que el complejo funerario de Saqqara está rodeado de una gran muralla de más de diez metros de altura que se extiende durante más de un kilómetro y medio. El núcleo de la muralla es de mampostería reforzado por bloques de piedra caliza. En su exterior, existen quince grandes bastiones para reforzar su imponente aspecto defensivo. Es una estructura formidable que parece impenetrable, aunque, curiosamente, Imhotep decidió colocar una puerta en cada bastión.

—¡Qué dices! —exclamó sorprendido Shepseskaf—. ¿Qué sentido tiene eso? ¿Construye una gran muralla para luego abrir quince puertas en ella?

—¿A qué parece una locura de la dupla Djoser-Imhotep? Pero tiene truco. Resulta que las puertas no son tales. Simulan su forma, pero tras ellas no había apertura alguna sino la propia muralla, con el mismo grosor que el resto.

—¡Vaya pérdida de tiempo por parte de Imhotep! ¿Qué pretendía con semejante tontería?

—Espera, no seas impaciente que aún no hemos llegado a la parte interesante. Años más tarde de todo esto, sucedió algo imprevisto. El sucesor de Djoser, el faraón Sejemjet, también quiso construirse otra pirámide parecida a la de su antecesor. Durante el proceso, se deterioraron algunos baluartes de la gran muralla de Saqqara. Imhotep ya había fallecido, así que Sejemjet ordenó a su arquitecto que los reparara con urgencia. Al poco de comenzar, se llevó una gran sorpresa. Te había contado que existían quince grandes baluartes con otras tantas puertas falsas, ¿verdad?

—Sí, claro.

—Pues resultó que no. Mientras el arquitecto del faraón Sejemjet reparaba el baluarte situado más al norte de la muralla, el que estaba situado alineado con la estrella *Thuban*, se dio cuenta de que esa puerta no era falsa. Parecía que detrás de ella se encontraba la muralla en todo su espesor, como en las otras catorce, pero, en realidad, tan solo eran unas pocas piedras que se podían retirar con facilidad. Se trataba de una puerta auténtica, camuflada entre catorce falsas.

—¡No me digas! No sabía nada de todo eso.

—Porque nos lo enseñaron en la escuela antes de que tú llegaras.

—Es una historia muy interesante, pero ¿qué tiene que ver esta historia con tu primer descubrimiento de un pasaje secreto en el palacio?

—Resulta que, en la gran gruta del Palacio Real, también existen exactamente quince puertas. Las había comprobado todas y eran falsas o no conducían a ningún lugar, pero me pareció mucha casualidad. Mi curiosidad hizo que revisara la puerta situada más al norte de la gruta, también orientada a la estrella *Thuban*, y resultó que, después de quitar unas pocas piedras, allí se encontraba el pasaje. Luego descubrí otros, pero ninguno me produjo tanta satisfacción como este.

—A pesar de ser la mujer más guapa de Menfis, resulta que eres aún más hermosa por dentro —le dijo Shepseskaf, mientras le estampaba un beso en la mejilla y, para sorpresa de Khentkaus, abandonaba la casa a toda prisa.

En su inspección a la muralla del *Templo de Ptah*, también había comprobado la existencia de algunos dinteles que se podrían asemejar a puertas, aunque formaban parte de la muralla. No les había prestado atención, ya que parecían elementos decorativos, pero ahora la cosa había cambiado.

## 29 GUIZA, EGIPTO, 4 DE ABRIL DE 1837

—¿Este papel es auténtico? —preguntó el coronel Vyse, que aún lo mantenía entre sus manos.

—Le aseguro que sí. Lo recibí ayer mismo desde El Cairo —le respondió Mr. Hill—. Si lo desea se lo puede quedar. Para usted puede ser relevante, pero a mí no me concierne.

—Supongo que esto demuestra que está en contacto permanente con el exterior.

—Sí. Tengo una persona que hace de correo y se encarga de mantenerme informado de todo lo que sucede fuera de Guiza. También tengo otro hombre que me mantiene al tanto de lo que ocurre aquí, en la excavación. Como ya sabe, yo estoy exclusivamente centrado en la tercera pirámide y no puedo permitir que mi trabajo se vea amenazado por cuestiones externas que desconozco. En mi caso, que me paso aquí dentro todo el día, esa información me resulta fundamental.

—Le agradezco que haya compartido esa nota conmigo, pero el consejo que me ha dado me ha generado más dudas que respuestas.

En ese preciso instante, escucharon voces de varias personas que se aproximaban hacia ellos. Era Mr. Perring, acompañado del *janissary* Osman y dos personas más.

Después de los preceptivos saludos, Mr. Perring empezó a trabajar. Tomó medidas exactas de la longitud del túnel hasta la puerta recién hallada y de su grado de inclinación. Sacó unos papeles de la cartera de mano que siempre llevaba consigo. Ahí guardaba todas sus mediciones y datos técnicos. Tomó entre sus manos el correspondiente a las medidas externas de la tercera pirámide, que ya había tomado con anterioridad. Se sentó en el suelo y estuvo un rato haciendo lo que parecían cálculos matemáticos.

A su alrededor, todos le observaban en silencio.

Cuando terminó, se dirigió hacia la puerta recién hallada. Midió sus proporciones. Después, para desconcierto de todos los presentes, extrajo de su cartera un extraño objeto. Era un cilindro de madera que tenía en sus extremos dos apéndices, uno que parecía ajustarse a la oreja humana y otro de mayores proporciones.

Mr. Perring pareció darse cuenta de la extrañeza de los presentes.

—Es un *stéthoscope*, un aparato que han empezado a utilizar los médicos franceses para amplificar los sonidos del corazón y de otros órganos internos humanos, sin necesidad de aplicar el oído sobre el cuerpo, como se ha hecho hasta ahora —les explicó, mientras se dirigía hacia la puerta.

—¿Y qué utilidad puede tener aquí ese aparato médico?

—Eso depende. Si permanecen en silencio, quizá les pueda dar una respuesta.

Vieron cómo Mr. Perring colocaba un extremo de aquel curioso objeto sobre su oído derecho y en extremo más grande sobre la pared. Empezó a dar pequeños golpes en diferentes lugares de aquellas enormes piedras. Cada medio minuto se cambiaba de sitio y repetía la misma operación. Al cabo de un rato, volvió con sus papeles y tomó notas.

Mr. Perring levantó la cabeza y se quedó mirando a los presentes. Todos permanecieron en silencio, esperando sus explicaciones.

—Tengo que reconocer que estoy desconcertado —dijo, al fin—. Según mis mediciones, aunque no nos encontramos en el mismo eje de la pirámide, es decir, en su centro, estamos bastante cerca. En comparación con la segunda pirámide, que, aunque en mayor tamaño, guarda unas proporciones similares a esta, también estamos a una profundidad parecida a la «*Cámara de Belzoni*».

—¡Esas son magníficas noticias! —exclamó Vyse—. ¿Por qué dice entonces que está desconcertado?

—Porque el muro que tenemos delante no se corresponde con el sellado normal de una puerta, que puede dar acceso a un pequeño apartamento o incluso a una cámara. Para que me entiendan, más que una puerta parece otra pared más. Visualmente ya me daba esa impresión, pero la prueba con el *stéthoscope* ha sido definitiva.

—¿Eso significa que no podemos avanzar? ¿Se trata de una puerta falsa? —preguntó ahora Mr. Hill.

—Como no puedo estar seguro de mis cálculos debido al grosor de las piedras de granito, si les parece, propongo que apliquemos una primera carga de pólvora y después, en función de los resultados, evaluemos cómo continuar.

Todos asintieron con la cabeza.

Mr. Perring hizo dos marcas en la pared y se dirigió a sus dos canteros.

—Aplicad una carga media en cada una de las marcas. Detonación simultánea.

Los canteros hicieron su trabajo y le entregaron a su jefe una única mecha.

—Ahora es momento de que nos retiremos. El túnel no se derrumbará. Las piedras de granito son muy sólidas y están bien unidas, pero sí que destrozaremos la supuesta puerta y ello causará muchos escombros, además de levantar una gran cantidad de polvo. Cuando eso suceda, no retrocedan. Limítense a taparse toda la cara con sus *kufiyyas*.

Las *kufiyyas* eran una especie de pañuelo árabe que solían portar los varones tanto en la cabeza como alrededor del cuello. Su función no era solo ornamental. Eran muy utilizados por los nómadas del desierto para protegerse del sol y de la arena, sobre todo cuando se levantaba con fuerza el temido viento *khamsin*. En la excavación de Guiza era una prenda que portaban tanto los egipcios como los occidentales, ya que resultaba muy conveniente.

Así lo hicieron. Mr. Perring prendió la mecha y, al minuto escaso, pudieron escuchar dos fuertes detonaciones. Como estaba previsto, una columna de polvo les envolvió. Cuando pareció disiparse, Mr. Perring les dijo que avanzaran tras los dos canteros y él mismo. El destrozo era considerable, ya que había fragmentos de piedras de granito dispersos por toda la galería. Gracias a su amplitud, pudieron acceder al lugar exacto de la explosión.

La desilusión era la nota común en los rostros de todos los presentes. Tan solo habían causado un agujero en la pared de poco más de un metro, pero lo único que se veía entre el polvo eran más piedras. Allí no parecía haber ninguna cámara.

—Ya se lo advertí. Está primera detonación ha sido de prueba. Simplemente quería comprobar que mis mediciones eran correctas. No quería causar daños innecesarios si estaba equivocado. Como veo que no, seguiremos con otra detonación, esta vez de mayor potencia —explicó Mr. Perring al coronel Vyse, a Mr. Hill y al *janissary* Osman—. Así funcionan las cosas. La pólvora hay que usarla con extrema prudencia. Puede abrirte puertas a lo desconocido, pero también puede destrozar lo que buscas tras ellas.

Todos asintieron con la cabeza. El que parecía más impactado por lo que acababa de ver era Mr. Hill, ya que nunca había visto la utilización de la pólvora en una excavación, pero Vyse y Osman ya habían presenciado unas cuantas.

—¿Esto es seguro? —preguntó precisamente Mr. Hill—. ¿Ya sé que debemos avanzar, pero ¿se han preguntado si compensa hacerlo a base de este nivel de destrozo? ¿Qué sucedería si se hundiera la galería sobre nuestras cabezas?

—Tranquilo, eso no pasará —le respondió Mr. Perring de inmediato—. Estamos ante bloques de granito de más de dos toneladas de peso cada uno, unidos de una forma muy sólida. Haría falta mucha más pólvora de la que tenemos almacenada en Guiza para reventar un pasaje como este y, ni aún así, estoy seguro de que pudiéramos conseguirlo.

Mientras le respondía a Mr. Hill, marcaba con un pincel rojo otras dos cruces en la pared y, levantaba dos dedos de su mano derecha a los canteros. Parecía que la carga explosiva iba a ser doble.

Repitieron el proceso anterior, pero esta vez las detonaciones sonaron con más intensidad. De nuevo, cuando se disipó lo suficiente la nube de polvo que se había levantado como para poder ver la galería, avanzaron hacia el lugar de las explosiones. Esta vez les costó más, ya que los escombros provocados eran mayores. Tuvieron que salvar varios fragmentos de granito de gran tamaño. Mr. Perring encabezaba la comitiva, todos con la boca tapada con su *kufiyya*.

La situación parecía la misma que con la anterior detonación, con la única diferencia que el nivel de destrozo era superior. Tampoco se apreciaba ninguna cámara detrás de aquella supuesta puerta.

—Parece que tenía razón —dijo el coronel Vyse, dirigiéndose a Mr. Perring —. Esto no es una puerta sino una extensión del muro.

No le respondió de inmediato. Mr. Perring avanzó, en compañía de su inseparable cartera de mano, por encima de los escombros, en dirección a los puntos exactos donde los canteros habían colocado los explosivos. De nuevo, sacó papeles del interior de su cartera y una cinta de medir. Después de un par de minutos, también extrajo ese extraño aparato que había llamado *stéthoscope* y estuvo aplicándolo en diferentes lugares del muro destrozado por las detonaciones.

Después de unos cinco minutos, levantó la cabeza. Sin cambiar ni por un momento su gesto serio, hizo un anuncio de difícil comprensión.

—Señores, lo hemos conseguido.

Nadie de los presentes sabía qué es lo que habían conseguido, porque no se veía nada diferente a la anterior ocasión. Bueno, nadie no. Por la expresión en su rostro, tan solo Mr. Hill pareció comprenderlo.

## 30 ANTIGUO EGIPTO, MENFIS

Shepseskaf tuvo la impresión que había volado desde su palacio hasta el *Templo del Dios Ptah*. Miró hacia la puerta principal. Estaba desierta. «No le puedo reprochar nada a Userkaf, ya me ha ayudado incluso más de que lo que debía. Supongo que la supuesta amenaza de asalto armado al templo habrá sido demasiado para él. Aunque seamos amigos, no puedo olvidar que es un sacerdote», pensó, mientras sentía las palpitaciones de su corazón.

La puerta principal del templo estaba orientada al oeste. Consideró que no podía perder más tiempo y volvió a correr rodeando la muralla. Llegó a la cara norte y miró hacia el cielo. Allí estaba la estrella más luminosa del firmamento, *Thuban*. Bajo la mirada hacia la muralla. Allí no había nada que se pareciera a una puerta.

«Parece que mis esperanzas eran en vano», pensó, desolado.

Se sentó en el suelo dispuesto a reflexionar, aunque de inmediato se volvió a levantar. Recorrió todo el perímetro de la muralla del templo.

Ahora sí que estaba desconcertado de verdad. Había contado quince adornos que parecían puertas, aunque no lo eran. «¿Es posible que sea casualidad lo de las quince puertas de la muralla de Saqqara, las quince puertas de la gruta del Palacio Real y ahora, las quince falsas puertas de la muralla del *Templo de Ptah*? No lo creo, pero lo cierto es que aquí no hay ninguna orientada a la estrella *Thuban*. ¿Qué se me está escapando?», pensó Shepseskaf.

Ahora, de pie, frente a aquella infranqueable muralla, se puso a reflexionar de verdad. Es cierto que las quince puertas no podían ser casualidad, pero, si lo pensaba bien, en Saqqara no estaban situadas sobre la muralla de forma directa, sino a través de los quince grandes baluartes que la jalonaban. En el Palacio Real tampoco estaban en ninguna muralla, sino en su cavidad subterránea. Estaba seguro de que se trataba de algún simbolismo que se le escapaba. Pudiera ser que las puertas del Palacio Real situadas debajo de él significaran el reinado sobre el inframundo que alcanzaban los faraones al fallecer. En Saqqara no tenía ni idea. No había estudiado la historia del faraón Djoser, pero sí lo había hecho con la del Dios Ptah. Era la deidad local de Menfis y todos estaban obligados a conocer su historia.

«¿Cómo aplico lo que sé sobre Ptah a estas quince falsas puertas?», pensó. Era el dios de los constructores, patrono de las artes y oficios. Protegía a artesanos, artistas, canteros, escultores, pero, sobre todo, se le consideraba el inventor de la albañilería.

De repente, un fogonazo de luz iluminó su mente.

—¡La albañilería! —exclamó en voz alta—. ¡Eso es!

Los trabajos de albañilería solían estar ocupados por gente de baja estatura, conocidos como los *Patecos*. Eran un colectivo muy reconocido en Egipto y estaban bajo la protección directa del Dios Ptah. También eran famosos por sus trabajos de orfebrería.

Shepseskaf echó a correr de nuevo hasta llegar a una de las quince puertas. Su orientación era justo la contraria a la puerta de entrada al templo, es decir, al este.

La falsa puerta ornamental que tenía delante de él era la de menor tamaño de las quince. Parecía pensada para enanos. Además, los adornos de su dintel eran motivos relacionados con la orfebrería. En cuanto a la orientación este, también tenía su sentido. A menudo, se identificaba a Ptah, en su calidad de «maestro constructor» con Nun, dios primigenio de todas las cosas y se le relacionaba con *«Ta-Tenen»*, la colina en la que nació el sol por primera vez. Es decir, por el este.

Shepseskaf no podía ocultar su excitación, pero, en realidad, aquello eran simples adornos en un muro de piedra. Lo tanteo y no era una puerta verdadera.

«Todo esto no puede ser casual», se dijo, mientras no dejaba de mirar la extraña falsa puerta que tenía justo enfrente. «¡Piensa rápido, que está en juego la vida de Menkaure!».

El Dios Ptah era conocido por muchos epítetos. «Ptah el señor de la verdad», «Ptah el maestro de ceremonias», «Ptah el que escucha la oraciones» y muchos más. De repente, a

Shepseskaf se le ocurrió una locura. No perdía nada por intentarlo.

La pequeña puerta, en uno de sus muchos elementos decorativos, disponía de la representación de una oreja. Shepseskaf supuso que era para «escuchar las oraciones». Pues eso es lo que se disponía a hacer.

Acercó su boca a la oreja y empezó a rogar al Dios Ptah que le abriera la puerta de su morada. Sabía que era un acto desesperado, pero, para su absoluta sorpresa, notó como algo se movía. Se apartó de inmediato. La falsa puerta empezó a girar sobre sí misma y dejó una pequeña oquedad en la sólida muralla del templo. Shepseskaf no sabía si cabría por ahí, pero se lanzó sin pensarlo. A duras penas lo consiguió.

Pero sus sorpresas no habían terminado.

A la otra parte del muro, se encontró con un sacerdote vestido con una túnica blanca que portaba una especie de báculo. Se fijó mejor. Parecía un *cetro Was*, que representaba el poder o dominio, pero también al faraón.

—Lo están esperando en la sala principal de ceremonias. Es el edificio rodeado de columnas que tiene justo enfrente de usted. Le recomiendo que acuda cuánto antes —dijo aquel sacerdote, mientras accionaba una especie de mecanismo de piedra para volver a cerrar aquella puerta.

Shepseskaf no entendía nada, pero no dudó en hacerle caso a aquel peculiar sacerdote. «¿Me están esperando?», se preguntó. «¿Quiénes?». Por otra parte, si era cierto, ¿por qué no le habían abierto la puerta principal? Todo era muy extraño.

Antes de entrar en la gran sala de ceremonias, se asomó con cuidado. Se encontraba en penumbra a semejantes horas de la noche, sin embargo, sí que pudo observar una luz en el centro de la misma. Desde la distancia, pudo distinguir a tres personas, quizá más.

Un pensamiento inquietante pasó por la mente de Shepseskaf. «¿No me habré colado por casualidad en otra reunión del *Sacerdocio Secreto de Anubis*?». Un escalofrío recorrió su cuerpo; ya que existía una pequeña pero significativa diferencia con su anterior experiencia. Ahora no portaba ninguna máscara que pudiera ocultar su rostro. Por otra parte, el sacerdote que le había facilitado la entrada a través de aquella puerta secreta le había dicho que lo estaban esperando. A él. Todos conocían su rostro en Menfis, ya que era el visir, así que no concebía error posible. Envalentonado por ese pensamiento, entró en la sala y se dirigió hacia su centro.

Tal y como había observado desde la distancia, había tres personas en pie alrededor de una especie de altar. A medida que se fue acercando, reconoció a la que tenía justo enfrente. Era el sumo sacerdote del templo, Sahu. A su lado, por el perfil de su cara, también reconoció a Nikaure, pero había otra persona de espaldas que no se había girado. Por un momento pensó que pudiera tratarse del faraón Menkaure, pero era de menor estatura, así que no podía ser él.

—Anda, acércate sin miedo. Te estábamos esperando.

Era la voz de Sahu.

Shepseskaf lo hizo.

Lo que observó le horrorizó.

Postrado, en lo que parecía ser el altar de la sala, estaba Menkaure, inmóvil.

—¿Qué ha sucedido aquí? —preguntó Shepseskaf, dirigiéndose a toda prisa hacia su amigo.

Nada más tomarle por su mano, se dio cuenta de que estaba muy fría.

—¡Está muerto! —exclamó, sin poder evitar caer al suelo de rodillas.

—Sí, así es. Es una desgracia.

—¡Lo dices cómo si se tratara de un simple campesino! ¡Muestra al menos un poco de respeto al faraón! —exclamó Shepseskaf, que se había incorporado del suelo. Ahora sentía una rabia inmensa en su interior, a pesar de que unas lágrimas corrían por sus mejillas—. ¡Quiero saber qué ha sucedido! ¿Has matado al faraón?

—No.

—¿Y cómo explicas su presencia en tu templo?

—Llevaba una semana acudiendo a diario.

—¿Cómo puedo saber que dices la verdad? No me había contado nada de eso. Además, ¿para qué?

—Dice la verdad —respondió Nikaure—. Menkaure me mandó una nota para que acudiera aquí hace una semana. Para mi desgracia, el correo no fue lo suficientemente rápido y no pude llegar a tiempo —dijo, mientras le entregaba un papiro enrollado. Shepseskaf lo leyó. Sin duda era la caligrafía de Menkaure y le decía que deseaba que le acompañara en sus últimos días en este mundo, antes de hacer el tránsito.

—¿Qué quiere decir todo esto?

—Menkaure sabía que se moría. Quiso hacerlo en paz en el templo del dios creador.

—¿Por qué me cuesta creeros? —preguntó Shepseskaf—. Yo era uno de sus mejores amigos y, como ya os he dicho, no sabía nada.

—¿Te has preguntado el porqué? —dijo Sahu—. Tú no creías en la profecía del oráculo. Sin embargo, Menkaure nos dijo que, de una manera u otra, acabarías por acudir en el momento adecuado.

—¿Y por qué no habéis abierto la puerta del templo cuando he llamado?

—Sí que lo han hecho, pero ya te habías marchado a toda prisa.

Para sorpresa de Shepseskaf, era la voz de su amigo Userkaf, el sumo sacerdote de Neith. Era la tercera persona, en la que no se había fijado todavía. Su mente no podía pensar con claridad ante la presencia del cuerpo de Menkaure.

—¡Tú! —exclamó.

—Te grité, pero ya estabas demasiado lejos.

Shepseskaf estaba confundido.

—Lo siento, pero hay muchas cosas que no cuadran en esta explicación. Para empezar, ¿por qué el sacerdote que custodia esa puerta secreta me ha dicho que me estabais esperando? Yo no tenía ni idea de la existencia de ese acceso secreto.

—Hay varias maneras de entrar y salir de este templo, y no todas son a través de la puerta principal. Menkaure la conocía y la utilizaba. Pensamos que quizá te lo hubiera contado. Si hubieses llamado a la puerta principal cuando regresaste, el sacerdote a su cargo te hubiera franqueado el acceso y dicho lo mismo.

Shepseskaf se dio cuenta de que se estaban dispersando en una conversación sin sentido. Volvió a acercarse.

—Todo lo que me estáis contando me suena muy extraño. ¿De verdad que ha fallecido de muerte natural?

—Por el tono de la pregunta, parece que lo dudes —le respondió Sahu.

—Pues sí, lo dudo.

Sahu se acercó a Shepseskaf.

—Aunque quizá no te lo parezca, Menkaure y yo éramos muy buenos amigos. Visitaba este templo con frecuencia y juntos compartíamos las oraciones al Dios Ptah. No siempre que desaparecía de su casa era para beber o participar en bacanales. Aquí encontraba la paz espiritual que buscaba antes de hacer el tránsito a la vida eterna.

Shepseskaf se giró hacia Userkaf.

—¿Tú sabías algo de esto? ¿No era el *Templo de Neith* el lugar preferido de Menkaure en Menfis?

—No, no lo sabía —le respondió—, pero lo que dice el sumo sacerdote es coherente. El faraón veía en mi templo un hogar, un lugar donde vivió feliz durante varios años de su vida, pero no en el sentido espiritual, sino en el plano material. Por ejemplo, en todos esos años, jamás oramos juntos a la Diosa Neith. El templo era simplemente su refugio personal. Es lógico que, si buscaba apoyo religioso, acudiera al templo del dios creador. Aquí si podía encontrar su paz interior orando al Dios Ptah.

Shepseskaf no era sacerdote sino visir, así que decidió poner las cartas sobre la mesa.

—Lo siento, pero algo me sigue sin cuadrar en todo este asunto. Para empezar, yo era uno de los mejores amigos del faraón y de mí no se despidió. Me resulta francamente increíble.

—Sí que lo hizo —le respondió Sahu.

—No, no lo hizo —insistió Shepseskaf—. Y no me vale que me avisara de que se moría por esa premonición del oráculo. Eso no cuenta. Me refiero a una despedida personal.

—Hablamos de lo mismo. Sí que se despidió personalmente de ti, pero como la muerte le sobrevino un poco antes de lo esperado, tan solo tuvo tiempo para esto —dijo Sahu, mientras extraía un papiro enrollado con una cinta. En su exterior, figuraba escrito el nombre de Shepseskaf. Era la caligrafía de Menkaure y parecía reciente.

Tomó el papiro entre sus manos y se lo guardó en uno de los bolsillos de su túnica, para leerlo en la intimidad. Su contenido no le importaba a aquellas personas, a las que hacía responsables de la muerte de su amigo Menkaure.

—En cuanto a ti, Sahu, nunca te gustó la actitud del faraón hacia el clero. Temías perder tu poder, que no es poco.

—No es cierto. Está claro que no conocías a tu amigo tanto como te crees. Ya te he dicho que era su consejero espiritual. Sabes que es un puesto de designación real y de máxima confianza. Jamás me hubiera otorgado semejante honor si tuviera sospechas de mi lealtad hacia él.

Shepseskaf ignoró la respuesta. Ya pensaría en ello más tarde.

—En cuanto a ti —dijo, ahora dirigiéndose a Nikaure—, sé que eres miembro del *Sacerdocio Secreto de Anubis*, una organización que ya conspiró en el pasado contra la vida de Menkaure.

—¿Yo? —preguntó muy extrañado Nikaure—. Jamás he pertenecido a ese grupo de locos. De hecho, ayudé a la reina Khamerernebty I a deshacerse de ellos y también ayudé a Menkaure a ser faraón, cuando falleció Baka. Por eso precisamente me mantuvo en el puesto de visir del Alto Egipto, mientras ordenaba ejecutar a todos los demás miembros.

—Lo siento, Nikaure, pero fue el propio Menkaure quién me confirmó que pertenecías al *Sacerdocio Secreto de Anubis,* el primer día que visité la cámara mortuoria de su pirámide. Lo recuerdo perfectamente. Él lo sabía.

—¿Seguro? ¿No le preguntaste entonces por qué me mantuvo en un puesto tan importante, mientras todos los demás perdían la vida? ¿No ves que no tiene ningún sentido?

—Sí que se lo pregunté, pero me respondió que eso era otra historia, aunque jamás me la contó.

—Ahí tienes la prueba.

—Hablando de pruebas, la palabra de Menkaure no es la única que dispongo. Sé que tu esposa Nikanebti, que visita Menfis con más frecuencia que tú, era la encargada de entregarte las convocatorias para las reuniones del *Sacerdocio Secreto de Anubis*. De hecho, en mi segundo año de estancia en la escuela del faraón, en el Palacio Real, recibí por error una de esas convocatorias. Rodó desde la mesa de Nikanebti, que estaba junto a la mía, hasta tropezar con una de las patas de mi mesa. La abrí y la pude leer con mis propios ojos.

Nikaure se puso muy serio.

—Mi esposa jamás me ha entregado ninguna convocatoria para reunión alguna, ni siquiera recuerdo que me haya entregado nada en toda su vida. Ella tiene su trabajo como suma sacerdotisa de Hathor y yo él mío como visir. Son dos empleos tan complejos y diferentes que hay muchas semanas que ni siquiera nos vemos. No me extrañaría que fuésemos el matrimonio que menos tiempo pasa junto de todo Egipto. ¿Cómo va a ser Nikanebti mi correo? Eso es una estupidez. Yo dispongo de mis propios medios para ello, como tú tienes los tuyos como visir. Además, piensa un poco. Si tú tuvieras que enviar un contenido tan delicado como una convocatoria para una sociedad secreta que conspira contra el faraón, ¿utilizarías de recadera a tu esposa Khentkaus?

Shepseskaf reflexionó brevemente acerca de lo que acababa de escuchar. Nikaure parecía sincero y lo que decía tenía sentido, igual que Sahu, pero si tenía razón, ello significaba que habían estado equivocados desde el principio. Si Nikanebti no era un correo, entonces ella era...

—Estás pálido —intervino Userkaf, interrumpiendo sus pensamientos.

—No, no, estoy bien —mintió Shepseskaf.

—Anda, creo que te hará bien que te dé un poco el aire —dijo, mientras le pasaba cariñosamente un brazo a través de su cuello—. Pareces muy afectado por el fallecimiento del faraón.

Desde luego que Shepseskaf lo estaba, pero no era eso lo que había hecho que palideciera ahora mismo. Si había estado equivocado todo este tiempo, ello tenía implicaciones que ni se atrevía a imaginar. Para empezar, Nikanebti estaba actualmente alojada en el *Templo de Neith,* cuyo sumo sacerdote era Userkaf. «¿De quién me puedo fiar?», acertó a pensar.

Su mente estaba tan confundida que apenas notó como el sacerdote lo estaba acompañando a la salida de la sala de ceremonias. «¿Qué está haciendo Userkaf conmigo?», siguió prensando Shepseskaf.

—Si respiras profundamente, te encontrarás mejor y se te pasará el mareo —le dijo Userkaf.

«¿Quién ha dicho que esté mareado?», pensó Shepseskaf. En realidad lo estaba, pero no lo había manifestado. Una alarma se encendió inmediatamente en su mente.

Llegaron a la puerta y percibió el aire fresco en su cara, pero, en lugar de suponer un alivio, su mareo se acrecentó. Parecía como si todo diera vueltas en torno a él.

De repente, oscuridad.

## 31 EN LA ACTUALIDAD, DUBLÍN, IRLANDA, 21 DE OCTUBRE

—¡Ese no es tu pasaporte!

—Pues claro que sí. ¿No ves mi foto?

Ryan Clarke había quedado en casa de Rebeca para hacer los últimos preparativos de su viaje a España. El vuelo estaba previsto que partiera en cinco horas, pero debían de llegar con tres de adelanto al aeropuerto de Dublín. Últimamente, parecía que había escasez de personal en los controles de seguridad, por lo que la espera para cruzarlos podía ser muy larga. Se habían dado casos recientes de aviones que habían despegado casi vacíos, ante la desesperación de la gente con billete, atrapada en las largas colas de los controles.

Ryan Clarke lo tomó entre sus manos.

—Este no es tu nombre —insistió.

Rebeca sonrió.

—¿Crees que en la época de los pasaportes biométricos alguien puede viajar con uno falso? Por si no lo sabes, las capas de seguridad que llevan los pasaportes actuales son invulnerables. La lámina que cubre la página que estás mirando es de policarbonato y lleva un chip minúsculo integrado, con tecnología RFD. La función de ese pequeño circuito electrónico incrustado es replicar la información que aparece impresa en el pasaporte, pero no de una manera cualquiera. Usan tecnología PKI, que, para que te hagas una idea, funciona como las firmas digitales. Es decir, permite que, a través de la red, se trasmita información de manera codificada que garantiza que tú eres la persona que porta el documento. Por si todo ello no fuera suficiente, también existen otras medidas de seguridad que no son de público conocimiento. En todos los aeropuertos tienen lectores especiales para este tipo de pasaportes, que además son capaces de controlar no solo tu identidad y la autenticidad del documento, sino también te hacen un reconocimiento facial. En algunos países, como los Emiratos Árabes, ya está implantado el reconocimiento del iris ocular, que será el sistema que acabará por imponerse en todo el mundo. Si algo de todo ello no concuerda, si falla tan solo uno de las múltiples capas de seguridad, la policía se te lleva. No resulta sencillo viajar con documentación falsa, ¿verdad? Realmente, la única manera que existe hoy en día de viajar con otra identidad es que tu propio país te expida otro pasaporte auténtico, con todos los detalles que te acabo de contar.

—Me viene al pelo esto último que acabas de decir. Toda esa lección de tecnología está muy bien, pero falla en una cuestión fundamental. Aquí no pone Rebeca Mercader. Estás utilizando una segunda identidad.

—Claro que no. Pone «*Ребека Меркадер*». Es mi nombre en ruso, según el alfabeto cirílico.

—¿En serio? —Ryan seguía sin poder creer lo que estaba viendo.

—Ya te había dicho que era rusa. Parece que no me creíste. Ahora tienes la prueba definitiva en tus manos.

—¿No conservas la nacionalidad española? —Ryan seguía asombrado.

—Sí, también dispongo de un pasaporte español, a pesar de que no existe un tratado para reconocer la doble nacionalidad entre España y la Federación Rusa.

—Entonces, ¿por qué no viajas con el español? ¿No es más fácil que hacerlo con uno ruso? Además, para un viaje entre España e Irlanda ni siquiera es preciso el pasaporte para vosotros, que disponéis de un Documento Nacional de Identidad oficial, no como en Irlanda, que lo más parecido a eso es la *Personal Service Card*, que no sirve como medio de identificación para viajar. Además, estamos dentro de la Unión Europea. Las colas para la gente que entra de otros países son diferentes y su revisión es mucho más exhaustiva. Seguro que te ponen un montón de problemas en los controles fronterizos.

Rebeca seguía sonriendo.

—No. Generalmente, cuando aterrizo en cualquier aeropuerto, me tratan de forma preferente. Incluso suelo ser la primera en pasar los controles.

—¡No te puedo creer! Antes de que aparecieras por el *pub*, hice amistad con un médico ruso que asistió a un curso de posgrado en el *Trinity College*. A pesar de que era una persona de reconocido prestigio y que había obtenido la plaza por méritos académicos, me dijo que, conseguir todos los permisos y visados para poder viajar, le había supuesto un auténtico calvario. Además, en todos los controles fronterizos, a pesar de tener toda la documentación en regla, le ponían mil problemas.

—No lo dudo —le respondió Rebeca—, pero eso no me sucede con este pasaporte.

Ryan lo cerró y observó su exterior.

—¿Por qué el tuyo es de color verde? El del médico ruso era marrón.

—¿Acaso no sabes leer? Su tapa no solo está escrita en ruso, también en inglés.

Ryan cayó en la cuenta. Su sorpresa fue monumental.

—¡*Diplomatic Passport*! —leyó, casi gritando—. ¿Cómo puedes tener uno de estos? Tengo entendido que tan solo se expiden a determinados miembros de las embajadas y consulados. ¿Acaso eres una diplomática rusa? Pero no debes de ser una cualquiera para poseer este pasaporte. ¿Cuál es tu empleo y dónde estás destinada?

—Demasiadas preguntas —le respondió Rebeca—. Algún día, si te portas bien, ya te lo contaré. Lo importante es que no necesito visados ni me hacen esperar en los controles de los aeropuertos. Mi nombre no figura en ninguna lista de restricciones para poder viajar. Todo lo contrario, puedo hacerlo con libertad por casi todo el mundo, sin que ni siquiera registren mi equipaje. Como verás, este pasaporte me resulta muy conveniente. De todas maneras, dejemos esta conversación y terminemos los preparativos. Vamos a juntarnos con toda la gente que entra a trabajar. El tráfico de Dublín a estas horas de la mañana es horrible. Aún se nos hará tarde.

Rebeca se apresuró todo lo que pudo. En veinte minutos estaba cerrando su maleta, al mismo tiempo que Ryan salía de la ducha. Se había vestido y ya no portaba ni su capa de mugre ni su ropa habitual. Rebeca se había encargado de comprarle algo decente para el viaje, dado que las finanzas de Ryan iban muy ajustadas, ya que sus únicos ingresos procedían de su pensión como militar retirado. De hecho, le iba a pagar todos sus gastos durante su estancia en España. Había tenido que vencer cierta resistencia por su parte, pero Rebeca no le quería contar que el dinero no era un problema para ella, ya que la herencia que recibió de sus padres era más que suficiente para vivir toda su vida sin trabajar, ni sus posibles hijos y nietos incluidos. Como era contertulia en un conocido programa de televisión en España, utilizó ese pretexto para decirle que disponía de algunos ahorros. Tan solo conocían la verdad de su fortuna su hermana Carlota, su tía Tote y la familia de su amiga Carol Antón, ya que los negocios de sus padres eran compartidos por ellos.

—¡Caramba! ¡Menudo cambio en veinte minutos! —le dijo Rebeca—. Hasta pareces un respetable hombre de negocios de la *city*.

—Esa especie no existe en la *city*, como tú dices. O eres respetable o eres un hombre o mujer de negocios, una de dos.

—Bueno, pues me quedaré con que eres un hombre respetable a secas.

—¿Y tú? ¿Cómo se llaman a las ninjas en Rusia?

—¡Idiota! —le respondió, tirándole una de las almohadas de la cama a su cabeza—. Ya sabes que las ninjas son japonesas.

—¿Y cuál es su traducción al ruso? —le continuó preguntando Ryan, riéndose.

—¿De verdad lo quieres saber?

—Sí, claro.

—Ребека Меркадер.

## 32  GUIZA, EGIPTO, 4 DE ABRIL DE 1837

—¿Qué quiere decir, Mr. Perring?

—Detrás de aquí hay algo. No se puede apreciar bien, pero ya no se trata de un grueso muro de piedras de granito.

El coronel Vyse y Mr. Hill se apresuraron a avanzar entre los cascotes y dirigirse a la posición donde se encontraba el ingeniero.

—No veo nada —dijo Vyse.

—Porque aún permanece oculto, pero con la próxima detonación, les aseguro que, ante nosotros, se abrirá una cavidad secreta.

—¿Cómo puede estar seguro? —preguntó Mr. Hill, que tampoco apreciaba ninguna diferencia con la anterior detonación.

—Porque lo que están viendo, aunque el polvo aún no les permita distinguirlo con claridad, ya no es un muro de granito. Estos bloques son de piedra caliza. Eso es muy significativo.

Tanto el coronel como Mr. Vyse observaron la pared que tenían justo delante. Era cierto que había perdido su tonalidad rosa, pero no podían estar seguros si era debido a la enorme cantidad de polvo que se había depositado sobre los escombros.

—Antes de continuar —dijo Mr. Perring—, necesitaré que los hombres del *janissary* Osman limpien toda esta zona de los restos de piedras de granito que hemos destrozado. Podrían ser peligrosas si continuamos con la pólvora. Sin duda, saldrían despedidas en dirección nuestra, pero también hacia el interior de la cavidad que vamos a encontrar. No podemos arriesgarnos a que causen ningún daño.

Aprovecharon para salir de la pirámide. A pesar del calor en el exterior, lo agradecieron. Ya llevaban más de dos horas en su interior, soportando un aire enrarecido y gran cantidad de polvo en suspensión.

Vyse dio las oportunas instrucciones para que todos los hombres que estaban trabajando en la segunda pirámide, bajo la dirección del *«reis»* Abd El Ardi, acudieran a la tercera. Fuera lo que fuese lo que ocultara ese muro, quería descubrirlo antes del anochecer.

El coronel Vyse aprovechó que disponían de un momento libre para tomar a Mr. Hill por el brazo y llevarlo aparte.

—¿Qué significa el papel que me ha dado cuando he entrado en la pirámide? Y sobre todo, ¿qué quiere decirme con su consejo? Por más que pienso, no logro comprenderlo.

—Supongo que un militar como usted no estará acostumbrado a ese tipo de notas. Describe una serie de hechos sucedidos en esta excavación y su destinatario era Thomas Barnes, editor del periódico inglés *The Times*.

—¿Quiere decir que van a publicar semejantes calumnias en *The Times*?

—Quiere decir que el autor de esa nota es lo que pretendía. Además, dudo mucho que *The Times* publique semejantes divagaciones de un aventurero italiano, por mucho prestigio que tenga en Egipto. Es un periódico demasiado tradicional para eso, pero no se extrañe que algún otro medio menos relevante lo haga. De hecho, me consta que la nota también está en poder de un corresponsal de Manchester y que la ha enviado para su publicación en la *Tait's Magazine* de Edimburgo. No tengo constancia si lo ha logrado.

—¡Caviglia desacredita al coronel Campbell! —exclamó Vyse—. ¿Cómo va a formar parte de una conspiración para extraer antigüedades de Egipto de manera ilegal? ¡Incluso se atribuye el descubrimiento de la *Wellington's Chamber*! El intento de perforación que hizo no le condujo a ningún lugar y él lo sabe perfectamente. Tuvimos que ser nosotros los que penetráramos por encima de la *Davidson's Chamber*. Usted lo sabe porque fue testigo de ello, nada más marcharse Caviglia de Guiza. ¡Cómo puede tener el atrevimiento de realizar esos comentarios! Además, aunque de paso, también me acusa a mí de falsificar jeroglíficos en la Gran Pirámide para ganar fama y dinero ¡Eso es una infundia! Y ya para terminar, afirma que el contrato con el pachá para esta exploración continúa estando a su nombre y que, por ello, no teníamos ningún derecho a despedirlo de su propia excavación.

—Es verdad que fui testigo de la entrada en la *Wellington's Chamber* y Caviglia ya no estaba en Guiza, pero le voy a ser sincero, como siempre. De la segunda parte no tengo ni idea, porque apenas he pisado la Gran Pirámide desde que penetramos en la tercera. A pesar de ello, dudo mucho que usted hiciera semejante cosa. ¿Para qué? No necesitaba falsificar jeroglíficos. Pero en cuanto a la primera, ¿por qué no? ¿No estaba buscando un cómplice de Caviglia para llevar a cabo el expolio de esta excavación? Si lo piensa bien, Campbell es el candidato perfecto. Es el cónsul general británico en Egipto y puede sacar del país lo que quiera, sin llamar la atención. Además, está muy bien relacionado en Londres, por lo que no le sería nada difícil vender las piezas a gente que pudiera pagarlas, porque forman parte de su círculo de amistades.

—Ese círculo también es el mío, por lo que, de forma indirecta, también me acusan a mí. ¿Cómo ha conseguido esta nota? Parece la original.

—A mí, por su descuidada redacción, me parece más un primer borrador. ¿No reconoce la caligrafía?

Vyse se quedó mirando con más detenimiento aquella nota. Le había prestado toda su atención al contenido, pero no al continente.

—¡Esto lo ha escrito Caviglia! —exclamó Vyse—. Es el mismo estilo de escritura que aparecía en el diario de la excavación durante los dos primeros meses que estuvo sin mí.

—Sí, Caviglia es el autor, pero eso no es lo más importante. Esta nota me la ha entregado un «amigo» que trabaja en el consulado británico.

Howard Vyse, cada vez, comprendía menos la situación.

—¿Qué interés podría tener el coronel Campbell en que se publique semejante mentira? Seguro que sería llamado a consultas a Londres y, aunque demostrara su falsedad, le causaría bastantes problemas.

—¿No se ha planteado una cuestión? —preguntó Mr. Hill, con toda la intención—. ¿Y si no es mentira? Es un secreto a voces que determinadas familias inglesas están adquiriendo valiosas antigüedades egipcias. ¿Quién está a cargo de la excavación ahora mismo? Usted, el que se hace llamar Sloane y el coronel Campbell. Los tres firmantes del acuerdo con el pachá.

—¿Qué quiere decir con ello? Sigo sin comprenderlo.

—Quizá sea una simple venganza de Caviglia contra su socio en sus lucrativas actividades clandestinas, el coronel Campbell, por no evitar su despido de la excavación. Es una posibilidad, pero no creo que sea la verdad. ¿Qué estúpido intentaría enviar una nota como esa con su propia y reconocible caligrafía? Inmediatamente sería considerado sospechoso. Él ha dirigido esta excavación durante los años anteriores. Es como tirar una piedra sin esconder la mano. Pero, si lo piensa bien, existe otra posibilidad. ¿Y si el verdadero autor de esa nota no es Caviglia sino el propio Campbell?

—¡Menuda estupidez! —exclamó el coronel Vyse—. ¿Para qué autoinculparse?

—Reflexione un poco. Campbell estaría empleando la misma técnica que usted está utilizando con las pirámides y la pólvora. Las voladuras controladas. Si se sabe vigilado, sacando a la luz esta nota y añadiendo unos increíbles comentarios acerca de una supuesta falsificación de jeroglíficos que usted mismo dibujó encima de la *Wellington's Chamber,* ya no se trataría tan solo de él. Aprovecharía la disparatada teoría de la falsificación para desacreditar la acusación sobre su persona. Lo dicho, una voladura controlada. Dejaría de estar en la lista de sospechosos en el tema de la exportación ilegal de antigüedades.

—Buen intento, Mr. Hill, pero su teoría tiene dos grandes fallos. La primera es que conozco muchos años al coronel Campbell. Es una figura muy respetada en Inglaterra e, incluso en el supuesto de que fuera cierta su participación en esa confabulación, nadie sospecharía de él. O sea, no necesita ninguna «voladura controlada», Y en segundo lugar, ¿entonces quién me colocó el escorpión en mi cama? Si no fue Caviglia, tampoco pudo ser el coronel Campbell. Él era el único de los cuatro que tenemos nuestra tienda de campaña en la zona «D» del campamento que no estaba en Guiza.

—Bueno, también existe otra posibilidad. ¿Y Sloane? También cumple de sobra con las condiciones de candidato perfecto. Al fin y al cabo, ya sabe que no es quién dice ser. Él sí que estaba en Guiza.

—¡Me quiere volver loco! —exclamó Vyse, echándose las manos a la cabeza.

—Todo lo contrario —le respondió Mr. Hill con absoluta tranquilidad—. Tan solo le estoy abriendo la mente a posibilidades que ni siquiera se había planteado. Tanto Campbell como el llamado Sloane tenían más razones que un simple soldado o que el *janissary* Selim para querer asustarlo.

—¿Y la alusión a que el contrato para la excavación del conjunto de Guiza sigue estando a su nombre? Tenía entendido que había renunciado al suyo previo, por eso Campbell, Sloane y yo firmamos uno nuevo.

—Con eso no le puedo ayudar. Ya sabe que yo no formé parte de esas negociaciones, pero siempre puede salir de dudas preguntándole directamente al coronel Campbell.

Vyse se quedó pensativo.

—Ahora comprendo su consejo.

—En esta excavación, quizá nada sea lo que parezca, ¿verdad? Hay que tener mucho cuidado con las falsas apariencias.

—Pero *The Times* no se atreverá a publicar eso, ¿verdad?

—Lo que está claro es que alguien lo está intentando, pero ya le he dicho que lo dudo mucho. ¿Le parece Caviglia su mejor candidato para relacionarse con el editor Thomas Barnes? No creo ni siquiera que tenga acceso a él, sin embargo, Campbell y Sloane probablemente hasta lo conozcan en persona. En fin, mi única intención con todo esto era que fuera consciente de que dispone de todas las piezas delante de usted. El hecho de encajarlas cada una en su lugar, eso ya es cosa suya. Simplemente quería que estuviera advertido.

En ese preciso instante, escucharon gritos procedentes de la entrada a la tercera pirámide. Vieron al *janissary* Osman hacer ostensibles gestos con sus manos en dirección a ellos.

Mr. Hill y el coronel Vyse interrumpieron de inmediato su conversación y marcharon hacia el interior de la pirámide, casi a la carrera.

Llegaron a la zona que había volado Mr. Perring. Él ya se encontraba allí, con sus dos ayudantes canteros. Parecía que estaban dialogando acerca de cómo colocar otras cargas explosivas. La zona ya se encontraba libre de escombros.

—En esta ocasión, vamos a emplear menos pólvora. Aunque no pueda estar seguro del todo, creo que detrás de estos bloques de piedra caliza hay una cámara. No quisiera dañar su contenido.

Vyse y Hill asintieron con la cabeza.

Todos repitieron el procedimiento que ya habían hecho en las dos ocasiones anteriores. Mr. Perring encendió la mecha y escucharon dos detonaciones simultáneas.

—¡Esperen! —exclamó Mr. Perring, cuando observó a Vyse y Hill que se disponían a correr—. Antes tengo que comprobar que la zona es segura.

—Tiene diez segundos —respondió un ansioso Vyse, viendo como el ingeniero se adentraba en la polvareda que habían causado las explosiones.

Al momento, vieron cómo les hacía un gesto con la mano.

Vyse y Hill se lanzaron al encuentro de Mr. Perring.

Su sorpresa fue mayúscula.

Aquello no se lo esperaban.

## 33 ANTIGUO EGIPTO, MENFIS

—Shepseskaf, ¿estás despierto?

El visir comenzó a abrir los ojos. Todavía se encontraba algo aturdido, pero ya había desaparecido el mareo.

—¿Quién eres? ¿Dónde estoy? ¿Qué hora es?

—Demasiadas preguntas para llevar consciente apenas unos segundos. Tómate algo más de tiempo.

—¡Nikanebti!

—Sí, soy yo. Tranquilo, estás a salvo.

—¿A salvo de qué o de quién? —preguntó, intentando incorporarse sin conseguirlo.

—Ya no te encuentras en el *Templo de Ptah*. Userkaf te ha traído hace apenas tres horas.

—Entonces, ¿ya ha amanecido?

—Lo acaba de hacer apenas hace unos minutos.

—¡Tengo que salir de aquí de inmediato! —exclamó, mientras intentaba incorporarse de nuevo, esta vez con éxito.

—No puedes.

—¿Y quién me lo va a impedir? ¿Acaso tú o el *Sacerdocio Secreto de Anubis*, al que perteneces? Siempre fuiste mi principal sospechosa, pero Menkaure me dijo que su hija, que es mi actual esposa, Khentkaus, lo había descartado, aunque nunca me explicaron sus motivos.

—No te voy a negar mi pertenencia al sacerdocio. A estas alturas, además de estúpido, sería una pérdida de tiempo.

—¡Qué idiota que he sido! El mundo al revés. Resulta que los que creía amigos y aliados del faraón Menkaure eran miembros del *Sacerdocio Secreto de Anubis* y los que creía enemigos, Sahu y Nikaure, siempre han estado a su lado. Supongo que Userkaf también será miembro, si me encuentro retenido en el *Templo de Neith*, su morada.

—No estás retenido. Yo tan solo te he dicho que no te puedes marchar.

—¿Y qué diferencia hay?

—Es un pequeño pero significativo matiz. Retenido significa impedir que algo o alguien se marche. Yo no puedo impedir que lo hagas. No estás atado y con un simple manotazo me estamparías contra la pared.

—Entonces, ¿por qué me dices que no puedo salir? Si ya ha amanecido, ¿sabes lo que estará a punto de suceder?

—¿Qué saldrá el sol?

—No te hagas la graciosa. Antes de intentar entrar en el *Templo de Ptah*, hice una visita a la fortaleza del ejército. Informé al infante de mayor rango acerca de mi destino. Le di órdenes precisas de que, si antes del amanecer no volvía sano y salvo, que entraran en el *Templo del Dios Ptah*, incluso, si era necesario, empleando la fuerza. Debo revocar esas instrucciones lo antes posible.

—¿Por qué? —preguntó Nikanebti, que parecía divertida.

—¿Y me lo preguntas precisamente tú, que eres la suma sacerdotisa de Hathor? ¿Alguna vez han entrado en tu templo los soldados del ejército por la fuerza?

—Ni en el mío ni en ningún otro de Egipto. Si eso es lo que va a suceder en un instante, pasarás a la historia por ser el primer visir que ordena algo semejante.

—¿No crees que debería detenerlo de inmediato?

—No.

En ese momento, entró en la estancia Userkaf.

—Veo que ya te encuentras mejor. Me alegro —dijo.

—La que parece que no se encuentra bien es Nikanebti. La debería ver un médico de inmediato. Por cierto, ¿qué es eso de que no estoy retenido. pero, al mismo tiempo, no me puedo marchar? A ver si aciertas a explicármelo mejor que tu compañera, que no la he entendido.

—Apenas media hora antes de amanecer, Sahu ha hecho pública la muerte del faraón Menkaure por causas naturales. Los sacerdotes médicos de su templo así lo han certificado.

—¿Qué? Eso no me lo esperaba. ¿Tan rápido?

—Sahu no es idiota. Sabía que habías ordenado buscar al faraón por todo Menfis y también debió suponer que avisarías al ejército acerca de tus sospechas de que se encontraba en el interior del *Templo de Ptah*. Con el rápido anuncio de su muerte, ha conseguido desactivar tus planes. Ahora, el ejército ya no puede entrar en el *Templo de Ptah*, porque se han iniciado las labores sagradas sobre el cuerpo de Menkaure. Se consideraría un auténtico sacrilegio, ya que existe un claro procedimiento establecido, en manos de los sacerdotes, no de los visires. En estos casos, ni siquiera la orden directa de un visir vale más que la voluntad de los dioses. ¿No me negarás la genialidad de Sahu y que lo tenía todo previsto?

Shepseskaf había comprendido todo perfectamente y estaba abatido. Ahora, ya no tenía forma de saber si la muerte de Menkaure había sido por causas naturales o ajenas a su voluntad. Al recordar el fallecimiento de su amigo, no pudo evitar sentir una inmensa pena. Ni siquiera se pudieron despedir en vida. De repente, recordó la nota que le había escrito Menkaure. La había guardado en un bolsillo de su túnica, pero se palpó y allí no estaba.

—Yo tampoco me pude despedir de él —dijo Userkaf, leyendo los pensamientos de Shepseskaf—, pero también me dejó una nota, como a ti.

—No me importa tu nota. Quiero que me devolváis la mía para poder leerla.

—Antes de eso, creo que te debemos una explicación.

—No me debéis nada. Ya llegará el día en que vuestras almas se presenten al Juicio de Osiris y sean devoradas por la espantosa criatura, *Ammyt*. No habrá otra vida para vosotros, los traidores.

Userkaf no le respondió, pero le entregó un papiro que ya había sido desatado y desenrollado. Shepseskaf lo abrió a toda prisa, pero no iba destinado a él. Era la nota de despedida de Menkaure para Userkaf. Era bastante breve y lo leyó rápidamente. Le agradecía los años de amistad que le había brindado y se despedía de él hasta reencontrarse en la otra vida. Al final, la última frase le resultó curiosa. *«Cuida de Shepseskaf, que lo necesitará».*

—¿Para qué príncipe de Egipto trabajáis? ¿Quién quiere el *Sacerdocio Secreto de Anubis* que sea el próximo faraón?

—No tengo ni idea. Yo no tengo nada que ver con eso —le respondió Userkaf.

—Pero Nikanebti sí y está claro que trabajáis juntos.

—Nikanebti está en este templo en su calidad de suma sacerdotisa de Hathor, nada más.

—Así es —intervino ahora Nikanebti—. Userkaf no pertenece al sacerdocio. Eso es cosa exclusivamente mía.

—¿Y por qué no me permitís abandonar este templo, aunque no esté retenido?

—Esa es otra cuestión. Quizá debas leer la carta de despedida que te dejó Menkaure. Es posible que puedas encontrar ciertas respuestas en ella —le contestó Userkaf, entregándole otro papiro.

—¿Acaso te has atrevido a leerlo? — Shepseskaf parecía enfadado.

—No. Como verás, está intacto. Son las últimas notas de Menkaure para ti. Yo ya leí las mías y tu también lo acabas de hacer.

—¿Os importa dejarme solo? Comprended que es un momento muy personal.

—Claro —asintieron tanto Userkaf como Nikanebti, abandonando la estancia.

Shepseskaf desató el papiro. lo desenrolló y lo extendió en la pequeña mesa que tenía a su lado.

Era mucho más extenso que el destinado a Userkaf. Lo leyó una primera vez, de un tirón. Después una segunda y hasta una tercera.

Cuando terminó, levanto la vista. Su mirada reflejaba una profunda perplejidad.

Aquello no era una nota de despedida.

## 34 GUIZA, EGIPTO, 1 DE AGOSTO DE 1837

—¡Coronel, Mr. Hill requiere su presencia con urgencia en la tercera pirámide!

La última vez que parecía que habían hallado algo en la tercera pirámide, todo había terminado en un tremendo fracaso. Habían descubierto una pequeña cámara, pero sin ningún contenido ni salida alguna. Se trataba de un acceso falso para confundir a los saqueadores. Vyse se había enfadado mucho y, para compensar su frustración, se había vuelto a centrar en la Gran Pirámide, aunque sin olvidarse de Menkaure.

Allí sí que había hecho grandes progresos en las cámaras de sustentación por encima de la sala funeraria del faraón. Ya había volado con pólvora la primera de ellas, la llamada *Davidson's Chamber*, en honor a su descubridor, Nathaniel Davidson, en 1783. Por un pequeño agujero había accedido a la llamada *Wellington's Chamber*, la segunda. El único hecho destacable era que los techos estaban perfectamente pulidos, probablemente para retener menos polvo, sin embargo, a medida que iban volando con pólvora los accesos a las zonas superiores, los materiales de construcción eran más pobres. Los muros norte y sur seguían siendo de granito, pero tanto los techos como los muros oriental y occidental eran de bloques de piedra caliza, al igual que en la parte superior. Encontraron inscripciones jeroglíficas en sus muros, que fueron copiadas y enviadas al El Cairo, al mismo tiempo que pequeñas estatuas de basalto. Mr. Perring se fijó en las marcas que presentaban algunos bloques de piedra, ya que, para su sorpresa, las había visto también en las otras pirámides. Parecían marcas de los maestros canteros que habían construido las pirámides, pero necesitaba más información por si se trataba de alguna indicación secreta.

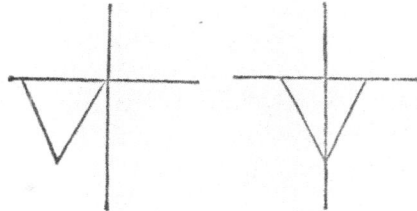

También había conseguido penetrar en la llamada *Nelson's Chamber*, por encima de la *Wellington's Chamber*. Las esperanzas del coronel Vyse eran, aparte de las cámaras de sustentación, encontrar algún tipo de pasaje o apartamento secreto, pero no fue así. La cámara seguía el mismo patrón que las anteriores.

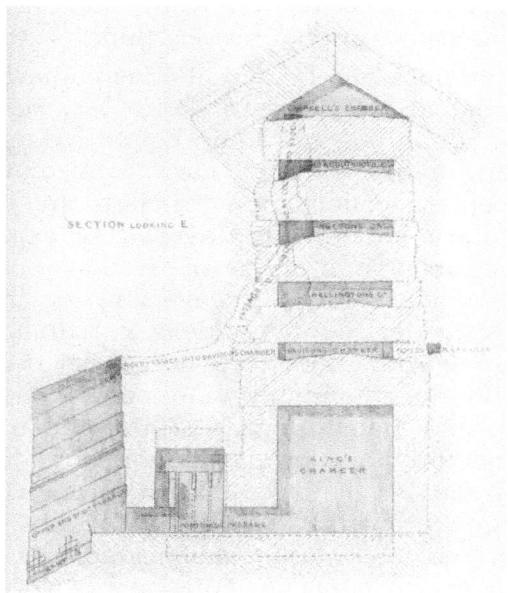

Estando de visita en Guiza Sir Robert Arbuthnot, su esposa, *Lady* Arbuthnot y el hermano de esta última, Mr. Fitzgerald, que era oficial de la *Armada Británica*, Vyse consiguió acceder a la cuarta de las cámaras de descarga. Debido a la visita de cortesía de sus amigos británicos, Vyse consideró llamar a esta nueva cámara *Lady Arbuthnot's Chamber*. Tampoco efectuaron grandes descubrimientos en ella, pero la forma peculiar de colocación de sus bloques de piedra les dio una idea muy aproximada del gran trabajo de ingeniería que supuso la construcción de aquellas cámaras de sustentación. Mr. Perring estaba asombrado acerca de los conocimientos de aquella cultura, que fueron capaces de idear sistemas arquitectónicos que, hoy en día, se considerarían complejos.

Aún pudieron acceder a la que era la última de las cinco cámaras de sustentación. En este caso, le pusieron el nombre de *Campbell's Chamber*, en honor al coronel Campbell. Su propósito era el mismo de las anteriores, aunque, en este caso, dada la forma de su techo. Vyse supuso que se trataba de la última y que ya no había nada más que descubrir por encima de ella.

Durante estos meses, Vyse había visitado El Cairo en varias ocasiones. Las palabras de Mr. Hill le habían preocupado y creía que debía de comprobar su veracidad.

Visitó al coronel Campbell en el consulado. Le atendió con mucha amabilidad y le confirmó que Mr. Hill tenía razón. Caviglia no se había marchado de Egipto todavía, a pesar del acuerdo al que habían llegado. Para la absoluta sorpresa de Vyse, Campbell le reconoció que era cierto que el contrato con el pachá estaba a nombre de Caviglia. Le explicó el motivo. Caviglia era el encargado de la supervisión y contratación de todos los trabajadores de la excavación, y para poder tener acceso a los jeques de las aldeas cercanas para que le proveyeran de esa mano de obra necesaria, necesitaba poder esgrimir algún documento firmado por el pachá. De todas formas, el pachá había llegado a un acuerdo verbal con Campbell y siempre honraba su palabra. Cuando le informó de la destitución de Caviglia de la excavación de Guiza, el pachá no puso ningún problema. Su palabra estaba por encima de esos detalles. Vyse no se quedó demasiado convencido con esa explicación, pero no conocía al pachá y tuvo que aceptarla. También era cierto que Caviglia había intentado valerse de su amistad con el pachá para regresar a Guiza, pero Campbell se lo había impedido y le había echado en cara el acuerdo al que habían llegado entre ellos. Caviglia dijo que honraría su palabra, pero que aún se encontraba con fuerzas y ganas para excavar, a pesar de sus casi 68 años. De todas maneras, le convenció para que se marchara de El Cairo y se quedara en Alejandría. A Campbell le constaba que aún seguía en

Alejandría, pero el cónsul británico no tenía poderes para expulsar a un ciudadano italiano de suelo egipcio, y consideró que no era conveniente acudir al pachá. Caviglia y él mantenían buenas relaciones y no quería complicar el asunto más.

En cuanto a la nota para el periódico *The Times*, conocía los intentos para su publicación en Londres, pero le había mandado a su vez otra nota a Thomas Barnes, su editor, para que no publicara nada al respecto. En esa nota le advertía de que, si se atrevía a publicar ese libelo, acudiría a los tribunales en defensa de su honor. Parecía que la amenaza había surgido efecto, ya que nada se había publicado en ese periódico. Vyse le informó que quizá *The Times* no la publicara, pero algún medio de comunicación de menor relevancia podría hacerlo. Campbell sonrió y le confirmó que eso ya había sucedido y que la repercusión había sido prácticamente nula. A pesar de todo ello, el coronel Campbell tenía sus dudas acerca de la autoría de Caviglia. Vyse le había preguntado si tenía otro sospechoso, a lo que el coronel le dijo que se acabaría enterando, ya que lo estaba investigando.

En cuanto a la excavación, Vyse había terminado por hacer caso a Mr. Hill y había despedido a Giachino, el antiguo capataz de Caviglia. También había acudido a las poblaciones cercanas a Guiza, para hablar con sus jeques locales y conseguir mano de obra cualificada. No quería emplear a mujeres y niños, no solo porque no eran eficientes sino porque ya habían muerto unos cuantos. Prometió doblar la paga a todos los trabajadores varones adultos y subir a tres piastras diarias el salario de los *janissaries*, *reis* y capataces occidentales. Entre estos tres grupos, ya contaba con once personas, lo que le había permitido dedicar más recursos a la tercera pirámide.

La tercera.

Había sido el objeto de su atención preferente, pero no habían logrado demasiado. La cámara que descubrieron en el mes de abril no conducía a ningún sitio. Vyse se convenció de que la cámara mortuoria de Menkaure quizá estuviera situada en el centro de la pirámide, como en el caso de la de Khufu. Por ello, ordenó a dos *janissaries*, Osman y Achmet, ayudados por Mr. Perring y sus canteros, que crearan, con la ayuda de la pólvora, un pasaje artificial que, desde la cara norte, los llevara al mismo centro de la pirámide. Había empleado una ingente cantidad de recursos para no descubrir nada. Estaba claro que en el centro no se encontraba la cámara mortuoria. Tuvo que volver a sus orígenes y ordenó que fuera limpiada en su totalidad por la parte exterior, en busca de otra entrada.

A finales del siglo XII, un hijo de Saladino, el primer sultán de Egipto, se le ocurrió la idea de demoler las pirámides comenzando por la más pequeña de las tres grandes del conjunto de Guiza. Su idea era aprovechar los fabulosos bloques de piedra caliza para otras construcciones. Durante ocho meses persistieron en su labor, pero se vieron obligados a abandonar. Cada bloque pesaba más de dos toneladas y pronto se dieron cuenta de que eran muy difíciles de manejar, hasta el punto de que los accidentes y las caídas de las enormes piedras eran habituales. En este último caso, casi les resultaba más costoso extraer esas enormes moles de la arena del desierto que de la propia pirámide. Lo único que consiguieron fue dañar su exterior, produciéndole a la pirámide una especie de cicatriz vertical.

Bueno, lo único no.

Con las piedras cayendo sobre la base de la pirámide, que ya se encontraba medio enterrada por la arena del desierto, lo que consiguieron fue sepultar aún más la pirámide por su cara norte.

Todos los arqueólogos occidentales habían fracasado en sus intentos de localizar la entrada a esta pirámide. El principal motivo fue precisamente el hijo de Saladino. Al cubrir con un manto de escombros la cara norte de la pirámide, consiguió ocultar la gran sorpresa, pero los esfuerzos de Howard Vyse parecieron tener su recompensa.

Una vez retirada la arena y los fragmentos de los bloques de granito que no permitían ver la base de la pirámide, se encontraron con esa gran sorpresa.

La verdadera entrada a la tercera pirámide.

Aunque la habían descubierto hacía apenas cuatro días, aún les quedaba otro problema. Su acceso estaba completamente cegado por arena, escombros y, sobre todo, por grandes piedras de granito. No tenía ni idea si procedían de los desprendimientos de la parte superior o habían sido colocados allí de forma intencionada, para camuflar e impedir la entrada por aquella galería.

Vyse ordenó que se trabajara en aquella zona en turnos continuos, de día y de noche. Les costó gran esfuerzo retirar esas moles, pero una vez quitadas de en medio, el resto era arena y escombros fáciles de limpiar. Una vez hecho, la entrada daba acceso a un pasaje descendente de generosas proporciones. Nada que ver con las estrechas galerías que se habían encontrado hasta ahora.

Todavía se encontraban en esa fase, intentando avanzar a base de quitar la gran cantidad de escombros que impedían ver dónde terminaba ese pasaje descendente. Existía cierta euforia en Mr. Hill y Mr. Perring, ya que este último había medido el grado de inclinación de la galería y era exactamente de 27 grados, idéntica pendiente al pasaje que conducía a la cámara mortuoria de la segunda pirámide, la llamada *Belzoni's Chamber*.

El coronel Vyse salió de sus pensamientos y vio, enfrente de él, a Goodman, uno de los capataces ingleses que trabajaba en Guiza, junto con Jack.

—¿No piensa venir? —le preguntó—. Parece que han encontrado algo importante.

—Sí, claro —respondió Vyse, que no compartía el entusiasmo de sus colegas, ya que, en demasiadas ocasiones anteriores, también parecía que habían descubierto «algo importante» y luego no conducía a ningún lugar.

Goodman acompañó al coronel hasta la entrada de la tercera pirámide.

—¿No entra conmigo? —preguntó extrañado Vyse.

—No, señor. Mr. Perring ha dado instrucciones de que abandonen la galería todos los trabajadores excepto él mismo, Mr. Hill, el *janissary* Achmet y el *reis* Abd El Ardi.

«Esas instrucciones tan solo las daría Mr. Perring si realmente se han encontrado con algo importante», pensó Vyse, que pareció contagiarse del entusiasmo.

De inmediato penetró en la galería, que estaba iluminada por unas antorchas. Era larga y su suelo muy irregular, por lo que le llevó un rato divisar la silueta del *reis*.

Cuando se encontraron, se limitó a señalar al coronel en una dirección. La galería ya no era tal. Enfrente de él, podía observar una gran cámara. Entró de inmediato en ella.

—¿Dónde estamos?

—Ante las mismísimas puertas del cielo —le respondió Mr. Hill.

## 35 EXPEDICIÓN HEBREA A GUIZA, IMPERIO ROMANO

—¡Por fin! —exclamó Jacobo—. Un día más y creo que desfallezco.

—Lo importante es que lo hemos logrado. Han sido tres semanas muy duras de viaje, pero creo que lo que tenemos delante de nosotros compensa las penurias que hemos pasado —respondió Simón.

—No cantes victoria todavía —intervino José, el tercer miembro de la expedición—. Deja las celebraciones para cuando regresemos a casa.

Se sentaron a descansar, con la vista puesta en las tres pirámides de Guiza. Como había comentado Simón, el viaje había sido toda una aventura. Desde su hogar hasta Aqaba había sido la parte sencilla, pero atravesar la zona montañosa de la península del Sinaí y cruzar el desierto oriental de Egipto había supuesto un auténtico desafío, sobre todo para tres judíos no acostumbrados a este tipo de trayectos tan duros.

—Os confieso que pensaba que no llegaríamos hasta aquí. Siempre me pareció un viaje descabellado —dijo Jacobo.

—Sabes que era nuestro deber —le recordó Simón.

—Eso es lo que repetía nuestra madre sin parar. Nunca quise llevarle la contraria, ya que todos vivíamos un momento muy delicado, pero os confieso que, todavía ahora, después de reflexionar durante las tres semanas del viaje, sigo sin comprender qué hacemos aquí —insistió Jacobo.

—Hay determinadas cosas a las que no hay que buscarle explicación. Simplemente están más allá de nuestro entendimiento.

—Es lo único que me dio fuerzas durante el viaje.

Durante un instante, se hizo el silencio entre los tres.

—Son impresionantes. Nuestra madre tenía razón, y eso que no las había visto en persona. Tan solo su hermana le había hablado de ellas —dijo José, al cabo de un par de minutos.

—Es cierto. Parecen construcciones destinadas a la eternidad. Por mucho que te cuenten de ellas, hasta que no las ves, no te haces una idea de su grandiosidad. Parecen trascender mucho más allá de nuestro mundo —comentó Jacobo.

—Por eso precisamente estamos aquí —dijo Simón.

Se quedaron mirándose. Llevaban tres semanas de angustia y ya no pudieron aguantarse más. Se echaron a llorar y se unieron en un prolongado abrazo.

—Ahora, vayamos a completar nuestra misión —dijo José, separándose de sus tres hermanos—. Tan solo hemos llegado, pero sabéis que nos queda la parte más importante.

Todos asintieron con sus cabezas.

Sabían perfectamente lo que tenían que hacer. Se dirigieron a la más pequeña de las tres grandes pirámides. Encontraron una calzada de piedras que conducía a su entrada, en la cara norte.

—¿Habéis visto? —dijo Jacobo.

—Sabíamos que no iba a ser sencillo. Después de miles de años, ¿no esperarías una entrada despejada?

—No, pero tampoco tan obstruida. Se supone que por aquí han pasado muchas personas antes que nosotros.

—Tampoco hemos de abrir todo el pasaje, tan solo retirar los escombros suficientes para poder acceder. La galería es amplia y cabremos por su parte superior —Simón puso el tono de cordura.

—Cuando antes empecemos, antes podremos volver a casa con nuestra madre. En estas circunstancias, a pesar de que nuestro cuarto hermano se ha quedado para protegerla, creo que no están seguros —dijo Jacobo, preocupado.

—Así es —confirmó José—. Comencemos a quitar los escombros de la parte superior de la galería.

Así estuvieron durante tres días y tres noches, apenas durmiendo y descansando por turnos. A medida que avanzaban por la galería, el trabajo se hacía más duro.

Hasta que sucedió.

—¡Mira! —le dijo Jacobo a su hermano Simón.

De forma brusca, los escombros que taponaban toda la galería parecían desaparecer.

—¿Qué significa esto? Parece un milagro.

—No, parece una cámara. Sus proporciones son mucho más grandes que la galería de entrada, por eso nos ha dado la impresión de que los escombros hayan desaparecido, pero no es así. Lo único que han hecho es extenderse por un espacio más grande. Por eso ahora nos podemos mover con más libertad —le explicó Jacobo.

Ambos pudieron ponerse en pie, por primera vez desde que penetraron en la pirámide.

—Aquí no parece haber nada.

—Mira la pared. Esos signos rojos no son escritura jeroglífica. Ya sabíamos que no éramos los primeros en entrar. No debe sorprendernos.

—Pero, ¿es aquí?

—No parece. Me temo que deberemos seguir quitando escombros, pero esta vez del suelo. Ni en el techo ni en las paredes se observa ningún pasaje que continúe. No creo que este sea el final.

—Voy a avisar a José —dijo Simón, mientras abandonaba aquella cámara.

Jacobo se quedó mirando a su alrededor.

«Está claro que nos encontramos en un espacio importante dentro de la pirámide, pero no es la cámara mortuoria. Podría ser su antecámara. Si yo fuera el faraón, ¿hacia dónde continuaría?», pensó Jacobo a toda prisa.

De inmediato le vino la respuesta a la cabeza. «¡Por supuesto!».

Mientras tanto, Simón ya había vuelto con José y entraron en la antecámara.

Allí no había nadie.

—¡Jacobo! —gritaron a la vez.

Nadie respondió.

Simón observó en una esquina lo que parecía una especie de ataúd de madera en bastante mal estado de conservación.

—¡Mira! —le dijo a su hermano.

—Sí, ya lo veo. Parecen los restos de un faraón.

—¡Pero antes no estaban ahí! —le respondió Simón, mientras se abalanzaba sobre ellos.

Tomó el ataúd de madera entre sus manos. No pesaba demasiado. A pesar de su estado de conservación, se podía observar, tallada sobre la madera, un conjunto de jeroglíficos. Para ellos era como una escritura mágica, quizá proveniente de los propios dioses.

De repente, el suelo pareció desaparecer y cayó desde una altura de varios metros hasta golpearse la cabeza. Para empeorar las cosas, el ataúd de madera cayó sobre él, afortunadamente sin romperse más de lo que ya estaba.

—¿Te encuentras bien? —escuchó decir a su hermano Jacobo.

—¿Dónde estamos? ¿Qué es esto? —le respondió, medio aturdido, mientras miraba a su alrededor.

—¿Hace falta que te conteste?

—¡José! —gritó Simón—. Ten cuidado y acércate al último lugar que me has visto.

Así lo hizo. Con la ayuda de sus dos hermanos, José pudo acceder a la misma cámara con seguridad.

Sin ninguna duda, los tres habían penetrado hasta las mismísimas entrañas de aquella misteriosa pirámide. Se encontraban en la cámara mortuoria del faraón.

—Ahora terminemos nuestra misión y regresemos a casa —dijo Jacobo.

Los tres se arrodillaron ante el poder de la unión de lo divino y de lo humano.

Su madre había tenido razón desde el principio.

Aquello era el verdadero camino hacia la eternidad.

—¿Os dais cuenta de nuestra insignificancia? Está cámara es la mejor prueba de ello. Es la verdadera puerta del cielo —dijo Simón.

Lloraron con todas sus fuerzas.

## 36 ANTIGUO EGIPTO, TEMPLO FUNERARIO DEL VALLE, GUIZA

—¿Comenzamos ya?

—Sí, ya hemos esperado lo suficiente.

La repentina muerte del faraón Menkaure había pillado por sorpresa a todo Egipto. No era un anciano y aún le podían quedar muchos años de vida, pero los dioses eran los dueños del destino y así lo habían querido, llamándolo a su lado quizá antes de su hora. Por ello, la pirámide de Menkaure aún no estaba terminada de construir, pero sí los templos anexos a ella. En vida, el faraón siempre había manifestado el deseo que la preparación para su tránsito a la vida eterna se realizara en el *Templo del Valle* de Guiza, y no en el *Templo de Anubis* en Menfis. Por ello, habían subido el cuerpo de Menkaure a su barca solar y había hecho el recorrido fluvial desde Menfis a Guiza, acompañado de multitud de personas.

El pueblo estaba triste de verdad. Menkaure había sido un gran faraón que había impulsado medidas para que los miembros de la clase humilde tuvieran acceso a determinadas celebraciones y cultos. Anteriormente, el pueblo llano tan solo podía asistir a determinados actos, dos o tres al año como mucho, y siempre relacionados con su deidad local o celebraciones en agradecimiento por buenas cosechas. Ahora, tenían acceso incluso a las ceremonias funerarias, que antes estaban reservadas tan solo a las clases altas de la sociedad. Y no solo eso, también Egipto estaba viviendo una época de prosperidad y Menkaure la había aprovechado para bajar los impuestos. La gente vivía mejor y más alegre.

Sin embargo, ahora existía una gran incertidumbre. Menkaure había tenido dos hijos de su primera esposa, la reina Khamerernebty II. Su primogénito era el príncipe Khuenre. Se le suponía su sucesor natural al trono de Egipto, pero él ya había manifestado que no estaba interesado en ser faraón. Era el jefe del ejército en el Alto Egipto y la vida militar era lo suyo. La segunda hija era la princesa Khentkaus. También había tenido un hijo con su nueva esposa, la reina Rekhetre, llamado Sekhemre, pero tenía poco más de cuatro años.

La incertidumbre y la expectación por conocer la identidad del nuevo faraón era máxima. Corrían rumores que incluso el visir del Alto Egipto y hermano del faraón, Nikaure, podría postularse. También sonaban otros nombres como su también hermano, el príncipe Sekhemkare, ya que era más joven que Nikaure y gozaba de buenas relaciones en la corte real.

Por ello, se estaba produciendo un hecho insólito. Habían trasladado el cuerpo de Menkaure hasta Guiza para preparar su tránsito a la vida eterna y no estaba presente el nuevo faraón de Egipto, como era lo normal en este tipo de celebraciones.

De repente, empezó a sonar la música. Las bailarinas entraron en escena y los sacerdotes del *Templo de Ptah* iniciaron el traslado del cuerpo sin vida del faraón desde su barca solar hasta la explanada del *Templo del Valle* de su pirámide. Lo colocaron sobre una gran piedra, a modo de altar, al mismo tiempo que recitaban oraciones y esparcían a su alrededor incienso.

Khentkaus estaba desolada. Su padre, el faraón Menkaure, acababa de fallecer. Simplemente por ello ya se justificarían sus lágrimas, pero había algo más. Estaba sentada en primera fila, como hija de Menkaure, junto con la corte real en orden de cercanía con el faraón y el resto de los funcionarios civiles, también por orden de importancia. Entre el poder civil, los primeros eran los visires.

«¡Los visires!», pensó muy preocupada Khentkaus. Estaba como ausente. Todo había sucedido muy rápido y no se había hecho a la idea. Miró a su izquierda y vio sentado junto a ella a Nikaure, en su calidad de visir. Ni lo había advertido.

—¿Dónde está mi esposo? —le preguntó Khentkaus.

Nikaure le miró de una manera extraña.

—¿Y me lo preguntas tú? Se supone que debería estar sentado a tu lado, pero no ha acudido a esta ceremonia. Es algo insólito. Además, la decisión de tu padre de abrir este tipo de ceremonias al pueblo ha agravado la situación. Ahora, todo el mundo está mirando su asiento vacío y se estará preguntando cómo puede ser que el visir el Bajo Egipto no esté presente en esta ceremonia. Eso no es nada bueno.

—¿No te has enterado? Supongo que, si acabas de llegar a Menfis y te has trasladado a Guiza de inmediato, no estarás al día. Shepseskaf hace dos días que no aparece por casa.

—¿Qué quieres decir con eso?

—Me parece elemental. Que ha desaparecido. Nadie parece haberlo visto. ¿Sabes algo de él?

—No conocía el asunto de su desaparición, lo siento —le respondió Nikaure, con rostro de extrañeza.

—No puede desaparecer así como así. Se supone que tú eres el otro visir de Egipto. En ausencia de Shepseskaf, de hecho, eres el único. ¿Cómo no puedes tener ninguna información?

—Acabo de llegar justo para esta ceremonia. Como comprenderás, me estoy enterando ahora de que Shepseskaf lleva dos días sin acudir a su casa. Perdona mi intromisión, pero ¿tenías problemas entre vosotros?

—¡Imbécil! —exclamó Khentkaus, muy enfadada—. Lo que te quiero decir es que la noche que falleció el faraón, mi padre, se disponía a buscarlo en el *Templo de Ptah*, con la ayuda del sacerdote Userkaf. Lo sé porque, antes de marchar hacia allí, pasó por casa y me lo dijo. Me resulta sospechoso que, desde entonces, no sepa nada de él.

—Entonces, ¿por qué no le preguntas directamente a Userkaf? Si acudió con él al *Templo de Ptah*, igual conoce su paradero.

—¿Me tomas por tonta? Ayer por la mañana es lo primero que hice. Acudí al *Templo de Neith*, pero Userkaf me dijo que, aquella noche, no consiguieron entrar en el *Templo de Ptah* y que cada uno volvió a su casa. Bueno, él sí lo hizo a su templo, pero mi esposo no a nuestro palacio.

—Eso que me cuentas es muy curioso.

—¿Por qué dices eso?

—¿No sabes dónde encontraron el cuerpo sin vida de tu padre?

—Sí, en la sala del oráculo del *Templo de Ra*.

—Eso es lo que se ha contado al pueblo, para que crean que han sido los dioses, mediante el oráculo, los que han llamado a Menkaure a su lado. Aunque no se puede negar que fue un faraón apreciado por el pueblo, también eran muy comentadas las bacanales que llevaba años organizando. No quisieron que la gente pensara que había fallecido por uno de los muchos excesos que llevaba cometiendo contra su salud. La cuestión del oráculo pareció más conveniente que contar la verdad.

—¿Cuál es la verdad?

—Falleció en compañía de su consejero espiritual, Sahu, en el *Templo de Ptah*.

Khentkaus se alarmó de inmediato.

—Cuando hablas en plural de las decisiones que se han tomado a mis espaldas acerca de mi padre, ¿a quién te refieres exactamente?

—Ya sé que es un tema delicado, Khentkaus, pero fue decisión de tu padre junto con Sahu. Al ver venir la muerte de forma tan súbita e inesperada, tomaron ciertas decisiones de forma conjunta.

—¿Y por qué no se me ha informado de nada de todo esto?

—Yo lo estoy haciendo ahora mismo.

—Porque te lo he preguntado. Sahu debió acudir ayer mismo a mi palacio para informarme de todo esto. Es imperdonable por su parte.

—Piensa quién es Sahu. Anteayer falleció el faraón en su propio templo. Ya sabes que los rituales sagrados deben comenzar de inmediato. Además, habrá estado muy ocupado con todos los preparativos para esta ceremonia. Estoy seguro de que acudirá a tu casa cuando todo esto termine, pero piensa que todo ha sucedido demasiado rápido.

—Eso es lo que me preocupa. ¿No estará el *Sacerdocio Secreto de Anubis* detrás de todo?

—¡Qué dices! —exclamó escandalizado Nikaure—. ¿Acaso estás acusando a Sahu de matar al faraón? Eso es una grave infamia, aunque venga de una princesa de Egipto.

—No lo acuso de eso, pero me da la impresión de que se están tomando decisiones sin que yo sea parte de ellas. Era mi padre el que ha fallecido. Ya conoces el orden de sucesión habitual al trono. Conozco el proceso de designación de un nuevo faraón, no hace falta que me lo recuerdes, pero, mientras eso no suceda, como su única hija mayor de edad e interesada en la corona, debería considerárseme reina de

Egipto. No sé por qué, pero no percibo esa sensación a mi alrededor. Hay otras personas que están moviendo los hilos.

Nikaure tomó por un hombro a Khentkaus.

—Comprendo tu dolor por la muerte de Menkaure y tu preocupación por Shepseskaf, pero todo eso son imaginaciones tuyas. Lo único que se ha decidido es esta ceremonia, y fue voluntad de tu padre. Nadie está confabulando para ser faraón. En cuanto a lo de ocultar su verdadero lugar de fallecimiento, ¿qué más da? Es una cuestión de cara al pueblo, eso no cambia nada.

«Y tanto que lo hace», pensó Khentkaus, pero se dio cuenta de que nada iba a sonsacar a Nikaure. Decidió dar por terminada la conversación, al mismo tiempo que se iniciaba la ceremonia.

Durante dos horas presenció la ceremonia de las oraciones rituales y los hechizos mágicos para la conservación del cuerpo de Menkaure, que contenía su *ka* o fuerza vital. Era fundamental que esto sucediese, ya que debía de permanecer en su cuerpo incluso después de muerto. A pesar de ello, la mente de Khentkaus estaba lejos de Guiza. Estaba segura de que algo estaba sucediendo a su alrededor que no acertaba a ver. No se había creído las palabras de Nikaure. Al fin y al cabo, podría intentar suceder a su padre como faraón. Era príncipe de Egipto, hijo del faraón Khafre y visir del Alto Egipto. Ahora que lo pensaba mejor, quizá el mejor colocado para la sucesión fuera su esposo Shepseskaf, ya que poseía los mismos méritos que Nikaure pero con una gran diferencia. Estaba casado con una hija del faraón Menkaure y Nikaure no. A veces, esos pequeños detalles se convertían en determinantes. Era una cuestión de prestigio en la corte.

Estos pensamientos la turbaron aún más. «¿Y si la desaparición de Shepseskaf tiene como objeto quitarlo de en medio por cuestiones sucesorias?», pensó. Por un instante, se le heló la sangre. «¿Lo habrá matado el *Sacerdocio Secreto de Anubis*?», continuó preguntándose. «¿Estará Nikaure implicado en todo esto?».

Envuelta entre tantos pensamientos, no se dio cuenta de que la ceremonia había concluido.

—Khentkaus, vamos, te acompaño a la barca —le dijo Nikaure, mientras la tomaba por el brazo—. Te veo muy afectada.

Instintivamente, Khentkaus retiró su brazo.

—¿Sucede algo? —preguntó Nikaure.

—No, perdona —le respondió—. Hace dos días que no duermo y no me encuentro demasiado bien.

—Es comprensible, tranquila. Cuando lleguemos a Menfis acudiré a la fortaleza y me interesaré personalmente por Shepseskaf.

—Gracias —dijo, mientras volvía a asirse al brazo de Nikaure para regresar a la barca.

«Nikaure pertenece al *Sacerdocio Secreto de Anubis* y debe de estar detrás de estos sucesos tan extraños, pero no puede notar que sospecho de él. Al fin y al cabo, también me podría ver como una rival para la sucesión de mi padre», pensó Khentkaus. «No sé qué le habrá hecho a mi esposo, pero también lo podría intentar conmigo».

Subieron a la barca y se dirigieron a su lugar asignado. Cuando llegaron a Menfis, Nikaure también le ayudó a descender.

—Te agradezco mucho toda la información que me has dado, pero me gustaría hablar personalmente con Sahu. Tengo mis motivos.

—En eso no te puedo ayudar. Desconozco si ha regresado a Menfis o se ha quedado en el *Templo del Valle* en Guiza. En cualquier caso, estoy seguro de que, si les pides una cita, te atenderá y te dará todas las explicaciones que desees.

«¡Y sin cita!», pensó, furiosa.

Se despidieron y Khentkaus se dirigió a su palacio, mientras continuaba sumida en sus pensamientos.

Por ello no lo advirtió a tiempo.

Cuando se disponía a abrir la puerta de su casa, cuatro soldados la estaban esperando.

—Debe acompañarnos de inmediato —le dijeron en un tono nada amable. Más bien parecía una orden.

—¿Qué significa esto?

— Disculpe si le vendamos los ojos. Tenemos instrucciones de trasladarla de la forma más discreta posible —respondió el que parecía al mando.

—Instrucciones, ¿de quién?

—Del visir.

—Entonces, ¿ha aparecido por fin mi esposo Shepseskaf?

—No tengo ninguna noticia al respecto. Lo siento.

—Entonces, ¿quién les ha dado esta orden?

Los soldados no le contestaron. A Khentkaus tampoco le hacía falta esa respuesta. Tan solo había dos visires en Egipto y si uno de ellos estaba ausente, pues...

## 37 GUIZA, EGIPTO, 1 DE AGOSTO DE 1837

—¿Cómo lo han conseguido? —preguntó Howard Vyse, atónito.

—Ese es el misterio —le respondió Mr. Perring—. No hemos sido nosotros.

—¿Qué quiere decir?

—Ya sabe que la entrada a la pirámide estaba tapada por enormes bloques de granito. Eso fue lo que más nos costó retirar. Luego, la galería estaba cubierta por arena y escombros que apenas nos dejaban medio metro hasta el techo para poder trabajar. A pesar de ello, avanzábamos con rapidez trabajando las veinticuatro horas del día, retirando grandes cantidades de arena cada día. De repente, nos hemos encontrado con esto.

—¿Qué es?

—Aún no lo sabemos, pero lo sorprendente es que han desaparecido toda la arena y los escombros. Delante de nosotros tenemos lo que parece una pequeña cámara, pero se advierte que continúa. Le estábamos esperando.

Mr. Hill no podía evitar ocultar su excitación.

—El pasaje descendente ha terminado —dijo—. Ahora el suelo es horizontal. Está claro que, después de esta cámara, encontraremos las puertas.

—¿Qué esperamos? —preguntó Vyse, que se había contagiado del optimismo de Mr. Hill.

Mr. Perring se dirigió al *janissary* Achmet y al *reis* Abd El Ardi.

—Salid hasta la entrada de la galería. Quiero que ambos os turnéis para vigilarla las veinticuatro horas del día. Debéis de ser vosotros en persona. No deleguéis este encargo en ningún subordinado. Desde este momento, nadie, excepto nosotros tres, tiene autorización para entrar.

Ambos inclinaron la cabeza y se dispusieron a cumplir con sus órdenes.

Cuando se quedaron solos, Mr. Hill ya no se pudo aguantar y avanzó hacia la primera estancia que se observaba, una vez terminado el pasaje descendente. Se trataba de una pequeña sala, con las paredes pintadas de blanco con un material semejante al yeso. Sus dos acompañantes le siguieron. Al final, se divisaba una pequeña puerta.

—No vaya tan rápido, Mr. Hill. Aún queda algo de arena en el suelo y podría ocultar alguna oquedad que nos hiciera caer.

—No se preocupe por eso. ¿No se imagina a dónde conduce esa pequeña puerta que tenemos justo enfrente?

—No —le respondió, mientras Mr. Hill ya había penetrado a través de ellas.

—Aquí las tienen. Las puertas del cielo.

Los tres se quedaron mirando aquella estrecha estancia. Era cierto, había tres *portcullis*, que eran puertas descendentes que se podían bajar para impedir el acceso. Se trataba del mismo concepto que se había utilizado en todos los castillos medievales, con la diferencia de que, en estos últimos, solían ser de madera o de hierro, mientras que, en las pirámides, su material era el granito.

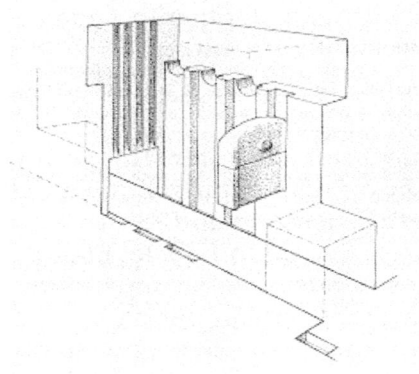

El hecho de haber encontrado estas puertas tan solo podía significar una cosa, como ya había deducido Mr. Hill. Se estaban acercando a algo importante.

La emoción era palpable en el ambiente, y todavía más cuando observaron que, tras las puertas, parecía comenzar otro pasaje descendente. Ahora, ya no hizo falta que Mr. Hill se lanzara. Los tres lo hicieron con la misma curiosidad. ¿Adónde conduciría esa galería?

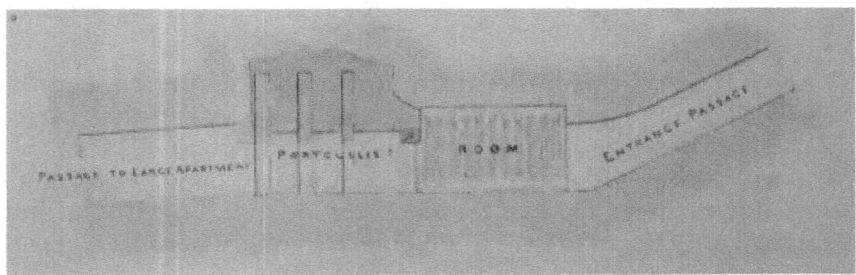

Para su sorpresa, accedieron a una cámara de grandes proporciones.

—¿Qué es esto? —exclamó sorprendido Mr. Perring—. Su longitud es muy parecida a la *Belzoni's Chamber* de la segunda pirámide, que es su cámara mortuoria. Unos catorce metros de longitud por seis de altura. ¿Lo hemos conseguido?

—Esto no parece una cámara mortuoria —intervino Vyse, mirando a su alrededor—. Observen el techo y el fondo de la estancia. Está dividido por pilastras. Eso jamás sucedería en una cámara mortuoria de un faraón. Para su viaje hacia la vida eterna, no debía de encontrarse con ninguna clase de obstáculos, ni siquiera terrenales. En todos los enterramientos que se han documentado, no solo de faraones, jamás se han hallado pilastras como estas.

—Entonces, ¿cuál es la función de esta cámara? —preguntó Mr. Perring, que no estaba convencido del todo—. La cámara del faraón de la Gran Pirámide es tan solo un poco más grande que esta estancia, pero me atrevería a decir que su altura es idéntica, unos seis metros. ¿Les parece casualidad que, en las tres pirámides, hayamos encontrado estancias de parecidas dimensiones? En las dos primeras, se trataba de las cámaras funerarias del faraón. ¿Tan solo por las pilastras deduce que no se trata de la cámara mortuoria de Menkaure?

—El coronel Vyse tiene razón en todo lo que ha dicho —intervino Mr. Hill, dirigiéndose a Mr. Perring—. Usted es un ingeniero y basa sus deducciones en medidas y demás datos técnicos, pero existen otras cuestiones de tipo místico que desconoce, como ya le ha explicado el coronel. No sé cuál será la función de esta cámara, pero me atrevo a aventurar una hipótesis. En otros enterramientos de faraones, se solía construir una cámara similar a la funeraria e incluso se introducía un sarcófago o un ataúd en ella. Evidentemente, no era el del faraón. El motivo de ello era burlar a los posibles ladrones de tumbas y que creyeran que habían dado con la verdadera cámara real. Así, evitaban que siguieran buscando y continuaran con el saqueo.

—Es posible que esa sea la explicación —dijo Vyse—. Aunque no veamos ningún sarcófago ni restos de ninguna momia, está claro que esta pirámide ha sido visitada antes que nosotros. No podemos descartar que, lo que pudiera haber contenido esta cámara, ya haya sido saqueado hace tiempo.

—Sé que no soy egiptólogo y que mi trabajo se basa en meras cuestiones técnicas, pero, ¿han advertido la apertura que hay en el suelo?

Hill y Vyse se habían fijado en el techo, pero no lo habían hecho en el pavimento de la cámara. Efectivamente, allí había un agujero. Se aproximaron de inmediato. Por los restos que encontraron a su alrededor, estaba claro que, cuando construyeron la pirámide, esa oquedad había estado sellada por una losa de granito.

Se asomaron. A pesar de toda la suciedad acumulada, parecía que se trataba de otra galería descendente.

—¿Qué es esa masa negra? —preguntó Mr. Perring.

—¿No le recuerda a nada? Es lo mismo que encontramos en las cámaras de sustentación de la Gran Pirámide. Lo que sucede es que aquí hay mucha más cantidad —le respondió Vyse.

—¿Excrementos de murciélagos?

—En esta ocasión, mezclados también con algunos de serpientes. No me extrañaría que nos pudiéramos encontrar con ejemplares de ellas en este pasaje —dijo Mr. Hill.

A Mr. Perring le cambió el semblante. Odiaba a las serpientes.

—¿No les importará que permanezca en esta cámara? —preguntó.

—No, por supuesto. Si precisamos su ayuda, ya se lo haremos saber.

Vyse y Hill comenzaron a descender por aquel pasaje. Cuando se encontraron a una distancia prudencial, el coronel ya no se pudo aguantar.

—¿Qué ha sido eso de las serpientes? Aquí dentro es imposible que haya ninguna viva. No hay alimento para ellas.

—¿No se lo imagina? —le respondió Mr. Hill, sonriendo—. Vamos directos a la cámara mortuoria. Tan solo nosotros dos debemos penetrar, al menos hasta que sepamos lo que contiene.

—¿Qué va a contener que no pueda ver Mr. Perring? ¿El sarcófago y la momia del faraón? No lo comprendo.

Mr. Hill no le respondió, pero le señaló hacia el frente.

—¡La última puerta antes de la cámara mortuoria! —exclamó, emocionado.

—Parece sellada con una losa —observó Vyse, que se encontraba detrás de Mr. Hill—. Al final, parece que necesitaremos la ayuda de Mr. Perring.

—¡Eso jamás! —exclamó Hill, mientras se aproximaba a la puerta—. Ande, ayúdeme a empujar. Creo que podremos moverla por nosotros mismos.

—¿Una losa de granito que puede pesar como una tonelada? ¿En serio?

Para su sorpresa, la losa no se encontraba fijada a las paredes. Con notable esfuerzo, consiguieron apartarla y que cayera sobre el pavimento.

Mr. Hill no perdió el tiempo y entró en la cámara que ocultaba la losa. Vyse lo hizo a continuación.

—¡Lo hemos conseguido! —exclamó el coronel, nada más observar el lugar donde se encontraban—. Esto sí que es la cámara mortuoria, no hay ninguna duda.

Efectivamente, se encontraban en el interior de una estancia compuesta por bloques de granito. Su techo era abovedado, y se notaba que la piedra había sido pulida con extrema delicadeza. Sus proporciones eran armónicas y daban la sensación de majestuosidad, a pesar de no observar ninguna ornamentación.

Pero no todo era armonía en la cámara.

—¿Por qué está desplazado el sarcófago de Menkaure? —preguntó Vyse.

No encontró respuesta, ya que Mr. Hill se había trasladado al fondo de la sala, ignorando el sarcófago. Vyse se aproximó hacia él. La losa que debía cubrirlo estaba rota en dos grandes fragmentos.

Vyse se asomó.

Para su sorpresa, estaba vacío. Había albergado esperanzas de encontrar su momia, ya que las medidas de seguridad que se habían encontrado para acceder a la cámara mortuoria eran extraordinarias. Primero fue el acceso a la primera estancia que daba paso, mediante una pequeña oquedad, a los tres *portcullis* o puertas de granito. Después había que abrirse paso hacia la galería descendente que terminaba en otra puerta que daba acceso a la gran sala donde habían dejado a Mr. Hill. Eso sin contar todos los pequeños apartamentos que habían atravesado. Lo normal es que, cualquier saqueador de pirámides se hubiera detenido en la antecámara, ya que, probablemente, en su día, hubiera otro sarcófago con una momia falsa e incluso algún pequeño objeto ornamental de cualquier material precioso.

Pero no.

—Mr. Hill, ¿no le interesa el sarcófago?

—No ha hallado nada en su interior, ¿verdad?

—¿Cómo puede saber eso?

—Es sencillo, fíjese en su posición. No está en el centro de la cámara mortuoria. De entrada, eso significa que fue desplazado por saqueadores. Además, está descubierto.

—¡Pero es una pieza magnífica! Hasta ahora, los sarcófagos hallados eran mucho más sencillos, pero observe con atención este. Es de basalto, con una capa de pulimento de color pardo. Está tallado en el estilo de «fachada de palacio» con un nivel de detalle extraordinario. que imitaba las molduras en entrantes y salientes de los muros exteriores de los palacios reales. Puesto que el palacio real era considerado un microcosmos, el sarcófago se convertía en una representación cósmica, donde el difunto iba a vivir eternamente. Además, el «palacio» se consideraba la «casa» por excelencia y de este modo se reforzaba la función simbólica del ataúd como «casa» para el espíritu del difunto. En el *Museo Británico* he visto con anterioridad este estilo, en dos bloques de granito que pertenecieron a la colección privada de Mr. Salt, el antiguo cónsul general británico en Egipto que usted conoció. Además, el basalto está pulido con una técnica que no fue dominada por los occidentales hasta un periodo tardío del Imperio Romano. Esto prueba que los egipcios ya conocían dicha técnica miles de años antes. Resulta abrumador.

—¿Cómo puede tener la seguridad que perteneció a Menkaure? No tiene ninguna inscripción, ni siquiera un jeroglífico con su *cartucho real*.

—Eso es lo normal. Lo contrario me hubiera hecho sospechar de su falsedad. Los sarcófagos de piedra se comenzaron a utilizar a partir de la III Dinastía y su estilo varió con el paso de los siglos. Los de tapa plana, construidos de piedra y apenas decoración fueron los primeros. A finales de la III Dinastía ya se atrevieron con alguna decoración, incluso con formas ovales, aunque la rectangular siguió siendo la principal. En la IV Dinastía empezaron a emplear el granito rosa como material de construcción principal y se atrevieron con decoraciones más complejas, como la que estamos observando. El estilo «fachada de palacio» se corresponde cronológicamente con la época que vivió el faraón Menkaure, el penúltimo de la IV Dinastía. Tan solo a partir de la VI Dinastía se generalizó la moda de tallar el nombre del faraón en su sarcófago.

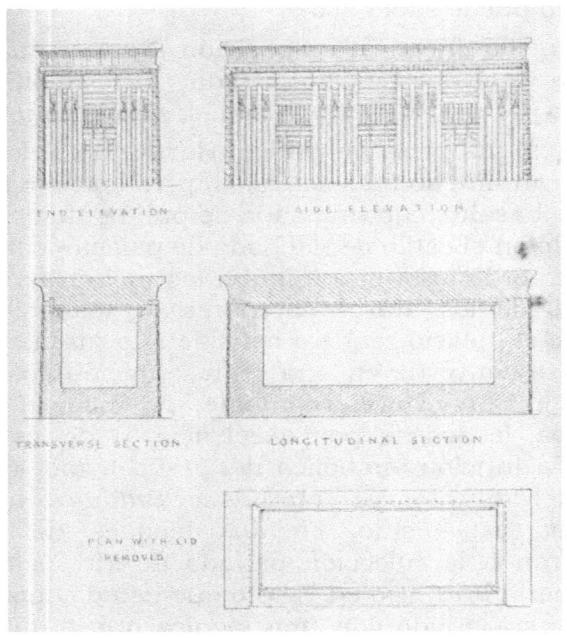

—Interesante —dijo Mr. Hill, cuya expresión denotaba justo lo contrario.

—No le comprendo. Desde el principio ha mostrado un gran interés en llegar donde estamos ahora mismo y ahora que lo hemos logrado, no le presta atención a la pieza más importante de la cámara mortuoria.

—Eso no es cierto.

—Apenas le ha echado un ojo al sarcófago.

—Porque no es la pieza más importante de esta cámara mortuoria, como usted dice.

—¿Qué? —preguntó Vyse, confundido—. Que no hayamos hallado ninguna momia no la convierte en menos espectacular.

—Está equivocado en todo —le respondió Mr. Hill.

Ahora, Vyse se fijó en el rostro de su amigo. Estaba reluciente, casi tanto como el fino basalto pulido del sarcófago. Allí estaba ocurriendo algo muy extraño. «¿Qué se me está escapando?», pensó, alarmado.

—¿Qué es lo que me está ocultando? —preguntó.

—Nada. Lo único que sucede es que no ha mirado en la dirección correcta —le respondió Mr. Hill, señalándole hacia un punto concreto del fondo de la cámara mortuoria.

La sorpresa de Vyse fue mayúscula. Desde que había penetrado en la cámara, tan solo se había fijado en el objeto más grande y monumental, el sarcófago, sin prestar atención al resto de la estancia.

—¿Es lo que parece?

—Es más que eso. Es el verdadero motivo por el que llevo más de veinte años en Egipto deseando entrar en esta pirámide.

## 38  ANTIGUO EGIPTO, MENFIS

—¡Shepseskaf! —exclamó Khentkaus, lanzándose a sus brazos. No le permitió ni siquiera decirle hola, ya que le dio un prolongado beso en la boca.

Cuando se separó de su esposo, miró a su alrededor. Aquello le causó profunda extrañeza.

—¿Estás bien? ¿Qué es este lugar?

—Estoy bien, pero nos encontramos en las mazmorras del *Templo de Neith* —respondió Shepseskaf, sin inmutarse—. Llevo aquí encerrado desde que tu padre falleció, hace dos noches.

Khentkaus se sobresaltó. Su confusión era evidente.

—¿Lo sabe Userkaf?

A pesar de la situación, Shepseskaf no pudo evitar sonreír.

—¿Cómo no lo va a saber? Estamos en su templo. Fue él el que me trajo hasta aquí, bajo los efectos de algún tipo de poción que me dejó inconsciente. Lo último que recuerdo es que estábamos en la sala de ceremonias del *Templo de Ptah*, con el cuerpo sin vida de tu padre presente. Después, desperté aquí.

Khentkaus iba de sorpresa en sorpresa.

—No entiendo nada —dijo—. Si le pregunté ayer a Userkaf y me dijo que no lograsteis entrar en el templo y que os separasteis para volver a vuestras respectivas casas.

—Pues ya ves que te mintió.

—¿Por qué haría una cosa así?

—¿De verdad no te lo imaginas?

En realidad, desde que supo que se encontraban en unas mazmorras, ya se imaginó el motivo.

—Se trata del *Sacerdocio Secreto de Anubis*, ¿verdad?

—Me temo que sí. Ese es motivo por el que no he podido asistir a la ceremonia en el *Templo del Valle*.

—¡Maldito Nikaure! —exclamó Khentkaus—. Mi padre sabía que pertenecía a ese grupo de ratas y, a pesar de eso, lo mantuvo en su puesto como visir. Nunca lo entendí, pero parecía confiar en él.

—Lo que te voy a contar igual te sorprende, pero Nikanebti no era un simple correo para su esposo, Nikaure. ¿Te acuerdas el papiro con la convocatoria que encontré debajo de mi mesa, hace años en la escuela? Pues era para Nikanebti. En realidad, ella era el décimo miembro del *Sacerdocio Secreto de Anubis* que nadie fue capaz de arrestar. Yo asistí a aquella reunión en su lugar.

Khentkaus le levantó de inmediato del camastro donde estaba sentada.

—¡Eso no puede ser! —exclamó—. Mi padre me aseguró que la había investigado a fondo y que no tenía nada que ver.

—¡Qué curioso! Tu padre me dijo que había descartado a Nikanebti porque tú se lo habías dicho.

Ambos se quedaron mirando, sin comprender nada.

—Creo que os debo una explicación —escucharon una voz proveniente de la entrada de la mazmorra.

Era Nikanebti.

Khentkaus no lo pudo evitar y se lanzó a su cuello. La creía una amiga y, a todo el cúmulo de sentimientos que la envolvían y que apenas le dejaban respirar, ahora se unía el de la traición. Tuvo que ser el propio Shepseskaf el que se levantó para separarlas.

—¿Por qué no escuchas su historia? —le dijo a su esposa, una vez consiguió que volviera a sentarse en el camastro.

Nikanebti estaba claramente afectada. Khentkaus tenía mucha más fuerza que ella y le había hecho daño en el cuello.

—¿La historia de una traidora? ¿Después de todo lo que mi padre hizo por ella? ¡Incluso la nombró suma sacerdotisa de Hathor! —exclamó Khentkaus, que no comprendía la actitud de su esposo.

—¿No te has preguntado nunca por qué lo hizo? Yo era joven y había otras sacerdotisas más preparadas que yo —dijo Nikanebti.

—Pues no lo hago —respondió secamente Khentkaus—. Supongo que hasta los faraones pueden cometer errores. Al fin y al cabo, una parte de ellos también es humana.

—No cometió ningún error. Después de la traición de mi antecesora Neferhetepes, ¿crees que Menkaure no se aseguraría de la lealtad de su sucesora?

—¿Qué quieres decir?

—Que yo era la persona infiltrada en el *Sacerdocio Secreto de Anubis*. Informaba directamente a tu abuela, la reina Khamerernebty I y a tu padre, el faraón Menkaure. Por eso se pudieron anticipar a todos sus movimientos y apresar a la mayoría de sus miembros. Durante un tiempo, el sacerdocio permaneció durmiente, pero, pasados unos años, cuando ya se creían seguros, reanudaron su actividad. En ningún momento sospecharon de mí, así que continué informando a Menkaure de todas sus reuniones y de quiénes eran sus miembros.

—¿Mi padre sabía todo eso y no me dijo nada? —preguntó una sorprendida Khentkaus—. ¿Por qué he de creerte?

—Todo lo que ha dicho Nikanebti es cierto —dijo Userkaf, entrando en la pequeña mazmorra.

—¡Tú! —exclamó Khentkaus, señalándolo con el dedo—. ¡La persona que tiene retenido a mi esposo!

—No está retenido. Esa conversación ya la mantuve con él ayer mismo.

—¡Me mentiste! Cuando acudí a ti en busca de ayuda, me dijiste que no sabías nada acerca de mi esposo, y ahora resulta que lo tienes prisionero en una mazmorra de tu templo.

—Es justo al revés —dijo Userkaf, acercándose al camastro—. Si está aquí es por su propia seguridad, no para atentar contra su vida.

—Lo siento, pero me cuesta mucho creerte.

Userkaf hizo un gesto de asentimiento con su cabeza. Era normal que, en esta situación, Khentkaus desconfiara de su palabra.

—Aquella noche, tu esposo y yo penetramos en el *Templo de Ptah*, aunque por diferentes medios. Yo tuve paciencia y me abrieron la puerta principal, pero tu esposo entró a través de un acceso secreto. De todas maneras, el resultado fue el mismo. Allí nos esperaban.

—¿Quiénes?

—En la sala principal de ceremonias del templo, se encontraba, en su altar central, el cuerpo sin vida de tu padre, el faraón Menkaure. Junto a él estaban su sumo sacerdote, Sahu y también el visir Nikaure.

—¡Nikaure! —exclamó Khentkaus, que estaba totalmente confusa—. ¡Pero si me acaba de decir que llegó ayer a Menfis para la ceremonia de hoy!

—Pues te ha mentido. Sahu nos contó a Shepseskaf y a mí, en presencia de Nikaure, que el faraón acababa de fallecer por causas naturales.

—¿Y lo creísteis?

—¿Por qué no lo íbamos a hacer? Resulta que tu padre visitaba el *Templo de Ptah* con cierta frecuencia, intentando que el poder de Sahu consiguiera anular la profecía del oráculo de Ra.

—Eso no lo sabía.

—Ni yo tampoco, pero es un hecho cierto que tu padre nombró a Sahu como su consejero espiritual. Es un cargo de máxima confianza. A pesar de que mi relación personal con Menkaure era muy buena, prefirió a Sahu antes que a mí. Seguramente, consideraría que el poder del Dios Ptah era superior al poder de la Diosa Neith, cosa que es cierta en la actual sociedad egipcia.

—Disculpa, Userkaf, pero sigo sin comprender nada —dijo Khentkaus, cuya confusión iba en aumento—. Entonces, si mi padre falleció por causas naturales, ¿qué hacemos aquí en estos momentos? ¿Por qué mantener oculto a mi esposo?

—Porque la persona que reconstruyó el *Sacerdocio Secreto de Anubis* fue mi esposo, Nikaure, —afirmó Nikanebti, interrumpiendo su conversación de modo abrupto.

—Ese fue el motivo por el que saqué a Shepseskaf del *Templo de Ptah* —dijo Userkaf—. Justo en el momento en el que escuché que Nikaure negaba su pertenencia al sacerdocio secreto. Yo sabía por Nikanebti que eso no era verdad. Entonces, me di cuenta de que, tanto Shepseskaf como yo, corríamos verdadero peligro dentro de aquellos muros. Teníamos que salir de allí lo antes posible. Tuve que improvisar y aproveché el mal aspecto que tenía Shepseskaf. Lo tomé por el cuello, con el pretexto de que quizá se desmayara, pero lo que hice fue aplicar cierta presión sobre un punto en concreto de su cuello, la suficiente como para que perdiera el conocimiento. Aproveché la confusión y les dije a Sahu y Nikaure que debía de llevarlo a su casa para que lo viera un médico. Actué con mucha rapidez y no les dejé tiempo para reaccionar. Por otra parte, ellos creían que no sospechaba nada, así que tampoco ganaban nada reteniéndonos. Incluso creo que se aliviaron con el desmayo de Shepseskaf. A pesar de todo ello, consideré que no podía correr riesgos innecesarios, por eso no te devolví a tu esposo aquella noche.

—¡Por lo menos podías haberme avisado! —exclamó Khentkaus, muy enfadada—. ¿Sabes los dos días que me has hecho pasar?

—Lo siento mucho, pero la desaparición de Shepseskaf tenía que parecer real. No sabía qué es lo que iba a suceder a continuación de la muerte del faraón, pero sí tenía una cosa muy clara. La vida de Shepseskaf corría peligro. Incluso ayer mismo me encargué de difundir un bulo acerca de que podría haberse quitado la vida, para justificar que ni los soldados lo pudieran encontrar.

—¡Ahora me explico esa extraña pregunta que me ha hecho Nikaure acerca de que si nos llevábamos bien entre nosotros! —exclamó Khentkaus, dirigiéndose a su esposo.

—¿Te das cuenta? —preguntó Userkaf—. Seguro que te estaba tanteando. Conociéndote, seguro que le has soltado cualquier improperio.

—Más o menos —reconoció.

—Tienes muchas virtudes, Khentkaus, pero a veces las virtudes pueden suponer un inconveniente. Eres muy sincera y se nota cuando mientes o gastas bromas. Seguro que si Nikaure albergaba alguna duda acerca de la autenticidad de la desaparición de Shepseskaf, ahora estará pensando que quizá esté hasta muerto. Eso es muy conveniente.

—Conveniente, ¿para qué? —Khentkaus quería creer a Userkaf y a Nikanebti, pero tenía la impresión de que aún le ocultaban algo.

—Hay algo que no sabes —intervino ahora Shepseskaf—. Menkaure dejó notas de despedida para todas las personas de su entorno, incluido Sahu y el propio Nikaure.

—Eso no es propio de mi padre — negó vehementemente Khentkaus, al mismo tiempo que movía su cabeza de lado a lado—. No me creo que se despidiera mediante un simple papiro. Conocéis que era una persona muy cercana. Le gustaba el trato personal.

—Tienes parte de razón —continuó Shepseskaf—. Es cierto que tu padre dejó notas, entre ellos al propio Sahu o incluso a Nikaure. De los presentes, también incluyo a Userkaf. No sé si a Nikanebti. Eso no lo hemos comentado.

La sacerdotisa apartó la mirada, rehusando contestar. Mientras tanto, Khentkaus permaneció en silencio, esperando que su esposo se explicara.

—No sé la de los demás, tan solo he leído la de Userkaf, pero la que dirigió a mí no era una nota de despedida. Más bien una bienvenida.

—No te comprendo.

Shepseskaf sacó un papiro y se lo entregó a su esposa.

—Léelo y juzga por ti misma. Esta nota también va dirigida a ti.

A Khentkaus le sucedió como a su esposo, la primera vez que la tuvo en sus manos. Necesitó leerla tres veces. Cuando pareció comprender su significado, se quedó mirando a los presentes.

—¿Esto va en serio?

—Me temo que sí —respondió Shepseskaf.

Khentkaus se mareó y tuvo que tumbarse en el camastro. Lo que había leído no se lo esperaba jamás por parte de su padre.

Sin ninguna duda, la vida y la muerte eran las dos orillas del río de la existencia.

## 39 GUIZA, EGIPTO, 1 DE AGOSTO DE 1837

—¿Cómo sabía que íbamos a encontrar eso? — Vyse estaba completamente aturdido.

—Me temo que no puedo revelarle esa información. Ya sabe para quién trabajo y manejan datos que casi nadie conoce.

—¿Sabían que la momia de Menkaure iba a estar fuera de su sarcófago? ¿Cómo es posible? Somos los primeros occidentales en penetrar en esta pirámide.

—Hay conocimientos que se pierden en el tiempo —respondió enigmáticamente Mr. Hill, que parecía no querer continuar dando explicaciones.

Estaban observando la tapa de madera de un ataúd con inscripciones jeroglíficas. Junto a ella estaba el cartucho del faraón Menkaure. Vyse había adquirido conocimientos de la transliteración de la escritura jeroglífica que consiguió Champollion descifrando la Piedra de Rosetta, hacía apenas quince años.

Intentó comprender su significado, aunque estaban incompletos y en muy mal estado. A pesar de ello, le pareció entender una parte del texto que hacía referencia a Menkaure.

*«Salve Osiris, rey del norte y del sur, Menkaure, que vive eternamente, nacido del cielo, concebido de Nut, heredero de Geb, su amado. Ella, tu madre Nut, se extiende sobre ti, en su nombre de "misterio del cielo", ella garantiza que tú puedas existir como dios sin tus enemigos, oh, rey del norte y del sur, Menkaure, que vives para siempre».*

No pudo evitar emocionarse. Aquello parecía confirmar que se hallaban ante el verdadero faraón.

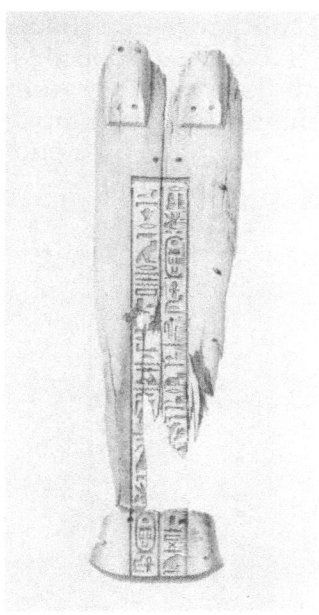

A su lado encontraron los restos de un esqueleto, formado por costillas, vértebras y los huesos de las piernas y los pies, todo ello envuelto en una tela de color amarillento.

—¿Por qué extraerían los restos de Menkaure de su sarcófago para dejarlos tirados así?

—Sin duda, esa es la gran pregunta —respondió Mr. Hill, sin resolver las dudas de Vyse.

—A los saqueadores de las pirámides no les importaban nada las momias. Tan solo buscaban los tesoros que solían acompañar a los faraones y miembros de la corte real para que les sirvieran de ayuda en el tránsito a la vida eterna. Las momias las solían usar para calentarse, prendiéndoles fuego. Las resinas de las que estaban impregnadas las telas que cubrían las momias eran inflamables y daban mucho calor.

—Entonces, está claro que los que profanaron por primera vez esta cámara no les importó dejar intactos estos restos. Se encuentran en bastante buen estado, dado el paso del tiempo. Hablamos de milenios.

—¿Cree que deberíamos extraer el sarcófago de la pirámide? —preguntó Vyse.

—No veo por qué no podríamos hacerlo. Con los medios técnicos adecuados, creo que sería posible. Me da la impresión que el pasaje que comunica con el gran apartamento superior que parece la antecámara, una vez limpiados los excrementos de los murciélagos, es lo suficientemente grande como para que quepa el sarcófago.

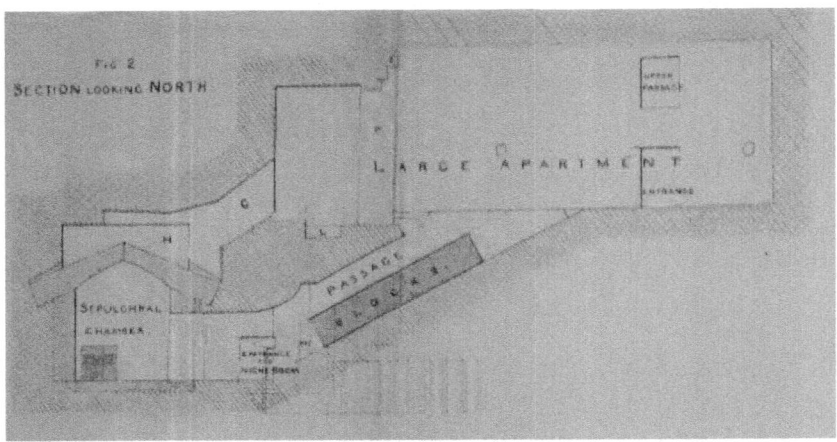

—Yo pienso lo mismo. Además, acabamos de encontrar una auténtica joya en este sarcófago. Estoy seguro de que el *Museo Británico* estará encantado de recibir estos objetos para su colección. Si le parece, depositemos el ataúd de madera y los restos de Menkaure en su interior. Además de protegerlos, nos ayudará en su trasporte.

—Creo que es el momento de anunciarle a Mr. Perring que no hay serpientes aquí abajo —dijo Mr. Hill, en tono de sorna.

Vyse sonrió.

—Sí, además, como ingeniero, lo necesitaremos para hacer los cálculos de la extracción del sarcófago. Ni la antecámara ni la galería de entrada me preocupan, ya que son muy grandes. Tampoco los *portcullis*, pero sí las pequeñas oquedades que hay entre las diferentes cámaras. Igual hay que emplear la pólvora.

Así lo hicieron. Después de asegurarle a Mr. Perring tres o cuatro veces que no había serpientes, apareció en la cámara mortuoria.

—¡Esto es extraordinario! —exclamó, mientras se disponía a medir y documentar todo lo hallado—. ¿Es el sarcófago de Menkaure con sus restos?

—Sí. Después de un examen preliminar, así parece confirmarse —le respondió el coronel Vyse.

—Queremos sacarlo de la pirámide —dijo Mr. Hill, así, de sopetón.

Mr. Perring se sorprendió.

—¿Para que desean hacer semejante cosa? Por las medidas del sarcófago y el material empleado en su construcción, estimo que puede pesar más de tres toneladas.

—Una vez se haga público el descubrimiento, esto se llenará de turistas ávidos por entrar hasta la misma cámara mortuoria. Nosotros no permaneceremos mucho tiempo más en Guiza, ya que el contrato con el pachá vence próximamente y supongo que las excavaciones las continuarán otros. Si quiere que le diga la verdad, no me fio de ninguna de las dos cosas. Se podría echar a perder un objeto tan extraordinario como este. Mi intención es sacarlo de aquí, trasportarlo hasta Alejandría y luego embarcarlo hasta Londres.

Mr. Perring no había perdido su cara de estupefacción.

—Comprendo su preocupación acerca de la conservación del sarcófago, pero eso que explica usted de una manera tan trivial supone un desafío jamás hecho. Superaría la gesta de Giovanni Belzoni, cuando descubrió el gran busto de piedra de Ramsés II en el Ramesseum, el templo funerario del faraón en Tebas, y logró trasladarlo a Alejandría y, desde allí, hasta Londres. Aún se recuerda aquella hazaña.

—Yo estaba con él en aquel momento —le respondió Mr. Hill—. Conozco perfectamente esos hechos, pero esa no es la cuestión. La pregunta que le hacemos es si es factible extraer sin daños este sarcófago de la pirámide.

Mr. Perring se dio cuenta de que Hill y Vyse iban en serio. Se quedó un instante pensativo.

—Tendría que realizar mediciones para poder confirmar una cosa así, pero, en principio, no lo veo imposible, siempre que contáramos con los medios técnicos adecuados.

—¿Qué medios necesitaría? —preguntó Vyse.

—Quiero que comprendan muy bien lo que me están pidiendo. No se trata tan solo del peso del sarcófago, sino de su volumen. A ojo, calculo que sus dimensiones serán poco menos de dos metros y medio de largo, casi un metro de alto y unos noventa centímetros de ancho. Aunque, así dichas, no parezcan excesivas, nos encontramos dentro de la pirámide y aquí se trasforman en monstruosas. Por ejemplo, habría que ampliar la galería que comunica esta cámara con el apartamento superior, por los ángulos de giro. Lo mismo sucederá con todas las pequeñas puertas que hemos cruzado. Pero falta lo más importante. Su peso hace imposible que se pueda manejar con seguridad en el interior de la pirámide. Necesitaríamos construir algún aparato a medida, una especie de carro con ruedas para poder remolcarlo. El material del carro debería ser de la mejor madera disponible en Egipto, para evitar que se pueda romper por el peso del sarcófago. También muchos trabajadores para empujarlo. Tres toneladas de basalto por rampas, algunas empinadas, requerirán de un gran esfuerzo.

—Hecho. Tendrá todos los materiales que necesite mañana mismo, pero debe empezar ya —dijo Vyse—. Como comprenderá, tengo que dar parte al coronel Campbell de este hallazgo de forma inmediata y él, a su vez, se lo comunicará al ministro Boghos Bey. Sé que acudirá a Guiza a toda prisa y querrá examinarlo de cerca.

—Es inevitable que lo haga —intervino ahora Mr. Hill—, pero mejor si lo hace fuera de la pirámide y preparado para su traslado a Alejandría, embalado y protegido con maderas. Si lo ve en esta cámara, igual el ministro tiene tentaciones de no permitir su retirada y dejarlo aquí. Bajo ningún concepto podemos dejar que eso suceda.

Mr. Perring no terminaba de comprender la situación.

—No es por llevarles la contraria, pero ¿no creen que el ministro Bey se puede enfadar? Quizá quiera ver el sarcófago en el lugar donde fue encontrado.

—Eso no sucederá —dijo Mr. Hill, con un tono autoritario que ninguno de sus dos compañeros había escuchado hasta entonces. Al fin y al cabo, la excavación en Guiza estaba dirigida por Mr. Perring, bajo la supervisión del coronel Vyse. Mr. Hill no tenía ningún poder.

Perring parecía que se disponía a objetarle a Vyse por esa circunstancia tan extraña. Vyse también se había sorprendido por el tono de Hill, pero no se podía permitir entrar en un debate. Se anticipó a Mr. Perring.

—No perdamos algo de lo que casi no disponemos, de tiempo. Es una decisión tomada. Quiero el sarcófago fuera de la pirámide ya.

Ahora, Mr. Perring ya lo tuvo muy claro.

—Empezaré con las mediciones ahora mismo —dijo, mientras salía de la cámara mortuoria.

Cuando se volvieron a quedar solos, Vyse no pudo evitar dirigirse a Mr. Hill.

—¿A qué ha venido ese tono? Casi causa un conflicto con Mr. Perring, que, como ingeniero, es el único que puede sacar este sarcófago de aquí.

—Lo siento —respondió Mr. Hill—. Me he dejado llevar por la emoción, algo imperdonable en mí. En mi disculpa, ya le había comentado que llevo más de veinte años en Egipto para vivir este momento.

—No termino de comprenderlo. Ahora se muestra entusiasta de sacar el sarcófago de la pirámide e incluso de Egipto, pero no le ha hecho ni caso hasta que yo le he explicado porqué es una pieza única de gran valor arqueológico.

—No lo comprende, ¿verdad?

—¿Qué es lo que tengo que comprender?

— No se trata del sarcófago como tal. A veces, es más importante el contenido que el continente.

«¿El contenido? ¡Pero si estaba vacío!», pensó Vyse.

## 40   ANTIGUO EGIPTO, MENFIS

—¿Quién iba a decir que un humilde campesino y pescador podría llegar hasta aquí?

Khentkaus estaba arropada en la cama, junto a su esposo.

—Comprendo por qué dices eso, pero sabes que tu vida anterior fue una ficción.

—Quizá a ti te lo pueda parecer, pero no a mí. Aquellos años, a pesar de nuestras penurias, fueron maravillosos. Recuerdo cada momento, incluso el día que tu padre fingió aquel encuentro casual en el Nilo. ¡Qué idiota! Tuve que imaginármelo desde el principio.

—A tu manera, lo hiciste.

—Es cierto, pero muy tarde.

—¿Has sabido algo de tu familia de adopción desde entonces?

—Ya sabes que tu padre me lo prohibió expresamente. Le di mi palabra que no tendría más contacto con ellos.

—¡Venga! ¡Qué ya nos conocemos muchos años! —exclamó Khentkaus, dándole un pequeño golpe cariñoso en el hombro.

Shepseskaf sonrió. Sabía que no le podía ocultar nada a su esposa. Por un momento, la evocó cuando la conoció, con tan solo ocho años. Entonces era una preciosa niña pecosa, pero sobre todo muy revoltosa. Recordó que no lo dejaba en paz ni por un momento, en aquellos lejanos tiempos de la escuela.

—Bueno, cumplí mi palabra en lo de no tener contacto, pero es cierto que me he interesado por ellos desde el principio. ¿Te acuerdas que cuando vine a la escuela mi madre adoptiva estaba embarazada? Tuvo a una preciosa niña, que hoy en día es toda una mujer. Se volvió a quedar embarazada y parió a un varón. Ahora tiene quince años.

—¿Y tu hermano mayor?

—Menkaure me ayudó con él y le procuró los mejores médicos de Menfis, tal y como me prometió. Al segundo año de estar en la escuela, me dijo que ya era capaz de andar por sí mismo. Pero la debilidad en sus piernas era tan solo un síntoma, no la enfermedad verdadera. Por lo visto, los médicos le diagnosticaron que la causa de sus males era debido a que tenía la sangre sucia. Ya sabes que no tiene cura. Falleció hace apenas dos años.

—¿Por qué no me habías contado nada de todo esto?

—Nunca hemos hablado de ello. A pesar de ser el faraón de Egipto, me las arreglé para asistir de incógnito a su funeral. No hablé con nadie, pero los pude ver a todos reunidos, aunque fuera por un motivo muy triste. Fue una emoción doble. Mi padre de adopción estaba muy envejecido y necesitaba la ayuda de un bastón para poder caminar. Mi madre tenía mejor apariencia, pero los años pasan para todos. En cuanto a mi otra hermana, se casó con un miembro de la nobleza y tiene dos hermosas hijas. También las pude ver en el funeral. Me costó mucho no acudir a abrazarlos, pero creo que mi padre se dio cuenta de mi presencia. Al fin y al cabo, supongo que era el único desconocido que, aunque desde la distancia, asistió a aquella ceremonia.

—¿Cómo lo puedes saber?

—Porque, durante un breve instante, intercambiamos miradas. Nuestros cuerpos han envejecido, pero nuestros ojos siguen siendo los mismos. Creo que supo quién era, pero también cumplió su palabra y no acudió a mi encuentro.

—Debió ser muy duro.

—Fue emocionante. A pesar de saber de sus vidas, desde que me separé de ellos con trece años, jamás los había vuelto a ver.

Shepseskaf se había convertido en faraón a la muerte de su hermano Menkaure. Hacía ocho años que gobernaba Egipto junto con el amor de su vida, la reina Khentkaus I.

—Ahora que estamos recordando tiempos pasados, ¿qué sentiste cuando leíste la carta de mi padre Menkaure? Supongo que no te imaginabas una cosa así.

—Incredulidad —respondió de inmediato Shepseskaf—. Esperaba una carta de despedida, como a los demás, y me encontré que era una nota de bienvenida, rebosante de amor y felicidad. No eran las últimas palabras de un faraón que veía que la muerte le alcanzaba, eran las primeras palabras de un dios.

Khentkaus se abrazó a su marido.

—No lo podías haber resumido mejor.

—Ahora que estamos de confidencias, ¿por qué nunca me preguntaste mi actitud frente al visir Nikaure y al sumo sacerdote Sahu?

—Eres el faraón. No puedo discutir tus decisiones —le respondió Khentkaus, aparentando estar seria.

—¿Desde cuándo no lo has hecho? —le preguntó Shepseskaf, mientras se abrazaba a ella—. ¡Cómo si ese detalle te hubiera importado en otras ocasiones!

—Es verdad —sonrió Khentkaus—, pero supuse que tuviste tus motivos. Tampoco era una cuestión que me interesara demasiado.

—¿No tienes ni siquiera un poquito de curiosidad?

—¡Venga! ¡Cuéntamelo! Parece que tú tienes más ganas por hacerlo que yo por escucharlo.

Poco después de tomar posesión como faraón, Shepseskaf ordenó la puesta en libertad de Nikaure y su restitución como visir del Alto Egipto. Sin embargo, su actitud con el sumo sacerdote de Ptah fue muy diferente. Al mismo tiempo que liberaba a Nikaure, ordenó el arresto de Sahu y lo sustituyó por Ptahshepses, que aún ocupaba el cargo en la actualidad. Ambas decisiones provocaron un pequeño terremoto, tanto en la sociedad civil, ya que no comprendían la restitución de la persona que había reconstruido el *Sacerdocio Secreto de Anubis*, como en la casta sacerdotal, ya que se suponía que Sahu había sido una persona muy cercana y fiel al difunto faraón Menkaure.

—A veces, las cosas no son como parecen —dijo Shepseskaf—. Tu padre, a pesar de sus últimos años de excesos, siempre mantuvo su mente lúcida, hasta el último de sus días.

—¿Qué tiene que ver mi padre Menkaure con esas decisiones? Fueron tuyas, no de él.

—Te equivocas. Estaba todo escrito en la nota que leímos. Tan solo había que saber interpretarlo.

—Yo también leí esa nota.

—¿Te acuerdas del pasaje donde comenzaba con «*Caras vemos, corazones no conocemos*»?

—Claro.

—Tengo que reconocer que me costó un poco comprender por completo la nota de tu padre. Entendí que no podía escribir con libertad, pero, al mismo tiempo, debía de asegurarse de que yo comprendiera su significado.

—¿Y qué significado era ese?

—Para empezar, Nikaure reconstruyó el *Sacerdocio Secreto de Anubis* por instrucciones de tu propio padre. Nadie más que ellos lo sabían. Por eso, en un principio, ordené su detención.

—¿Por qué hizo semejante tontería?

—Eso no lo dice en el papiro, pero, si lo piensas bien, fue una genialidad. Sabía perfectamente que el sacerdocio iba a terminar por reaparecer. ¿Qué mejor idea que organizarlo por su cuenta? En vez de esperar a que tus enemigos se reagrupen, ¿por qué no reagruparlos tú mismo?

—¿Ni siquiera su mujer Nikanebti lo sabía?

—No, ni Userkaf ni yo ni nadie. Supongo que, en su plan, era fundamental que nadie supiera nada hasta después de su fallecimiento. ¿Quién lo iba a decir de una persona que parecía vivir la vida de forma alocada? Estaba más cuerdo que nadie.

—Supongo que lo de Sahu tiene que ver con esto.

—Claro. Tu padre tuvo la sangre fría de nombrar como su consejero espiritual a una persona que sabía que confabulaba contra él. Sahu pertenecía al sacerdocio secreto. Recuerdo que, en una ocasión, Menkaure me dijo que prefería tener a los enemigos cerca para poder vigilarlos. Supongo que se puede aplicar a Sahu. Por otra parte, representaba a lo peor de la clase sacerdotal. Era una persona sumamente elitista y contraria al movimiento que comenzó Menkaure y que yo he continuado. Hay que abrir los templos al pueblo. ¿De qué sirve disponer de fastuosos edificios y de enormes salas de culto si no son utilizadas más que por un puñado de personas? Los dioses no pertenecen a los sacerdotes, ni siquiera al faraón. Son del pueblo. Esa es la mayor enseñanza que he recibido en mi vida y es cosa de tu padre.

—Sí, recuerdo que mi padre me repetía esas ideas, aunque, en aquella época, yo estuviera más interesada en otras cuestiones. ¿Qué más cosas ocultaba el papiro de mi padre?

—¿Cómo sabes que ocultaba más cosas?

—Tan solo lo pude ver una vez, aquel día en el *Templo de Neith*. Sin embargo, tu cara la veo casi todos los días. No sé por qué has elegido este preciso momento, pero te mueres por contármelas, eso lo tengo claro.

—Supongo que lo obvio lo conoces. Terminé su pirámide y las tres menores que se encuentran a su alrededor. Abrí al culto para el pueblo el *Templo Funerario*. Incluso se puede penetrar hasta la antecámara de la propia pirámide del faraón, aunque allí tan solo accedan sacerdotes para realizar sus oraciones en favor de Menkaure.

—Esa es una duda que siempre he tenido. ¿Por qué ordenó construir esas tres pirámides menores? Con una para él ya era suficiente.

—*«Que las reinas descansen a mi lado bajo la luz de Mintaca»*. ¿No recuerdas ese pasaje de la nota? La pirámide de Menkaure está alineada con la estrella Mintaca. Lo que quería tu padre es que sus esposas fueran las moradoras de esas pirámides.

—Pero mi padre tan solo tuvo dos esposas. Mi madre, la reina Khamerernebty II y Rekhetre I, no tres.

—Parece que tenemos un misterio, ¿verdad? Pues no es tal. En un principio, Menkaure construyó esa pirámide para ti. Erais sus tres reinas.

—¿En un principio? —preguntó extrañada Khentkaus.

—Sí, pero a mí me pareció que tú te merecías algo diferente. Al mismo tiempo que terminaba la construcción de la pirámide de tu padre, inicié una nueva más pequeña, pero separada de las otras tres.

—¿Otra pirámide? No sabía nada. Nunca hemos hablado de estas cosas. Supongo que será para ti.

—No. Cuando fallezca, yo no seré enterrado en Guiza. Creo que no estoy a la altura ni de Khufu, ni de Khafre y menos todavía de Menkaure. Antes que me lo preguntes, tampoco de ti. Tú has sido la verdadera reina de Egipto durante todos estos años y los que te quedan. Cuando fallezca, yo seré enterrado en una modesta mastaba en Saqqara, que ya está casi terminada.

—¿Por qué noto un tono de tristeza en tu voz?

—Esa es la última cuestión que desconoces del papiro de Menkaure.

—¿La construcción de mi pirámide y tu mastaba?

—No es exactamente eso, pero está relacionado. Estoy enfermo.

—¡Qué dices! —exclamó sorprendida Khentkaus—. ¿De qué? ¿Desde cuándo?

—Los médicos me lo detectaron un año antes del fallecimiento de tu padre. Esa es la causa por la que no hemos podido tener descendencia. No suponía un peligro inminente para mi vida, pero lo que me dejaron muy claro es que no moriría de anciano. Tú me sobrevivirás.

—¡No digas eso! Yo te veo muy bien. Has sabido gobernar el país con sabiduría y el pueblo te quiere tanto como a mi padre. Su legado está muy vivo en ti.

—No te equivoques. Mi enfermedad no se nota en mi exterior, pero me consume en mi interior. Tu padre lo sabía y, a pesar de ello, quiso que yo fuera el faraón. ¿Por qué si sabía que no viviría muchos años? La respuesta está en el papiro.

Khentkaus se abrazó con más fuerza a su esposo. Aunque no quería creer a Shepseskaf, en su interior sabía que no le estaba mintiendo. Una profunda tristeza se apoderó de ella.

—¿Cuánto tiempo?

—Muy poco.

—¡Nefer! —exclamó Khentkaus, sin poder evitar que una lágrima le recorriera la mejilla.

—¿Sabes cuánto tiempo hace que no me llamabas por ese nombre? Quizá desde nuestros tiempos en la escuela —dijo Shepseskaf, mirando con amor a su esposa.

—¿Te importa?

—En absoluto. Estoy orgulloso de él, como tu padre lo estaba del suyo. No sé si te diste cuenta de que firmó su último papiro no como Menkaure, sino como Sobek. Aquellos tiempos fueron maravillosos. Quizá los más auténticos de nuestras vidas, a pesar de nuestros nombres impostados. Éramos felices, no solo tu padre y yo. Me dio la impresión que tú también lo eras. Sobre todo a mi costa. No me dejabas en paz ni por un momento con tus malditas apuestas, que casi siempre ganabas. Aunque nunca lo hemos hablado, tu frescura y simpatía de aquellos años me ayudaron mucho a superar la separación de mi familia de adopción.

Khentkaus ya no era capaz de estrujar más a su esposo. Lo que acababa de escuchar de sus labios, unidos a la tremenda emoción que sentía en estos momentos, hacía de este instante algo mágico. Pasara lo que pasase, jamás lo podría olvidar. El torrente de sentimientos que le embargaba le impedía pronunciar una sola palabra.

—Te preguntabas por qué te estaba revelando cuestiones que desconocías precisamente ahora. Pues ya sabes el motivo.

—No leí nada en el papiro de mi padre acerca de tu enfermedad —reaccionó Khentkaus.

—Porque no hablaba de ella. Tan solo indicaba el camino a seguir.

—¿Y cuál es ese camino?

—*«Cuando se apague tu estrella, que Thuban una el Was con el Ankh»*. ¿No recuerdas ese pasaje del papiro?

—Sí, así terminaba, pero no lo comprendí. Me pareció algo poético fruto de sus últimos delirios. *Thuban* es la estrella del norte, el *Was* es el cetro del poder y el *Ankn* es el símbolo de la vida. ¿Qué tienen en común?

—Cuando se apague mi estrella, es decir, cuando yo fallezca, que el norte una el poder y la vida.

Khentkaus se quedó pensativa. No parecía comprenderlo. Al cabo de un instante, se incorporó de la cama.

—¡Eso es imposible! —exclamó espantada, sin poder apartar su mirada de Shepseskaf.

—Ese fue el último deseo de tu padre expresado en la última línea del papiro. Guardó lo más importante para el final.

Khentkaus ya no escuchaba a su esposo.

Su mente volaba hacia el norte.

## 41 GUIZA, EGIPTO, 5 DE AGOSTO DE 1837

—¡Justo a tiempo! —exclamó Mr. Hill.

En ese momento, se encontraban en la entrada de la tercera pirámide, con el sarcófago ya en su exterior, camino de la zona «C» del campamento, donde se almacenaban los hallazgos arqueológicos.

Su extracción de la pirámide había sido más complicada de lo que el mismo Mr. Perring había previsto. El carro con ruedas que trasportaba el sarcófago por el interior se había roto dos veces. La primera no supuso muchos problemas. Una de sus ruedas se partió, pero lo hizo en la zona de las *portcullis*, cuyo suelo era plano y permitió su reparación con rapidez. Sin embargo, en la segunda ocasión, la madera central que sustentaba el sarcófago se partió, además en un lugar inclinado y estrecho. Ello supuso bajar el sarcófago del carro a medida que habían construido, con sus tres toneladas de peso, y sustituir la madera. Perdieron un día completo, pero consiguieron extraerlo de la pirámide en apenas tres días.

Howard Vyse levantó la vista al escuchar las palabras de Mr. Hill. En efecto, pudo observar como una gran comitiva se acercaba hacia ellos. Por su composición, no le fue difícil deducir que se trataba del ministro Boghos Bey.

Vyse, esta vez, no se quería perder el espectáculo. En su primera visita a Guiza, Bey le había dicho que habían montado el campamento en menos de una hora. Cinco jaimas, una de las cuales era cerrada y de grandes dimensiones. Como militar, no podía creer que pudieran ser tan rápidos. El coronel Vyse, junto con su regimiento, estaban acostumbrados a montar y desmontar tiendas de campaña en lugares remotos y no les resultaba una labor ni rápida ni sencilla.

Se sentó en un montículo a observar el proceso.

Nada más llegar a la explanada vio como unas veinte varones extraían de los bultos de los camellos unos mástiles de cuatro metros de altura. Los fijaron al suelo con rapidez. Al instante, otras tantas mujeres extendían unas telas sobre la arena del desierto, quitando todas las arrugas que se hubieran podido producir durante el viaje. Después, las enganchaban de los mástiles. Aunque tan solo uno de sus lados estaba cubierto, habían montado cuatro jaimas en un instante. Mientras observaba estas armónicas maniobras, que le recordaban a sus danzas, no se había dado cuenta de que otras veinte personas habían levantado la jaima principal, cerrada por los cuatro costados. Todo ello en poco más de media hora. Aunque Vyse sabía que eran nómadas del desierto y que estaban acostumbrados a ese modo de vida, quedó impresionado.

—Parece que sus hombres son tan diligentes extrayendo sarcófagos de las pirámides como los míos son montando jaimas.

Vyse, que se había despistado viendo todo el despliegue, no había advertido la presencia del ministro Bey a su lado.

—Le aseguro que el espectáculo de sus jaimas es impresionante y más divertido, a los ojos de un occidental. Parecía que estaban bailando en vez de trabajando.

—Dicen que la danza es el lenguaje oculto del alma —le respondió el ministro, mientras se sentaba junto a Vyse.

—Es curioso. El general Sir Henry King, mi superior en el primer regimiento de las *West India*, le gustaba decir que todo el universo tiene ritmo, incluso las batallas.

El ministro Bey asistió con la cabeza, complacido. Sus ojos se posaron en la entrada de la pirámide. Observó el inicio del traslado del sarcófago.

—¡Menudo hallazgo! —exclamó—. Quiero trasmitirle las felicitaciones personales de Mohammad Alí Pachá de Egipto. Ambos estamos impresionados. Hablando con franqueza, pensábamos que nada hallarían en el interior de la tercera pirámide. Todas han sido saqueadas.

—Hágale llegar al pachá mi agradecimiento. En realidad, ambos tienen razón, Esta pirámide no es una excepción. También ha sido objeto de pillaje, pero nos encontramos con una sorpresa muy agradable en su interior. Es cierto que a los saqueadores no les suelen interesar los sarcófagos, pero este es excepcional por su extraordinaria decoración.

—¿Podría verlo de cerca?

—¡Por supuesto! Como puede ver, ahora mismo lo estamos trasladando al almacén, para su adecuada conservación. Ha permanecido miles de años bajo techo. Aunque sea de basalto, un material muy resistente, mejor mantenerlo a cubierto.

Ambos se levantaron y echaron a andar hacia el campamento.

—Supongo que, si se ha tomado las molestias de extraerlo de la pirámide, será porque se lo pretende llevar a Inglaterra.

—El mismo día de su descubrimiento mandé un listado al coronel Campbell con todos los hallazgos que habíamos hecho hasta esa fecha. En ese inventario, indicaba las piezas que me interesaban. Entre ellas estaba el sarcófago.

—¿Es consciente de lo le costará, en tiempo y en dinero, su traslado hasta el puerto de Alejandría? Las falucas que suelen navegar por el Nilo no pueden trasportar semejante peso.

—El *Museo Británico* se hará cargo de todos los gastos que la operación pueda acarrear, incluido lo que Mohammad Alí Pachá de Egipto desee como precio de compra. Somos conscientes que todo le pertenece y que necesitamos su autorización.

—Por eso no habrá problema. El coronel Campbell me dio el inventario, la propuesta de reparto y la compensación económica ofrecida. El pachá ya la ha aceptado, incluyendo los objetos que quiere llevarse de su viaje al Alto Egipto. Ya les he dicho que les está muy agradecido por la labor que han realizado. Nosotros no disponemos de los medios técnicos ni económicos para poder llevar a cabo una excavación de esta envergadura, aunque estamos trabajando en ello. Sus ayudas económicas nos vienen muy bien.

Vyse intentó no trasmitir la alegría que ahora mismo sentía. Hasta hubiera abrazado al ministro.

Mientras tanto, ya habían llegado junto al sarcófago. Mr. Raven y Mr. Perring, bajo la supervisión del propio Vyse, habían reconstruido la tapa del sarcófago, que habían encontrado fragmentada.

El ministro Bey se quedó fascinado. Ya le habían dicho que era de una gran belleza, pero no se esperaba semejante trabajo de tallado y pulido sobre una mole de basalto. Era consciente de que se hallaba ante una pieza única.

—¿Está la momia dentro?

—Ahora sí, pero la encontramos en su exterior, dispersa entre los restos de su ataúd de madera, medio roto y mal conservado. Ya sabe que a los saqueadores de hace siglos no les interesaban ese tipo de cosas ni sentían ningún respeto por los muertos, aunque hubieran sido faraones de Egipto. Tan solo buscaban objetos confeccionados con metales y piedras preciosas que pudieran vender.

—¿Quiénes fueron los primeros en entrar en la cámara mortuoria? Tienen el honor de ser los primeros occidentales que lo hacen.

—El primero fue Mr. Hill seguido por mí. Unos minutos después lo hizo Mr. Perring.

—Me gustaría que los tres tomaran el té en mi jaima. Para mí, será un placer gozar de su compañía.

Vyse sonrió para sus adentros. Él disfrutó de la última vez que Boghos Bey le invitó a compartir una velada en su jaima, pero no estaba seguro de que lo mismo fuera a suceder con Mr. Perring y con Mr. Hill. El primero era un ingeniero muy competente, pero con la mente muy cuadriculada. En cuanto al segundo, bueno, Vyse no era capaz de definirlo, pero no le gustaba socializar demasiado, por decirlo suave.

Después de un breve instante, se separaron. El ministro acudió a su jaima y Vyse fue a buscar a sus dos compañeros de excavación. Tal y como había previsto, ambos se mostraron reticentes a compartir mesa con el ministro, pero Vyse tuvo que hacerles comprender que no podían rechazar semejante invitación. Para los occidentales, tomarse un café o un té era algo rutinario, pero no sucedía lo mismo con los egipcios. Para ellos era mucho más, casi un acto ritual.

—Espero que, al menos, sea breve —dijo Mr. Perring.

—¿Sabes una de las frases que me dijo el ministro en nuestro anterior encuentro? Que no hay que valorar las cosas por el tiempo que duran, sino por la huella que dejan. Esa es su filosofía. El tiempo pasa en un instante. Diez minutos pueden ser suficientes para recordar toda una vida, o ser desperdiciados de cualquier otra manera. En esta vida, todo es relativo. ¿No está de acuerdo, Mr. Hill? —preguntó Vyse dirigiéndose al caballero británico, que apenas había participado de la conversación

—Hablando de frases, usted, que es anglicano, debería conocer lo que dijo recientemente su arzobispo, Richard Whately. *Pierde una hora por la mañana y la estarás buscando todo el día* —le respondió Mr. Hill, más pragmático.

Vyse sonrió.

—Estoy seguro de que se va a llevar de maravilla con el ministro Bey. Igual hasta le sorprende.

—Lo dudo mucho —le respondió Mr. Hill, que ya conocía al ministro de sus muchos años en Egipto.

Los tres fueron caminando hasta las jaimas instaladas en la explanada de las pirámides. Fueron recibidos con un espectáculo de danza, a cargo de las bailarinas que formaban parte de la comitiva del ministro. Mr. Hill llevaba muchos años en Egipto y ya había presenciado otros espectáculos semejantes, sin embargo, Mr. Perring parecía hipnotizado por aquellos movimientos imposibles. Después del recibimiento, el ministro les condujo al interior de su jaima.

—Tengo entendido que pretende abandonarnos este mismo mes —dijo Bey, dirigiéndose a Vyse.

—Le iba a preguntar qué cómo se había enterado, pero no lo haré. Supongo que el consulado británico sigue teniendo ojos y oídos para usted. Los únicos que estaban al tanto eran el coronel Campbell, mis dos compañeros aquí presentes, bueno, y por lo que veo, usted también.

—¿No quiere reconsiderar su decisión?

—¿Sabe? Egipto y, en especial, Guiza, han sido mi casa durante diecinueve meses. He disfrutado cada minuto que he pasado en su maravilloso país. Pero una casa no es un hogar. Un hogar no es una pirámide ni tiene que ver con cuestiones puramente materiales. El verdadero hogar es donde está tu familia. Creo que llevo demasiado tiempo alejado de ellos y los necesito a mi lado.

—Sabias palabras, coronel. Le honran como persona. ¿Quién supervisará la excavación cuando nos abandone?

—Ya que ha sacado el tema de la excavación, desearía hacerle dos sugerencias. La primera es que me gustaría que Mr. Perring continuara con sus labores técnicas. Gracias a sus precisas mediciones, hemos podido avanzar mucho en las pirámides.

Mr. Perring se sorprendió. Nada le había comentado previamente el coronel, pero lo cierto es que lo estaba deseando.

—¡Por supuesto! Nuestro actual contrato vence en unos pocos meses, pero no creo que suponga un problema extenderlo por dos años más. Creo que se lo merecen.

—Muchas gracias, ministro. La segunda cuestión que me preocupa es el traslado de todas las piezas hasta el puerto de Alejandría. Las menores no supondrán ningún problema, pero mover el sarcófago y otras piezas de parecido peso hasta Alejandría será una tarea colosal, que supongo que requerirá hasta de la construcción a medida de una barca que sea capaz de soportar su peso. Dudo que haya alguna que se adapte a las características tan específicas que se requerirán. Además, deberá hacer numerosos viajes para trasladar todas las piezas. Estimo que, entre todas las labores, puede trascurrir incluso un año completo. Yo ya no me encontraré en Egipto, pero quiero dejar el sarcófago y el resto de piezas a cargo de alguien de confianza. Por eso me atrevo a sugerirle que sea Mr. Hill el que se encargue de la supervisión y de todas las tareas asociadas a su traslado. Lleva mucho tiempo en Egipto y será capaz de conducir a buen término esta compleja operación, incluso mejor que yo mismo.

—También me parece razonable. Mr. Hill y yo nos conocemos de hace bastantes años y ha prestado grandes servicios a Egipto en el pasado. Además, tiene experiencia en esa materia. También supervisó el traslado del busto de Ramsés II desde su templo hasta el puerto de Alejandría. Esta vez le será bastante más complicado, pero también tiene más años y experiencia. Estoy seguro de que será capaz de conseguirlo.

—Me alegro de que esté de acuerdo en los trabajos que le propongo para ambos. Eran dos cabos sueltos que deseaba dejar atados antes de mi partida —agradeció Vyse la confianza del ministro.

—Existe un antiguo proverbio árabe que me parece muy interesante y adecuado para la ocasión. Dice: «*El que no sabe que no sabe, es un necio; apártate de él. El que sabe que no sabe, es sencillo; instrúyelo. El que no sabe que sabe, está dormido; despiértalo. El que sabe que sabe, es sabio; mantenlo a tu lado*». No le estoy haciendo ningún favor, coronel Vyse. En este caso, creo que manteniendo a mi lado a Mr. Perring y a Mr. Hill, el favor me lo hace usted a mí.

Tanto Hill como Perring le agradecieron las palabras al ministro. Así, estuvieron conversando durante más de una hora. Mr. Perring fue el que menos intervino. Era lógico, ya que era joven y llevaba poco tiempo en Egipto, sin embargo, Vyse se llevó una sorpresa con Mr. Hill. Conoció una faceta desconocida hasta ahora. Siempre le había parecido una persona taciturna, de pocas palabras e introvertida. Sin embargo, llevó el peso de la conversación con el ministro de forma brillante.

«¿Quién es en realidad Mr. Hill?», se preguntó Vyse. «En ocasiones así, tengo la sensación de que no lo conozco».

No era una sensación.

De hecho, si lo llega a conocer bien no le hubiera propuesto para ese trabajo.

## 42 PUERTO DE ALEJANDRÍA, EGIPTO, 27 DE AGOSTO DE 1837

—Ha llegado el momento, viejo amigo.

—Lo de viejo lo acepto, pero lo de amigo no sé qué decir. Llegué a Egipto el 29 de diciembre de 1835 para hacer una expedición de seis meses como máximo. Esos seis meses se han convertido en veinte, gracias a tus malas artes.

—¡No te podrás quejar! Has sido el primer occidental, junto con Mr. Hill y Mr. Perring, en penetrar en la pirámide de Menkaure. Eso pasará a los libros de historia. No solo serás recordado como un valiente miembro de la *Armada Británica*, ahora también lo serás por ser un brillante egiptólogo.

Howard Vyse se estaba despidiendo de su amigo, el coronel Patrick Campbell, justo enfrente del navío que lo iba a llevar a su país.

—Me hubiera gustado quedarme hasta ver trasportados todos los objetos a Londres, sobre todo el sarcófago de Menkaure, pero su trasporte hasta este puerto le llevará a Mr. Hill mucho tiempo e ingenio. Con todas las dificultades a las que se va a enfrentar, no le extrañe que hasta mediados del año que viene no lo consiga, o quizá incluso más. No me puedo permitir el lujo de permanecer más tiempo en este país. Ya he hecho mucho más de lo que suponía que iba a realizar. Mi familia me espera.

—¿El *Museo Británico* está al tanto de todas las operaciones?

—Sí, por eso no te preocupes. Están perfectamente informados de todo y yo he firmado un contrato con mi amigo, el capitán mercante Richard Mayle Whichelo, que se gana la vida navegando con su goleta *Beatrice*. Dispone de una capacidad de carga más que suficiente para trasportar todos los objetos hasta el puerto de Londres. El *Museo Británico* ha asumido todos los costes de la operación, por lo que no tenemos que preocuparnos por nada. Mr. Hill tan solo tiene que llevar la mercancía hasta Alejandría. Una vez se encuentren allí, todo está dispuesto.

—Veo que, a pesar de que nos dejas, lo tienes todo previsto.

—Todo no. No veo a Sloane.

—Sí, a mí también me ha extrañado que no esté aquí.

—Esperaba que asistiera a mi despedida de Egipto —dijo Vyse, en un extraño tono de broma.

—En realidad, hace ya una semana que no veo a Sir James Stephen. No es la primera vez que sucede, pero te confieso que esperaba verlo hoy en el puerto, despidiéndose de ti. Él fue el que te dio la bienvenida cuando llegaste a Egipto. Suponía que también se querría despedir.

Vyse estaba sonriendo.

—¿Qué es lo que te hace tanta gracia? —le preguntó Campbell.

—¿Te puedo hacer dos preguntas, Patrick? Me gustaría que me las contestaras con absoluta sinceridad.

—Por supuesto.

—Antes de que llegara a Egipto, ¿conocías a Sir James Stephen? Yo sabía quién era por su nombre, pero jamás fuimos presentados.

—Si te refieres a qué si lo conocía personalmente, mi respuesta es no. Mi antecesor en el cargo me advirtió que solía visitar Egipto de vez en cuando, y así ocurrió. Apenas llevaba unos días ocupando el puesto de cónsul general cuando se presentó ante mí y me mostró todas sus credenciales. Las falsas a nombre de Mr. Sloane y su nombramiento como vicecónsul en Alejandría y su verdadera documentación, como Sir James Stephen, subsecretario de estado para las colonias británicas.

—Lo suponía. ¿Conocías que el *signore* Caviglia llevaba traficando con antigüedades desde que llegó a Egipto, hace ya muchos años?

—¿Qué? —preguntó Campbell, muy sorprendido—. Eso no puede ser. En el consulado trabaja mucha gente aparte de mí. Es cierto que, en ocasiones, estoy muy ocupado con mi trabajo, pero es imposible que ningún funcionario lo advirtiera y me lo comunicara.

—Lo que te voy a decir igual te suena a fantasía, pero es cierto y dispongo de pruebas. Caviglia y el tal Sir James Stephen traficaban con antigüedades. Caviglia se encargaba de escamotearlas de la excavación y Sir James Stephen las colocaba entre ricos ingleses, ávidos por hacerse con piezas del Antiguo Egipto.

Campbell no esperaba escuchar eso y se sorprendió visiblemente.

—¿Sabes las tonterías que estás diciendo? Caviglia llevaba en Egipto veintiún años y era el arqueólogo de confianza de mismísimo Mr. Salt, incluso por encima de Giovanni Belzoni. Y en cuanto a Sir James Stephen, ¿te crees que un acaudalado y respetado miembro del gobierno de Su Majestad necesita las migajas que podría obtener vendiendo antigüedades robadas? No sé si sabes que tiene una gran fortuna familiar, probablemente muy superior a las nuestras. No se ensuciaría las manos por dinero. Tiene más del que se puede gastar en varias vidas.

—Eso si fuera Sir James Stephen.

Campbell no salía de su asombro.

—¿Acaso lo dudas? Yo mismo comprobé todas sus credenciales y eran correctas.

—Mira, Patrick. Caviglia es un ladrón. Mr. Hill, que lleva en Egipto tantos años como él, lo sabía perfectamente. Cuando me advirtió de ello, revisé con más detalle el inventario de la excavación y hablé con todos los trabajadores. Era cierto. Había hallazgos, la mayoría estatuas y otros pequeños objetos fáciles de trasportar, que no aparecían registrados en el inventario oficial. Pero no podía trabajar solo. Alguien debía ser el responsable de que esos objetos salieran de Egipto sin que nadie se diera cuenta, para luego colocarlos en el mercado negro británico. Eso no lo podía hacer Caviglia desde Guiza. Tan solo había dos candidatos posibles. Tú y Sloane.

—¿En serio sospechaste que yo podría ser un traficante de antigüedades?

—Eras un buen candidato, reconócelo. Tu condición de cónsul general te permite sacar lo que te dé la gana del país sin ser revisado por las autoridades locales. Pero hay un detalle que te descartó. El incidente del escorpión. Tú no estabas en Guiza aquel día.

—¿Y eso qué tiene que ver?

—Ya te conté en Guiza mis sospechas acerca de ese incidente. El escorpión no se pudo colar en mi cama por casualidad. Eso ya me lo dejó claro el *janissary* Selim. Cuando advertí que había sido atacado, até cabos y comprendí que mi presencia molestaba a alguien en Guiza. ¿Por qué? Yo tan solo quería explorar las pirámides. Entonces, lo comprendí. En las pirámides había muy poco que robar, pero en las tumbas cercanas a la Esfinge se encontraban enterramientos que solían contener pequeños objetos. Ambos hechos debían de estar conectados de alguna manera. Esta revelación me llevó a otro problema. Caviglia podrá ser un ladrón de poca monta, pero estoy convencido de que no tiene las agallas para introducirme un escorpión en mi cama. ¿Quién tenía acceso a la zona «D» del campamento? Esa noche tan solo estábamos tres personas, Caviglia, Sloane y yo. Tú estabas en Guiza. ¿Quién queda? Me parece que nos hemos quedado con tan solo un candidato.

—¡Estás loco! ¿Primero me dices que Sir James Stephen es un traficante de antigüedades y ahora intentas convencerme de que es un asesino?

—No, intento convencerte de que Sloane no es Sir James Stephen.

La cara de asombro del coronel Campbell iba en aumento a medida que la conversación avanzaba.

—¡Te has vuelto loco! ¡Ya te he dicho que comprobé sus credenciales!

—Pero jamás lo habías visto antes, como me has reconocido al principio de la conversación.

—¿Y eso qué tiene que ver? No solo portaba su documentación oficial, sino también una carta firmada por Sir Robert Peel, el que entonces era primer ministro del Reino Unido, ordenándome ponerme a disposición de Sir James Stephen para lo que deseara.

—¿Notaste algo extraño en sus ojos?

—¿Qué pregunta más estúpida es esa?

—Que Sir James Stephen padeció, cuando era niño, un gran ataque de viruela que le dejó secuelas permanentes en la visión de ambos ojos. Su salud siempre fue muy débil, hasta el punto de que, con tan solo 39 años de edad, estuvo gravemente enfermo ingresado en un hospital. Cuando superó sus dolencias, le nombraron número dos en la *Oficina de*

*Guerra y Colonias* y poco después, subsecretario de estado para las colonias británicas. A pesar de sus nombres, son cargo de oficinista que no requieren viajar. Sir James Stephen jamás ha salido del Reino Unido. Su escasa visión y su delicada salud siempre se lo han impedido. Además, hay un detalle importante. A causa de su condición médica, le impusieron un severo régimen alimenticio, por lo que es una persona de constitución delgada. ¿Te concuerda todo eso con nuestro amigo Sloane, con su prominente barriga casi tan grande como la tuya?

El coronel Campbell estaba atónito.

—¿Cómo puedes conocer tantos detalles de la vida de Sir James Stephen? Supongo que serán datos médicos confidenciales y no de público conocimiento. Es mi jefe superior y ni siquiera yo sabía nada de ello.

—Te dije que no lo conocía en persona, sin embargo, soy amigo de su hermano pequeño, Sir George Stephen. Es un abogado de prestigio y lleva todos los asuntos legales de mi familia. Le mandé una nota hace unos meses. Recibí su respuesta hace un par de semanas. Puedes leerla por ti mismo —dijo Vyse, entregando una carta a su incrédulo amigo.

Efectivamente, en esa nota confirmaba todo lo que Vyse acababa de relatar. Cuando Campbell terminó de leerla, levantó la vista hacia Vyse.

—¿Quién es entonces Sloane?

—Sin duda, un gran actor. Además, me temo que no es el único en Guiza.

—¡Esta mañana te has propuesto que me dé un infarto! ¿Qué más misterios hay en la excavación que desconozca?

—Quiero pedirte un último favor —dijo Vyse, en tono misterioso.

—¿Tiene relación con Guiza?

—Sí.

Vyse le trasmitió al coronel Campbell sus sospechas.

—¡Eso es imposible! —exclamó escandalizado—. ¿Hemos puesto al zorro a cuidar de las gallinas?

—Algo así. Tan solo quería advertirte. Una vez abandone Egipto, tú serás el responsable de lo que suceda.

—¡Esto no es una advertencia! ¡Es una catástrofe!

—No exageres. Tan solo tendrás que prestar especial atención a determinados detalles. Cuando llegue el momento, quiero que me mantengas informado.

Campbell no acertó a decir ni una sola palabra más, ni siquiera cuando vio a Howard Vyse como se embarcaba en el navío que le llevaría a su hogar.

«Como despedida, no ha estado mal», pensó Vyse, mientras abandonaba Egipto, observando el colorido habitual del puerto de Alejandría, que siempre le había encandilado. Aunque, en esta ocasión, había otro colorido que llamaba más su atención.

El «rojo tomate» en el rostro de su amigo Patrick Campbell.

## 43 PUERTO DE ALEJANDRÍA, EGIPTO, 20 DE SEPTIEMBRE DE 1838

—¿Qué dice? Eso no puede ser.

—¿Por qué? ¿No le parece más seguro?

—Me parece más extraño. El coronel Vyse, hace más de un año, ya dejó todo planificado. Contrató el medio de transporte. Lo tiene frente a usted, la goleta *Beatrice*. El capitán Whichelo lleva atracado dos meses en Alejandría en espera de que toda la mercancía estuviera en el puerto.

—Ya conocía ese extremo. El coronel Vyse también me informó de ello antes de su partida de Guiza —dijo Mr. Hill.

—Entonces ¿por qué pretende alterar su planificación? —preguntó extrañado el coronel Campbell—. La goleta *Beatrice* es un navío lo suficientemente grande como para trasportar con seguridad todos los objetos hasta Londres. Su capacidad de carga se acerca a las trescientas toneladas y fue construida en Quebec hace apenas once años. Se encuentra en perfecto estado de conservación. Ha cruzado el océano Atlántico en varias ocasiones. El capitán, que nació en Brighton y se crió en su puerto, ha sido marino toda su vida y lleva navegando por esas mismas aguas casi treinta años. Está claro que el coronel Vyse buscó lo mejor de lo mejor.

—No lo dudo. En ningún momento estoy proponiendo prescindir de los servicios del capitán Whichelo y de su goleta. Tan solo estoy sugiriendo separar la carga en dos embarcaciones diferentes. Ya le he dicho que se trata de una medida de seguridad adicional. Estoy seguro de que el propio coronel Vyse no pondría ningún impedimento.

—¿Cómo lo puede saber? ¿Acaso está informado él o el *Museo Británico* de lo que pretende hacer? Le recuerdo que es el propio museo es el que sufraga los gastos de la goleta *Beatrice* y no creo que le haga ninguna gracia tener que desembolsar cantidades adicionales de forma innecesaria. Supongo que se hace una idea de lo que cuesta fletar una goleta de estas características para navegar desde Alejandría hasta el puerto de Londres.

—Durante este último año he intercambiado numerosa correspondencia con el coronel Vyse. Ha estado perfectamente informado de todas las vicisitudes y problemas que me he encontrado a la hora de trasladar el sarcófago de Menkaure hasta Alejandría. Es conocedor que, al final, lo logré, y también que ya nos encontramos en el puerto. En cuanto al *Museo Británico*, les envié una nota para informarles de mi intención de dividir la carga en dos goletas.

—¿Qué le han respondido?

—Que ellos tan solo se hacían cargo de sufragar los gastos de la *Beatrice*. También me decían que el importe ya había sido abonado por anticipado al capitán Whichelo. Además, me informaron de que habían suscrito un seguro con la compañía británica *Lloyd's*, que cubría el valor de todo lo trasportado en la goleta *Beatrice*.

—Entonces ¿por qué insiste en separar la carga? Ya tiene su respuesta. El *Museo Británico* no desembolsará ni un solo penique más de lo ya acordado y pagado.

—No se trata de un problema económico —dijo Mr. Hill, bajando la cabeza y evitando el cruce de miradas con el coronel Campbell—. Simplemente hago lo que tengo que hacer.

—¿Y qué se supone que significa eso?

—Sin contar el sarcófago de basalto de Menkaure, estamos hablando de más de doscientas cajas llenas de antigüedades egipcias de incalculable valor. También las dos estatuas de mármol rosa que hallamos en la pirámide de Menkaure, cuando el coronel Vyse ya se había marchado de Guiza. Es un verdadero tesoro. ¿De verdad quiere que viaje todo ello en la misma embarcación? ¿Qué sucedería si se hundiera? Sabe que no es la primera goleta que desaparece en este mismo trayecto, engullida por las aguas. Lo único que intento es que no suceda eso. Y no me diga que la carga está asegurada. ¿Qué valor pueden tener esas piezas? Yo se lo diré, no lo tienen. No existe dinero en el mundo que las pueda reemplazar.

El coronel Campbell seguía sin estar convencido.

—La goleta *Beatrice* ha realizado decenas de veces el trayecto entre Alejandría y Londres sin ningún incidente. Aparte del capitán, cuenta con un magnífico contramaestre y una marinería de primera. Sus bodegas son muy amplias y permiten estibar la carga con total seguridad, incluso separando el sarcófago del resto de las cajas y las estatuas. Hasta llevan a bordo a un maestro carpintero, para arreglar los posibles desperfectos que pudiera sufrir la embarcación durante el viaje. No creo que encuentre otra goleta mejor dotada y más segura que la *Beatrice*.

Mr. Hill se rascó la cabeza.

—No debo estar explicándome bien —dijo—. En ningún momento he hablado de no cargar la goleta *Beatrice* con la mayoría de los hallazgos que nos llevamos al *Museo Británico*. Pero no debe ir todo en el mismo barco.

—Es usted un cabezota. En el supuesto de que aceptara, cosa que no he hecho, ¿quién sufragaría los enormes costes de fletar otra goleta?

—Eso no sería ningún problema. Correrían a cargo de mi jefe y nada reclamaría por ellos al *Museo Británico*. Tan solo busca la seguridad en el trasporte, nada más.

—¿Podría saber quién es su jefe exactamente?

—Ya sabe para quién trabajo, nunca se lo he ocultado. Creo que nuestra colaboración ha sido muy fructífera.

—¿Me podría mostrar alguna prueba de ello?

—¿A qué viene esta desconfianza después de tantos años? Creo que he cumplido con mi trabajo de trasladar todas las piezas desde Guiza hasta Alejandría con éxito, a pesar de todas las dificultades que nos hemos encontrado durante el trayecto. Ya le he dicho que el coronel Vyse ha estado informado en todo momento de ellas y me ha felicitado por mi diligencia.

—Precisamente por el coronel Vyse —le respondió Campbell—. Supongo que usted lo desconocerá, pero resulta que Mr. Sloane no era ni Mr. Sloane ni quién decía que era, detrás de ese disfraz.

—Conozco la verdadera identidad de Mr. Sloane desde hace tiempo. De hecho, ya le advertí al propio coronel Vyse acerca de él. Pero, ¿qué tiene qué ver eso conmigo?

—¿De verdad sabía quién era Sloane? —preguntó Campbell, con toda la intención.

—Ni era vicecónsul ni un *lord* inglés miembro del gobierno británico. ¿Le vale con esa respuesta?

Campbell se sorprendió. «¿Cómo podía tener esa información una persona como Mr. Hill?», pensó asustado. Se sobrepuso lo más rápido que pudo.

—¿Sabe cuál fue la última frase que me dijo el coronel Vyse cuando partió de Egipto? Que, en Guiza, nada era lo que parecía ser. Comprenda mi desconfianza.

Mr. Hill no pudo evitar sonreír.

—Ese fue un consejo que le di yo mismo al coronel Vyse, creo que en abril del año pasado. No son sus palabras, sino las mías.

—No me ha comprendido —le respondió Campbell—. Esas palabras me las dijo en relación con usted.

A Mr. Hill se le borró la sonrisa de su rostro de inmediato.

—Veo que no existe demasiada confianza, a pesar de todo lo que he hecho. De todas maneras, ya teníamos prevista esta contingencia. Tome, esta carta es para usted —dijo Mr. Hill, mientras sacaba de su túnica una carta arrugada.

—¿«Teníamos»? —preguntó extrañado Campbell—. ¿Quiénes?

—Mire por usted mismo.

El rostro del coronel Campbell pareció trasmutarse. Aquello sí que no se lo esperaba.

—¿Esto es auténtico?

—Si lo abre, creo que saldrá de dudas y podremos resolver esta situación lo más rápido posible.

—¿Pero este escudo es...?

—Sí, es el escudo de Gregorio XVI —le interrumpió Mr. Hill—, Papa de Roma y jefe del *Stato Della Chiesa* o los Estados Pontificios, como prefiera llamarlos. La carta va dirigida a usted.

—¿El Papa me manda una carta a mí? —preguntó el coronel Campbell, que no salía de su asombro. El sobre estaba cerrado, lacrado con el mismo escudo y no había sido manipulado.

—Por favor, ¿quiere abrirla y leerla?

Campbell obedeció como si Mr. Hill fuera el mismísimo Papa.

En su interior había una breve carta manuscrita en la que le informaba que Mr. Hill era su embajador personal en Egipto y estaba firmada por *«Gregorius PP. XVI»*, que era la rúbrica en latín de su nombre.

El sobre también contenía toda la documentación que acreditaba que los Estados Pontificios habían contratado los servicios de otra goleta de parecidas características a la *Beatrice*, que se encontraba fondeada en el Puerto de Alejandría, con destino a Londres.

—Disculpe, Mr. Hill, pero sigo sin comprender nada. Para empezar, desconocía que el Papa fuera aficionado a la egiptología. No constan en los archivos del consulado ninguna petición formal de los Estados Pontificios acerca de ningún tema relacionado con Egipto. Ahora, de repente, comprenda que no puedo evitar que me resulte extraño este súbito interés.

—El Papa no es aficionado a la arqueología ni a la egiptología en particular. Se trata de otra cuestión.

—Sabe que, a pesar de todo este despliegue de medios, la decisión acerca del flete de las piezas me corresponde a mí. Todas ellas han sido adquiridas de forma legítima por el *Museo Británico* y yo soy el responsable de su embarque. Agradezco el interés del Papa por su seguridad, pero si no me explica el verdadero motivo de todo ello, no lo autorizaré.

—¿El verdadero motivo? —repitió Mr. Hill.

—¡Venga, que no soy idiota! Tiene que existir algún motivo muy importante para que quieran dividir en dos goletas este cargamento, cuando saben perfectamente que en la *Beatrice* caben diez cargas como esta. Y no me venga con cuestiones de seguridad, que no me las creo.

Mr. Hill se quedó un momento en silencio.

—¿Accedería si las doscientas cajas y el sarcófago de basalto de Menkaure embarcaran en la *Beatrice* y el resto en la otra goleta?

—¿Qué resto?

—El ataúd de madera que contiene los huesos del faraón, las dos estatuas de granito rosa más grandes, que van embaladas por separado y alguna pieza menor.

Si el coronel Campbell ya estaba completamente desconcertado por la actitud de Mr. Hill, aquello lo terminó de descolocar.

—¿Me estás diciendo que la Iglesia Católica no quiere que viajen en la misma goleta el sarcófago de basalto del faraón Menkaure y el ataúd de madera que contiene sus restos?

—Algo así.

—¡No me vale «algo así»! —exclamó Campbell, que ahora parecía enfadado—. ¿Qué intenta ocultar el Papa? Semejante despliegue de medios para un asunto menor como este resulta inconcebible. Lo siento, pero para autorizar semejante disparate, me tendrá que dar más datos.

—Yo soy un simple miembro de la Iglesia Católica. ¿Cree que el Papa de Roma se digna a explicarme los motivos de mis misiones? Ya me he acostumbrado a llevarlas a cabo sin hacer preguntas, porque tampoco obtendría respuestas. De todas maneras, ¿qué más le da? El *Museo Británico* va a recibir todo lo que ha comprado de igual manera y sin que le cueste ni un solo chelín de más. Además, la práctica totalidad de la carga seguiría siendo trasportada por la goleta *Beatrice*. Sabe que le estoy pidiendo una minucia.

Campbell tenía claro que no debía ser «una minucia» cuando el Papa se tomaba tantas molestias, pero, por otra parte, debía de reconocer que Mr. Hill tenía razón. Daba igual si se utilizaban una o dos goletas, si el destino de ambas era el mismo. Además, el *Museo Británico* no se había opuesto al plan de Mr. Hill. Lo único que había dejado muy claro es que no se haría cargo de posibles sobrecostes y, en este caso, no los había. Por otra parte, tampoco deseaba entrar en conflicto con los Estados Pontificios. En términos diplomáticos era mejor llevarse bien con ellos.

—Está bien —afirmó Campbell, cuando salió de sus pensamientos—. Daré las instrucciones oportunas para el cambio en la carga de las goletas, a pesar de que no comprendo nada.

Mejor que no lo hiciera.

## 44 PUERTO DE LIVORNO, ITALIA, 3 DE OCTUBRE DE 1838

—¡Parecéis atontados! ¡Cargad las provisiones de una vez! Tenemos que zarpar en menos de dos horas —gritó en capitán Whichelo a sus diez marineros.

—No deberías ser tan duro con ellos —le dijo el contramaestre James Wilson—. Estamos embarcando una gran cantidad de provisiones. Nuestra escala en Malta fue corta, pero ahora debemos navegar hasta Gibraltar siguiendo la costa española. Casi tres semanas de provisiones son muchas.

—La culpa es tuya, James, que los tienes malcriados. Se supone que estoy haciendo una tarea que te corresponde a ti, no a mí.

—Por eso, déjame encargarme a mí de este trabajo y vete a tu camarote para comprobar la ruta. Será nuestro trayecto sin escalas más largo de todo el viaje.

—Lo he hecho decenas de veces —respondió Richard Mayle Whichelo, conocido por todos como el capitán Rick—. No sé que más tengo que mirar. Adonde va la mar, van las olas. De todas maneras, tienes razón. Haz tú puñetero trabajo.

Los contramaestres, en las embarcaciones británicas, tenían como función principal hacerse cargo de la dirección de la marinería, incluyendo mantener el orden y la disciplina entre ellos y vigilar el buen estado de los aparejos. En embarcaciones menores como la goleta *Beatrice*, en la que no disponían de piloto, también era el responsable de sustituir al capitán, en caso de necesidad.

—¡Paddy! —gritó el contramaestre—. Sal de tu cocina y ayúdame a revisar las provisiones.

Paddy era el diminutivo de Patrick Cullen, un marinero y cocinero irlandés de Cork. Llevaba navegando con ellos muchos años, pero era tan bueno con los fogones como con la litera. Si no lo despertaban para que les preparara la comida, era capaz de dormir todo el día.

—¡No me dejas en paz ni amarrado en un puerto! —exclamó, mientras subía las escaleras y se acercaba a la borda, junto con James.

—Anda, revisa si han comprado todo lo que les mandaste. Nos quedan unos quince días de navegación hasta Gibraltar y no me gustaría pasar hambre.

—Siempre nos podemos comer al faraón que llevamos en la bodega —bromeó Paddy.

—¡Ni lo nombres! —exclamó James.

—¿No me digas que tú también haces caso a los chismes de los marineros? No me lo imaginaba de un fornido contramaestre como tú—. Te criaste en Devon, ¿no?

—Sí. ¿Y eso qué tiene qué ver?

—Que no te pareces demasiado a tu camarada Sir Francis Drake, que también nació allí. A los veintidós años obtuvo el mando de su primer navío, el *Judith*. No había nadie que lo parara y no era un *gallina* como tú.

—No es miedo, es respeto. No siempre se viaja con el sarcófago de un faraón a bordo. Ya sabes que se escuchan historias de maldiciones por todas partes. Siempre que se profana una tumba, sucede de inmediato un hecho maldito. Por ejemplo, ¿sabes lo que había escrito en la tumba de un faraón?

—A ver qué tontería te inventas. Te advierto que, a pesar de ser irlandés, no creo en supercherías. Eso de los duendes verdes y el *Leprechaun* está bien, pero solo cuando te has echado al cuerpo cinco o seis pintas de buena cerveza.

—El faraón Ankhmahor dejo escrito que *«a todos los que osen profanar la morada de mi cuerpo, les agarraré como a un pájaro, de modo que teman ver a los espíritus radiantes»*.

—O sea, que se va a cagar una gaviota sobre nuestras cabezas —rio Paddy.

—No te lo tomes a broma, que aún hay cosas peores. También decían que el castigo que sufriría un profanador o los que colaboraran con él sería la violación por un asno, que los antiguos egipcios asociaban con Seth, dios de la muerte y el caos.

—Mira, eso igual hasta te gusta.

James le dio un pequeño empujón a Paddy.

—¡Te repito que no bromees! ¡La muerte y el caos! —exclamó el contramaestre, evitando responder a la burla del cocinero—. Eso no es bueno en tierra, pero todavía lo es menos en medio del mar.

—¿Estás insinuando que por llevar el sarcófago de una persona que la palmó hace casi cinco mil años vamos a tener una travesía complicada? ¡Venga ya! ¡Eres más *cagatinta* que un calamar!

—No se puede desafiar a ciertos poderes.

—En eso te doy la razón. Como no cumplas tu cometido y sigas las instrucciones del capitán Rick, conocerás las consecuencias de desafiar su poder. Te aseguro que, con esa vara que le gusta llevar siempre consigo, pega unos azotes de auténtico espanto. Lo sé bien porque me despierta muchos días de esa manera. Así que déjate de supercherías de marinero borracho y vamos a comprobar los víveres. ¿No me habías despertado para eso? Mira que yo también te puedo lanzar una maldición de esas que parece que te gustan. *«Si no haces con diligencia tu labor, serás empalado por el mástil mayor»*. Creo que estaba escrito en palacio del faraón Padaure, de *nosecuál* Dinastía.

—¡Eres imposible! —dijo James, que no pudo evitar reírse ante las ocurrencias de Paddy, pero se notaba que no las tenía todas consigo.

Comprobaron todas las provisiones que los diez marineros habían cargado en la goleta. El contramaestre acudió al capitán a dar novedades y, en apenas media hora, ya habían zarpado del puerto de Livorno, rumbo a su siguiente escala en Gibraltar.

James Wilson había comprobado como siete veces el velamen y los aparejos de la goleta. Todo estaba en orden. A pesar de ello, le embargaba un sentimiento de incertidumbre como nunca lo había hecho en todos los años que llevaba navegando por estas aguas.

«Por mucho que diga Paddy, entre los marinos, siempre se ha considerado de mala suerte subir difuntos o incluso ataúdes vacíos a los barcos. Hasta él mismo lo sabe, aunque aproveche para burlarse de mí», pensó el contramaestre.

Desde luego que lo era.

## 45 EN LA ACTUALIDAD, AEROPUERTO DE DUBLÍN, IRLANDA, 21 DE OCTUBRE

—¿Dónde vas?

—Nos vemos en un momento, no te preocupes.

—Pero tenemos que pasar el control de seguridad del aeropuerto. Mira la cola que hay. No vamos muy sobrados de tiempo. El vuelo sale a las diez y media y son las nueve y cuarto.

Rebeca se limitó a sonreír y dejó a Ryan solo, en la cola. Después de treinta minutos de espera, pasó los controles y, para su absoluta sorpresa, allí estaba Rebeca. Además, llevaba unas bolsas de las tiendas del aeropuerto.

—¿Cómo lo has conseguido? No has pasado el control de seguridad obligatorio para todos los pasajeros. He estado muy atento a todas las colas, por si te veía. Ni siquiera has pasado por la preferente. Además, llevas esperándome algún tiempo, porque veo que te ha dado tiempo a comprar algunas cosas.

—Son regalos para mi hermana.

—¿Para tu hermana? —preguntó Ryan, incrédulo. Aún recordaba que la habían secuestrado hacía seis días.

—Para eso se supone que hacemos este viaje, ¿no? ¡A buenas horas iba a regresar a España si no fuera por la *petarda* de Carlota! Lo que le he comprado es para estampárselo en la cabeza en cuanto la vea.

A Ryan le costaba comprender la situación.

—No te escapes y contesta a mi pregunta. ¿Por dónde has pasado el control de seguridad?

Rebeca sonrió.

—Por ningún sitio. Recuerda que el verde es el color de Irlanda.

Ryan recordó el pasaporte diplomático de Rebeca. Era de color verde.

—Entonces, ¿es en serio que eres una diplomática rusa? Te confieso que creía que me estabas tomando el pelo, pero no te he visto pasar los controles. Debe ser verdad.

—Es cierto que soy rusa, eso creía que ya había quedado claro. Lo del pasaporte diplomático es otra historia que no te puedo contar, porque después debería matarte y no me apetece hacerlo a estas horas de la mañana. Aún estoy medio dormida. ¡Qué pereza! —le respondió, sin perder la sonrisa.

—No, si aún tendré que darte las gracias por no ser sincera conmigo y no querer matarme.

—Anda, dejémonos de tonterías y vayamos a la puerta de embarque, que aún nos quedan quince minutos para llegar. Además, me parece que el que me debe muchas explicaciones eres tú. Recuerda la condición que te puse para que me acompañaras en este viaje. Quiero saberlo todo acerca de la búsqueda del tesoro.

—No te preocupes, yo seré el sincero de los dos. Tú, mientras tanto, puedes seguir burlándote de mí a tu antojo. ¡Y no me mates cuando te termines de despertar y ya to te dé pereza!

—¡Me encanta! —exclamó Rebeca, ahora riéndose abiertamente.

Esperaron sentados a que comenzara el embarque de su vuelo. En las pantallas de información de «Salidas» del aeropuerto, indicaba que faltaban cinco minutos para que abriera el mostrador de embarque y no había retraso.

—¿Por qué nos vamos a Valencia? —preguntó Ryan, que no lo comprendía.

—Porque es dónde nos ha citado mi hermana, hoy mismo. Ya te lo había contado. ¿Tienes problemas de memoria?

—¿Hoy? ¿Y no debimos tomar un vuelo ayer?

—Tan solo hay dos cosas que he echado de menos desde que estoy en Dublín. La primera es la luz. No me importa que en Irlanda llueva mucho o que haga frío. De hecho, casi lo prefiero. Pero la luz del mar Mediterráneo es algo especial. No la valoras hasta que no la tienes. Te da la vida. La segunda cosa que echo de menos es la gastronomía y eso que yo no soy muy exigente. ¡Por Dios, qué mal coméis los irlandeses! Llegaremos a Valencia a las dos del mediodía, hora española. A las tres he reservado una mesa en mi restaurante favorito de El Palmar, una pedanía de Valencia que se encuentra en una isla del *Parque Natural de la Albufera*. Allí se comen unas paellas valencianas de ensueño. Después de la sobremesa, por la tarde, ya veremos a mi hermana.

—¿Dónde?

—Creo que el lugar te sorprenderá.

En ese momento, vieron como se abría el mostrador de embarque para su vuelo. Se levantaron, hicieron la cola, pasaron el control y subieron al avión. Quince minutos después ya habían despegado.

—Bueno, creo que ha llegado el momento de la verdad —dijo Rebeca, con una amplia sonrisa en su rostro—. Tenemos por delante dos horas y media de vuelo y no quiero que omitas ningún detalle.

—Ryan miró a su alrededor. Iban sentados en la primera fila. A su lado no había nadie y detrás tampoco, pero el avión iba casi lleno.

—¿No me digas que...?

—Sí. He comprado seis billetes. No quería distracciones ni que nadie nos escuchara hablar. Por cierto, empieza ya.

—Hablando de empezar, todo comenzó en el *UCD*.

—¿*Lo cualo*? —preguntó Rebeca—. En España eso fue un partido político de la transición. Unión de Centro Democrático, encabezado por el fallecido Adolfo Suárez.

—En Irlanda, el *UCD* es el club de buceo aficionado más grande del país. Su nombre completo es *UCD Sub-Aqua Club*. Por mi trabajo como militar, nos pasábamos tres o seis meses seguidos de misiones por todo el mundo. Después, disponíamos de otros tres o seis meses de vacaciones, también seguidos. Me aburría, así que me apunté a ese club de buceo.

—Para cambiar de aires, ¿no?

—No te burles. En mi trabajo como buzo militar trabajaba a profundidades entre doscientos y trescientos metros, equipados con escafandras. Allí abajo no se ve nada. Además, nuestras misiones y entrenamientos no eran de placer. Íbamos provistos con fusiles de asalto subacuáticos, nos movíamos con vehículos de propulsión para buceo y utilizábamos explosivos C-4 y minas lapa para llevar a cabo demoliciones submarinas, todo ello controlado por un barco militar de superficie. En el club se trataba de buceo recreativo. Los más avanzados bajábamos hasta los cuarenta metros, pero generalmente no pasábamos de los dieciocho o veinte, la profundidad perfecta para que entre la luz y se puedan observar arrecifes o pecios. Te sorprendería la cantidad de ellos que hay en las costas irlandesas, y buena parte de ellos son galeones españoles. Incluso se puede visitar las entrañas de un submarino *U-Boot* alemán de la Segunda Guerra Mundial, en concreto el *U-260*, que se encuentra a unos cuarenta metros de profundidad cerca de las costas de Cork, perfectamente conservado.

—Vale, te lo compró. ¿Y qué más?

—Bueno, el club está situado en Dun Laoghaire, en la Bahía de Dublín. Mi primer día allí también fue el de tres hermanas. Parecían novatas, así que las ayudé en lo que pude. Hicimos una pequeña inmersión por la zona que resultó muy divertida. Hice amistad con una de ellas, que parecía tener algo más de experiencia. De repente, cuando estábamos en la *zódiac* con destino a la base, una de ellas recibió una llamada al móvil. Entonces, todo pareció cambiar. Cuando llegamos a tierra, saltaron de la barca y desaparecieron. Observé que una de ellas se había dejado una de sus aletas en la barca. Los buceadores somos muy celosos de nuestro material. Lo mantenemos cuidado hasta el más mínimo detalle y lo comprobamos hasta tres veces antes de nuestras inmersiones. Aunque las escuelas de buceo tengan equipamiento de alquiler, nos gusta tener el nuestro propio. Allí abajo, cualquier fallo puede significar la muerte. Por ello, se me ocurrió llevar esa aleta al domicilio de las tres hermanas. No sabía a quién de ellas pertenecía.

—¡Oye! ¡Me estás largando el cuento de *La Cenicienta* en versión Jacques Cousteau! Ahora me dirás que a las doce de la noche se convirtieron en unas calabazas con neopreno.

—No, se convirtieron en huérfanas. Resulta que la llamada que habían recibido les había anunciado la muerte repentina de su padre. Por eso salieron a toda prisa. No te puedes imaginar la escena. Yo, entrando en su casa, con una aleta en mi mano, en medio de un velatorio. Menos mal que Emilia, que era la hermana propietaria de la aleta, vio mi cara de apuro y no se lo tomó a mal. Además, en mi infinita torpeza, al irme de la casa le pedí una cita. Con su padre de cuerpo presente.

—¡A lo grande! —exclamó Rebeca—. O, como decimos en Valencia, *tot per l'aire*.

—La cuestión es que, para mi sorpresa, aceptó. Empezamos a salir, pero no a cenar como las parejas ordinarias, sino de buceo.

—Claro, el maestro buzo militar enseñando a la pobre corderita que no sabía ni guardarse una aleta. Me lo imagino.

—Te aseguro que no lo haces. En un principio, yo no le dije que era buzo militar, pero ella tampoco fue sincera. Era profesora titular de arqueología subacuática de la cátedra de historia del *University College Dublin*, que es lo que significaban las siglas *UCD*. Disponía de titulación profesional para el buceo que le permitía descender hasta los cien metros.

—¡Vaya chasco! La novata era una experta.

—Algo así.

—¿Y qué pasó cuando os sincerasteis?

—Que empezamos a viajar por todo el mundo para bucear. Desde Egipto hasta Malta y Marruecos. Fueron dos años maravillosos. Tanto, que acabamos casándonos.

—Y lo estropeasteis, ¿no?

—¡No! —exclamó Ryan, escandalizado—. Todo lo contrario. Empezamos a hablar de nuestras aficiones. Yo le contaba mis descensos a casi trescientos metros de profundidad y ella me narraba sus aventuras en busca de tesoros ocultos bajo el agua. Fue maravilloso.

—¿Y qué pasó?

—Que me contó lo que no debía.

## 46 ANTIGUO EGIPTO, MENFIS

—No pretendas sustituir a Shepseskaf. Seré una buena esposa y te amaré. Si puedo, te daré descendencia por el bien de Egipto, pero debo ser sincera contigo en estos momentos. La complicidad que sentía con él no creo que sea capaz de reproducirla con nadie.

—No pretendo nada de eso. Shepseskaf era único también para mí.

—No es personal, entiéndeme. Eres una gran persona, siempre te has preocupado por los débiles sin importarte las consecuencias, y eso es algo que nos une. Gobernaremos Egipto juntos, pero esa era la voluntad de mi padre, Menkaure, que compartía con mi difunto esposo, Shepseskaf. Si hubiese sido por mí, no me hubiera vuelto a casar jamás.

—Eso no es justo para ti, Khentkaus. Te mereces otra oportunidad. Shepseskaf nos ha abandonado muy pronto, pero sabes que él, desde los *Campos de Aaru,* morada de los dioses, nos estará observando y bendiciendo.

Una lágrima recorrió la mejilla de Khentkaus al evocar esa imagen. Quisiera estar con Shepseskaf allí arriba, pero comprendía que, ahora, su labor estaba en la tierra. Ya llegaría el momento de reunirse con Shepseskaf.

—Hemos de cambiar muchas cosas en nuestro país. El legado, iniciado por mi padre Menkaure y continuado por mi difunto esposo y yo misma, debe continuar. Has sido sumo sacerdote muchos años y conoces las resistencias que existen en la actual sociedad egipcia. Tan solo un faraón y una reina fuertes podrán hacer frente al poder religioso para que no extienda sus tentáculos más allá de sus funciones.

—Es mucho más que eso, Khentkaus. No sé si eres consciente de que, con nuestra unión, probablemente demos comienzo a una nueva era en Egipto. No sé si será mejor o peor, eso lo juzgarán los dioses, pero debemos prepararnos para grandes cambios en nuestra sociedad. Khufu fue un gran faraón, pero Khafre lo superó. Baka reinó menos de dos años, pero Menkaure supuso cierta ruptura con tradiciones ancestrales y acercó el culto al pueblo. Shepseskaf continuó esa labor y abrió los templos. Nosotros no debemos conformarnos solo con eso.

Khentkaus miraba a Userkaf. Era una persona maravillosa y trataría de ser feliz a su lado, pero no iba a ser sencillo. Llevaba reinando un año Egipto en solitario, tras la muerte de su esposo. A pesar de que intentó seguir haciéndolo, era consciente de que el pueblo necesitaba un faraón. Adoraban a Khentkaus, esa no era la cuestión. Tampoco existía ninguna ley que le hubiera prohibido continuar así. Se trataba más bien de cuestiones de tipo religioso y con eso Khentkaus no podía jugar. Userkaf había sido la persona elegida por su padre y por Shepseskaf. Es cierto que no le preguntaron a ella, pero si tenía que unirse a alguien para continuar gobernando Egipto, también hubiese elegido a Userkaf.

—¿No crees que ya es la hora? —preguntó Khentkaus.

—Prometo hacerte muy feliz. El dolor cuenta las horas, pero el placer las olvida.

La guardia abrió las puertas del balcón del Palacio Real. Userkaf y Khentkaus salieron a saludar al pueblo, que les vitoreó durante más de media hora. En ese momento, eran conscientes de que estaban rompiendo los moldes. Los palacios reales no tenían balcones. ¿Qué función podrían tener? Eran recintos cerrados y rodeados de altos muros, cuya función no era tan solo la protección del faraón, sino la clara separación entre clases sociales. Era un símbolo de que existía una barrera infranqueable entre ambos mundos. Hasta aquel momento, los faraones y los miembros de la corte real no se relacionaban con el pueblo. La cercanía con la clase llana se consideraba que era una ofensa contra los dioses. Khentkaus ordenó construir ese balcón para esta precisa ocasión. Deseaba mandar un claro mensaje a todo Egipto. Las cosas iban a cambiar, y mucho.

Y vaya si lo hicieron.

El faraón Userkaf y su esposa, la reina Khentkaus I, dieron fin a la IV Dinastía del Imperio Antiguo Egipto y la bienvenida a la V Dinastía.

Al año de su unión, los dioses les bendijeron con el nacimiento de un hijo varón, Sahure, que aseguraba la continuación de su linaje en la V Dinastía.

Como se habían prometido mutuamente, Userkaf y Khentkaus introdujeron notables cambios en las tradiciones egipcias.

Para empezar, decidieron desplazar el poder del Dios Ptah en Menfis. Durante las dos últimas dinastías de faraones egipcios había alcanzado gran influencia entre la sociedad. Era el momento oportuno para volver la vista al Dios Ra y honrar a la Diosa Hathor como se merecían.

Ordenaron construir un nuevo templo destinado al Dios Ra, cerca de Abusir, llamado *Nekhen-Re*, palabra que significaba «fortaleza de Ra». El recinto constaba de varias edificaciones que pivotaban sobre templo principal, que se asemejaba a una especie de mastaba con un mástil. A su alrededor se construyeron algunas capillas menores destinadas a las ofrendas al Dios Ra, como la principal deidad creadora y su función como padre del rey.

En cuanto al *Templo de Hathor*, hicieron importantes donaciones y ampliaron su tamaño. Nikanebti continuó como su suma sacerdotisa, hasta que se produjo su inesperada muerte. Como sucedió con Menkaure y con Shepseskaf, aún podía haber vivido algunos años más, pero ni la propia Diosa Hathor pudo evitar que los dioses la condujeran al Juicio de Osiris. Nombraron como su sucesor al joven Nykaankh, para que diera estabilidad y prosperidad al templo, lo que llevó a cabo, junto con su esposa y sus doce hijos, con notable diligencia.

Userkaf y Khentkaus habían conseguido darle una gran relevancia al culto del dios del sol, pero tenían una deuda con determinadas deidades que habían perdido influencia por el ascenso de Ptah. Así, restituyeron la importancia al culto de Nekhbet, considerada diosa protectora del Alto Egipto, así como a Wadjet, su homóloga en el Bajo Egipto. Restablecieron el equilibrio en el «palacio de los dioses divinos del Alto Egipto» y «los dioses de la hacienda Djebaty».

Una nueva época de cambios y prosperidad se había abierto para Egipto. Habían expandido el comercio con los pueblos vecinos del mar Egeo y habían consolidado su presencia en Nubia, pero el tiempo pasa para todo el mundo. Ese juez implacable, que trata a todos por igual, seas faraón, reina o campesino, acaba llamando a tu puerta.

—Espero haberte hecho feliz durante tus últimos años. Ojalá pudiera matar el tiempo sin herir la eternidad.

—No estés triste. Osiris me estará esperando y me reuniré con Menkaure y Shepseskaf en los *Campos de Aaru*. Allí, los tres, te esperaremos para vivir la eternidad juntos.

—Lo sé, pero ni puedo evitarlo. Tu tiempo en este mundo se acaba.

—¿Sabes lo que le gustaba decir a Shepseskaf, cuando aún era conocido por Nefer? Que el tiempo era tan solo la corriente del rio Nilo en la que pescaba. Eso somos nosotros en este mundo, una corriente de agua que desemboca en el templo de los dioses.

—Si pretendes consolarme, no lo haces. Estos últimos años, la medida de mi tiempo has sido tú —dijo Userkaf.

—No necesitas ningún consuelo. A todos nos acaba llegando nuestra hora. Eres una persona maravillosa. Juntos hemos hecho grandes cosas, pero no podemos permitir que este impulso se detenga.

—¿Qué quieres decir con eso?

—Mi vida pende de un hilo. Asegúrate que nuestro hijo, Sahure, te suceda como faraón. Para ello, necesitarás otra esposa.

—¡Qué dices! Tú has sido y serás siempre mi vida.

Khentkaus tomó por la mano a Userkaf.

—Hace años comprendí que el pueblo egipcio necesitaba un faraón. Ahora te toca entender a ti que también necesitan a una reina.

Userkaf no parecía convencido.

—En aquel momento debíamos de cambiar muchas cosas. Ahora, la situación es otra.

—Por favor, no me lo pongas más difícil. En tu interior, sabes que tengo razón. No tengas ningún miedo al futuro. Los dioses han bendecido nuestro pasado, pero no podemos aferrarnos a él. Gobernamos un país que necesita esperanza. En su momento, aceptaste una responsabilidad muy grande casándote conmigo. Ahora debes aceptar también que esa misma responsabilidad te conduce a crear ese futuro.

—Te confieso que tengo miedo. Contigo todo era fácil.

—Tener miedo no es malo, todo lo contrario, demuestra valentía. Sin embargo, la sabiduría se alcanza encontrando un camino a través del miedo. Lo conseguirás sin mí, porque eres una persona sabia.

—Te agradezco tus palabras de apoyo y consuelo, pero, conociéndote, seguro que tienen truco. Siempre has llevado en tu interior esa niña rebelde y alocada, pero, al mismo tiempo, responsable y calculadora.

—Ahora la que no te comprendo soy yo.

—Resumiendo, que eres capaz de haber elegido ya a mi futura esposa.

—¡Pues claro! Pídeselo a Neferhetepes. Aún es joven y los dioses os pueden bendecir con más descendencia.

Userkaf bajó la mirada para esconder las lágrimas que pretendían asomarse a sus ojos.

—No estés triste —continuó Khentkaus—. La oruga, cuando cree que le ha llegado su momento de morir, se trasforma en mariposa. Quiero me recuerdes así, como una mariposa que está en el cielo, con los dioses.

—No quiero mariposas. Me gustaría que fueras mi esposa para siempre.

—Ya deberías saber que, en este mundo, nada es para siempre —le respondió Khentkaus, intentando sonreír sin conseguirlo. Su momento había llegado.

Esas fueron las últimas palabras de una persona maravillosa, la más sabia y bella de las reinas de Egipto.

Y su última sonrisa.

Y su último rayo de luz.

## 47 EN ALGÚN LUGAR DEL MEDITERRÁNEO, 13 DE OCTUBRE DE 1838

—No me gustan nada esas nubes del horizonte. Parece que va a entrar viento del sur. Eso significa una posible tormenta —dijo el capitán Rick.

—A mí tampoco me gustan, aunque el mar parece en calma —respondió el contramaestre.

Hasta ahora, llevaban diez días de navegación sin ningún incidente. Los vientos habían sido favorables e iban con adelanto sobre la fecha prevista de llegada a Gibraltar, por ello se atrevió a hacer una sugerencia al capitán.

—¿Y si las evitamos? Podríamos variar el rumbo y, como mucho, perderíamos un día rodeando las nubes. Vamos sobrados de tiempo.

—En el mar nunca sobra el tiempo. Por otra parte, aunque en esta zona, ese tipo de nubes asociadas a vientos del sur sea sinónimo de posible tormenta, no siempre es así. Más temibles son los ponientes, que te alejan de la costa y puedes perder tus referencias.

—¿Está seguro?

—Vamos con adelanto gracias a que sopla *Leveque*, como llaman los marineros locales a este tipo de viento del sur. No nos podemos quejar, llena nuestras velas y hace más rápida la navegación. No lo podemos tener todo. Si nos topamos con alguna tormenta, pues la capearemos, como hemos hecho en tantas otras ocasiones. Además, estamos cerca de la costa. Si la situación se complicara, siempre podríamos buscar abrigo en alguno de los muchos puertos de la costa española.

«El capitán tiene razón», pensó el contramaestre James Wilson. Pero no tenía en cuenta un factor, que tampoco se lo podía comentar. El sarcófago que iba en la bodega.

—Si me lo permite, estaré atento a la evolución de las nubes.

—¿Qué le ocurre, contramaestre? Llevamos navegando muchos años juntos y nunca lo había visto tan nervioso. Con la magnífica singladura que llevamos, desde nuestra partida hace casi un mes de Alejandría, no lo comprendo. Espero que su actitud no tenga nada que ver con los estúpidos comentarios de los marineros acerca de nuestra carga. Hemos trasportado cosas peores.

—Desde luego que no, capitán —mintió el contramaestre.

—Pues continuemos con nuestras labores y preparémonos para una posible tormenta —dijo, mientras se alejaba hacia el puente.

El contramaestre volvió a comprobar la solidez del mástil de mesana, el principal de la goleta, que llevaba las velas cangrejas. También pudo sentir que el viento del sur ganaba en intensidad, pero todavía no tenía la fuerza suficiente para dañar las velas cangrejas. El estay, que era la cuerda que sujetaba el palo de mesana para evitar que pudiera caer hacia popa, también estaba haciendo su trabajo. El trinquete, el palo más a proa de los dos de los que disponía la *Beatrice*, no presentaba problemas, como tampoco lo hacían las velas foques, que se amuraban entre el trinquete y el palo bauprés, que es el mástil que sale desde el casco de proa, ligeramente inclinado hacia arriba. En definitiva, todo parecía en orden.

Bueno, todo no.

—Contramaestre, ¿ha visto el horizonte?

—Claro, Roy. Ya lo he hablado con el capitán y estamos preparados. Todos los aparejos están en orden. En caso de cualquier problema buscaremos abrigo en el puerto más cercano. No nos arriesgaremos.

—Desde que partimos de Alejandría hace tres semanas, no había visto nada semejante. Le aseguro que se está formando una buena tormenta.

—Lo sé; yo también tengo ojos.

—Aquellas nubes del fondo son cúmulos y se dirigen hacia nosotros arrastradas por el *Leveque*. Además, la temperatura está cayendo de forma brusca. Con todos los respetos, señor, creo que se nos viene una de las gordas encima. Ya conoce el dicho marino, *«norte claro, sur oscuro, temporal seguro»*. Creo que deberíamos buscar refugio antes de que nos alcance.

Roy era el jefe de los marineros y el de más edad de la tripulación. Se decía que había nacido en un barco y pasado toda su vida en el mar. Sus opiniones siempre eran muy apreciadas.

—¿Sabes lo que me acaba de decir el capitán Rick? Que en todos los años que llevamos navegando juntos, nunca me había visto tan nervioso. Esa misma frase te la podría decir a ti. Pareces intranquilo.

—Señor, todos lo estamos.

—¿No será por el cargamento que llevamos en la bodega?

—Los marineros lo comentan. Dicen que existen maldiciones para los profanadores de tumbas y los que trasportan objetos sagrados. Allí abajo —dijo, mientras señalaba la entrada de la bodega—, llevamos el sarcófago de un faraón y doscientas cajas más que no tenemos ni idea de qué contienen. No es difícil deducir que ocultarán reliquias del Antiguo Egipto.

—¿No me digas que crees en esas cosas? —preguntó James Wilson, omitiendo el detalle que él mismo también las creía.

—Los que llevamos mucho tiempo en el mar sabemos que han sucedido cosas muy extrañas. En los últimos años, nueve goletas y cuatro bergantines han desaparecido haciendo este mismo trayecto. ¿Sabe qué les unía? Que todos trasportaban objetos sagrados de los faraones.

—¿Cómo puedes saber eso? Son chismes.

—Le puedo recitar todos sus nombres de memoria. Cuando hicimos escala en Livorno, me enteré que se había perdido la pista a la goleta *Saint Lawrence*. Nada se sabe de ella desde hace más de un mes. La dan por desaparecida y hundida, aunque no saben dónde.

—¿Y qué tiene que ver eso con nosotros?

—Señor, la goleta *Saint Lawrence* es la hermana gemela de la *Beatrice*. Ambas se construyeron en los astilleros de Quebec el mismo año, con las mismas características. Saint Lawrence es el nombre del río que atraviesa Quebec y Beatrice es el nombre de la esposa del dueño de los astilleros. La suerte de ambas va unida de la mano.

James Wilson no conocía todos esos detalles. Debería preocuparle más la tormenta que las supercherías, pero, ahora mismo, no era así.

—Vuelve a tu puesto, Roy —dijo el contramaestre—. Tranquiliza a los marineros que yo me ocupo de hablar con el capitán.

James ya sabía, por su conversación previa, que Richard Whichelo no le iba a hacer ningún caso si le trasmitía historias fantásticas. Pero era cierto que la tormenta se acercaba con demasiada rapidez. Eso significaba que también lo hacían fuertes vientos. Vio al capitán Rick en el puente. Estaba claro que también estaba observando la tormenta. Se dirigió hacia él.

—No tiene buena pinta, ¿verdad? —le dijo.

—No, no la tiene.

—¿No crees que deberíamos aproximarnos más a la costa? Parece que la tormenta está evolucionando con rapidez.

—Sí, estaba pensando lo mismo, aunque no creo que nos suponga un grave problema. Hemos pasado por peores. Ya sabes que sopla viento del sur y las tormentas peores son cuando entra viento de poniente. Yo me encargo de variar ligeramente el rumbo y tú prepara a la tripulación para la tormenta, pero sin asustarles.

—Me temo que ya lo están. Saben lo que llevamos en la bodega.

—¿Ellos también están acobardados por esas tonterías? Todos tienen mucha experiencia en la mar. Lo que hunde los barcos no son las tormentas, sino las tripulaciones poco preparadas para capearlas.

—Nosotros lo estamos, pero eso que llamas «tonterías» es inevitable que se comente.

—Recuerda que todo hombre sabio debe temer tres cosas: una tormenta en el mar, una noche sin luna y la ira de un hombre amable. Las dos primeras ya las tenemos encima. Que no venga la tercera y que no hagan que me enfade de verdad. Todos tienen que estar concentrados en sus trabajos. Que ocupen sus puestos, y no quiero oír nombrar a faraones ni nada parecido ni una sola vez más.

—Lo que mandes, Rick —dijo el contramaestre, mientras abandonaba el puente.

De repente, el cielo oscureció y el *Leveque* empezó a soplar con una fuerza violenta. Las olas eran de semejante tamaño que pasaban por encima de la goleta sin ninguna dificultad.

—¡La carga! —gritó el contramaestre a Roy—. Mande a uno de sus marineros a que compruebe que continúa bien estibada y sujeta con sus cintas.

La *Beatrice* estaba más que preparada para capear la tormenta, pero el principal enemigo de este tipo de embarcaciones de pequeño tamaño es que la carga que trasportaban se desplazara hacia un costado de la nave, ya que ese desequilibrio la podría escorar y dejarla a merced de los elementos.

Y eso es lo que sucedió.

—¡Señor, debemos buscar abrigo ya! —exclamó Roy, con la cara desencajada—. Las sujeciones del sarcófago no van a aguantar. La mayoría de las cajas se mueven con libertad por la bodega. En breve perderemos en control de la carga.

James Wilson ya lo había notado. El barco se estaba escorando. Como pudo, llegó al puente.

—¡Capitán, debemos buscar un puerto seguro!

—¿Qué crees que estoy intentando? Acabamos de pasar el cabo de Palos. El puerto de Cartagena está muy cerca, a unas quince millas. Nos abrigará, pero hemos de conseguir llegar hasta allí. Recoja los foques y controle las cangrejas. Vamos demasiado rápido y no es fácil controlar el timón. Un golpe de mar podría comprometer la *Beatrice*.

—¡A sus órdenes! —dijo el contramaestre, por primera vez en toda la travesía. Estaba muy nervioso.

La visibilidad era cada vez peor. Entre la fuerte lluvia, la oscuridad de la noche y una ligera bruma que se estaba levantando, era difícil hacerse una idea de la posición exacta. Por un instante, el capitán levantó la vista del timón. Vio que todos los marineros estaban haciendo su trabajo y que la goleta, a pesar de su ligera escora, parecía aguantar.

—¡Adelante, que lo vamos a conseguir! —gritó, aunque era consciente de que, con toda probabilidad, no era escuchado.

El contramaestre subió de nuevo al puente y tomó el catalejo.

—Se ven luces en la costa, capitán. Creo que es Escombreras.

—¡Ojalá tengas razón! Eso significaría que estamos casi en la entrada de la bahía de Cartagena, que nos protegerá de los vientos.

El contramaestre seguía observando a través del catalejo.

—¿No estamos demasiado cerca de la costa?

—¡Claro! —exclamó Rick—. La goleta está escorada hacia estribor y ello, unido a este maldito viento del sur, hace que nuestro rumbo nos acerque a tierra. ¿No ve cómo me estoy peleando con el timón?

—¿Lo conseguiremos?

—No lo dude. Ya casi hemos llegado.

La visibilidad cada vez era peor. Wilson ya no distinguía las luces de la costa que había divisado hacía un momento.

—Vamos demasiado rápido. Quizá deberíamos considerar arriar una de las velas del palo de mesana —sugirió el contramaestre.

—Es una elección difícil. Si lo hacemos y la carga termina por desprenderse de sus ataduras, la escora sería demasiado grande para gobernar la goleta y estaríamos a merced de los elementos. Por otra parte, velocidad y casi nula visibilidad son malas compañeras, pero si tengo que elegir una opción, me quedo con esta última.

—Vamos a ciegas.

—No tanto —dijo el capitán—. Debemos estar entrando en la bahía de Cartagena. ¿No nota que el *Leveque* está disminuyendo de intensidad?

—Sí, pero aún sopla fuerte y navegamos muy rápido.

—¡Mire allí enfrente! Se distinguen luces. Nos estamos acercando a tierra, probablemente sea la entrada al puerto de Cartagena.

En ese momento, el barco se escoró todavía más.

—¡La carga está descontrolada! —exclamó el contramaestre—. Debe haberse movido toda a una banda.

—Apenas puedo gobernar la goleta —dijo el capitán, desesperado—, pero la intentaré acercar a la costa todo lo que me sea posible. Creo que aún nos podremos salvar.

—¿A esta velocidad y sin ver adónde nos dirigimos?

—No deje de mirar por el catalejo y busque luces en la costa. Por orientación, debemos estar a escasa distancia de Cartagena.

De repente, sintieron un violento impacto. La goleta había tropezado con algún obstáculo de forma brusca. Oyeron perfectamente los ruidos de la rotura del casco de la *Beatrice*.

—¡Estamos en la costa! —gritó el capitán—. ¡Ordene a todos los marineros que abandonen la goleta!

—Rick, hay varios de ellos que no saben nadar.

—¡Eso no importa! —el capitán parecía fuera de sí—. Ya te he dicho que estamos en la costa. No creo que haga falta ni nadar. Que se sujeten a cualquier madera. Sin embargo, si se quedan a bordo de la goleta, se irán a pique junto con ella.

El contramaestre dejó el puente y se dirigió a la cubierta. El capitán vio como hacía gestos con sus manos. Observó como todos los marineros abandonaban la goleta. No sabía exactamente dónde estaban, pero, por la manera que avanzaban los marineros a través del agua, debían de estar en lo cierto y habían alcanzado la costa.

La goleta estaba herida de muerte y se hundía. El capitán dejó el puente y acudió a la cubierta. Allí tan solo quedaba el contramaestre James Wilson.

—¿No lo oye? —le dijo, nada más ver llegar a Rick Whichelo—. Es gente gritando y no son nuestros marineros, porque hablan español.

—¿A qué esperamos nosotros? Al *Beatrice* le quedan minutos a flote. Saltemos al agua.

Así lo hicieron.

En apenas un minuto ya estaban en tierra firme. Vieron a gente que corría hacia ellos con mantas. Les arroparon y les alejaron de aquel lugar.

El capitán Richard Mayle Whichelo se giró por última vez. Pudo ver todavía el palo de mesana que sobresalía sobre las aguas, incluso los restos de las velas cangrejas mecidas por el viento. Por primera vez en su vida, lloró amargamente. El contramaestre James Wilson lo tomó por un hombro.

—Pretendimos llevarnos la eternidad y el tiempo lo ha hecho con nosotros.

Ahora lloraban los dos, abrazados.

«Cae
Cae eternamente
Cae al fondo del infinito
Cae al fondo del tiempo
Cae al fondo de ti mismo
Cae lo más bajo que se pueda caer
Cae sin vértigo
A través de todos los espacios y todas las edades
A través de todas las almas de todos los anhelos y todos los naufragios
Cae y quema al pasar los astros y los mares
Quema los ojos que te miran y los corazones que te aguardan
Quema el viento con tu voz
El viento que se enreda en tu voz
Y la noche que tiene frío en su gruta de huesos
Cae en infancia
Cae en vejez
Cae en lágrimas
Cae en risas
Cae en música sobre el universo
Cae de tu cabeza a tus pies
Cae de tus pies a tu cabeza
Cae del mar a la fuente
Cae al último abismo de silencio
Como el barco que se hunde apagando sus luces».
(Vicente Huidobro).

## 48   EN LA ACTUALIDAD, VUELO ENTRE ESPAÑA E IRLANDA, 21 DE OCTUBRE

—La historia del sarcófago perdido de Menkaure, supongo —dijo Rebeca.

—Sí. Se le considera uno de los veinte tesoros más valiosos perdidos de la humanidad que aún no ha sido hallado. Y lo que diferencia a esta misteriosa desaparición de otras es que se sabe dónde se encuentra, pero nadie ha sido capaz de localizarlo.

—Lo sé. Conozco perfectamente la historia de la desaparición de la goleta *Beatrice* frente a las costas de Cartagena, en España, que trasportaba el sarcófago del faraón Menkaure. Además, la goleta también llevaba unas doscientas cajas de más de una tonelada de peso cada una, se supone que llenas de antigüedades del Antiguo Egipto. Nadie sabe a ciencia cierta los objetos que contenían, pero debía tratarse de algo fabuloso.

—¿Cómo puedes conocer tantos datos? Ya sé que eres historiadora, pero ya sabes que mi mujer era profesora universitaria en Dublín y ninguno de sus compañeros de departamento tenían la menor idea de ese tema tan concreto.

—Cuando concluí mi grado en Historia por la Universidad de Valencia, estudié dos cursos de posgrado. El primero trataba acerca de la historia de las religiones en la Edad Media. Después cursé un máster de arqueología subacuática impartido por una mente prodigiosa, el doctor en arqueología, José Pérez Ballester, director del Departamento de Prehistoria y Arqueología de la Universidad de Valencia. Su prestigio lo ha llevado a pertenecer a la Comisión Científica para el seguimiento del Plan Nacional de Protección del Patrimonio Cultural Subacuático, dependiente del Ministerio de

Educación y Cultura. También es miembro del Patronato del Museo Nacional de Arqueología Subacuática, más conocido como el ARQVA, que se encuentra ubicado precisamente en Cartagena. ¿Adivinas cuál fue mi tema del trabajo final de máster?

—¿No me digas? —exclamó Ryan, sorprendido—. Mi esposa era muy amiga del director de ese museo. De eso ya hace bastante tiempo, así que no sé si seguirá siendo su director en la actualidad. Entonces ya tenía más de sesenta años. Creo que se llamaba Iván Negueruela o algo así.

—Ese es su nombre. Por lo menos el año pasado aún era el director del museo, ya que me ayudó en mi trabajo final de máster. Estará a punto de jubilarse, si no lo ha hecho ya. Desde entonces no he vuelto a tener ningún contacto con él, pero es un gran tipo y gran experto en arqueología subacuática. Junto al doctor José Pérez Ballester, me ayudó a publicar mi trabajo, incluso incluyó una pequeña nota a modo de prólogo. Fue todo un honor y un detalle.

—¿Has escrito un libro acerca de la desaparición del sarcófago de Menkaure? ¡Qué casualidad! Debes de ser una gran entendida en la materia —exclamó Ryan, que parecía mirar a Rebeca de otra manera—. Mi mujer me dijo que esa extraña desaparición, pese a su extraordinaria importancia, no era demasiado conocida fuera de la propia ciudad de Cartagena y determinados círculos históricos especializados.

—Es cierto. Hay muy poco material publicado y, salvo honrosas excepciones de reputados expertos, la mayoría son artículos sensacionalistas que buscan conexiones místicas o incluso paranormales. Desde luego no se trata de hechos de público conocimiento. ¿Entiendes ahora por qué me extrañó que mi hermana Carlota conociera esa historia? Ella estudió el grado de Derecho y se dedica a otras cosas que, en teoría, nada tienen que ver con la historia. ¿Recuerdas la noche de su supuesto secuestro? Todo se precipitó cuando dijiste, literalmente, que «toda la culpa fue de Menkaure». En España, nadie conoce al faraón por ese nombre, salvo un puñado de expertos. Es conocido por su nombre helenizado de Micerino. Si lo hubieras llamado así, aún podría comprender que Carlota lo conociera, por su famosa pirámide en Egipto. ¿Pero Menkaure? A ese pequeño detalle no le encuentro explicación. Y todavía menos a su extraña reacción, pero supongo que esta tarde nos enteraremos. Ahora te toca continuar con tu historia, que estoy acaparando la conversación.

Ryan se quedó un momento en silencio, como procesando mentalmente todo lo que le acababa de contar Rebeca. Al cabo de unos segundos, continuó.

—¿Te acuerdas que te dije que tan solo había visitado España una vez?

—Tengo buena memoria. Me dijiste que visitaste Murcia.

—En concreto, un pueblo de esa provincia. ¿Lo adivinas? Cartagena.

—¡No me digas que tu esposa y tú fuisteis en busca del sarcófago de Menkaure!

Ryan asintió con la cabeza. Parecía realmente afectado por el recuerdo de aquel viaje.

—Coincidieron dos hechos. Yo acababa de regresar de unas maniobras conjuntas de Irlanda con la OTAN en Turquía.

—¿Con la OTAN? ¡Pero si Irlanda no pertenece a ella!

—Lo sé. Irlanda es de los pocos países de la Unión Europea que no pertenece a la OTAN, pero participa en el Programa de Asociación para la Paz de la Alianza, que consiste en cooperación en actividades multilaterales conjuntas. Lo de la «paz» es un simple eufemismo para maquillar la colaboración militar. Por otra parte, mi esposa acababa de obtener una beca de investigación de su universidad, para desarrollar un proyecto de arqueología subacuática. Fue entonces cuando me contó la historia del faraón Menkaure y la posibilidad de que nos desplazáramos a Cartagena para probar suerte. Hasta ese momento no había oído nombrar al maldito de Menkaure ni a su sarcófago perdido, pero, en ese instante, me pareció una aventura excitante. Mi mujer hablaba algo de español, pero, como sabes, yo apenas sé decir «otra cerveza» y cosas así, pero no me importó. La semana siguiente nos trasladamos a Cartagena.

—Pero para buscar tesoros bajo el agua en aguas territoriales españolas, como sucede en la mayoría de los países, hay que pedir permiso al Ministerio de Cultura. Es extremadamente difícil conseguir uno y hay que presentar multitud de documentación. Sus trámites se pueden eternizar y, en la mayoría de casos, ni siquiera se recibe una respuesta.

—No pedimos ningún permiso. En teoría, tan solo íbamos a bucear por la bahía de Cartagena, sin ninguna referencia a búsquedas de tesoros.

—Pero necesitaríais medios técnicos y una embarcación preparada para la búsqueda subacuática. Te aseguro que ese tipo de barcos llaman la atención en el puerto de Cartagena. No te olvides que una parte de su puerto es militar y está vigilado.

—También habíamos pensado en eso.

—¿Y cómo lo resolvisteis? Supongo que el equipo de buceo sería el vuestro, pero, ¿cómo conseguisteis una embarcación especializada sin que llamara la atención. Me resulta difícil de creer. No sois los primeros ni seréis lo últimos que intentan la búsqueda del pecio de la *Beatrice*. Cuando la Guardia Civil detecta cualquier embarcación de ese tipo, la vigila de cerca. Ellos también disponen de una formidable unidad subacuática. De hecho, en una de mis estancias en Cartagena, preparando mi trabajo final de máster, el director del museo me dijo que había una embarcación sospechosa de bandera estadounidense y que la Guardia Civil la tenía vigilada.

—Aquí entró el círculo de amistades de mi esposa. Ya sabes que pertenece a la saga familiar de los Villiers-Stuart, de rancio abolengo y ramificada por toda Europa. No son aristócratas, pero son lo más parecido que existe. Resulta que unos familiares lejanos de origen alemán, se jubilaron y vivían en un chalé junto al mar. Recuerdo que se llamaban Markus y Greta Engels. Disfrutaban del sol de España y su afición era la pesca. Disponían de su propio embarcadero, situado en las afueras de Cartagena, en una zona muy discreta. No necesitamos alquilar «una embarcación especializada», como tú dices. Ellos disponían de un pequeño barco pesquero con sónar para la localización de bancos de peces. No era lo ideal, pero nos sirvió.

Rebeca asintió con la cabeza.

—¿Y dónde buscasteis el pecio de la *Beatrice*? La bahía de Cartagena es amplia y no hay datos históricos exactos acerca del lugar concreto de su naufragio. Existen diferentes teorías.

—Ese era el principal problema, unido a la batimetría de la bahía. Cerca de la costa la profundidad no supera los treinta o cuarenta metros, pero si te alejas un poco de ella, la plataforma continental desciende bruscamente hasta los mil metros. Ahí solo pueden llegar pequeños submarinos robotizados no tripulados. Debíamos decidir un lugar a nuestro alcance y estudiamos todas las opciones, hasta que nos decidimos. La bocana de poniente de la bahía de Cartagena. Antes de que me preguntes el porqué, se trataba de una zona prometedora cuya profundidad no excedía de los treinta metros. Sabíamos que ningún marinero de la *Beatrice* se había ahogado, por lo que su hundimiento debió producirse muy cerca de la costa, si no en la misma costa.

—¿Y qué sucedió?

—Al principio todo fue de maravilla. Localizamos lo que parecía un pecio. No nos hicimos ilusiones de que fuera el *Beatrice*, ya que, en esa zona, al estar cercano el puerto militar, lo han utilizado durante siglos como cementerio de navíos de toda clase, en desuso. Era más barato hundirlos que desguazarlos. Fotografiamos el pecio desde todos los ángulos y luego lo estudiamos. Sus proporciones eran muy parecidas a la goleta, pero lo que nos sorprendió fueron las fotografías tomadas desde la parte superior. Había grandes bloques de piedra ordenados con cierta armonía. Sabíamos que el *Beatrice* trasportaba más de doscientas toneladas de carga, pero el sarcófago apenas pesaba tres, según las descripciones y las mediciones que hizo el arqueólogo británico que lo descubrió, Howard Vyse. ¿Pudiera ser que se hubiera llevado algunos sillares de la pirámide? Nadie sabía que contenían esas cajas, así que no era descartable. No te puedo negar que nos dio un *subidón* de adrenalina, ya que, aunque nos habíamos desplazado hasta Cartagena para buscar ese pecio, éramos conscientes de que nuestras probabilidades de encontrarlo eran casi nulas. Ya lo había buscado mucha gente con anterioridad a nosotros, con equipos especializados, y no lo habían logrado. Ese *subidón* fue nuestra perdición.

—¿Por qué?

—Porque nos volvimos imprudentes. Eso no debe suceder jamás debajo del agua, pero nuestras ansias por creer que lo podríamos haber localizado nos sobrepasaron. En la siguiente inmersión nos propusimos entrar en sus restos. Pocas cosas hay más peligrosas en el submarinismo que entrar en pecios que desconoces. Siempre se bucea acompañado y se avanza muy poco a poco. No sabes lo que te puedes encontrar delante de ti. Ambos éramos buzos experimentados, así que seguimos todos los protocolos de seguridad, pero no pudimos prever lo imprevisible, aunque eso no me exime de culpa.

Rebeca notó que Ryan estaba a un segundo de llorar. Lo tomó por un hombro.

—Sé que rememorar estos hechos puede ser duro, pero también puede ser un alivio. Compartir una experiencia traumática reparte su dolor —dijo Rebeca, que era consciente de que acababa de soltar una tremenda estupidez.

—Han pasado ya cinco años de aquello y aún lo recuerdo como si fuera ayer. Mi gran error fue permitir que ella buceara abriendo el camino. Siempre debe ir el más experimentado en esa posición, pero insistió mucho. Tampoco era una aficionada, lo había hecho en anteriores ocasiones y el pecio no parecía peligroso, así que consentí. Todo iba bien, no había huecos estrechos que nos pusieran en apuros, ya que su estado de conservación era lamentable y su madera estaba prácticamente deshecha. De repente, sentimos como un movimiento. Instintivamente, supongo que por mi entrenamiento militar, me di la vuelta y me puse en guardia. ¿Era posible que tuviéramos visita? Me alejé unos veinte metros, pero no había nadie. Al volver, observé el mayor desastre de mi vida.

—¿Qué había pasado?

—Ese movimiento había desplazado uno de los bloques de piedra, que había caído sobre Emilia. Me aproximé a ella lo más rápido que pude, pero no respiraba. Sus dos botellas, que contenían la mezcla habitual de oxígeno y nitrox que utilizamos a esas profundidades, estaban completamente rotas por el peso de la piedra. Intenté sacarla de allí con todas mis fuerzas. Me quedé con ella, intentando desplazar aquella mole, para liberar el cuerpo de Emilia, hasta que me quedé sin aire. Subí a la superficie, monté en la barca y me dirigí al puerto deportivo de Cartagena. Corriendo, entré en las dependencias de la Guardia Civil del Mar. Uno de ellos hablaba inglés. Le expliqué la situación y, de inmediato, salimos con su barco hasta la zona señalada. No me dejaron descender con ellos. Cuando subieron, me hicieron un gesto negativo con la cabeza. Se me vino el mundo encima. Aunque ya sabía que, trascurrido tanto tiempo y con semejante peso encima, era imposible que sobreviviera, fui consciente en ese preciso instante del gran error de mi vida.

Ahora, Ryan estaba llorando.

—Tranquilo. Ya lo has contado.

—Estoy bien —mintió, mientras se secaba las lágrimas con su pañuelo—. No podían sacar a Emilia de allí, ya que necesitaban la maquinaria adecuada para desplazar aquella mole de piedra. Al día siguiente lo hicieron.

—¿No te preguntaron qué estabais haciendo allí?

—Sí, claro, pero era evidente. Íbamos con una barca pesquera e incluso con arpones. Ambos éramos buzos experimentados con la titulación adecuada. En principio, pasamos por simples turistas en viaje de placer. No se plantearon que pudiéramos estar buscando el *Beatrice*. El problema vino cuando comprobaron nuestras identidades. Un buzo militar de una unidad de élite irlandesa y una arqueóloga subacuática. Me detuvieron de inmediato.

—¿Por qué? Estaba claro que había sido un accidente.

—Sí, además me informaron de que, en el momento de nuestra inmersión, los sismógrafos habían registrado un terremoto de 2,9 grados de intensidad en la escala Richter. Por lo visto, la zona de Murcia es propensa a movimientos sísmicos, por la falla que trascurre entre Alcantarilla y Puerto Lumbreras, cuestión que nosotros desconocíamos. Ese debió ser el movimiento que notamos debajo del agua.

—¿Y por eso te juzgaron?

—Homicidio imprudente, porque consideraron que, como buzo militar, no me comporté con la diligencia debida. Tenían toda la razón. El resto de la historia ya la conoces. Me declaré culpable y acepté la pena de prisión que me impusieron. La cumplí en una cárcel irlandesa y salí hace casi cuatro meses.

—Eso no es asesinato. No mataste a tu esposa.

—Sí lo hice. Cometí una imprudencia grave que la llevo a su muerte. Es una cuestión semántica, pero, al final, el resultado es el mismo.

Rebeca decidió no discutir. Los sentimientos de Ryan, en este momento, se encontraban caminando por un estrecho alambre asomándose al abismo.

—Aunque sé que no te servirá de consuelo, tengo que decirte que acertasteis.

—¿Qué quieres decir?

—Que el pecio de la *Beatrice* puede hallarse allí, con el sarcófago de Menkaure y el resto de maravillas que trasportaba la goleta.

## 49 EN LA ACTUALIDAD, MADRID, ESPAÑA, 21 DE OCTUBRE

—Tu hermana acaba de aterrizar en España.

—Lo sé. Yo mismo os dije en qué vuelo viajaba. No os habrá sido difícil localizarla en esta ocasión. Cuando abandonó España ni os enterasteis.

—¿Sabes que utiliza un pasaporte diplomático ruso? Por eso escapó a nuestro control.

Carlota se sorprendió. Había hablado con su hermana de su nacionalidad rusa en varias ocasiones, pero jamás le había dicho que fuera diplomática. En su fuero interno no se lo creyó, pero no era cuestión de discutir lo que pensaba con sus compañeros.

—No, lo desconocía. ¿Cuál es su puesto y dónde está destinada? —preguntó.

—Nos acabamos de enterar ahora mismo. Necesitaremos un poco más de tiempo para eso, pero lo averiguaremos. Ese cabo suelto lo dejaremos resuelto en un par de días.

«Lo dudo mucho», pensó Carlota, que conocía de sobra a Rebeca.

—No quiero ningún tipo de vigilancia en el encuentro con mi hermana. Os aseguro que se dará cuenta. Ya me tenéis a mí.

—Existe un inconveniente que quizá desconozcas. No viaja sola.

—¿No me digáis que se ha traído al *palomo*? —preguntó Carlota, sin poder reprimir una sonrisa—. ¡Vaya con la mosquita muerta! ¡Los mata a cañonazos!

—El *palomo* se llama Ryan Clarke, el mismo que nos ocasionó problemas en Dublín.

—Sí, claro, eso ya me lo imaginaba. ¿Qué me queréis decir con esto?

—Que debes tener mucho cuidado con lo que cuentas. No sabemos mucho del tal Ryan Clarke, pero ya conoces que es un exmilitar condenado por matar a su mujer.

—¿Y?

—Que no puedes desvelar ciertos hechos sin comprometer nuestra seguridad.

—¿En serio? ¿Os creéis que mi hermana se tragó el teatrillo lamentable de aquel supuesto secuestro en el *pub* de Dublín? ¡Venga ya! Ella sabe de sobra qué fue aquello en realidad, gracias a vuestra fantástica actuación.

—Escucha, Carlota —ahora intervino por primera vez la mujer que parecía estar al mando—. Ya nos habías informado de que tu hermana era rusa, pero ahora nos acabamos de enterar de que, además, es diplomática de ese país. Aunque su nombre no figura en ninguna de las listas de personas sospechosas de la Interpol y dispone de inmunidad y libertad de movimientos, ya sabes cómo están las cosas de revueltas. Además, viaja con una persona que no hemos tenido tiempo de investigar a fondo. Tu reunión tendrá lugar en menos de cuatro horas y no podemos arriesgarnos a ninguna fuga de información sensible.

—Si lo piensas bien —dijo Carlota, respondiendo a la mujer al mando—, el hecho de que mi hermana haya venido acompañada de Ryan Clarke es un regalo caído del cielo. ¿No queríamos información acerca de Menkaure? Sabemos, por la Guardia Civil, todos los detalles de la muerte de su esposa en Cartagena. Hemos leído los atestados, examinado el sumario del procedimiento judicial y visto el video del juicio.

—Por eso estoy más preocupada. Sabemos dónde estaban buscando en el momento de producirse el incidente. Sabes que eso es peligroso. Pueden tener la tentación de desplazarse a Cartagena. ¿Tu hermana sabe bucear?

—Aunque cursó un máster en arqueología subacuática, no recuerdo que jamás haya mencionado que buceara. Creo que una cosa así me la habría contado —respondió Carlota, pensativa.

—Bueno, eso nos puede salvar. Sería un auténtico incordio que les diera por sumergirse en la misma zona. Ya sabes.

—Sí, claro que sé. Os recuerdo que yo también estaba allí.

—Pues recuerda también que tu misión es obtener información contando lo menos posible. La quinta planta te ha dado carta blanca, pero eso no significa que puedas ir por ahí soltando lo que te dé la gana.

—Sé hacer mi trabajo de sobra. Creo que lo he demostrado desde que era una simple niña. No soy una aficionada y lo sabéis. Creo que todos estos discursos están de más. Incluso me ofenden.

—Si no se tratara de tu hermana, no estaríamos manteniendo esta conversación.

—¿Acaso creéis que no puedo manejar a Rebeca? —preguntó Carlota. «¿Realmente lo puedo hacer?», se preguntó al mismo tiempo.

—Es una diplomática rusa. Eso ni tú misma lo sabías hasta ahora. ¿Qué más cosas puedes desconocer de ella?

«Muchas», continuó pensando Carlota, pero evitó airear sus temores.

—Lo único que quiero es que me dejéis hacer mi trabajo sin interferencias. Sabéis que para obtener información también tendré que ofrecerla, porque me van a hacer preguntas que tendré que responder. ¡Tranquilos todos! —exclamó Carlota, cuando vio la cara de espanto de sus compañeros—. Soy una profesional y sé hasta donde tengo que contar. No cruzaré la línea roja, pero necesito libertad. Si detecto cualquier interferencia por parte vuestra, interrumpiré la conversación.

—¿Ni siquiera podemos situar un operativo en el exterior, por si acaso?

—No lo comprendéis, ¿verdad? No es solo que yo lo advertiré de inmediato. Lo grave es que lo hará también Rebeca y desconfiará de mí. Entonces, las cosas se podrían torcer y descontrolar. No puedo permitir que eso suceda. Quiero vuestra palabra.

Todos se miraron durante un instante.

—La tienes —dijo la mujer al mando—. Pero te digo lo mismo que la última vez, no la cagues con tu hermana. Ahora, tienes un coche en la puerta que te trasladará a la base militar de Torrejón. Allí te espera un *Falcon* para llevarte a Valencia. Pórtate bien.

Ahora fue Carlota la que se quedó observándolos.

—Y vosotros. Más vale que cumpláis con vuestra palabra —dijo, mientras abandonaba la habitación.

Cuando se quedaron solos, los presentes en la reunión no pudieron evitar manifestar su preocupación.

—¿Crees que es prudente lo que estamos haciendo? —le preguntó un individuo de aspecto militar a la jefa—. No sé por qué, pero hay algo que no me termina de cuadrar en todo este asunto.

—No hables mal del puente hasta haberlo cruzado —le respondió—. Hasta ahora, Carlota nunca nos ha fallado, incluso con su hermana de por medio. Por otra parte, el exceso de prudencia puede esconder miedo. Eso tampoco es bueno.

—Miedo no, pero no te voy a ocultar que sí tengo cierto temor. Conoces perfectamente que este asunto no solo nos concierne a nosotros.

—Ya sabéis que con Carlota es imposible evitar el riesgo, pero ella tiene razón en una cosa. Con nueve años ya era más competente que muchos de vosotros. Dicen que hay un momento para el valor y otro para la prudencia, y que solo saben distinguirlos los elegidos. Aunque os confieso que yo no soy una de esos, espero que haya acertado y este sea el momento del valor,

Todos se volvieron a mirar entre sí. A pesar de todo, ninguno lo tenía claro.

Desde luego, no les faltaban los motivos.

## 50 EN LA ACTUALIDAD, VALENCIA, ESPAÑA, 21 DE OCTUBRE

—¡Oye! ¡Esto está fabuloso!

—Se llama paella valenciana.

—Sí, lo sé. Ya había probado otras paellas, pero no tienen nada que ver con esta.

—No habías probado la verdadera paella, que es lo que tienes delante. Habías probado arroz con cosas, que es diferente. Que quede claro que no pretendo criticar a otros tipos de arroces. Hay algunos que están buenísimos, pero no se pueden llamar paella valenciana.

—Vale, vale. Pareces hasta enfadada.

—Aunque sea rusa, nací en Valencia. Aquí, estas cosas nos las tomamos muy en serio. La paella valenciana es única y se debe cocinar con los ingredientes adecuados. Por ejemplo, nada tengo contra en conocido *chef* británico Jamie Oliver y su arroz con chorizo. No lo he probado, así que no puedo opinar, pero lo que sí le puedo decir es que, por favor, no lo llame paella.

—Entendido —dijo Ryan—, mientras rascaba el *socarrat*, apurando hasta el último grano de arroz de la paella.

—En Valencia se pueden comer buenas paellas en bastantes sitios, sin embargo, hay que conocer los restaurantes donde cocinan las paellas excelentes. Esa lista es más reducida. Nos encontramos en uno de ellos, además, no te quejarás del entorno.

—Estamos en la segunda mitad del mes de octubre, comiendo de maravilla y a escasos metros del agua del *Parque Natural de la Albufera* pero, sobre todo, ¡en manga corta! El cielo es de un azul precioso. En Irlanda, ahora mismo, iríamos todos abrigados y probablemente con paraguas.

—Anda, ve apurando la paella que, antes de encontrarnos con mi hermana, aún tenemos que ir a otro sitio.

—¿Otra paella?

—¡No, hombre! —exclamó Rebeca, riéndose—. Aunque creo que te la comerías, en esta ocasión se trata de un líquido.

—En Irlanda ya será de noche y los *pubs* estarán llenos, pero aquí aún luce el sol. ¿Vamos a empezar a beber de día?

—No es ese tipo de líquido que tú crees ni nos vamos a un *pub*. Nos marchamos a Alboraya, un pueblo prácticamente unido a Valencia, para probar una bebida única.

A las cinco de la tarde ya estaban sentados en una terraza.

—¿Qué es esto? —dijo Ryan, mientras saboreaba un vaso de medio litro, como las pintas de cerveza—. No lo conozco.

—Se llama horchata y su componente principal es un pequeño tubérculo llamado chufa, con denominación de origen Valencia. Tan solo se puede cultivar en dieciséis pueblos de la comarca de *L'Horta Nord*, aunque el más conocido de ellos es Alboraya. Para poner esta bebida en su adecuado contexto histórico, se tiene conocimiento que ya era usada por los antiguos egipcios por su poder curativo. En España, el rey Jaime I conquistó Valencia a los árabes el 9 de octubre de 1238 y fundó el llamado Reino de Valencia. Pues el primer documento que se conserva acerca de la elaboración de la horchata en Alboraya es de 1297, de Jaime II, apenas sesenta años después de ser fundado el reino. Además de su excelente y único sabor, por aquel entonces se la consideraba un medicamento. Los galenos de la época la recetaban contra diversas dolencias. Hoy en día ya se han hecho muchos estudios acerca de la chufa. Es muy rica en minerales, como el hierro, el fósforo, el calcio y el magnesio, y también en vitaminas, sobre todo las C y E. En consecuencia, está indicada contra enfermedades tan extendidas como la hipertensión, el colesterol o contra los niveles altos de ácido úrico. La chufa de Valencia es considerada como un «superalimento», esa palabra que se ha puesto tan de moda y que tan poco me gusta.

—Para ser rusa conoces muchas cosas de Valencia.

—Aquí nací y me crie. Eso no tiene nada que ver con mi nacionalidad rusa. Anda, apura el vaso, que tenemos que acudir a la cita con mi hermana. Vamos a por más líquidos.

—¿Más horchata?

—No —rio Rebeca—. Esta vez no. Te aseguro que te va a sorprender.

Tomaron otro taxi y se dirigieron a la Plaza de la Reina de Valencia.

—¡Caramba, que bonito! —dijo Ryan.

—Sí. La renovaron hace algunos años, pero lo interesante no es la plaza en sí misma. Mira al fondo. Observarás la catedral de Valencia y su famosa torre campanario del Miguelete. Si miras justo enfrente de ti, también podrás observar una de las iglesias más bonitas de Valencia, Santa Catalina, de estilo gótico. Su interior es impresionante.

—Todo esto es precioso.

—Pero aún hay una cosa que te va a gustar más. Mira justo a tu derecha.

Ryan se giró.

—No te comprendo. ¿Qué se supone que tengo que ver?

—¡Esto sí que es un borrón en tu hoja de servicio! —exclamó Rebeca, riéndose.

—¿Te refieres a ese *pub* irlandés? —cayó en la cuenta Ryan.

—Es el lugar donde hemos quedado con mi hermana, justo a las siete y media de la tarde.

Ryan no comprendía nada.

—¿Venimos de Dublín a Valencia para quedar con tu hermana en un *pub* irlandés? ¿En serio? Desde luego que me sorprende.

—Hay una historia detrás de este *pub* —respondió Rebeca, que aún continuaba con la sonrisa en sus labios.

—¿Y cómo lo pudiste deducir? Tan solo recuerdo que Carlota dejó marcadas las letras «SC» en la nota en forma de cerdito que encontramos. Supongo que «SC» será por «**S**anta **C**atalina».

—¡No, idiota! —exclamó Rebeca, volviéndose a reír—. Ya te he dicho que hay una historia detrás de esas dos letras. Cuando un grupo de compañeros terminamos el colegio Albert Tatay, con dieciocho años, antes de que cada uno partiera hacia una universidad diferente para continuar su formación o al mercado laboral, nos confabulamos para no perder el contacto entre nosotros. Así, decidimos institucionalizar una reunión semanal, todos los martes, en un lugar y una hora fijas, en este caso en el *pub* que tienes justo enfrente, todos los martes a las siete y media. Llevábamos haciéndolo durante casi cinco años —recordó Rebeca, que ya no sonreía.

—Hablas en pasado. ¿Qué sucedió?

—¡La muerte de Almu y mi consiguiente huida a Dublín, por supuesto! Aunque tímida y poco habladora, Almu era una de las almas del grupo y mi mejor amiga. Su evitable suicidio implosionó nuestro club para siempre. Desde entonces no nos hemos vuelto a reunir. Borré el grupo que teníamos en el teléfono móvil y no hemos vuelto a hablar entre nosotros, ni siquiera por mensajes. Además, nadie tiene mi número nuevo, por lo que, aunque intentaran contactar conmigo, no lo conseguirían. De hecho, me había prometido a mí misma no pisar jamás este *pub* de nuevo, pero la muy cabrita de mi hermana me ha obligado a hacerlo.

—¡Qué triste! —exclamó Ryan—. Aunque sigo sin entender lo de las letras «SC». El *pub* se llama Kilkenny's, como la ciudad irlandesa donde se fabrica la conocida cerveza *Smithwick's*, ahora propiedad del grupo *Guinness*. No veo ninguna relación.

—Vamos a entrar y lo comprenderás.

Nada más acercarse a la barra, un camarero salió de ella y se abrazó con Rebeca. Estuvieron casi un minuto sin decir ni una sola palabra. Cuando se separaron, para sorpresa de Ryan, hablaron en inglés.

—Lo lamento mucho, Rebeca. Fue una verdadera tragedia que todos sentimos mucho. Que sepas que, desde la pérdida de Almu, decidimos bautizar vuestro rincón e incluso poner una placa en vuestro honor. Ahora todo el mundo lo conoce como el «*Speaker's Corner*». Está casi siempre reservado. Se ha convertido en un rincón muy famoso, casi diría que «de culto», aunque mucha gente no conozca su verdadero significado.

—Un bonito detalle, Dan. Os lo agradezco.

Ryan estaba escuchando la conversación. Ahora lo comprendió todo. Hoy era martes y casi la siete y media de la tarde. Supuso cuál era el significado de las iniciales «SC». «Una manera brillante de quedar en un determinado lugar, un día y a una hora concreta, utilizando tan solo dos letras», pensó.

—Tu hermana te espera —le dijo—. Ha llegado hace un cuarto de hora. Tenéis el «*Speaker's Corner*» reservado para toda la tarde.

Carlota siempre le gustaba llegar con antelación a sus citas. Era una manía derivada de su trabajo. Quería observar las expresiones de las personas antes de sentarse en la mesa.

—Vamos —le dijo a Ryan, tomándolo por un brazo.

Cuando llegaron a la mesa, las hermanas se abrazaron.

—Antes que nada, quiero pediros perdón por la *ópera bufa* de Dublín. Las cosas no tenían que haber sucedido así —dijo Carlota.

—La que tengo que pedir perdón soy yo. Cuando me di cuenta de lo que estaba ocurriendo, ya era demasiado tarde. Me temo que me pasé un poco con tus compañeros —respondió Rebeca.

—La teniente Kira está bien, tan solo algo dolorida por sus fisuras en dos costillas, pero el sargento Alex aún sigue en el hospital. Nada grave, pero las cervicales siempre son delicadas.

—Trasmíteles que lo siento de verdad. Una vez más, tuve que darme cuenta antes de lo que sucedía a mi alrededor.

—Lo haré, aunque la culpa fue de ellos. ¡Menuda chapuza!

—En eso te doy la razón, pero no hace que me sienta mejor.

—Anda, sentémonos, que tenemos muchas cosas de las que hablar —dijo Carlota, mientras levantaba la mano a Dan para pedirle tres cervezas.

—Estamos solos, ¿verdad? —preguntó Rebeca, mientras miraba a su alrededor.

—Sí. Fue la única condición que puse para esta reunión. Les dije que te darías cuenta de cualquier operativo de vigilancia y que os marcharíais sin conversar conmigo.

—¡Mujer, no iba a ser tan exagerada! Lo único es que hubiésemos tenido que cambiar de lugar y tomarnos las molestias de perderlos de vista. Pero mejor así.

—¿Quién eres en realidad? —le preguntó Ryan a Carlota, sorprendido por la conversación entre las hermanas.

—Soy una funcionaria del Ministerio del Interior. Trabajo para el estado.

—Supongo que eso es todo lo precisa que puedes ser. Lo comprendo —le respondió Ryan.

—Bueno, dejemos los prolegómenos. ¿Quién empieza? —preguntó Carlota.

—Si os parece, lo haré yo —dijo Ryan.

Relató los mismos hechos que ya le había contado a Rebeca por la mañana, durante el vuelo de Dublín a Valencia.

—Quitando algunos detalles, ya los conocía —le respondió Carlota.

—¿Cómo es posible? —preguntó Rebeca—. Que yo sepa, tú no eres historiadora. ¿Por qué conoces a Menkaure? ¿Qué tiene qué ver todo eso contigo?

—Son muchas preguntas —respondió Carlota, mientras daba un sorbo a su cerveza—. Antes que nada, quiero que sepáis que intentaré ser lo más sincera posible con vosotros, pero comprenderéis que haya determinados detalles que no os pueda revelar. Algunos pueden estar incluso distorsionados.

—Da igual, adelante —dijo Rebeca, que tenía mucha curiosidad por las explicaciones de su hermana.

—Todo comenzó cuando nosotras aún no habíamos nacido. Un servicio de inteligencia de otro país amigo se interesó por el naufragio de la goleta *Beatrice* y pidió a su homólogo español, entonces llamado CESID, hoy CNI, que indagara acerca de ello. ¿Sabes a quién encargaron la operación?

—¿Cómo voy a saber eso si dices que aún no habíamos nacido?

—A Catalina Rivera.

A Rebeca casi se le cae el vaso de cerveza de sus manos.

—¿Quién es esa persona? —preguntó Ryan.

—Era nuestra madre —respondió Carlota—. Fue en 1996. En aquella época, los miembros del CESID, en su práctica totalidad, pertenecían a las diferentes ramas del ejército y cuerpos de seguridad españoles. Apenas había civiles y menos todavía mujeres. Nuestra madre era una extraña excepción. Por ello, encargó al Centro de Buceo de la Armada, cuya sede está precisamente en el puerto militar de Cartagena, que hiciesen inmersiones discretas en determinados puntos de la bahía y lo documentaran todo fotográficamente. Nueve meses después, nuestra madre ya disponía de suficiente información y había enviado un análisis detallado a sus superiores con conclusiones muy interesantes y prometedoras. Pero entonces se les presentó un grave problema. Una cosa era hacer expediciones subacuáticas nocturnas, tan solo para obtener fotografías de determinados puntos del lecho marino y otra era organizar una expedición arqueológica en la bahía de Cartagena, delante de las miradas de los pescadores y de la gente en general. Estaba claro que iba a llamar mucho la atención y eso era lo último que deseaban. Entonces, a nuestra madre se le ocurrió una de sus ideas, en apariencia estrafalaria.

—¿Cuál? —Rebeca estaba enganchada al relato.

—Sacar la operación del control del CESID. ¡Imagínate la que se lió en *La Casa*!

—¿Por qué propuso eso?

—Porque comprendió que una operación de esas características jamás iba a ser secreta. Propuso filtrar de forma discreta su informe y las fotografías al Ministerio de Cultura y esperar una reacción.

—¿Vuestra madre era espía? —preguntó Ryan, que parecía procesar la información con retraso.

—No solo eso. Con dieciocho años ya era la jefa de la unidad de análisis y la número tres en el escalafón del CESID. Sus opiniones eran muy respetadas por todos los mandos militares que la superaban en varias decenas de años, pero lo que propuso parecía una locura —respondió Carlota—. A pesar de ello, como casi siempre, se salió con la suya. El CESID filtró la información al Ministerio de Cultura, como si se tratara de informes de buceadores aficionados. La respuesta fue inmediata. El Ministerio de Cultura trasladó las fotografías al director del entonces llamado Museo Nacional de Arqueología Marítima, Iván Negueruela, también sito en Cartagena. Hoy es el flamante Museo Nacional de Arqueología Subacuática, más conocido como el ARQVA, y ocupa un precioso espacio en el mismo puerto.

—¿Y qué pasó después?

—Justo lo que nuestra madre había previsto. Cuando Iván Negueruela comprendió el posible alcance de toda la información que acababa de recibir, se puso en contacto con la base militar de Cartagena. Organizaron una expedición conjunta, formada por siete buzos militares y cinco buzos del museo. Ya no se trataba de una operación secreta del CESID, sino de una colaboración, más o menos pública, entre el Ministerio de Cultura y el Ministerio de Defensa.

—¡Vaya con nuestra madre! —exclamó Rebeca—. Nunca deja de sorprendernos, aunque lleve muerta casi quince años.

—La cuestión es que, durante siete meses del año 1997, los doce buzos se dedicaron a cartografiar el lecho marino, en los puntos que había señalado nuestra madre. En concreto, en uno de ellos, dieron con el objetivo.

—¡No me digas! —exclamó Rebeca, sorprendida—. Esa información nunca se ha hecho pública.

—Localizaron lo que parecía ser el pecio de la *Beatrice*, a veintiocho metros de profundidad. Dedicaron un mes a su estudio detallado, hasta que surgió un grave inconveniente.

—¿Cuál?

—Que debajo de su estructura encontraron una pieza de uralita. Era imposible que se hubiese colocado allí por sí misma. Estaba claro que la uralita era anterior al presunto pecio, lo que descartaba que se tratara de la goleta *Beatrice*, que se hundió en 1838. Sobra decir que ese material es del siglo XX.

—¡Vaya chasco!

—Así debió de ser —dijo Carlota—, pero hay una cosa que desconocéis.

—¿Qué? —preguntó ahora Ryan.

—Que el lugar del que os estoy hablando se encuentra en la bocana de poniente de la bahía de Cartagena. Para ser más exacta, en las mismas coordenadas donde estuviste buceando con tu esposa hace cinco años —dijo Carlota, dirigiéndose a Ryan.

Ryan se llevó las manos a su boca y echó el cuerpo de forma violenta hacia atrás. Se notaba que aquella información le había impactado. Sin embargo, la actitud de Rebeca era muy diferente.

—¿Me has hecho venir hasta Valencia para darme esta información? —preguntó, extrañada—. Lo siento, Carlota, pero te conozco muy bien. ¿Qué escondes?

Carlota sonrió. «Es mi hermana, ¿qué podía esperar?», pensó.

—Lo que ya os he contado es secreto, pero lo que vais a escuchar a continuación todavía lo es más —dijo Carlota—. Si se enteran de que os lo he contado, os aseguro que tendré serios problemas. Quiero vuestra palabra que no hablaréis con nadie acerca de lo que vais a escuchar.

—¡Por supuesto que la tienes! —exclamaron ambos.

Durante quince minutos, Carlota les narró una aventura casi increíble. Las caras de Ryan y Rebeca pasaban del estupor a la sorpresa de forma constante.

—¡Tú! —exclamó Rebeca, cuando concluyó.

—Por eso lo que acabáis de escuchar es solo para vuestros oídos. Si teníais alguna intención de acercaros a ese lugar, ya sabéis que no podéis.

Ryan se había quedado boquiabierto, sin embargo, Rebeca lucía una extraña expresión en su rostro que no se le escapó a Carlota.

«¿Qué es lo que trama?», pensó, atemorizada.

# 51 EN LA ACTUALIDAD, VALENCIA Y CARTAGENA, ESPAÑA, 22 DE OCTUBRE

—A lo mejor te sueno a hereje, pero lo que más me ha impresionado de Valencia, por delante de su Lonja y las curiosas explicaciones que me has dado de sus gárgolas, ha sido el Mercado Central que está justo enfrente. ¡Es una auténtica joya! —exclamó Ryan.

—Lo es. Lo que mucha gente desconoce, incluso los valencianos, es que es el mercado de productos frescos más grande de Europa, con sus más de mil puestos. Cuando vivía en Valencia me encantaba perderme entre el bullicio de un sábado por la mañana. Es como si tuviera vida propia. En cuanto a su arquitectura, es verdad que es una joya, concretamente una de las obras maestras del modernismo valenciano de principios del siglo XX. Las formas de la construcción del mercado, con su espectacular cúpula central, siempre me han evocado una especie de catedral del comercio.

—Cuando la vi, pensé justo lo mismo —le confirmó Ryan.

—Aún te queda por ver la *Ciudad de las Artes y las Ciencias*. Un conjunto arquitectónico vanguardista obra, en su mayoría, del arquitecto de fama internacional, Santiago Calatrava.

—¡Lo conozco! —exclamó Ryan—. En Dublín ha construido dos puentes sobre el rio Liffey. Uno llamado Samuel Beckett y otro llamado James Joyce.

—Bueno, los puentes de Santiago Calatrava son todos muy similares. Aquí en Valencia también tenemos dos.

Ambos se quedaron mirando por un momento, en silencio.

—Oye, ¿es necesario que obedezcamos a tu hermana? Nos dijo que aprovecháramos para hacer turismo por Valencia, pero me dio la impresión de que era un simple pretexto para mantenernos alejados de Cartagena.

—Veo que aún conservas alguna neurona en tu cerebro. ¡Pues claro que esa era su intención! Lo que no termino de comprender es el motivo.

—¿Pasaría algo si no le hiciéramos caso y nos marcháramos allí? Después de lo que nos contó, tengo muchos interrogantes en la cabeza.

—No somos prisioneros de nadie. Además, a mí me tiene preocupada una de las cosas que nos contó. Ya te dije que, para mi desgracia, tengo buen ojo para saber cuando alguien está diciendo la verdad o miente. Pues mi hermana lo hizo, además en una cuestión muy curiosa. No le encuentro ninguna explicación a esa mentira. Bueno, sí que se la encuentro, pero me resulta imposible de creer.

—Entonces, ¿nos vamos? No sé qué conexiones hay desde Valencia a Cartagena, pero no creo que sean muchas.

—Con una nos vale —dijo Rebeca, mientras manipulaba su móvil—. En cinco minutos nos recogerá un taxi. Iremos al hotel, volveremos a empaquetar las maletas y por la tarde estaremos en Cartagena.

—¿En taxi? ¿Te has vuelto loca? Cartagena estará a casi trescientos kilómetros. Te va a costar una fortuna.

—Mi tía Tote ya debe haberse enterado de mi presencia en Valencia. Me extraña que no haya mandado ningún coche patrulla a por mí. Si no lo ha hecho ya, estará a punto. No podemos utilizar el tren.

—¿Tu tía tiene vigiladas las estaciones?

—No me extrañaría —dijo Rebeca, riéndose—, pero no es por eso. España es el segundo país del mundo que más kilómetros tiene de vías de alta velocidad, lo que se conoce como el AVE, tan solo superado por China. Sin embargo, el resto de infraestructura ferroviarias, aunque las están mejorando poco a poco, dan auténtica pena. Para que te hagas una idea, cuesta el mismo tiempo viajar en tren desde Valencia a Sevilla, que está a 650 kilómetros, que a Cartagena, que está a 270. No es que no me importe el dinero, pero en un caso así, está bien gastado. Hay autopista y en menos de tres horas estaremos allí.

—Acepto con una condición— le respondió Ryan—. Tú te haces cargo del trasporte y yo del alojamiento.

—Cartagena es una ciudad turística y los alojamientos no son baratos. Lo sé porque pasé allí unos días cuando hice mi máster.

—No iremos a un hotel. Déjame hacer una llamada.

Ryan se apartó de Rebeca y a los dos minutos regresó.

—Resuelto. Markus y Greta Engels nos esperan encantados en su casa.

—¿Esos no eran los familiares de tu difunta esposa que os acogieron cuando ella perdió la vida buceando? ¿Te parece adecuado volver allí?

—No me importa. Después de la muerte de Emilia, me trataron de maravilla. Me ayudaron con el abogado que necesité en España y me han estado llamando estos años a la cárcel para interesarse por mi estado. Se podría decir que han sido los únicos que se han preocupado por mí durante todo este tiempo. Incluso cuando salí de la cárcel, se ofrecieron a acogerme en su casa una temporada, pero yo preferí la cerveza y el *pub «The Cat & the Horse»*. Se han alegrado mucho de que estuviera en Valencia y me han dicho que nos esperan a los dos.

Rebeca no se lo esperaba.

—¿Quién les has dicho que soy yo?

—Una amiga de Dublín que me acompañas por España de turismo.

—¿Una amiga? ¿En serio? Sabes lo que supondrán, ¿no? Al fin y al cabo, ellos eran familiares de tu esposa, no tuyos. No sé si les sentará bien que acudas a su casa con otra mujer.

—No te preocupes por eso. Son una pareja de alemanes de mente muy abierta. Se jubilaron con cincuenta años y viven la vida como nadie. Les gusta pescar y tomar el sol, pero supongo que, de vez en cuando, echarán de menos tener compañía.

—¿Y me tengo que hacer pasar por dublinesa?

—¿Te has mirado al espejo? Eres rubia con ojos azules y piel clara. Desde luego, española no pareces. Eres capaz de hablar un inglés con acento irlandés incluso mejor que yo mismo. Además, tu nombre es internacional simplemente añadiéndole una letra «c», Rebecca. ¿Sabes que es un nombre de origen judío que aparece en numerosas ocasiones en el Antiguo Testamento de la Biblia?

—No me vengas con sermones religiosos que sabes que no me van. Además, no veo en qué me puede ayudar eso con el matrimonio Engels. Bueno, ahora que lo pienso mejor, la palabra alemana «Engels», en español significa «Ángeles». Igual por ahí les puedo caer bien — dijo Rebeca, en tono claramente sarcástico.

—No te burles de esas cosas, que ya sabes que soy católico. Si quieres dejar la religión a un lado, quédate con el significado de tu nombre. Rebeca quiere decir «cautivadora». Creo que jamás le han puesto un nombre a una persona que la definiera con mayor precisión.

—¿Me estás piropeando?

—No, te estoy describiendo.

## 52 EN LA ACTUALIDAD, MADRID, ESPAÑA, 23 DE OCTUBRE

—¿Me vas a llamar todos los días?

—Los que sean necesarios. ¿Sabes que tu hermana y el tal Ryan Clarke están en Cartagena? Llegaron ayer por la tarde.

—¿Cómo quieres que conozca eso? El martes hice el trabajo que me encargaste. Que yo sepa, entre mis tareas no estaba vigilar a mi hermana. Creo es libre de marcharse donde quiera. ¿No es así?

—No esquives la cuestión.

—Advertí a Rebeca y Ryan que no fueran a Cartagena de forma explícita, pero, te repito, son ciudadanos libres. Además, ¿qué más da? Ha pasado mucho tiempo de todo aquello. ¿Qué pueden averiguar ahora? Lo que les puedan contar ya lo saben.

—No me gusta —dijo la mujer al mando—. Son dos cabos sueltos. ¿Sabes que no hemos podido averiguar nada acerca de tu hermana?

—¿Qué quieres decir?

—Nosotros tenemos acceso a los datos de todo el personal diplomático presente en España, pertenezcan al país que sea, incluida la Federación Rusa. Pues bien, tu hermana no figura en ninguno de esos listados.

—Ya me lo imaginaba. ¿Se supone que me tengo que preocupar?

—Pues deberías hacerlo. Una diplomática rusa en suelo español sin que esté destinada a la embajada en Madrid ni a ningún consulado de España, resulta muy extraño.

—¿Habéis comprobado el pasaporte?

—¿Me tomas por una novata? Eso es lo primero que hice. Es auténtico. Su número de serie y su fecha de expedición concuerdan con nuestras bases de datos. Además, cuando pasó por el control de pasaportes en el aeropuerto, la Policía Nacional lo clonó. No hay error. Los datos biométricos son los de tu hermana. No existe ninguna duda acerca de su autenticidad.

—¿Y qué te ha contestado la embajada? Porque supongo que se lo habrás preguntado.

—Todavía nada. Es cierto que lo hice ayer y aún es pronto, pero, tal y como están las cosas, es muy probable que se tomen su tiempo o incluso que me ignoren. Recuerda que no tienen ninguna obligación legal de facilitarnos esa información.

—A vosotros quizá no, pero si recurrís a otro servicio, igual se muestran más colaboradores.

—¿Pedir un favor por esto? ¿Es lo que estás insinuando?

—Los israelíes tendrían esa información en veinticuatro horas, si tanto te interesa.

—Me parece que esperaremos.

—Es tu decisión, pero luego no te quejes.

—Hay otro problema que me preocupa aún más que el de tu hermana.

Carlota no pudo evitar sorprenderse.

—¿Cuál?

—Ryan Clarke.

—¿En serio? ¡Pero si es un exmilitar, expresidiario y casi diría que un alcohólico cuesta abajo y sin frenos! ¿Qué problema puede suponer?

—Cuando he procesado sus datos, ha saltado una alarma en nuestro sistema.

—¿Qué? —preguntó Carlota, cada vez más sorprendida.

—Ya sabes lo que eso significa.

—Puede ser muchas cosas. Ya conoces que fue condenado por homicidio imprudente. Ese puede ser el motivo.

—La alarma era un código negro.

—¿Ryan Clarke? ¿Código negro? ¡Venga ya! De todas maneras, él viaja con pasaporte irlandés, no ruso. Lo tendréis mucho más sencillo de comprobar.

—No te creas. En Irlanda no existe un servicio de inteligencia exterior centralizado, como ocurre en España y en la mayoría de países de nuestro entorno. Los militares y la *Garda* van por libre, por no hablarte de que cada uno de ellos dispone de diferentes agencias. Es un verdadero galimatías.

—Ya lo sé, pero el *Directorate of Military Intelligence* lo coordina todo. Ya hemos colaborado con ellos en otras ocasiones y siempre se han portado muy bien con nosotros.

—No conocen a Ryan Clarke. Ninguna persona con ese nombre trabaja para ellos. Esa ha sido su respuesta.

—Entonces, ¿por qué salta un código negro en el sistema? ¿Acaso trabaja para otro país de su entorno?

—No, también lo he comprobado. Y no me preguntes por la autenticidad del pasaporte. Lo he revisado y no es falso.

—Hay algo que no me cuadra. El código negro siempre devuelve un número de referencia. Los tres primeros dígitos indican su procedencia. ¿Tampoco has averiguado nada por esa vía?

—La referencia corresponde a Irlanda. Estamos en un callejón sin salida.

—Entonces, debe tratarse de un error. Con Rusia nos podemos esperar cualquier cosa menos colaboración, pero Irlanda es diferente. Nuestros sistemas están conectados. No nos mentirían en una cuestión así, cuando saben que lo podríamos averiguar por otros medios seguros. No se arriesgarían a causar un conflicto de confianza con un país amigo y aliado. Además, sabes que, en otras ocasiones, el sistema nos ha asustado con códigos negros que luego resultaron ser falsos o simplemente causados por datos desfasados. Los irlandeses deben de estar diciendo la verdad.

—Sí, esa es la conclusión más lógica y la que yo también creo, pero, ¿y si no fuera la verdadera? ¿No tienes ni un poquito de miedo?

—No te comprendo.

—Tu hermana está acompañada por una persona cuya identidad está marcada por un código negro, del cual todavía no tenemos ninguna información. Aunque podamos presumir que pueda tratarse de un error, yo, al menos, me preocuparía un poco.

Carlota no había pensado en esa posibilidad.

—Mi hermana tampoco es que sea una niña mona que reparte vasos de leche en la entrada de los colegios.

—No, tu hermana es una niña mona que reparte hostias como panes, pero eso no quita que esté acompañada de una persona marcada que no podemos verificar.

Carlota se quedó mirando a la cara de aquella mujer.

—¿No se te habrá ocurrido lo que estoy pensando?

—¡Adelante! —gritó la mujer.

Entraron en la sala cuatro personas.

—¡Ni se os ocurra! —exclamó Carlota, muy enfadada.

—¿Tienes algo contra nosotros? —dijo uno de los que acababa de entrar en la habitación.

—Ya sabéis que no. Sois los mejores, pero se trata de mi hermana. Os descubrirá de inmediato y pensará que es cosa mía. Lo que ocurrirá a continuación es que desconfiará de mí y perderemos todo contacto amistoso con ella. ¿No os dais cuenta de que eso no puede suceder en ningún caso?

—Sabes perfectamente que, en las actuales circunstancias, quedarnos inactivos no es una opción —dijo la mujer al mando, dirigiéndose a Carlota—. ¿Tienes alguna propuesta alternativa? A mí no se me ocurre ninguna.

—Sí, la tengo.

Se explicó.

—¡Carlota! —exclamó una de las cuatro personas que había entrado en la estancia—. ¡Eso es una locura y lo sabes!

—En los últimos trece años, ¿cuántas veces he escuchado decir «¡Carlota, eso es una locura!»? Unas cuantas, ¿verdad? Luego resultaba que no eran tales.

—Pero esta ocasión es diferente —intervino la mujer—. El comandante Rojas tiene razón y, como él mismo ha dicho, lo sabes perfectamente. No se trata tan solo de que desconozcamos a qué se dedica tu hermana. En este caso, tampoco sabemos con seguridad quién es su acompañante. Tú no puedes manejar este asunto sola.

—Voy a seguir el plan que os he explicado. Si os veo por allí, entonces sabréis quién es Carlota en realidad. Igual resulta que tampoco me conocéis —dijo, con el rostro rojo de la cólera que sentía.

—Esas palabras suenan a amenaza —dijo la mujer.

—No suenan, lo son —respondió Carlota, marcando sus palabras con una furia que jamás habían visto. Ahora, se giró hacia el comandante—. Rojas, que no te vea por allí. Ni a ti ni a ninguno de los tuyos. En caso contrario, conoceréis **las puertas del cielo**.

Carlota, sin dar opción de réplica a los presentes, abandonó la habitación a toda prisa, dando un sonoro portazo.

Cuando se quedaron solos, los cinco se quedaron mirando. En los muchos años que se conocían y habían trabajado juntos, jamás habían visto tan enfadada a Carlota.

—¿Qué hacemos, jefa? Se trata de Carlota y todos la conocemos muy bien. Es una de las nuestras. Tiene razón en que nunca nos ha fallado. Además, también está su hermana de por medio.

Su respuesta los dejó helados.

## 53 LONDRES, REINO UNIDO, 12 DE DICIEMBRE DE 1838

—Ante todo, te había citado para darte las gracias.
—A pesar de todos los esfuerzos que realicé, al final, todo salió mal. Siento que el cargamento no llegara al museo, pero agradezco tus palabras de ánimo. Cuando me enteré del naufragio de la goleta *Beatrice*, se me vino el mundo encima.
—Es cierto, pero la otra sí que llegó.
—¿Qué otra?
—La goleta *Neptune*. Fuiste un hombre muy precavido.
—Te juro que no sé de qué me estás hablando.

El coronel Howard Vyse estaba reunido con el *Principal Librarian* del *British Museum,* Sir Henry Ellis, en su despacho del museo. Eran amigos desde hacía muchos años.

—Tu ayudante, Mr. Hill, se puso en contacto con nosotros a finales del mes de agosto. Nos dijo que iba a dividir la carga en dos goletas. Tú acababas de partir de Egipto y no teníamos manera de contactar contigo, así que supuse que lo habías dispuesto de esa manera.
—Es la primera noticia que tengo —respondió Vyse, pasmado.
—¡Pues bendito Mr. Hill, entonces! —exclamó Sir Henry Ellis.
—Cuando dejé Egipto ya estaba todo convenido y contratado. ¿Os hicisteis cargo del gasto adicional de fletar otra goleta? ¿Para qué? En la *Beatrice* cabía todo de sobra. ¿Hay algo que deba saber?
—No nos costó ni un solo penique de más. Mr. Hill afirmó que ya estaba todo pagado. Pero eso no es lo importante ahora mismo. La carga de la *Neptune* se salvó gracias a esa gestión de última hora, fuera de quién fuese la decisión.

—¿Tenéis el sarcófago de Menkaure?

—No. Iba en la *Beatrice* y se perdió, pero tenemos su ataúd de madera con los restos del faraón. No se salvó su continente, pero sí su contenido. Algo es algo. Además, nuestros técnicos han analizado el ataúd y es una pieza de gran valor arqueológico. También llegaron varias estatuas de granito rosa y otros pequeños objetos muy interesantes.

Vyse continuaba pasmado.

—¿Para qué haría Mr. Hill una cosa así? —preguntó.

—¿No manteníais el contacto?

—Semanalmente. Por eso me sorprende no saber nada de todo esto. Los trámites que hay que hacer para fletar una goleta, en esa ruta en concreto, no se hacen en una semana. Lleva su tiempo. Es algo que debía de estar previsto con bastante antelación.

—Por si te sirve, a nosotros nos puso como pretexto que no deseaba que viajaran juntos en la misma embarcación el sarcófago y los restos del faraón. Que era una cuestión de seguridad.

—¿De seguridad? —Vyse seguía sin comprender nada.

—Ya sabes que ha habido algunos naufragios de navíos haciendo la ruta desde Alejandria. Supongo que se refería a eso.

—Sí, eso lo puedo comprender. Lo que se me escapa es el motivo por el que separó el sarcófago de basalto del ataúd de madera. ¿Por qué precisamente eso? No me parece lógico. En la *Beatrice* iban piezas únicas de gran valor, incluso cargué algunas muestras de piedras de la pirámide de Menkaure, tanto las inferiores de granito como las superiores de caliza. ¿Habéis recibido alguna?

—No, tan solo lo que te he dicho. Ninguna pieza de gran tamaño o peso.

—¿Puedo ver el ataúd de Menkaure?

—¡Claro! Como comprenderás, aún no se encuentra expuesto. Ahora está en el sótano, en manos de los restauradores. Acompáñame —dijo Sir Henry Ellis.

Bajaron por unas escaleras muy amplias hasta llegar a una zona donde había un guardia de seguridad. Les franqueó el acceso y entraron en una gran sala.

Vyse se quedó boquiabierto.

—¿Nunca habías visitado esta zona del museo?

—Jamás.

—Se podría decir que es una especie de museo paralelo. Aquí hay tantas piezas almacenadas y en restauración como expuestas arriba. Todo lo que ves se encuentra catalogado con un número de referencia, como las piezas que se pueden visitar. Como comprenderás, aunque el museo es grande, aún lo es más su colección. No todo se puede exponer por falta de espacio.

—Sí, eso lo puedo entender, pero, ¿quién decide qué se expone y qué no? Aquello, por ejemplo, parece un friso romano.

—Lo es, pero ya tenemos expuestos otros mejor conservados. Las decisiones no las tomo yo, sino los técnicos. Ellos saben mejor que nadie el valor de cada pieza.

—Sorprendente —observó el coronel Vyse, mientras sus ojos recorrían con verdadera curiosidad aquel enorme espacio.

El *Principal Librarian,* que era el máximo responsable del museo, se aproximó a una especie de mostrador. Vyse lo siguió.

—Buenos días, Ellen. Queremos ver la pieza catalogada con la referencia BS-8538.

—La mujer buscó, entre un montón de carpetas, la que se correspondía con ese código. La extrajo y se la entregó a su superior, que la abrió de inmediato.

—Se encuentra en restauración, tal y como suponía. Vamos —le dijo a Vyse, mientras caminaban por un laberinto de pasillos.

—¿En serio sabéis lo que tenéis aquí abajo? —preguntó Vyse, que aún le duraba la sorpresa.

—Por supuesto. Ya te he dicho que está todo catalogado, aunque no se pueda visitar por el público. Cuando entra cualquier pieza, lo primero que se hace es asignarle un número de referencia, un código único que la identifica. Una vez estudiada y, en su caso, restaurada, ya son los técnicos los que deciden cuáles se quedan almacenadas en conservación, en el sótano, y cuáles son subidas al museo.

Mientras Sir Henry Ellis daba todas esas explicaciones, llegaron a un espacio más amplio. Las estanterías habían desaparecido y en su lugar había grandes mesas metálicas, con multitud de aparatos sujetas a ellas.

—Allí está —dijo el director, señalando a una de esas mesas, en el extremo opuesto de la sala. Alrededor del ataúd de madera, había dos personas trabajando sobre él.

—Señores, ¿cómo van los trabajos de restauración?

Cuando los empleados vieron a su jefe, se apartaron del ataúd de inmediato. No era habitual ver a Sir Henry Ellis en el sótano.

—A pesar de su mal estado de conservación, hemos hecho notables progresos, sobre todo en su limpieza, señor —dijo uno de los restauradores—. Es una pieza muy antigua y debemos retirar cada grano de arena casi de uno en uno, para evitar dañar la madera.

—Esta persona que me acompaña es el coronel Howard Vyse.

—¡Coronel! —exclamó el restaurador—. Es para nosotros un verdadero honor conocerle en persona. Su fama le precede.

—¿Me permitirían echar un vistazo al ataúd?

—¡Por supuesto! Gracias a usted lo tenemos con nosotros.

Vyse se aproximó. Era cierto, los restauradores habían hecho un gran trabajo. Seguía siendo una pieza de madera mal conservada, pero ahora estaba libre de la capa de arena que lo cubría cuando lo descubrieron, en la cámara mortuoria de Menkaure.

El coronel tomó uno de los aparatos que estaban usando los restauradores. Se trataba de una lupa de gran aumento. Pudo observar el ataúd de cerca y limpio. Leyó en voz alta la transliteración de su inscripción jeroglífica tallada en la madera, como hiciera en Egipto.

—*«Salve Osiris, rey del norte y del sur, Menkaure, que vive eternamente, nacido del cielo, concebido de Nut, heredero de Geb, su amado. Ella, tu madre Nut, se extiende sobre ti, en su nombre de "misterio del cielo", ella garantiza que tú puedas existir como dios sin tus enemigos, oh, rey del norte y del sur, Menkaure, que vives para siempre».*

—Es emocionante, ¿verdad? Habíamos restaurado otros ataúdes similares, pero ninguno de un faraón de la IV Dinastía, el periodo dorado de las grandes pirámides.

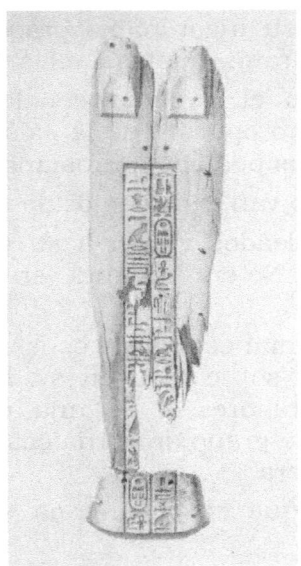

Vyse seguía observando de cerca el ataúd, con la ayuda de la lente de aumento. Lo recorrió en su práctica totalidad. De repente, se separó de la lupa con cara de asombro.

—¿Sucede algo? —preguntó Sir Henry Ellis.

Vyse parecía no reaccionar. Tenía la mirada perdida.

—¡Howard! —insistió el director, levantando la voz—. ¿Qué te ocurre?

El grito de Sir Henry Ellis pareció devolver a Vyse a la realidad.

—Este no es el ataúd de Menkaure —dijo.

—¡Qué dices! —exclamó incrédulo el director, mirando con espanto a la cara de Vyse.

—Coronel, lo hemos examinado igual que usted y hemos leído los jeroglíficos también, que confirman a su propietario, Menkaure —dijo el restaurador.

—Lamento daros la noticia, pero no es este.

—Entonces, si no es un ataúd, ¿qué es? —preguntó Sir Henry Ellis.

—**Las puertas del cielo** —dijo Vyse, recordando las palabras de Mr. Hill.

Ahora lo comprendía todo.

## 54 JERUSALÉN, ISRAEL, 20 DE MARZO DE 1980

—¡Para la máquina ya! —gritó el capataz al operador de una excavadora.

—¿Qué sucede?

—¿No tienes ojos en tu cara? ¿No ves lo que acabas de desenterrar?

El operario se asomó. Ahora, su sorpresa fue la misma que la de su jefe.

—¿Qué demonios es eso?

—¿Cómo quieres que lo sepa? Lo único que tengo claro es que hay que avisar de inmediato al IDA.

—¿Eso qué es?

—Son las siglas del *Israel Department of Antiquities*. Baja de la excavadora y permanece junto a ella. Supongo que querrán interrogarte —le respondió, mientras salía a toda prisa hacia sus oficinas.

«¿Interrogarme?», pensó el operario. «¿Acerca de qué?». No entendía nada, pero si el jefe había reaccionado de esa manera tan exagerada, debía de tratarse de algo importante. Llevaban retraso con las obras y este parón aún lo iba a empeorar más.

No tuvo que esperar demasiado. En apenas veinte minutos se presentó un coche negro, con toda la pinta de ser un vehículo oficial. El operario observó, desde la distancia, como se bajaba una persona, también vestida completamente de negro, y entraba en las oficinas de la obra.

Al momento, salió acompañado del capataz en dirección a la excavadora. «Estoy nervioso como nunca en la vida y no sé por qué», pensó el operario, a medida que se aproximaban hacia él.

—¿Es usted la persona que ha desenterrado esto? —preguntó el hombre de negro.

—Sí, pero le prometo que ni me había dado cuenta. De hecho, no sé ni qué es —respondió, acobardado.

—Quédese aquí y no se mueva —le ordenó.

«Eso llevo haciendo la última media hora», pensó

El hombre de negro se dispuso a dirigirse a aquel lugar, acompañado del capataz.

—Las instrucciones para el operario también son para usted. No se mueva de aquí —le dijo al capataz, que no dudó en hacerle caso.

«¿Quién se atreve a hablarle así a Moshé?», se peguntó el operario. «Y sobre todo, lo más sorprendente es que consiga que le obedezca sin rechistar, en su propia obra».

El capataz pareció advertir la expresión de asombro de su subordinado.

—¿No sabes quién es? Se trata de Yosef Gat, uno de los arqueólogos jefes del IDA. Todos los encargados de obras en Jerusalén sabemos que, si nos topamos con alguna de estas cosas, debemos reportar de inmediato al IDA. Yosef Gat es siempre el primero que acude. Si no tiene importancia, como espero que suceda, nos permitirá continuar las obras, pero si se trata de algo importante, lo sabremos de inmediato.

—¿Por qué?

—Porque llamará a Amos Kloner.

Ese nombre sí que le sonaba al operario, aunque no lo ubicaba. Debía de tratarse de algún miembro del gobierno israelí.

—Parece que tu expresión ha cambiado y ese nombre sí que te resulta familiar, ¿no? —le preguntó el capataz.

—Así es, señor.

—Es el director del IDA y nuestra peor pesadilla. Tiene plenos poderes y línea directa con Menájem Beguín.

—¡El primer ministro! —exclamó el operario, visiblemente sorprendido.

En ese preciso instante, vieron acercarse hacia ellos a Yosef Gat.

—Algo no va bien —dijo de inmediato el capataz.

Cuando llegó a su altura, el operario comprendió a su jefe.

—Deben detener todos los trabajos.

—¿Todos? ¿Se refiere a la obra en su totalidad?

—Me parece que he sido muy claro. Todos son todos.

—¿No es suficiente que aislemos lo que hemos encontrado, lo vallemos y continuemos con el resto? Le prometo que no excavaremos en esta zona, pero la obra es muy grande, como puede comprobar. Vamos con retraso y los jefes nos apuran.

Yosef Gat se quedó mirando a Moshé con una expresión que daba auténtico espanto.

—Ahora mismo, su jefe soy yo. Ordene parar la obra ya o me veré obligado a trasferirlo de inmediato al *Shabas*.

Al oír ese nombre, el capataz se alarmó. El *Shabas* era el nombre coloquial del *Sherut Batei HaSohar,* el servicio que controlaba todas las prisiones de Israel.

—¿Tan importante es esa oquedad?

—Eso que usted llama «oquedad», pueden ser **las puertas del cielo**.

El capataz y el operario se estremecieron.

Conocían perfectamente el significado de esa expresión.

## 55 EN LA ACTUALIDAD, CARTAGENA, ESPAÑA, 23 DE OCTUBRE

—Les agradezco mucho su hospitalidad —dijo Rebeca, en alemán—. Viven en un lugar precioso.

—Ryan nos había dicho que eras de Dublín —contestó Greta Engels—, pero tu acento te delata. Sin duda naciste en Baviera, como nosotros. Somos de Augsburgo. ¿Y tú?

—No soy alemana, siento haberles confundido. Soy irlandesa, pero he viajado mucho y tengo facilidad con los idiomas —respondió Rebeca, ahora en inglés.

—¡Y tanto que la tienes! —exclamó Markus Engels—. ¡Hasta a mí me habías engañado! Hablas como una muniquesa.

—Les aseguro que tan solo he pisado Múnich por su cerveza, en el *Oktoberfest*.

—¡Y quién no! —respondió Greta.

Todos se rieron.

—No nos trates de usted —dijo Markus—, que nos haces más mayores. A pesar de estar jubilados, no nos gusta esa palabra. Se asocia a ser muy anciano.

—Vosotros sois jóvenes. Ryan me dijo que os jubilasteis a los cincuenta años. ¡Qué envidia! ¡Quién pudiera! —exclamó Rebeca, que podría jubilarse pasado mañana, si quisiera, con todo el dinero que tenía. Pero ese era un tema tabú.

—Tú envidias nuestra jubilación y nosotros lo hacemos con tu insultante juventud. Ya sé que es de mala educación preguntarle la edad a una mujer, pero no tendrás más de veintidós.

—Tienes muy buen ojo, Markus. Mañana cumplo veintitrés.

En ese momento apareció Ryan en el salón.

—¿Qué me he perdido? —preguntó, desperezándose.

—¡Mañana es el cumpleaños de tu amiga Rebeca! —exclamó Greta—. No nos habías dicho nada. Hubiera cocinado mi *Schweinebraten*, que me sale para chuparse los dedos, pero tengo que encargar por anticipado los ingredientes para su preparación al único supermercado alemán de Cartagena. Ya no me da tiempo.

—¿Mañana es tu cumpleaños? —le preguntó Ryan, sorprendido.

—¿Viajas junto con esta preciosidad por España y ni siquiera conoces esos detalles? —le preguntó Markus—. Así nunca conquistarás a otra mujer.

—No quiero conquistar a nadie. Aún me duele lo de Emilia.

—Solo somos amigos —intervino Rebeca, que no le gustaba el rumbo que estaba tomando la conversación—. Nos conocimos en Dublín hace menos de cuatro meses. Me dieron dos semanas de vacaciones en el trabajo y le comenté a Ryan que pretendía marcharme de viaje a conocer España. Se apuntó y aquí estamos, como dos mochileros cualquiera.

—Cualquiera no —le respondió Greta—. Ryan es médico por el *Imperial College* de Londres y, por tus formas tan educadas, me imagino que no le irás a la zaga.

Rebeca intentó disimular su sorpresa. Eso jamás se lo había contado Ryan. El *Imperial College* tenía mucho prestigio en todo el mundo, sobre todo en medicina. Era una universidad elitista.

—Lo mío es más modesto. Solo soy historiadora, con un máster en historia de las religiones y otro en arqueología subacuática.

—¿Solo? —preguntó Markus—. ¡Nos encantan ambas cosas! A pesar de ser alemanes, profesamos la religión católica, como Ryan. También nos gusta la pesca submarina, aunque, cada año que pasa, se nos hace más cuesta arriba practicarla. Ahora, preferimos hacerlo desde encima de nuestra barca, la *Greta*, bien sentados y acompañados de dos buenas cervezas.

—Me apunto a la cerveza —le respondió Rebeca, sonriendo—, pero os confieso que no soy muy de religiones ni de pesca.

—No sabes lo que te pierdes, aunque, entre las tres cosas, yo también me quedo con la cerveza —rio Markus.

—No agobies a nuestra invitada —le dijo Greta—. Llegaron ayer por la noche y ya les estás emparejando, hablando de religión y de pesca. ¡Casi nada para la pobre!

—No te preocupes, Greta. Tu esposo, Markus es muy gracioso —dijo Rebeca, que de verdad le parecía espontáneo y con un soplo de frescura. «¿A quién me recuerda en versión femenina?», pensó.

—¿Y cómo lo vamos a celebrar? —preguntó Markus—. ¿Con cerveza?

—Creo que, después de lo del año pasado, casi prefiero una cerveza de esas a bordo del *Greta*, tomando el sol y relajándome.

—¿Qué sucedió el año pasado? —continuó preguntando Markus.

Rebeca les hizo un resumen de su veintidós cumpleaños, omitiendo todas las extravagancias de su hermana y trasladando la celebración a Dublín. Aún así, el resumen le quedó algo estrambótico y disparatado. Era muy difícil explicarlo.

—¡Menudo fiestón! Con eso no podemos competir, pero lo de la cerveza en el *Greta* está hecho.

—Mañana dan lluvias, tormenta y marejada en la mar. No creo que sea posible.

—¿Y si salimos hoy? No tenemos nada apuntado en la agenda, ¿verdad, Greta?

—¡Idiota! ¡Nunca tenemos nada en la agenda! —exclamó Greta, riéndose—. Eso es lo bueno y lo malo de esta vida. Por eso nos alegramos de que estéis con nosotros, aunque sea por poco tiempo.

—No es mala idea, Markus —intervino ahora Ryan—. Dentro de cuatro días se cumplirán cinco años desde que Emilia no está con nosotros. Me gustaría aprovechar la ocasión y hacerle un pequeño homenaje.

—¡Caramba! ¡Lo siento, Ryan! —exclamó Rebeca—. Tampoco conocía ese detalle. Cancelamos lo de mi cumpleaños. Con el del año pasado, creo que tengo suficiente para los próximos diez.

—No, todo lo contrario —insistió Ryan—. Me apetecería arrojar unas flores sobre el lugar.

Rebeca se puso en guardia. De inmediato, su instinto le advirtió de que Ryan estaba ocultando algo. No estaba siendo sincero.

—¿Sobre el lugar? —preguntó Markus—. No hemos vuelto a ese maldito sitio en todo este tiempo. ¿Estás seguro de lo que dices?

—Los bastardos de la policía ni siquiera me permitieron asistir a su entierro. ¿Qué les costaba? No me iba a fugar en el funeral de mi esposa. ¡Imbéciles insensibles! Es una espina que tengo clavada desde entonces en el corazón, que me gustaría remediar de alguna manera.

«Sigue mintiendo», pensó Rebeca. Ahora sí que se alarmó de verdad. «¿Qué es lo que pretende en realidad?».

—Bueno, pues parece que estamos todos de acuerdo —dijo Markus—. Yo voy a preparar la barca. Greta, llena la nevera con cervezas y hielo. Vosotros dos podríais acercaros a nuestro huerto y jardín particular. Allí tenemos muchas flores. Preparad un bonito ramo para la ocasión.

Ryan y Rebeca salieron al exterior de la vivienda.

—No pretendo sonar insensible como la policía, pero, ¿qué te traes entre manos? ¿A qué viene eso del ramo de flores? No me lo creo —dijo Rebeca.

—Sígueme la corriente. No te extrañes por nada de lo que oigas y veas esta mañana. Por cierto, ¿sabes bucear?

De repente, Rebeca lo comprendió todo.

—¿No pretenderás...?

—¿Sabes o no? —le interrumpió Ryan.

—Sí, pero no soy una experta. Cuando estudié el máster en arqueología subacuática, aproveché para hacer un curso.

—¿Qué tipo de curso?

—Uno hecho a medida para los estudiantes impartido por una escuela de aquí, de Cartagena. Si tu interés es si puedo bajar hasta los veintiocho metros, la respuesta es sí, pero sin utilizar nitrox. Solo con aire comprimido. Además, tengo que ir acompañada por un instructor.

—Lo tienes delante de ti. Como buzo militar de élite, como comprenderás, tengo todas las certificaciones europeas.

—Sabes que lo que pretendes es una locura, ¿no?

—¿A qué hemos venido a Cartagena? ¿A hacer turismo? ¿No me digas que lo que nos contó tu hermana no te dejó intrigada? Ayer, a mí me tuvo en vela hasta las tantas, por eso me he despertado más tarde de lo normal.

—Carlota no es una unidad de medida adecuada. No podemos cometer locuras al ritmo de su cerebro estrambótico.

—Sí, pero ¿y si tuviera razón?

—Te olvidas de un pequeño detalle. No tenemos equipo de submarinismo ni tiempo para ir a alquilarlo.

—Markus y Greta, si no recuerdo mal, siempre tienen dos en la barca. Son alemanes, muy organizados, así que estoy seguro de que los tendrán preparados. Además, como solo los utilizan para la pesca recreativa, las botellas estarán cargadas con aire comprimido, sin nitrox, cuya mezcla se emplea para profundidades mayores de las que ellos descenderán habitualmente.

—Son jubilados, Ryan. Ya nos ha comentado Markus que, últimamente, no suelen practicar la pesca submarina. Hemos de suponer que su equipo, si lo tienen preparado como tú dices, será antiguo. Te recuerdo que mi experiencia es muy limitada. No sé si es prudente.

—El genio Thomas Edison dijo, en una ocasión, que el miedo es normal en el prudente y que el vencerlo es lo valiente.

—No sabes en el terreno que te has metido —sonrió Rebeca—. ¿Tú no presumes de ser católico? Pues un proverbio bíblico dice que dichoso el hombre que ha encontrado la sabiduría y el hombre que alcanza la prudencia. No juegues conmigo a citas, que he tenido una magnífica maestra en mi hermana.

Ryan no pudo evitar sonreír también, aunque pronto se le borró de su rostro.

—Hablando de tu hermana, ¿crees que nos habrá seguido hasta aquí? En pocas palabras, nos prohibió que viniéramos a Cartagena y no le hemos hecho ni caso.

Rebeca deseaba evitar ese tema, ya que no quería asustar a Ryan.

—Ojalá haya venido ella sola. Ese sería el menor de nuestros problemas.

—¿A qué te refieres?

—Dejémonos de tonterías y hagamos el ramo de flores de una vez, que aún llegaremos tarde a la barca —dijo Rebeca, evitando responder.

De repente, en apenas un segundo, Rebeca lanzó a Ryan por los aires. Aterrizó sobre un montón de geranios.

—¡Oye! ¡Que me has hecho daño!

—No seas quejica, que he sido delicada. Además, has caído en blando. Mira de lo que te he librado.

—Sí, de unas flores preciosas. ¡Qué miedo! —dijo Ryan, mientras se levantaba.

—Pues deberías tenerlo. Es belladona. Esas flores preciosas que tú dices son mortales a dosis altas. Ni te acerques a ellas. ¿Por qué las cultivarán los Engels?

—¿Porque son bonitas? Si conoces su peligro, dejan de serlo.

—Supongo que será por eso. Anda, vayamos a la barca.

—Entonces, ¿estás de acuerdo con mi plan?

—Ya veremos. Si no lo veo claro, te lo diré.

—Me vale —aceptó Ryan.

Cuando llegaron al embarcadero, Greta y Markus los estaban esperando.

Se subieron a la barca y pusieron el motor en marcha.

—Es tu última oportunidad —le dijo Markus—. ¿Estás seguro de lo que estás haciendo?

—Sí —respondió Ryan, muy serio.

—Adelante pues. Rumbo a la bocana de poniente de la bahía —dijo, mientras la barca abandonaba el embarcadero.

En apenas diez minutos ya estaban sobre la zona. Ryan se acercó a la borda de la barca y se puso a mirar el agua, sin decir ni una sola palabra. Unas lágrimas se escaparon de sus ojos. Markus y Greta también parecían afectados, incluso Rebeca, que no se podía abstraer del sentimiento de tristeza que se respiraba.

—¿No arrojas el ramo de flores al agua? —preguntó Greta.

—Estoy pensando una cosa —respondió Ryan.

—¡No! —exclamó Markus—. ¡No más locuras!

«Vaya, parece que te han pillado», pensó Rebeca con cierto alivio.

—¿Por qué? Si pretendo que sea un verdadero homenaje, debe ser en el lugar preciso.

—Porque no permitiremos que bajes solo. Ni Greta ni yo nos atrevemos a descender a esa profundidad. Con una muerte ya fue suficiente.

—Rebeca, ¿sabes bucear?

«Ahora mismo, desearía estar en la luna, pero debo de contestar», pensó.

—Sí —se escuchó decir.

—Pues asunto resuelto. Rebeca me acompañará. No correremos ningún riesgo ni entraremos en el pecio. Tan solo arrojaremos las flores sobre él.

—Pero... —comenzó a decir Markus, que no lo tenía nada claro.

—No hay peros. Creo que es una decisión que me corresponde tomar a mí. Además, es una inmersión sencilla a menos de veintiocho metros. Ya sabéis que estoy capacitado de sobra, al igual que lo está Rebeca. Es arqueóloga submarina.

Rebeca tuvo que hacer verdaderos esfuerzos para contenerse.

—Lo que te iba a decir es que el equipo de buceo lleva sin revisarse dos meses, desde la última vez que practicamos la pesca con arpón. No creo que esté en perfecto estado.

—¿Las bombonas tienen aire?

—Sí, pero tan solo para una hora. Nosotros nunca necesitamos más que eso.

—Será suficiente. Ya os he dicho que será una inmersión sencilla y rápida. Además, mi talla se corresponde con la tuya,

Markus, y la estatura de Greta y Rebeca es muy similar. Vuestros equipos nos valdrán. Además, no vamos a investigar nada, tan solo a depositar un ramo sobre el pecio, en señal de respeto y cariño hacia Emilia. Tan solo eso. No me lo podéis negar.

Rebeca se dio cuenta de que estaba utilizando a su esposa para ocultar sus verdaderas intenciones. Eso era señal de que sí que había superado su pérdida.

—Escucha, Ryan. Comprendo tus sentimientos y de verdad los aprecio, pero nuestro equipo es antiguo. Para la pesca submarina nos sirve, pero no disponemos de ordenadores modernos de buceo porque no los necesitamos, la válvula de la botella, el regulador y el manómetro son viejos y no han pasado revisiones desde hace tiempo y tan solo disponemos de un reloj profundímetro y dos linternas a pilas. Imagínate si estamos desfasados que, debajo del agua, nos comunicamos con una pizarra, como hace muchos años —dijo Markus.

—¿Puedo ver los equipos?

—¡Cabezota! —exclamó ahora Greta, mientras se dirigía al interior de la barca y los sacaba.

Ryan los comprobó. Sonrió.

—Si comparáis estos equipos con los primeros que yo usé en el ejército, os parecerían modernos. Por otra parte, están en buen estado. Todo parece en orden.

—Los mantenemos cuidados, ya que, a nuestra edad y para lo poco que los utilizamos, no pensamos comprarnos unos nuevos.

—Habéis hecho un buen trabajo. Son perfectamente funcionales para nuestra inmersión. Rebeca, vamos a ponernos los neoprenos y demás —dijo Ryan, mientras señalaba el interior de la barca.

Rebeca temía escuchar esas palabras. Estaba asustada, pero ahora no se podía echar atrás.

A los diez minutos, ya estaban en la cubierta de la *Greta*, perfectamente equipados. Los trajes les venían algo grandes, ya que ambos eran más delgados que Greta y Markus, sobre todo el de Rebeca, pero no se trataba de un pase de modelos.

Ryan tomó el ramo de flores y una de las pizarras. Le dio a Rebeca el reloj profundímetro. No hacía falta ninguna explicación para ello. Ryan conocía la zona y no necesitaba el reloj. En cuanto a la pizarra, Rebeca supuso que era una medida de seguridad hacia ella, para que se sintiera más tranquila. Así, Ryan podría darle indicaciones, en caso de que estuviera confusa o le entrara miedo. A esto último llegaba tarde, ya que Rebeca estaba aterrorizada. «Pensaba que la presencia de Ryan me tranquilizaría, pero estoy cagada», se dijo, mientras intentaba disimularlo lo mejor que podía.

—Recordad, en las botellas hay aire para una hora. No apurar. Os queremos de vuelta en cuarenta y cinco minutos como máximo.

Ryan miró a Markus y asintió con la cabeza.

—Vamos, tú primera —le dijo a Rebeca—. Estamos celebrando también tu cumpleaños de mañana. Anda, haz los honores.

Rebeca se arrojó al agua y, un segundo después, lo hizo Ryan.

—¿Cómo hemos permitido esto? —le preguntó Greta a su esposo, cuando se quedaron solos.

—Si esto sirve para que Ryan se quite esa espina que tiene clavada y pase página, habremos hecho lo correcto. Además, Ryan es un buzo de primera. ¿Qué les puede suceder si no van a entrar en el pecio? Reconoce que no es una inmersión complicada.

—Lo único que sé es que, la última vez que se sumergió con una mujer en este mismo lugar, tan solo salió él —le respondió Greta, con el rostro sombrío.

—¡No repitas eso! —exclamó Markus, espantado, aunque su esposa tenía razón.

Mientras tanto, debajo del agua, Ryan buceaba delante de Rebeca, dirigiéndola hacia su destino.

A los escasos cinco minutos, divisaron una especie de bloques de piedra. Cuando se aproximaron, sus corazones comenzaron a latir con mayor intensidad.

Allí estaba.

Desde luego, se trataba de un pecio muy similar a la goleta *Beatrice*. Ryan depositó el ramo de flores encima de uno de los bloques y puso encima una pieza de plomo, para evitar que subiera hasta la superficie. Tomó su pizarra y escribió algo en ella: «Quédate aquí. Voy a entrar». Rebeca asintió con la cabeza. Ni por un asomo se le hubiera ocurrido penetrar ahí adentro. Ya había tenido bastante con llegar a esa profundidad sin incidentes y sin ponerse nerviosa.

Miró a su alrededor con ayuda de la linterna. Aunque no estaba completamente oscuro y penetraba algo de luz, era insuficiente para ver con claridad.

«Desde luego, parece la *Beatrice*. Tiene dos mástiles y su forma, vista desde arriba, es muy similar a las goletas de la época. Carlota podría tener razón», pensó.

Decidió no permanecer inmóvil. Ya había tomado algo más de confianza con el viejo equipo de buceo y se aventuró a dar la vuelta al pecio, sin descender más, simplemente por su parte superior.

Buscó el objeto que les había mencionado su hermana, en la proa del pecio. Tuvo que descender un par de metros más.

Nada.

Vio unas maderas caídas sobre la proa. Debía tratarse de los restos del bauprés. Se animó a intentar mover aquellos palos que impedían ver la parte inferior del pecio.

Su corazón se desbocó.

Allí estaba. Su hermana les había contado la verdad. Descendió un poco más y tomó el objeto entre sus manos. Sin duda era la campana de una goleta, pero eso no quería decir que perteneciera a la *Beatrice*. Tenía que buscar la inscripción que siempre las identificaba, pero estaba oxidada y muy sucia. No habían descendido con productos adecuados para su tratamiento ni con aparatos para poder sacarla a la superficie. Su peso era excesivo y tan solo disponían de una hora de aire en sus bombonas.

De repente, ese pensamiento le hizo acordarse de Ryan. Igual ya había salido del interior del pecio y se podría asustar si no la viera donde la había dejado. Se desplazó lo más rápido que pudo, dejando la campana oculta debajo de las maderas.

Cuando llegó a su posición, Ryan no estaba. Aún no había salido del pecio. Miró a su alrededor y todo parecía tranquilo. Observó su reloj y se dio cuenta de que ya llevaban sumergidos cuarenta minutos. Habían prometido a los Engels que no apurarían el aire de sus botellas.

Rebeca no sabía qué hacer. Por una parte, Ryan le había indicado con la pizarra que no se moviera de su posición, pero, por otra, era un hecho que iban con el tiempo demasiado justo para ascender hasta la *Greta*, con ese margen de quince minutos que habían prometido.

Espero un poco más, pero comenzó a ponerse nerviosa. Ryan era un buzo muy experimentado y seguro que estaba tratando de apurar lo máximo posible para aprovechar esta oportunidad de inspeccionar el pecio. Quizá no tuvieran otra.

Al cabo de un par de minutos más, Rebeca ya no pudo más. Decidió incumplir las instrucciones de Ryan y entrar en la goleta sumergida. Lo hizo por el mismo hueco y con un cuidado extremo. Avanzaba con mucha lentitud, pero con seguridad. Lo que le tenía preocupada no era ella misma, sino la ausencia de cualquier rastro de Ryan. A estas alturas, ya lo debería haber avistado o, al menos, ver algún rastro suyo, como burbujas o movimiento de arena.

Nada.

Miró su reloj. Diez minutos de aire. Aún tenían algo de margen, pero ya no tanto. Cuando ascendieran, ya se podía olvidar de la celebración de su cumpleaños. Los Engels les iban a soltar una buena bronca.

De repente, lo vio. Estaba junto a uno de los bloques de piedra caliza. Parecía estar observándolo de cerca, inmóvil. Se aproximó hacia él, que no advirtió su presencia.

Lo tomó por el hombro.

El mundo se le vino encima.

No respiraba.

Rebeca se desesperó. En apenas un segundo, le arrancó la boquilla y le puso su regulador en la boca. Espero poco más de un minuto, el tiempo que fue capaz de aguantar sin respirar, pero no observó ninguna reacción en Ryan. Lo miró a la cara. Su rostro parecía en paz, pero no podía reanimarlo. Estaba muerto. ¿Cómo podía haber sucedido si aún le debía quedar aire en su bombona? Tomó su cuerpo como pudo e intentó sacarlo de la goleta. Miró su reloj. Siete minutos. En ese preciso instante, fue consciente de que no lo iba a conseguir.

No sabía qué hacer, pero tenía que tomar una decisión rápida, ya que ella también se iba a quedar sin aire.

Miró a Ryan por última vez.

«Me empezabas a gustar, idiota. ¿Por qué te has muerto?», pensó, con un inmenso dolor. Quiso tocar su pecho, como señal de despedida.

De repente, observó que tenía los brazos recogidos sobre su tórax. Le recordó a alguna posición de yoga, como de relajación corporal, pero no era eso. En realidad, estaba sujetando algo. Como pudo, los separó. Se trataba de la pizarra y de otro pequeño objeto. Los tomó entre sus manos y observó la pizarra.

«Sin aire. Llévate el manómetro», leyó.

«¡Su botella no estaba cargada!», cayó en la cuenta. «¿Cómo puede ser si las comprobamos antes de sumergirnos?».

Rebeca salió del pecio e inició la ascensión hacia la superficie. Debía hacerla más despacio que la inmersión, para evitar los posibles efectos asociados a la descompresión. No habían consultado ninguna tabla de tiempos y profundidades para evitar ese posible problema de salud y Rebeca no tenía ninguna experiencia al respecto, así que decidió que más valía prevenir. Iba controlando su reloj en todo momento. Calculó que le quedaba el tiempo justo, pero no se quitaba de la cabeza a Ryan.

«¿Por qué habrá escrito en la pizarra que me llevara el manómetro?», se preguntó. Lo volvió a observar. Ahora lo comprendió todo. A pesar de no estar conectado a la botella de aire, seguía marcando la carga completa.

«¡Está estropeado!», maldijo Rebeca.

Pero había algo que rondaba su cabeza que no le terminaba de encajar. ¿Por qué se había tomado Ryan tantas molestias, en su último aliento de vida, para que Rebeca se lo llevara con ella y no lo dejara con su cuerpo? ¿Qué podía importar ya?

«¿Y si realmente no estuviera estropeado?», pensó de inmediato. «En ese caso, la única alternativa posible es que estuviera manipulado para dar una lectura errónea».

Sin que lo pudiera evitar, el pánico la invadió.

Los únicos que podían haber cometido esa manipulación eran los Engels. El equipo de buceo siempre había estado en su barca.

Fue plenamente consciente de su delicada situación. Se dirigía directamente a la barca de los asesinos de Ryan.

En realidad, se dirigía hacia su propia muerte.

«Al menos, espero que **las puertas del cielo** estén abiertas para mí».

Ese fue su último pensamiento.

# Fin
## El faraón perdido
(Ángeles libro 2)

# Continúa en
## Las puertas del cielo
### (Fin de la trilogía del faraón)
(Ángeles libro 3)

## CLUB VIP

Si has leído alguna de mis novelas, creo que ya me conoces un poco. **Siempre va a haber sorpresas y gordas.**
Si quieres estar informado de ellas y no perderte ninguna, te recomiendo apuntarte a mi club.

**Es gratuito y tan solo tiene ventajas:** regalos de novelas y lectores de ebooks, descuentos especiales, tener acceso exclusivo a mis nuevas novelas, leer sus primeros capítulos antes de ser publicados, etc.

Lo puedes hacer a través de mi web y no comparto tu email con nadie:

www.vicenteraga.com/club

# REDES SOCIALES

*Sígueme para estar al tanto de mis novedades*

## Facebook
www.facebook.com/vicente.raga.author

## Instagram
www.instagram.com/vicente.raga.author

## Twitter
www.twitter.com/vicent_raga

## BookBub
www.bookbub.com/authors/vicente—raga

## Goodreads
www.goodreads.com/vicenteraga

## Web del autor
www.vicenteraga.com

# RESEÑAS

Para los autores independientes es muy importante que escribas una reseña de nuestras novelas. Tienen más importancia de lo que te puedes imaginar.

Para ti es tan solo un momento, pero con ellas apoyas la cultura.

**SI TE HA GUSTADO LA NOVELA, POR FAVOR, ESCRIBE UNA RESEÑA**

Si, por el contrario, no te ha gustado o quieres ponerte en contacto conmigo, puedes mandarme tu comentario a:

www.vicenteraga.com/contacto

# NUEVA SERIE DE NOVELAS «ÁNGELES»

*Disponibles en Amazon*

**El misterio de nadie (Ángeles libro 1)**

**El faraón perdido (Ángeles libro 2)**

**Las puertas del cielo (Ángeles libro 3)**

# SERIE DE NOVELAS «LAS DOCE PUERTAS» Y BILOGÍA «MIRA A TU ALREDEDOR»

*Todas las novelas pueden ser adquiridas en los siguientes idiomas y formatos*

## ESPAÑOL
Formato eBook
Formato papel tapa blanda
Formato tapa dura (edición para coleccionistas)
Audiolibro

## ENGLISH
eBook
Paperback
Hardcover (Collector's Edition)
Audiobook (coming soon)

## *Todas disponibles en* **Amazon**

**Las doce puertas (Libro 1)**
**The Twelve Doors (Book 1)**

**Nada es lo que parece (Libro 2)**
**Nothing Is What It Seems (Book 2)**

**Todo está muy oscuro (Libro 3)
Everything Is So Dark (Book 3)**

**Lo que crees es mentira (Libro 4)
All You Beleive Is a Lie (Book 4)**

**La sonrisa incierta (Libro 5)
The Uncertain Smile (Book 5)**

## Rebeca debe morir (Libro 6)
## Rebecca Must Die (Book 6)

## Espera lo inesperado (Libro 7)
## Expect the Unexpected (Book 7)

## El enigma final (Libro 8)
## The Final Mystery (Book 8)

# BILOGÍA / DUOLOGY
# «MIRA A TU ALREDEDOR»
# "LOOK AROUND YOU"

**Mira a tu alrededor (Libro 9)**
**Look Around You (Book 9)**

**La reina del mar (Libro 10)**
**The Queen of the Sea (Book 10)**

# TRILOGÍA EN UN SOLO VOLUMEN DE VICENTE RAGA «JAQUE A NAPOLEÓN»
## "CHECKMATE NAPOLEÓN"

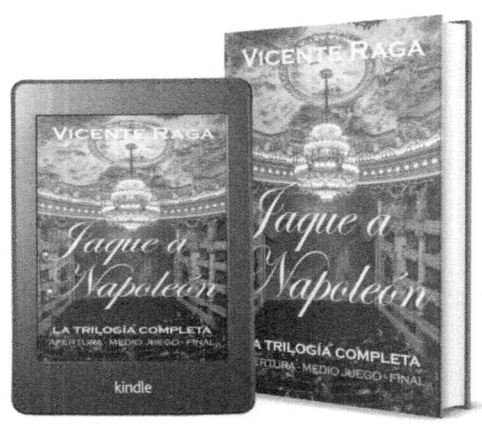

**Jaque a Napoleón, la trilogía: apertura, medio juego y final**

### ESPAÑOL
Formato eBook
Formato papel tapa blanda
Audiolibro (próximamente)

### ENGLISH
eBook
Paperback
Audiobook (coming soon)

Made in United States
Orlando, FL
20 May 2025